KB011399

대한민국의 시계는
거꾸로 간다 2

대한민국의 시계는 거꾸로 간다 2

-거짓의 시대, 문학과 영화를 통해 진실을 찾다-

초판 1쇄 발행 _ 2018년 7월 9일
초판 2쇄 발행 _ 2018년 7월 31일

저 자 _ 김규나

펴낸이 _ 박기봉
펴낸곳 _ 비봉출판사
주 소 _ 서울 금천구 가산디지털2로 98.
2동 808호(롯데IT캐슬)
전 화 _ (02) 2082-7444
팩 스 _ (02) 2082-7449
E-mail _ bbongbooks@hanmail.net
등록번호 _ 2007-43(1980년 5월 23일)
ISBN _ 978-89-376-0474-4 04810
978-89-376-0472-0 04810 (SET)

값 13,500원

• 이 책 내용의 전부 또는 일부를 재사용하려면 반드시
저작권자와 비봉출판사 양측의 서면 동의를 받아야 합니다.
• 잘못 만들어진 책은 바꿔드립니다.

대한민국의 시계는 거꾸로 간다 2

- 거짓의 시대, 문학과 영화를 통해 진실을 찾다 -

김규나 산문집

비봉출판사

목차

대한민국의 시계는 거꾸로 간다

목차

대한민국의 시계는 거꾸로 간다

목차

대한민국의 시계는 거꾸로 간다

목차

대한민국의 시계는 거꾸로 간다

목차

대한민국의 시계는 거꾸로 간다

대한민국의 시계는 거꾸로 간다

2017. 6. 15. ~ 6. 1.

다른 사람과 비교해서 내가 못났다고 느낄 때 품게 되는 열등감도 못 견딜 지경인데, 하물며 내 자식이 못났다고 확인하게 될 때 느끼는 불행감은 얼마나 몸서리쳐지는 것일까. '사촌이 땅을 사면 배가 아픈' 정도를 넘어, 네가 불행할 때에만 내가 행복해지는 심리, 내가 뛰어날 수 없다면 너 또한 잘나서는 안 된다는 심리. '내 새끼가 상위 2퍼센트 안에 들 수 없다면, 내 아이가 자사고 특목고에 들어갈 수 없다면, 내 자식이 서울대에 들어갈 수 없고 대기업에 취업할 수 없다면, 네 새끼도 그럴 수 없어!' 이것이 평등을 주장하는 심리에 감추어진 비밀이다.

– 2017년 6월 14일

2017년 6월 15일 목요일

우리나라 법 집행자들의 이상은 무엇인가?
: 드라마 〈히어로〉

기무라 타쿠야가 출연했던 일본 드라마 〈히어로〉를 보면 검사들이 가슴에 배지를 달고 있다. 추상열일(秋霜熱日), 즉 가을에 내리는 차가운 서리와 여름의 강한 햇살을 상징하는 모양으로, 권력을 가진 검사가 사람을 벌할 때 지녀야 할 엄격함을 상징한다. 검색해 보니 우리나라 검사는 배지 따위, 안 달고 다니신단다. 연수원 때는 배지가 있기도 한데 뭐하러 그런 걸? 하는 분위기라나. 자부심이나 긍지를 부담스러워하는 것인가 싶어 아쉽기도 하지만, 금배지라며 가슴에 달고는 권력을 제멋대로 휘두르는 국회의원들처럼 국가와 국민에 대한 기만을 정당화하는 상징으로 쓰는 것보다는 차라리 없는 게 나을 수도 있겠다 싶다.

검사가 용의자를 기소하는 데 있어 삼아야 할 기준은 무엇일까. 의심스러우면 일단 잡아와서 잠도 재우지 않고 다그치고 삼족을 멸하겠다며 협박한 뒤 기소하고 구속하고 뒤늦게 증거를 수집한 다음 재판관이 유죄 판결을 내려주겠지, 하고 기다리면 되는 것일까.

술집주인 : 그 자식 왜 기소 안 하는 거야? 시효 만료돼도 괜찮아? 애당초 검찰이 유무죄를 판단하는 게 아니잖아. 재판소에서 판결 나잖아.

검사 : 그렇긴 한데요.

술집주인 : 일단 기소하고 나서 결단은 재판에 맡기면 되잖아.

검사 : 그건 아니에요. 일단 기소한다는 생각을 하면 안 돼요.

술집주인 : 왜?

검사 : 왜냐하면, 기소해서 재판에 회부되는 것만으로도 당사자에겐 엄청난 부담이 되거든요. 신병 구속하면 집에도 못 가지, 일도 못 하지. 기소됐다는 이유만으로 회사에서 잘리는 사람도 있어요.

술집주인 : 그래?

검사 : 그래서 그 사람이 틀림없이 범죄를 저질렀다는 확신도 없는데 무작정 기소하면 안 돼요. 설령 아무리 중대한 사건이라 해도. 시효가 코앞에 다가왔다 해도요.

술집주인 : 그 자식이 진범이면 어쩌려고?

검사 : 무죄였는데 사십 몇 년을 형무소에 있었던 사람이 있었어요.

술집주인 : 그래, 있었지. 참 안됐더라.

검사 : 그게 사실이라면 검사 책임 아닐까요. 그 사람을 기소해서 재판에 회부해도 될지 여부를, 그 권리를 가진 사람은 저희 검사들뿐이잖아요. 진범을 놓친다 해도 무죄인 사람만은 절대 재판대에 서게 하면 안 돼요. 그게 저희에게 있어서 제일 중요한 원칙이에요.

/ 드라마 〈히어로〉 시즌 2 중에서.

우리나라 검사님들이 가슴에 품고 있는 법의 엄정함은 얼마나 무거운 것일까. 어떤 자부심과 어떤 엄격함과 어떤 책임감으로 용의자를 기소할까. 박근혜 대통령, 이재용 삼성 부회장, 김기춘 비서실장, 조윤선 문체부장관, 최서원 씨 등등. 우리나라 검사님들이 법의 이름으로 사람을 대할 때 가장 중요한 원칙으로 삼는 가치는 무엇일까.

2017년 6월 14일 수요일

너의 불행은 곧 나의 기쁨 : 샤덴프로이데

나는 핏줄과 혈연에 대해 다소 냉소적이다. 살아오면서 직간접 경험에 기반하여 형성된 나름의 틀을 지금까지 깨지 못한 근본 원인은, 앞선 몇 번의 글에서도 밝혔듯이, 내 아이를 낳아 길러본 적이 없기 때문이다. '살아 있는 것은 모두 아프다.'라는 생각이 생명에 대한 나의 기본 시선이고, 그것이 나를 소설을 쓰도록 이끌었지만, 피를 나눈 가족에 대한 애착이 평균 미달인 작가가 과연 인간과 생명을 논할 자격이 있을까, 하는 질문이 한동안 나를 고민스럽게 했었다. 하지만 뒤집어 생각해보면, '내 것'에 대한 집착이 상대적으로 적기에 인간과 생명에 대한 시선이 냉정하고 이성적일 수도 있을 것이다.

살아 있는 모든 것의 궁극적 목표는 자기 유전자의 보존이다. 재산이 많거나 능력이 출중하거나 빼어난 외모의 배우자를 고르는 이유 또한 그 때문이고, 자신과 배우자의 가장 우수한 유전자만 물려받은 자식이 최고의 환경에서 최고의 위치에 올라 풍요로운 삶을 영위하는 것, 그리하여 자손이 세세생생 번성하여 무한대로 존속하는 것이 모든 생명이 추구하는 소망일 것이다. 그것이 비정하다는 세상의 비난을 들으면서도 장애를 가졌거나 허약하게 태어난 새끼가 죽도록 방치하는 이유이고, 비열하다고 손가락질 받으면서도 남의 둥지에 알을 낳는 이유이며, 비굴하고 자존심이 꺾이는 짓인 줄 알면서도 애써 잡아온 남의 사냥감을 악착같이 빼앗는 이유이다.

사람이 죽음을 두려워하는 여러 가지 원인 중 하나가 또한 자식이다. '내가 죽으면 저것이 어떻게 살까,' 하는 두려움 말이다. 자식이 어리면 어릴수록, 환경이 열악할수록, 부모의 부재 시 자식이 겪을 곤란을 생각하면 차마 눈이 감기지 않는 것이다. 어떻게든 고생시키지 않으려고, 어떻게든 나은 삶을 살게 하려고, 그러한 바람이 우리 민족을 식민치하에서 벗어나게 한 힘이었고, 6 · 25전쟁 후 나라를 재건한 원동력이었다. 멀리 타국까지 날아가 환자들의 똥오줌을 치우고 시체를 닦는 것도 마다하지 않을 수 있었던 이유, 수백 미터 탄광 속에 들어가 죽을힘을 다해 일하고, 남의 나라 전쟁터를 누비다 목숨을 잃어야 했던 이유였다.

그런데 이토록 당연한 종족보존 본능, 자기 후손에 대한 보호본능이 언제부턴가 대한민국에서는 작동하지 않는 것처럼 보인다. 과거 선배 세대의 피와 눈물로 이루어낸 풍요는 곶감 빼먹듯 다 소비하고, 자식 세대가 짊어져야 할 부담은 아예 상관없다는 듯 미래의 어깨에 거듭 짐을 올려놓으면서도 지금 여기에서 '나'만 잘 먹고 잘 사는 것, 그 이외에는 아무런 관심이 없는 것 같다. 그렇지 않고서야 이토록 비뚤어진 세상에 무관심할 수가 없고, 이토록 우리 삶의 터전에 닥친 위기를 느끼지 못할 리가 없다.

내 새끼에게 구멍 탁 뇌 송송 광우뻥 소고기를 먹일 수 없다고, 독재치하에서 살게 할 수 없다고, 유모차를 끌고나와 촛불을 들었던 젊은 엄마들이라면, 차베스의 포퓰리즘으로 몰락한 베네수엘라의 과거와 현실을, 김일성 신앙의 공산 전체주의로 피폐해진 북한 주민의 실상을 거울로 삼아, 브레이크도 없이 치닫고 있는 우리나라의 현실과 미래가 시커멓게 보여야 한다. 그런데 왜 그들은 자식의 미래도 나 몰라라, 오로지 지금 여기의 무상복지와 정의와 평등을 앞세운 대한민국의 몰락을 지지하며 환호하고 있는 것일까.

이것이 우리나라에서 벌어지고 있는 사태에 대한 젊은 층, 특히 자녀가 있는 사람들에 대해 내가 갖고 있던 미스터리였다. 그런데 오늘 특목고, 자사고 폐지에 대한 기사와 그 아래 붙은 일부 댓글들을 읽다가 비로소 납득할 만한 답을 찾았다. 샤덴프로이데!

- 인간이 즐거운 일을 하거나 이익을 얻으면 곧바로 보상뇌, 즉 측핵이 활성화된다. 카드게임에서 미국 엄마들은 자신이 점수를 땄을 때에만 보상뇌에 강하게 불이 켜지는 반응을 보였다. 상대방의 이익과는 아무런 관련이 없다. 그러나 한국 엄마들은 미국 엄마들과 정 반대의 결과가 나왔다. 자신의 이익이 있을 때 보상뇌가 활성화된 것이 아니라 상대방보다 더 많은 점수를 냈을 때에만 강하게 활성화되었다. 상대방보다 덜 손해일 때, 상대방보다 더 이익일 때, 즉 자신이 얼마나 많은 이익을 냈느냐가 아니라 상대방과 비교해서 더 이익을 냈을 때 만족감이 더 높아진다는 것이다. / EBS 다큐멘터리 중에서.(미국 엄마들과 한국 엄마들의 차이)

언젠가 보았던 동영상인데, 그때는 그렇기도 하겠다 싶었다. 하지만 지금의 이해할 수 없는 사태와 관련지어 생각해 보니, 자식의 미래가 걸렸는데도 불구하고 이 사태의 불행을 모른 척 눈감는 이유를 이해할 수 있을 것 같다. 독일어 샤덴프로이데(Schadenfreude)란 남의 불행이나 고통을 보면서 느끼는 기쁨을 뜻하는 말로 우리말 '쌤통이다'

또는 '고소하다'에 해당된다. 다른 사람과 비교해서 내가 못났다고 느낄 때 품게 되는 열등감도 못 견딜 지경인데, 하물며 내 자식이 못났다고 확인하게 될 때 느끼는 불행감은 얼마나 몸서리쳐지는 것일까. '사촌이 땅을 사면 배가 아픈' 정도를 넘어, 네가 불행할 때에만 내가 행복해지는 심리, 내가 뛰어날 수 없다면 너 또한 잘나서는 안 된다는 심리. '내 새끼가 상위 2퍼센트 안에 들 수 없다면, 내 아이가 자사고 특목고에 들어갈 수 없다면, 내 자식이 서울대에 들어갈 수 없고 대기업에 취업할 수 없다면, 네 새끼도 그럴 수 없어!' 이것이 평등을 주장하는 심리에 감추어진 비밀이다.

자식에 대한 애착이 적었던 게 아니었다. 오히려 남과 비교해서, 남의 자식과 비교해서, 그 차이와 열등감을 견딜 수 없었던 것이다. 그러니 허울 좋은 정의와 평등을 내세워 '나와 내 새끼가 그들처럼 뛰어나지 않고 잘살 수 없을 바에야 다 같이 몰락하자!'며 박수치고 환호할 수밖에!

요즘처럼 무자식 상팔자라는 말을 공감한 적도 없는데, 나 죽고 난 뒤 이 나라가 어찌 되든 상관도 없는데, 그런데도 나는 왜 지금 이 사태에 발을 동동 구르고 있는 것일까. 이 또한 어쩔 수 없는 핏줄에 대한 애착이려나? 내 나라, 내 민족이라는 오지랖 너무 넓은, 조국이란 울타리에 대한 집착.

2017년 6월 13일 화요일

어둠을 뚫고, 어둠을 넘어, 어둠의 저편으로
: 데릭 젠슨 〈거짓된 진실〉

일주일에 4회, 하루 열 시간, 살인적인 재판일정에 끌려 다니고 있는 박근혜 대통령 관련 기사는 '흐트러진 올림머리, 헝클어진 머리, 어두운 낯빛' 등의 제목으로 상위에 링크되어 있다. 하루하루 야위어가는 얼굴과 수갑 찬 손을 감싼 손목보호대가 새벽 산책길 내내 마음을 짓눌렀다. 도무지 털어지지 않는 마음의 짐을 좀 내려놓고 싶어서 뭐라도 쓸 생각에 노트북을 열고 앉았는데 '격무 시달리던 임종석, 쉬러 가다 文 마주쳐 한 일'이란 기사가 보였다. 대체 뭔 짓을 했을까, 클릭해보니 두 사내가 해맑게 웃고 있는 사진 아래 그가 '상의를 벗고 있다.'는 설명이 첨부되어 있다. 기사의 내용은 결국 둘이 '함께 식사하고 산책까지 했다.'는 것이다. 양복 상의를 벗어 손에 든 네 명의 사내들이 싱그런 햇살 아래 청와대 녹음 속을 산책하는 사진까지 실렸다. 테이크아웃 커피는 어찌 안 드셨는지, 기자 양반의 연출력이 아쉽다.

"이 문화는 모든 것을 미워하는 것 같아. 그렇지 않아?
"맞아. 자기 자신까지 미워하지." 그녀가 말했다.
"멈추게 하지 않으면 전부 다 죽게 되지 않을까?"
"그 답은 너도 알잖아." (중략) 그것은 그녀든 그 누구든 내게 해줄 수 있는 가장 좋은 말이었다. 내가 절망과 싸울 필요가 없고, 절망은 절망적인 상황에 대한 정상적이고도 합리적인 반응이라

> 는 것을 이해할 수 있게 해주었다. 그 많은 아름다움의 죽임 앞에서 목메어 우는 내 반응이 정상적인 것이고 예측할 수 있는 것이었음도 알게 해주었다. 그러한 상실을 느끼지 못하는 것은 다른 형태의 상실, 즉 자기 인간성의 상실, 자신의 마음을 잃어버린 표시라는 것도 알게 되었다. 내가 이 모든 것을 깨달은 순간은 이 증오의 문화가 나에 대한 지배력을 잃어버리는 순간이었다. 내가 어둠을 뚫고, 어둠을 넘어, 어둠의 저편으로 간 순간이었다.
>
> / 데릭 젠슨 〈거짓된 진실〉 중에서.

사회변혁운동가이자 환경운동가로 소개되고 있는 데릭 젠슨의 〈거짓된 진실〉. 이 책은 사실 계급, 인종, 젠더 등 소수인권 옹호와 자본주의 및 미국 정부와 그 사회의 그늘을 파헤치는, 매우 좌파적 시선으로 가득 채워진 책이라고 할 수 있다. 그런데도 오늘의 대한민국의 상황을 이만큼 비유할 만한 문장이 떠오르지 않는다.

우리는 '이 어둠을 뚫고, 어둠을 넘어, 어둠의 저편으로' 갈 수 있을까. 이 '증오의 문화'를 이기고 거짓의 시대를 밟고 일어서서 진실 존중의 세계로 갈 수 있을까. 가야 한다. 일어서야 한다. 나아가야 한다. 그러니 누구도 쓰러져선 안 된다. 누구도 견디는 걸 포기해서는 결코, 안 된다, 안 된다, 안 된다!

2017년 6월 12일 월요일

그들만의, 사람이 먼저다

- 정통 시인이 장관으로 임명된 경우는 이번이 처음이라고 할 수 있습니다. 프랑스에 전설적인 문화부 장관 앙드레 말로가 있었다면, 이제 우리에게는 그동안 뒤틀리고 말라붙은 한국 문화예술계를 되살릴 D시인이 있다고 자랑하고 싶은 마음, 그 마음을 함께 모을까 합니다. 저희들의 기대와 기쁨 그리고 환영하는 마음을 모아 D장관 지명을 환영하고 또한 기대하고 지지한다는 의사를 표명하려고 하는데 뜻을 함께 해주시길 요청합니다. 기쁜 일입니다! 기대할 일입니다! 지지하고 응원할 일입니다!

메일함에 문체부장관 지명자 D시인에 대한 지지선언 여부를 묻는 메일이 와 있다. 메일 작성자 중 한 명은 너무나 유명한 시인, B다. 메일에 첨부된 한글파일에는 D시인에 대한 찬양 일색의 지지호소가 원고지 12장 분량 빼곡하게 구구절절 담겨 있다. 내 집안의 치부를 고스란히 드러내는 것 같아서, 자존심 상하고 부끄러워서, 차마 그것까지는 공개하지 못하겠다. 등단하고 얼마 되지 않았을 때 문단 술자리에서 D시인을 만난 적 있다. 당시 신인이었던 내가 그 자리에서 그나마 젊은 여자였기 때문이었는지, 유명 시인에게 얼굴 도장 한 번 찍으라는 배려였는지, 선배 작가들이 그와 가까운 자리에 나를 앉게 했다. 좌식(坐式) 테이블 너머 그와 마주 보는 자리였는데, 자의인지 타의인지는 기억나지 않지만, 그의 빈 잔에 소주를 한두 번 따라주었던 것도 같다. 그런데 이상한 건, 사람을 만났을 때 그의 말에 집중하기 위해서지만 나는 좀 무례하다 싶을 만큼 빤히 상대의 눈을 쳐다보는 버릇이 있다. 그럼에도 불구하고 D시인을 만났던 그날의 인상은 또렷이 남아 있지 않다. 혹시나 해서 일기장이나 메모를 찾아보았는데도 그에 대한 기록이 단 한 줄도 없다. 다만 그날 이후 방송에서 그 시인을 보거나 이름을 듣거나 하면, 여성 팬들이 줄을 선다고, 음식과 선물을 바리바리 싸오는 열혈 팬들이 끊이지 않아 시인이 외로울 틈이 없다고, 그 자리에 함께 있던 어느 선배 작가가 소곤소곤 내 귀에 들려주었던 말만 생각이 났다.

체르노빌 참사 31주기를 맞아. 사드 미사일기지를 반대하는 작가 성명서. 87항쟁 범국민추모제 안내. 민족민주열사 묘역답사 안내. 동학농민혁명 스토리텔링 공모전. 세월호3주기 팽목항까지 700킬로미터 대장정. 박근혜 대통령 탄핵 인용에 대한 논평. 블랙리스트 피해자 집단소송 원고 모집. 친일문학기념 반대 토론회……. 대부분 열어보지도 않고 메일함에 쌓여 있는 작가단체의 발송 메일 제목들이다.

- D, 5년간 교통위반 62차례(버스전용차로 통행위반 48회, 속도위반 8회, 주정차위반 6회) 과태료만 481만 원 / 조선일보 인용.

열 번도 아니고 스무 번도 아니고, 버스전용차로 위반만 48회라면, 어쩌다 저지른 실수가 아니고, 부득이 급해서가 아니고, 상습범이란 뜻이다. 법을 존중하지 않는 사람이라는 의미이다. 이런 사람을 앙드레 말로까지 들먹이며 문체부장관이 되어야 한다고, 그를 적극 지지하는 게 옳다고 믿는 작가들이라면, 그가 무슨 잘못을 했든 '우리 사람'

이니까 밀어야 한다고 주장하는 작가들이라면, 이 나라 문학은 희망이 없다. 아니 죽었다. 부활조차 꿈꿀 수 없게 영원히 죽었다.

2017년 6월 12일 월요일

나의 보스가 되어주세요
: M. 스캇 펙 〈아직도 가야 할 길〉

- 우리는 자신의 행동에 따른 책임을 회피할 때 그 책임을 다른 어떤 개인이나 조직 등에 떠넘긴다. 이것은 자신의 권리를 양도하는 것을 의미한다. 책임지는 괴로움을 피하기 위해서 백만, 천만의 사람들이 하루하루 '자유로부터의 도피'를 시도한다.

/ M. 스캇 펙 〈아직도 가야 할 길〉 중에서.

여론조사 결과 국민의 89퍼센트가 文의 국정수행 능력을 긍정적으로 평가한다고 한다. 여론조작이라는 불순한 의심은 일단 거두기로 하면서도, 고사포로 쏘아 죽인다고 한 것도 아닌데 열 명 중 아홉 명이 YES! 단 한 명만 No!라는 결과를 수긍하는 게 쉽지만은 않다.

북한이 미사일 도발을 감행해도 휴가를 즐기는 文은 어찌 그리 이쁘기만 할까. 커피 마시고 산책하고 고양이 똥 치우고 양복 상의 혼자 벗는 것도 대견하게만 보이는 것일까. 탈세, 논문표절, 위장전입, 부동산투기, 교통법규 상습위반, 매일매일 점심 값으로 지불되는 백만 원대의 특정업무경비 사용 의혹 등 온갖 비리와 불법 세트로 무장된 인사들을 등용, 내정했다는 기사에도 그들의 능력만 봐야 한다며 한없이 너그러워진 댓글들. 한반도의 역사가 시작된 이래 타인 칭찬에 인색하고, 남 잘되는 거 배 아파하고, 넘어뜨리고 끌어내리기 즐겨하는, 핏속에서 불끈불끈 치솟는 우리네 성향에 비추어 볼 때, 꽤나 기이한 현상, 즉 유별난 충성심이다.

세 가지 중 하나가 아닐까. 여론조사가 정확하지 않거나, 열 명 중 아홉 명의 눈에 콩깍지가 씌웠거나, 그들 중 일부는 잘못된 걸 깨달았지만 자신의 선택에 대해 후회하거나 책임지고 싶지 않은 회피심리를 겪고 있거나.

- 우리는 새로운 정보를 거짓된 것이며 위험하고 이단적인 악이라고 거부해 버릴지도 모른다. 세상과 주위를 조작해서라도 자신의 현실에 대한 견해에 맞춰 가려고 할 것이다. 자신이 가진 지도를 수정하려고 애쓰기보다 새로워진 현실을 파괴하려고 시도할지도 모른다. 애석하게도 그런 사람들은 자기가 가지고 있는 구태의연한 세계관을 개편하거나 교정하기보다는 낡은 견해를 끝까지 지키기 위해 막대한 에너지를 쏟아 붓는다.

저들 중 일부는 아무도 모르게 이렇게 외치고 있을지도 모른다. '내 선택이 틀릴 리 없어. 그러니 틀려도 옳아. 틀려도 지지해. 애들이 김일성 우상화 좀 배우면 어때? 취직이 좀 안 되면 어때? 경제가 좀 무너지면 어때? 같은 핏줄인데 전체주의로 좀 가면 어때? 국제사회에서 왕따가 좀 되면 어때? 털면 먼지 안 나는 사람 어디 있나. 사람이 먼저잖아. 내가 선택했으니까 내가 옳아. 내가 지지했으니까 말아먹든 찜쪄 먹든 회 쳐 먹든, 우리 이니 하고 싶은 거 다 해!'

- 내가 선택해서 한 일이므로 그 선택의 결과도 내 책임이다. 다른 사람에게 원한을 가질 이유가 없다. 원한을 갖는다면 내 자신의 선택에 대해 원한을 가지는 게 옳다. 그러나 우리가 행동에 대해 책임을 지는 것이 어려운 이유는 그 행동의 결과로 받는 고통을 피하고 싶어 하기 때문이다. 그 결과 나를 지배하는 그의 권리를 더 증가시키고 내 권리와 자유를 주는 꼴이 되어 버리는 것이다. 결론적으로 "나를 맡아주시오. 당신이 나의 보스가 되어 주시오!"라고 말해 버리는 것이다. 그들은 삶이나 문제에 대해 책임질 줄 모른다. 그들이 느끼는 무력감은 사실 자신들의 권리를 포기했기 때문이다. 그들이 치유되고 건강해지려면, 조만간 성인의 생활 전체가 개인의 선택과 결정의 연속이라는 것을 배워야만 될 것이다. 그들이 이런 것을 전적으로 수용하지 못하면 그들은 영원히 자신들을 희생자라고 느끼게 될 것이다.

그나저나 열 명 중에 한 명, 그게 나란 말이다. 그러나 외롭지 않다. 열 명 중에 한 명인 내가 이 글을 쓰고, 열 명 중에 또 한 명인 당신이 이 글을 읽는다는 뜻이니까. 열 명 중에 한 명이 이 글을 읽고 공감하는 당신이란 뜻이니까. 그렇게 열 명 중에 한 명, 또 열 명 중에 한 명, 다시 열 명 가운데 한 명이 모이고 모여서 열이 되고 백이 되고 천이 되고 우리가 될 테니까. 그렇게 이 나라를 바로 세우는 거대한 힘이 될 테니까 말이다.

2017년 6월 11일 일요일

성격 장애 환자들의 천국
: M. 스캇 펙 〈아직도 가야 할 길〉

- 이 섬에서 저녁에 할 수 있는 일은 술 마시는 일 이외에는 아무 것도 없습니다.

: 독서를 좋아하십니까?

: 그럼요. 좋아하고말고요.

: 그럼 왜 술 마시는 대신 독서를 하지 않습니까?

: 독서하기에는 주위가 너무 시끄러워서요.

: 그럼 왜 도서관에 가지 않습니까?

: 도서관은 너무 멀어요.

: 도서관이 술집보다 더 멀리 있습니까?

: 글쎄요. 사실 저는 책을 그리 많이 읽지 않습니다. 취미가 독서는 아니거든요.

: 낚시는 좋아하십니까?

: 그럼요 좋아하지요.

: 술 대신 왜 낚시를 하지 않습니까?

: 하루 종일 일을 해야 하니까요.

: 밤에 갈 수도 있잖아요.

: 이 섬엔 밤에 낚시할 만한 곳이 없어요.

: 밤낚시 모임이 몇 군데 있는데 제가 소개시켜 드릴까요?

: 뭐 그다지 낚시를 좋아하는 것도 아닌데요.

: 당신 말에 의하면 술 마시는 일 이외에는 다른 할 일이 없어서가 아니라, 있기는 있는데 다 하기 싫고, 당신이 제일 즐기는 일이 술 마시는 일이라는 거군요?

: 네. 그런 것 같습니다.

: 그럼 술이 문제군요. 이제 진짜 문제가 무엇인가를 직면하게 되었군요. 그렇죠?

: 아뇨, 이 빌어먹을 놈의 섬이 누구든 술을 마실 수밖에 없게 만든다고요!

/ M. 스캇 펙 〈아직도 가야 할 길〉 중에서.

(음주문제로 치료를 받는 환자와 정신과 의사의 대화)

다른 모든 예술 분야가 다 그렇겠지만, 특히 책은 독자가 빠져 있는 상황에 따라, 집중하고 있는 사안에 따라, 전혀 다른 빛깔의 스펙트럼을 구사해 준다. 처음 이 책을 읽을 때는 온통 나 자신이 화두였다. 천천히 곱씹어 읽으며 내 무의식을 쓰다듬고 이해하는 데 꽤 많은 도움을 받았다. 이후에도 마음이 중심을 잃었다는 생각이 들 때면 다시 꺼내 들춰보곤 한다. 오늘 책을 다시 꺼내든 것 역시, 요즘 너무 밖으로만 향해 있는 안테나를 내면으로 돌려놓기 위해서였다. 그런데 당황스럽게도 책장을 넘기며 문장을 읽어가는 내내 내 자신이 투영되는 것이 아니라, 우리나라가 왜 이 지경이 되었는지 이해하는 척도가 되고 있다. 앞에서 인용한 직업군인의 예에서, 그가 만약 우리나라 사람이었다면 맨 마지막에 한 마디 덧붙였을 거라는 생각까지 드는 것이다. "이게 다 박근혜 때문이라고요!" 한 번 밖으로 향한 마음을 끌어당기는 게 여간 어려운 일이 아님을 절감한다.

- 정신과 의사를 찾아오는 경우는 신경증 아니면 성격장애로 고생

하는 사람들이다. 이들은 책임지는 것에 대해 병적 장애를 가진 사람들인데, 신경증 환자는 세상과의 갈등이 생겼을 때 자신에게 잘못이 있다고 생각하고, 성격장애를 가진 사람들은 세상이 잘못 됐다고 치부해 버린다. 신경증 환자는 비교적 치료가 쉽다. 왜냐하면 그들은 어려움에 대해 책임을 지려고 하고 자기들이 문제를 가지고 있다는 것을 알고 있기 때문이다. 그러나 성격장애를 가진 사람들은 신경증 환자보다 다루기 어렵다. 그들은 문제의 근본 원인을 볼 줄 모르며, 자기 자신보다 세상이 변해야 한다고 믿기 때문에 자신을 분석, 진단할 필요를 인식하지 못한다. 신경증 환자는 자기 자신을 못살게 굴고, 성격장애자는 자기 이외의 모든 사람들을 못살게 군다.

누구에게나 양면성이 있지만, 우파는 신경증적 증세가 더 강하고, 좌파, 아니 온통 남 탓, 사회 탓, 세상 탓만 하는 저쪽 사람들은 성격장애 중증 환자들이라고 단순하게 분리할 수 있을 것 같다. 그런데 이렇게 성격장애 환자가 되는 이유는 부모에게서부터 비롯되어 그 뿌리가 질기다.

- 성격장애 부모가 제일 못살게 구는 상대가 바로 자신의 아이들이다. 그들은 자기 아이들이 태만하거나 학교에서 문제를 일으키게 되면 학교와 다른 아이들 때문이라고 비난한다. 성격장애자들이 자기들 문제에 대해 외부 ― 배우자, 자녀, 친구, 부모, 고용인, 환경, 학교, 정부, 인종차별주의, 남녀차별, 사회 제도 등 ― 로 책임을 돌리며 비난하는 한, 문제는 해결되지 않은 채 남아 있을 것이며, 아무것도 성취할 수 없게 될 것이다. 자기들의 책임을 내

> 던져 버림으로써 그들 자신은 편안할지 모르나 삶의 문제를 해결하는 일을 포기함으로써 영적 성장이 멈추게 되고, 사회는 쓸모없는 짐만을 떠안은 꼴이 되고 만다. 결국 성격장애자는 자기의 고통을 사회에 던져주는 것이다. "네가 문제 해결에 참여하지 않으면, 네가 문제의 일부가 되고 만다."는 격언에 주목하라.

우파 좌파 할 것 없이 이 모든 사태가 박 대통령 한 사람 탓이라고 모든 책임을 떠맡기는 사람들은 성격장애 환자일지도 모른다. 취직이 안 되는 것, 시급 1만 원이 되지 않는 것은 자본주의 탓이라는 사람들, 남의 비리는 집요하게 물어뜯어 놓고서도 자신들의 비리는 눈감아 주라는 내로남불주의자들, 이 땅에 발붙이고 살면서도 헬 조선을 외치는 사람들, 지금의 사태를 주도한 정치세력은 물론 기울어져 가는 대한민국에 동조한 국민의 거의 대부분이 성격장애 환자인 것이다. 그렇다면 국민 대부분을 집단치료 하지 않고서는 어려운 게 아닐까. 위에서 예로 든 직업군인이 결국 치료를 포기하고 계속 술을 마시다가 끝내 퇴역당하고 말았던 것처럼, 이 나라의 정상화는 회복이 힘든 건 아닐까, 절망스럽기도 하다.

그러나, 그럼에도 불구하고 희망을 버릴 수 없는 건, 사태의 증상과 원인을 알고 있는 많은 분들이 그래도 여기 이렇게, 눈을 반짝이고 고개를 끄덕이며 이 길고 지루한 글을 읽고 있기 때문이 아닐는지!

2017년 6월 10일 토요일

인간의 존엄은 항문이나 성기에 있는 것인지도 모른다

더 이상 새치라고 우길 수 없는 흰 머리를 감추기 위해 동네 미용실에 앉아 염색하는 동안, 여성잡지에 실린 한 소설가의 단편소설을 읽으며 생각했다. 웬만해선 우리나라 작가의 소설을 읽지 않는데 기업들의 광고가 절반이나 줄어버렸다는 여성지의 페이지를 무심히 넘기다가, 이니와 수기가 환하게 웃고 있는 칼라 화보를 불에 덴 듯 화들짝 놀라 또 다시 휙휙 넘기다가, 몇몇 작가들의 단편소설을 연달아 싣는 기획 페이지에서 손이 멈추었다. 낯익은 선후배 작가들의 이름 때문이 아니라 소식이 궁금했던, 차마 안부조차 묻지 못했던 한 작가의 작품이 수록되어 있기 때문이었다.

소설 속에는 불의의 사고로 하반신이 마비된 남자와 결혼한 젊은 여자의 이야기가 시종 희망도 없이 꿈도 없이, 무겁고 어둡게 서술되고 있었다. 의식하지도 못하는 사이 배설된 자신의 배변을 치우는 아내를 향해 수치스러움을 분노로 표출하는 장면의 디테일과 남편의 심리는, 작가 자신의 비공개 트위터 소개란에 '지체1급 장애인'이라고 스스로 써놓은 것처럼, 그가 아니고서는 쓸 수 없는 묘사였을 것이다. 한국 문단에서 활동하는 소설가 거의 대부분의 작품들처럼 그의 소설 어디에서도 한줄기 빛조차 찾아볼 수 없었으나, 작가를 탓할 수는 없었다.

염색이 완성되기를 기다리며 내가 소설을 읽는 동안, 미용사는 소파에 앉아 스마트 폰을 쳐다보고 있었고, 하릴없이 틀어놓은 텔레비전에서는 방송인 홍 아무개가 여러 명의 패널 연예인들과 수다 떨듯 둘러앉아 자신의 성 정체성에 대해 이야기하고 있었다. 공감을 끌어내려는 것인지 연민을 강요하려는 것인지 배경음악은 매우 감성적이었는데 '처음 커밍아웃 했을 때는 비난 일색이었지만 대선 후보들이 이에 대해 찬성이냐 반대냐를 논의하는 시대가 왔다는 것이 너무너무 기쁘다.'는 취지의 그의 말이 문득 귀에 들리는 순간, 고개를 들고 잠시 화면을 쳐다보았다. 저 사람이 커밍아웃한 지가 언제인데 새로울 것도 없는 그의 히스토리를 세뇌하듯 반복하는 것일까? 친 동성애적 국민 정서를 위한 정치적 목적이 내재된 것은 아닐까. 나는 불순한 의혹을 털어내며, 발악하듯 저항하는 남편의 항문에 관장약을 끝내 넣지 못하고 내쫓기듯 병실을 나오는 소설 속 여자의 모습으로 다시 시선을 돌렸다.

인간의 존엄은 정말 꼭꼭 감추어놓은 항문과 성기에 있는 것인지도 모른다. 좀 더 원색적으로, 노골적으로 말하자면, 잘 감추거나 잘 포장한 섹스와 똥과 구린내에 있는 것이다. 미혼 여성 대통령의 확인되지 않은 섹스 스캔들로 언론을 도배하고 그의 옷을 벗긴 알몸 그림을 전시하는 이유, 재벌 부회장과 청와대 비서실장과 문화부장관 등의 교도소 수감 시 항문검사에 언론이 그토록 관심을 쏟은 이유 또한 당사자들의 존엄성을 훼손시키기 위한 집요한 작업 중의 하나가 아니었을까.

자신들의 비겁한 섹스와 악취 나는 똥과 참을 수 없는 구린내를 감추는 가장 효과적인 방법은 타인의 섹스와 똥과 구린내를 대중에게 과장 광고하며 손가락질 하는 것이다. 그렇다면 꽤나 성공적인 결론에 도달했구나, 하는 의심을 지우기 어렵다. 이제는 많은 사람들이 아무런 수치심도 없이 항문과 섹스에 대해 이야기하게 되었기 때문이다. 웬만한 비리, 즉 어지간한 똥과 구린내에는 이골이 난 듯, 그럴 수도 있는 거야, 하는 차원을 훌쩍 넘었으며, 거의 도인(道人)의 경지인 듯, 사람이니까 당연히 그런 거지, 하고 무디어져 버린 것이다.

2017년 6월 8일 목요일

기사 제목만 보고 세상을 다 안다고 믿으면 안 되는 이유

언제부턴가 언론에서 접하게 되는 거의 대부분의 뉴스는 사회, 경제, 정치, 외교, 문화 할 것 없이 '헬 조선'으로 결론을 맺었다. 가령 출산율로 검색을 해보면 '한국의 심각성' '한국을 구원하려면' '꼴찌서 4번째' '진짜 주적은 불평등' '한국 출산율, OECD 최하위'라는 기사 제목들이 보인다. 얼마나 심각한가 싶어 올해 3월, '한국 출산율 OECD와 세계 전체에서 꼴찌 수준'이란 제목의 연합뉴스 기사를 읽어보았다. 세계 224개국 중 220위. 아이 맡길 곳이 없어 황금연휴가 아니라 한숨 연휴란다. 아이를 왜 맡기고 가지? 이해되지 않지만, 아무튼 읽다 보면 도무지 사람 살 곳이 아닌 것처럼 숨이 막힌다. 내용이 길지도 않은데(도표 포함 원고지 6매 정도 분량) 기자님이 학창시절 개인적으로 꼴찌에 원한이 깊었는지 꼴찌란 단어가 자그마치 일곱 차례나 반복된다.

그렇다면 1등 하면 좋은 것인가. 출산율 1위 국가는 아프리카의 니

제르다. 평균 6명이 넘는다. 북한은 125위이다. 그런데 기사가 의도하는 흐름대로 읽다 보면 우리가 북한보다 한참 못난 나라처럼 느껴진다. 미국도 북한보다 한참 밑인 142위이고, 일본은 그보다 한참 더 떨어져서 210위, 홍콩과 대만도 221위와 222위를 나란히 차지했다. 그렇다면 꼴찌 수준이 아닌 진짜 꼴찌인 224등을 한 나라는 어디일까. 우리나라 사람들도 꽤나 부러워하는 싱가포르가 그 영광을 차지했다. 1등이 좋은 것인가 꼴찌가 좋은 것인가. 우리나라 가임기(可姙期) 여성들더러 여섯 명씩 아이를 낳으라는 것인가. 여섯 명씩 애를 낳으면 살기 좋은 나라인가. 예전에 밭 매다가도 아이를 풍풍 낳으셨다던 할머니 세대에게 물어보라. 다시 그 시절로 돌아가고 싶은가. 여성의 교육수준이 높아지고 사회활동이 많아지면 출산시기가 늦어지고 결혼 비율도 낮아져서 출산율은 저하될 수밖에 없는 것을.

그런데 이 기사, 이니가 청와대 들어가기 전이니, 내년 이맘 때 같은 소재의 뉴스라면 방향과 제목이 전혀 달라지지 않을까 싶다. 열광적으로 환호하는 기사의 제목은 '낮은 출산율 자본주의가 원인, 북한처럼 자연으로 돌아가야.'

2017년 6월 5일 월요일

동성애자의 권리는 타당한 것인가
: 토마스 만 〈베니스에서의 죽음〉

- 현혹, 모든 것을 마비시키는 정욕이 그를 사로잡았다. 그의 영혼

은 그 신의 윤무(輪舞)에 동참하기를 열망했다. 나무로 만든 거대하고 음탕한 상징물이 제막되어 높이 치켜세워졌다. 그러자 그들은 더욱 거칠게 되어 구호를 외쳐댔다. 그들은 입에 거품을 물고 호색적인 동작과 외설적인 손놀림으로 서로를 자극하며 웃어대거나 신음을 토했다. 그러고는 가시가 달린 막대기로 서로의 몸을 쑤셔대면서 사지에 묻은 피를 핥아먹는 것이었다.

/ 토마스 만 〈베니스에서의 죽음〉 중에서.

소수의 권익을 보호한다는 명분 아래 그것도 괜찮다, 그것도 옳다던 취지는 어느 순간 그것만 괜찮다, 그것만 옳은 것이다,라는 강압적 세뇌로 작용한다. 언제부턴가 퀴어(queer)라고 분류되는 동성애 소재 영화들이 넘쳐나기 시작했고, 동성애를 다루기만 하면 장르 불문, 언론과 평론가들이 예술성을 찬양해 주었다. 서울시가 앞장서서 동성애자들을 위한 축제를 장려, 주관하더니, 이제는 군대 내에서의 동성애를 법적으로 허용해야 한다는 주장까지 당연시되고 있다. 동성애자들이 법적으로, 인격적으로 부당하게 대우받아서는 안 된다는 데는 동의하지만, 그러나 이성애자들보다 더 많은 권리와 혜택을 누려야 한다는 데는 이해도 동의도 할 수 없다.

이성애자들은 '헐벗고' 길거리에 나와 춤을 추며 성기 모양의 과자를 만들어 팔지 않는다. 이성애자들은 이성을 부대 내에 끌어들일 수 없고, 보초를 설 때나 내무반에서 누워 잘 때 성행위를 할 이성이 옆에 없다. 어떻게 군대 내 동성애를 합법화해야 한다는 주장이 정당성을 얻을 수 있는지 논리적으로 납득이 되지 않는다. 더구나 적과 대치하며 국가와 국민의 안전을 책임져야 하는 신성한 의무의 복무기간, 군에서의 동성애를 허용해야 한다는 말은 어쩐지, 섹스는 하나님이 인간에게 선물한 신성한 행위이며 자연의 이치이니 수도원이나 수도승들이 참선하는 경내에서도 성행위를 허가해야 한다는 논의처럼 들린다.

작가는 언제나 세상과 현실적 금기에 반항하고, 예술은 늘 새로운 소재와 자극을 필요로 한다. 가령, 사회적 규약이나 시대 문화적 금기, 부와 신분, 성별로 인한 불평등이나 사랑의 국경 없음을 주장하기 위해 소설가는 집안의 반대에 부딪치는 청춘남녀, 부잣집 도련님과 가난한 집 처녀, 나이 많은 남자와 젊은 여자의 사랑과 같은 이야기를 썼다. 그마저도 식상해졌을 때 쏟아져 나온 것이 90년 대의 불륜(不倫) 코드였다.

불륜 코드가 시들해졌을 때 접근한 금기가 바로 동성애다. 90년대 초 무렵 할리우드에서부터 시작된 것으로 기억되는데, 처음에는 〈필라델피아〉처럼 법적 평등성의 주장으로 공감을 얻어내는 데 성공했고, 제이크 질렌할과 히스 레저를 주인공으로 내세운 〈브로크백 마운틴〉처럼 남성간의 동성애를 감각적으로 보여주는 것으로 많은 사람들의 공감을 자연스럽게 이끌어냈다. 급기야 몇 년 전부터는 아름다운 여배우들이 출연하는 〈가장 따뜻한 색 블루〉나 〈캐롤〉 등을 통해 레즈비언의 이야기를 쏟아내고 있다. 세상에서 이해받지 못하는 동성애일지언정 그들도 똑같은 인간이고 그 사랑의 방식 또한 매우 아름다운 행위임을 세상에 전파하고 있는 중이다. 그런데 독자와 관객은, 작가의 의도를 읽는 대신에 그가 보여주고 들려주는 액면 그대로 받아들이는 경향이 있는 것 같다. 우리나라 정치인들도 예외는 아니어서 서울시와 국회의원들의 솔선수범 하에 그 유행을 부지런히 따라가고 있다.

토마스 만의 단편소설 〈베니스에서의 죽음〉의 주인공 구스타프 폰

아셴바하는 명성을 얻은 유명작가로서 베니스 여행 중에 아름다운 소년을 만난다. 그는 자신의 재능과는 비교할 수 없는 완전한 신의 작품, 소년 타치오를 보고 한눈에 반한다. 느닷없이 피어난 사랑을 고백조차 해보지 못한 그는 상사병처럼 가슴을 앓다 끝내 숨을 거두고 만다. 물론 동성애적 코드를 빌려 말하고 있지만, 이 작품에서 토마스 만은 인간이 범접할 수 없는 신의 창작물에 대한 아름다움과 그를 흠모할 수밖에 없는 작가의 예술혼에 대해 이야기하고 있는 것일 뿐, 남자 대 남자의 사랑에 대한 정당성을 주장하고 있는 것은 아니다. 적어도 나는 그렇게 읽었다. 작중의 구스타프란 인물을 통해 토마스 만은 이렇게 쓰고 있다.

- 아름다움은 느낄 수 있는 자의 길이며, 예술가가 정신에 이르는 길이란다. 그렇지만 시인들은 에로스가 옆에 와서 안내자로 나서 주지 않고는 아름다움의 길을 갈 수가 없다. 이렇게 말하는 이유는, 열정이 곧 우리의 정신을 고양시켜 주는 것이며, 우리의 동경은 반드시 사랑에 머물러 있지 않으면 안 되기 때문이야. 그것은 우리의 즐거움인 동시에 치욕이지. 이제야 너는 우리 시인들이 지혜로울 수도 품위가 있을 수도 없다는 사실을 알았겠지? 우리가 쓰는 문체에서 엿보이는 대가다운 태도는 허위이고 어릿광대의 짓이야. 우리의 명성과 영예로운 지위는 일종의 익살극이고, 우리에 대한 대중들의 신뢰는 지극히 우스꽝스러운 것이며, 예술을 국민과 젊은이들에게 교육시키겠다는 것은 무모한 짓이고 금지해야 할 계획이지. 왜냐하면, 천성적으로 타락의 심연으로 빠져드는 경향이 있고, 그 경향을 어떻게 달리 개선시켜 볼 수도 없는 사람이 어떻게 교육자로서 자질이 있다 하겠느냐.

닭이 먼저냐 달걀이 먼저냐처럼, 예술적 코드 활용에 의한 정치세력화냐, 정치세력에 의한 예술의 부역이냐를 여기서는 따지지 않겠다. 다만 이러한 코드 변화의 흐름을 하나의 줄로 읽는 나 같은 사람은 좀 궁금해진다. 머잖아 동성애마저도 당연해지고 시들해지고 나면, 그 다음엔 무엇을 다루게 될까? 얼마 전, 캐나다에서는 동물과 인간의 성행위, 즉 수간(獸姦)을 법적으로 허용한다는 뉴스를 보았는데, 어쩌면 스크린 위에서 닭과 개와 고양이와 섹스하는 너무나 아름다운 남녀 배우들을 보게 될지도, 어쩌면 서울시가 주관하는 수간 축제 퍼레이드가 벌어질 날이 머지않았는지도 모르겠다.

2017년 6월 1일 목요일

진화의 관점에서 본 타인비방 중독 증후군

실제 의학적 명명(命名)의 유무와는 무관하게 '타인비방 중독 증후군' 환자들이 있다. 그들은 개인마다 자신의 이해관계를 따져서 서로 다른 적을 갖는 것이 아니라, 공동의 적 단 한 명을 설정하고, 한마음 한뜻으로 끌어내려 옷 벗기고 돌 던지고 침 뱉고 발길질하는 것으로 사회적 결속을 다진다. 높은 자리에 있던 사람, 가진 게 많은 사람, 만인의 사랑을 한 몸에 받았던 사람에 대한 집단 린치일수록 그들의 인격적 추락과 몰락을 획책하고 바라보는 환자들의 쾌감은 커진다.

처음엔 한 명의 희생자로 만족하지만 감각은 쉽게 무디어지므로 매일 매일 새로운 자극, 신선한 제물(祭物)을 필요로 하게 된다. 적의 범위와 비난의 수위는 시간이 흐르는 것과 비례하여 증가하고, 한 사람, 공동의 적을 최후의 마지노선까지 집요하게 몰아가되 그의 주변 사람들까지, 그리고 무리에 섞여 그들처럼 손에 돌을 집어 들지 않은 사람들까지 적으로 간주한다.

공동의 적을 비난하는 무리의 수가 늘어날수록 초반의 망설임과 죄책감은 사회적 정의란 이름으로 정당성을 획득한다. 수적 우세의 이점이야말로 그들이 '내 편'을 물어뜯지 않는 이유이며, '동족'의 허물을 비난하지 않는 이유이다. 오히려 그 결함을 지적하는 부류를 새로운 적으로 추가할 수 있으니 일거양득이다. 하루라도 무리와 섞여 욕하거나 비난하지 않으면 이내 소외감, 즉 금단현상이 온다. 따라서 적에 대한 비난과 학대의 정도가 집요하고 야비하고 잔혹해질수록 쾌감은 극대화되고, 무리의 결속력 또한 강화된다.

인간은 미생물에서부터 수백만 년을 거쳐 진화해 왔다. 그 오래고 더딘 과정을 어미의 자궁에서 단기간 내 재현하는 동안, 태아는 어류와 파충류의 모습을 거쳐 마침내 인간의 모습으로 태어난다. 그러나 과거의 흔적을 모두 지우고 나올 수 있는 것은 아니다. 사랑니나 꼬리뼈, 아기의 손바닥 쥐기 반사 같은 진화의 증거들은 고스란히 아이의 몸에 남아 있다. 마음은 어떨까. 진화라고 하면 보통 겉모습만 생각하기 쉽지만, 마음 또한 미생물에서부터 인간까지 차근차근 진화해 온 것이 아닐까. 더 크고 싶다, 더 튼튼해지고 싶다, 햇볕을 더 쪼이고 싶다, 헤엄을 더 잘 치고 싶다, 뭍으로 올라가고 싶다, 기고 싶다, 걷고 싶다, 더 빨리 달리고 싶다…….

그렇게 인간이 된 어느 날, 우리는 또한 원했을 것이다. 이겨야 한다, 살아남아야 한다, 그러려면 저 녀석보다 많이 먹어야 한다, 저 녀석의 사냥감을 빼앗아서 내가 먹어야겠다, 저 녀석이 죽어야 내가 살 것이다, 그러니 제발 내 대신 저 녀석을 잡아먹어라, 천적에게 쫓기면서 간절히 기도했을 것이다. 그 녀석이 천적의 이빨에 갈가리 찢기는 걸 보며 가슴을 쓸어내리고 안도했을 것이다. 그렇게 우리 내면에는 나 아닌 다른 생명의 불행과 몰락과 죽음을 즐기는 습성이 깊이 내재되어 있을 것이다. 문명의 발달로 인해 인간적인 윤리라는 덕목 속에 그 잔혹성이 감추어졌지만, 그렇기 때문에 기회만 된다면 개인이나 실명이 아닌 익명과 떼로 공격하며 타인에 대한 잠재적 학살을 즐기는 것은 아닐까. 유난히 지금의 대한민국에는 현대인의 모습으로 멋있게 진화는 하였으나 원시적 마음 그대로 머물러 있는 사람들이 세계 그 어디보다 많은 것 같다. 타인비방 중독 증후군 환자들의 천국이 된 이 시대를 살다 보니 문득 그런 의심마저 든다.

대한민국의 시계는 거꾸로 간다

2017. 5. 31. ~ 5. 1.

내가 그를 놓아서는 안 된다고 하는 이유는, '그 사람' 때문이 아니다. 그가 대통령이어서도 아니다. 그가 어떠어떠한 대단한 업적을 이루어서가 아니다. '그가 사람이기' 때문이다. 대한민국 국적을 가진 '한 사람이기' 때문이다. 죄 없이 모함당하고 처참하게 끌어내려진 그냥 한 사람이기 때문이다. 그가 죄 없이 투옥된 이 시대의 '무고한 사람의 대표이기' 때문이다. 우리가 그를 잊는다면 저들은 누구라도, 언제 어디서든 모함하고 함정에 빠뜨리고 투옥시킬 것이기 때문이다. 왜? 우리는 그를 잊어버릴 거니까. 우리들 스스로 잊어야 한다고, 잊고 앞으로 나아가야 한다고, 저마다 주장할 것이고 또 고개를 끄덕이며 받아들일 것이기 때문이다. 최고 권력이라는 대통령 자리에 있던 사람도 내팽개쳐졌다. 하물며 아무 힘없는 우리는? 나는? 당신은? 그를 버려야 한다고 주장하는 사람들이 무서운 건, 그를 잊은 후의 세상이 어떻게 될지 예상하기 때문이다.

– 2017년 5월 24일 수요일

2017년 5월 31일 수요일

아나킨의 비극성과 우리의 현실 : 영화 〈스타워즈 3〉

- 제다이 반란은 완전히 진압되었소. 나머지 제다이들도 모두 색출해 처단할 것이오. 적의 습격을 받아 지금 내 모습은 흉측해졌지만 나의 의지는 어느 때보다 강하오. 은하계의 안보와 지속적인 안정을 위해 공화국을 재편, 은하계 최고의 대제국을 건설하여 정의와 평화를 수호하겠소!

/ 〈스타워즈3-시스의 복수〉 중에서, (펠퍼틴 의장의 연설)

본색을 감추고 있던 클론의 군대가 다스 시디어스의 명령을 받아 제다이들을 몰살시키고, 그의 수하가 된 아나킨이 제다이 교육을 받던 어린아이들까지 무참히 도륙하고 있을 때, 평화수호자의 가면을 쓴 펠퍼틴 의장은 자신들의 반란을 제다이 반란으로 둔갑시키고, 전체주의 제국 건설이 시작되었음을 선포한다. 의회에 참석한 은하계 각 대표들은 그가 위기에서 자신들을 구했다고 믿으며 열렬한 지지와 환호의 박수를 보낸다.

- 자유의 종말이군요. 우레와 같은 박수와 함께!

상황을 정확히 인지하는 건 파드메뿐이다. 시스의 계획이 실현가능했던 이유는 악의 편에 서기로 결심한 아나킨 덕분이었다. 그가 저지른 만행을 알게 된 파드메는 경악하지만, 오히려 아나킨은 자신의 마음을 알아주지 않는다며 그토록 사랑하는 파드메조차 포스의 힘으로 목 졸라 죽이려고까지 한다. 그의 항변은 다음과 같다.

- 평화와 자유와 정의로 나는 제국을 건설했어. 나는 의장보다 강해. 그를 몰아내고 우리가 은하계를 통치하자. 우리 이상향을 건설하자.

인생은 한방! 이라고 말하는 사람들이 있다. 지금 여기를 모조리 쓸어버린 후 이상적인 세계를 건설할 수 있다고 생각하는 사람들도 있다. 그들은 완전한 삶을 위해서라면, 유토피아 건설을 위해서라면, 일부의 희생과 방해되는 모든 것의 제거가 필수적이라고 믿는다. 그리하여 거짓과 폭력과 살인마저 합리화해 버린다. 정의로운 사회를 위해서라면 악행도 선행으로 탈바꿈시킬 수 있고, 그들을 반대하는 세력은 모두 제거해야 할 대상, 적폐로 간주한다. 그렇게 모택동과 스탈린과 히틀러는 수천만 명을 살육했다.

이상향 건설이 실현 불가능한 이유는 인간의 불완전성 때문이기도 하지만, 유토피아 건설을 계획하고 추진하는 사람들 자신 때문이다. 그들은 타인의 불완전성은 용서하지 않는 대신, 그들 자신은 철저히 적폐의 대상에서 제외시킨다. 그들은 언론 선동에 의해 완전히 순결무구하고 청렴결백하며 평등, 평화의 사신이며 정의로운 사람들이라 대중에게 각인된다. 그렇게 그들은 완전한 신의 모습으로 무소불위(無所不爲)의 권력을 휘두르며 대중 위에 군림하게 되는 것이다.

신격화되었으나 불완전한 인간 통치자에 의한 전체주의(全體主義)로 가지 못하게 저지하는 길은 오직 대중들의 각성이다. 달콤한 유토피아 건설의 꿈에서 깨어나 그들의 통치 아래서는 피지배자에게 허락될 그 어떤 평등도 자유도 정의도 없다는 사실을, 때에 따라서는 그 누구라도 적폐의 대상으로 찍혀 희생되거나 제거될 수 있음을, 깨우쳐야 하는 것이다. 그러나 대중이란 최면에 걸린 허수아비처럼 눈앞의 현란한 쇼에 환호하고 박수치면서도 스스로 판단하고 있다고 으스대기 일쑤이다.

〈스타워즈〉 시리즈 가운데 3편을 내가 가장 좋아하는 이유는 아나킨의 비극성에 있다. 그가 다스베이더가 될 수밖에 없는 과정은 타의에 의한 강요가 아닌, 사랑하는 사람을 지키고 싶은 선의에서 비롯된 그 자신의 선택이었다. 비극이란 언제나 자기 스스로 파국을 불러들이기 때문에 결과적으로는 누구도 원망할 수 없다는 데 그 처절한 비장미가 있다. 그러나 오늘의 대한민국을 만든 대중에게 과연 비극의 주인공이 될 자격이나마 있는 것일까.

어딘가 지금의 우리 현실과 많이 닮은 것 같은 〈스타워즈3〉편만 제대로 보더라도 우리의 현실이 제대로 보이지 않을까, 하는 그런 마음으로 몇 자 적어보려고 글을 시작했는데, 쓰다 보니 수십 년 전의 폐허로 돌아간다 해도, 지구상에서 대한민국이 사라진다 해도, 대중들이 과연 그 원인이 우리들 자신이었음을 알까, 하는 대목에서 그만 고개가 저어진다. 그러나, 그렇다고 해도, 이 시대를 구할 루크와 레아가 어딘가에는 있을 거라고, 악마가 된 다스베이더와 그를 진실로 사랑했던 파드메의 아이들 루크와 레아 남매처럼, 선과 악을 모두 갖고 있지만 악보다는 선을, 거짓보다는 진실을 믿으며 하루하루 열심히 살아가는 우리가 바로 이 시대와 우리나라를 구할 루크와 레아라고 결론을 맺어보는 것이다.

2017년 5월 30일 화요일

돌아오는 시간

산책을 하다가 붉게 솟는 해를 바라보거나 제멋대로 자란 풀밭을 멍하니 쳐다보고 앉아 있을 때가 있다. 걷고 있을 때는 보이거나 들리지 않던 것들이 내 안으로 들어오는 시간이다. 하늘과 텅 빈 산책로와 나무와 꽃과 개천, 모든 게 정지한 것 같지만 사실은 내 주변 모든 생명이 살아 움직이는 것을 확인하는 순간이다. 전봇대 높은 틈새에 성처럼 집을 짓는 까치도, 나무와 나무, 갈대와 덤불숲을 이리저리 옮겨 다니며 지저귀는 참새도, 그때마다 휘청거리는 갈대 허리와 어제는 피었으나 오늘은 져버린 꽃잎도, 그 사이 가로질러 촘촘하게 짜놓은 거미줄도, 용케도 거미줄을 피해 눈앞을 어지르는 하루살이들과 물의 요정이 뿜어대는 담배연기처럼 물안개가 피어오르는 것조차 내가 멈추고 정지해 있을 때만 보이는 풍경들이다.

2017년 5월 29일 월요일

백수 소설가의 사치

백수 주제에 새 책을 사보는 일, 요즘 내가 누리는 최고의 사치다. 고르고 골라 장바구니에 채워놓고 결재를 해? 말아? 손 떨며 고심에 또 고심, 그러다 포기하기를 몇 번. 결국 며칠 전에 장바구니에 넣어둔 책들 중에서. 사지 않고는 더는 못 배기겠는 세 권을 주문했는데, 방금 도착했다. 나는 다이아몬드 반지도 목걸이도 없고, 시계도 없고, 팔찌도 비싼 영양크림도 없다. 만 원 이상의 새 옷을 사 입어본 지도 언제인지 기억이 나지 않는다. 어릴 때는 철 바뀔 때마다 새 옷도 사 입고 구두도 맞춰 신고 했는데, 한 10년 기간제 교사로 근무할 때는 아이들이 내 옷장 구경하고 싶다고 할 만큼 매일매일 옷도 바꿔 입어서 패셔너블한 3인 교사 안에 드는 멋쟁이 선생일 때도 있었다. 하지만 보석도 옷도 피부관리나 비싼 화장품도 이제는 (조금밖에는) 부럽지 않다. 꼭 한 가지 아쉬운 건, 책을 마음대로 사보지 못하는 거. 빌려 읽지 않는 건 도서관 찾아가는 게 귀찮기도 할 뿐더러 책에 온통 밑줄 치고 메모하는 버릇이 있어서다. 요즘엔 꼬마 포스트잇 붙이는 재미까지 붙었다. 5월은 책을 읽지 못했다. 읽지 못하니 쓰지 못한다. 오늘부터 며칠, 새로 읽을 책이 새로 생겨서 행복하다.

2017년 5월 27일 토요일

그들에 대한 이해

돈 없는 노후는 비참하지. 그나마 10만원 더 받으면 한 달에 한 번 김 여사와 근사한 저녁 한 끼를 먹을 수 있을 거야. 뭐? 내가 받는 것 몇 배로 자식과 손자 녀석들 세대에 내야 할 세금이 많아질 거라고? 어쩌면 나라가 위태로워질 수도 있다고? 죽을 날도 얼마 안 남았는데 너무 이기적인 거 아냐고? 췟, 내가 그걸 몰라? 근데, 나 죽고 나면 알게 뭐야. 지금의 이 나라, 우리 세대가 어떻게 만들어 놓은 나라냔 말이야. 또 내가 얼마나 피땀 흘려 지켜온 가정인 줄 알아? 고생고생 하며 저희들을 먹이고 입히고 가르쳐 놨더니, 이젠 뒷방 늙은이 취급이나 하며 언제 죽나 기다리는 꼴이라니. 고것들, 나라 잃은 설움도, 배고픈 설움도 한번 된통 당해보라지!

돈 없이 애를 어떻게 키워? 하지만 나라에서 책임지고 키워준다면 아이 낳아 애국 좀 해 볼까? 세금이 늘어날 거라고? 그거야 우리 신랑 통장에서 빠져나가는 돈이니까 나랑은 상관없지. 응? 나중에 애들이 어른 되었을 때? 돈 많이 벌면 되지. 딸이면 나 닮아서 이쁘고 똑똑할 테니까 우리 신랑 같은 남자 만나면 되고, 아들이면 우리 남편처럼 잘나가면 되지. 복지정책으로 베네수엘라가 망했다고? 아우, 넌 골 아프지도 않니? 나 살기도 바쁜데 뭐 그런 나라까지 신경 쓰고 난리야. 그리고 그땐 또 어떻게 되지 않겠어? 걱정을 사서하고 지랄이야 미친놈. 그나저나, 얘. 오늘 브런치는 어디서 뭐 먹을까?

노년층, 젊은 맘층, 이렇게 생각해 보면 그들이 이니를 지지하는 이유, 이해가 되기도 한다.

2017년 5월 26일 금요일

청문회의 품격
: 영화 〈미스 슬로운〉

- 이 나라는 썩었어요. 정직한 의원이 아닌 쥐 같은 자들에게 보상하죠. 자기 자리만 지킬 수 있다면 나라도 팔아먹을 자들에게요. 이 쥐들이 미국 민주주의의 진정한 기생충이에요.
- 그 여자는 이제 우리의 적이야! 개인 문제로 만들어야 해.
- 이건 전쟁이야. 넌 이 게임에서 절대 못 이겨. 그들은 널 감옥으로 보낼 거야.

/ 영화 〈미스 슬로운〉 중에서.

3월에 잠깐 극장에 올렸다가 내린 영화 〈미스 슬로운〉. '청기 내려 백기 올려' 게임처럼, 요즘 외국의 좋은 영화들은 아예 개봉하지 않거나 올렸다 내리는 시늉만 한다. 관객이 들지 않는다는 핑계지만, 실은 홍보도 하지 않고 개봉관도 주지 않는다. 〈스포트라이트〉나 〈트루스〉와 같은 영화들을 보고 관객들이 진실에 눈뜰까봐 두려운 것인지도 모른다. 〈미스 슬로운〉을 보고 나면 그러한 의심, 우리나라 영화판은 관객이 똑똑해지는 걸 결코 원하지 않는다는 것을 확신하게 된다. 흥행은 커녕 사람들의 입에 회자조차 되지 않는 걸 보면, 또한 지금의 대한민국의 현실을 돌아보면, 그들의 목적이 거의 다 이루어졌음을 인정하지 않을 수 없다.

이 영화 좀 어렵고 지루할 수 있다. 처음엔 저 많은 대사를 다 어떻게 외우고 폭포수처럼 쏟아낼까, 그녀의 입만 쳐다보게 된다. 아니, 자막 읽느라 화면이 눈에 거의 안 들어올 지경이다. 그래도 참고 보면, 후반에 청문회장을 통해 다 이해하게 되고, 통쾌한 기쁨과 뿌듯한 보람마저 느끼게 된다.

청문회라니… 질문과 답변, 사악한 의도가 깔려 있는 건 똑같아도, 우리나라하고 수준 차이 엄청나다. 영화 내용 다 몰라도 그 청문회 장면만 잘라서라도 보면 좋겠다. 그러면 최소한 청문회란 어느 정도의 품위를 유지해야 하는지 우리 국민들이 감을 좀 잡을 수 있으려나. 최소한 영화 보며 우리 청문회가 많이 잘못된 거 같아, 하고 느낄 수 있다면, 일단 당신의 의식은 좀 쓸 만하다고 스스로 칭찬해줘도 좋다.

우리나라 상황과 비유해서, 총기 규제법안을 '통일은 대박 법안'이라고 생각하고, 그를 막으려는 정치인들과 한통속인 검찰과 판사들을 종북좌파 집단이라고 보면 그나마 이해가 쉬워질지 모르겠다. 영화 속 청문회는, 이 영화를 볼 당시가 그래서였겠지만, 헌재의 불법 탄핵심판하고 거의 똑같다. 다만 반전과 결과가 다를 뿐.

오늘의 사태에 대해 박근혜 대통령의 무능을 먼저 강조, 이야기하는 사람들의 주장은 아마도 그가 미스 슬로운처럼은 아니더라도 그녀 같은 인재를 알아보고 등용했어야 했다는 것일 게다. 그러나 우리는 현실이고, 미스 슬로운은 각본 잘 짜인 영화의 주인공일 뿐이다. 하지만 우리의 반전, 과연 끝났을까? 어쩌면 우리 모두가 미스 슬로운이 되어야 하는 게 아닐까. 그래서 이제 그 반전의 첫 씬을 우리 스스로 시작해야 하는 게 아닐까. 레디, 액션!

2017년 5월 24일 수요일

나는 진실빠 박빠다! 외칠 수밖에 없는 이유

2년 여 간 어느 단체에서 글쓰기 강의를 한 적이 있다. 수강생들에게 자극이 될까 해서 선후배 작가에게 특강을 두 차례 맡겼는데, 한때 대중적 인기를 한 몸에 받았던 소설가 선배와 요즘 충무로에서 잘나가는 후배 시나리오 작가였다. 그런데 그들, 강의 중에 정치적 발언을 빠뜨리지 않았다. 박근혜 대통령을 가리켜, 저런 사람이 대통령을 하니까 국민들이 이 고생을 한다고 소설가는 말했고, 노무현의 캐릭터를 모델로 하는 작품을 준비하고 있다던 시나리오 작가는 “나는 노빠니까요!” 하고 자신의 정치적 색깔을 거리낌 없이 밝혔다.

어제 박근혜 대통령의 첫 재판을 보며, 이제라도 그를 버리고 다시 시작해야 한다는 말을 하는 사람들, 그를 버리지 않으면 우파의 미래가 없다는 사람들을 보며 그 작가들이 떠올랐다. 그리고 깨달은 건, 나는 정치적으로도 인간적으로도 그를 잊자는 사람들을 절대 이해할 수 없다는 것을 확인했다.

우선 정치적으로 그를 잊고 그를 버리면, 대한민국의 지난 4년도 함께 잊힌다. 그를 모함하고 그를 함정에 빠뜨리게 했던 무리에게 면죄부가 주어진다. 탄핵당해야 할 죄도, 수감되어야 할 이유도 없는 사람은 탄핵 대통령으로, 뇌물죄 수수 죄인으로 역사에 기록될 것이다. 그러나 무엇보다 내가 박 대통령을 놓아서는 안 된다고 말하는 이유는 인간적인 측면이다. 연민을 말하는 것이 아니라 그가 상징하는 의미 때문이다. 그가 자유통일 대한민국의 대표성을 갖고 있기 때문이어서가 아니다. 내가 그를 놓아서는 안 된다고 하는 이유는, '그 사람' 때문이 아니다. 그가 대통령이어서도 아니다. 그가 어떠어떠한 대단한 업적을 이루어서가 아니다. '그가 사람이기' 때문이다. 대한민국 국적을 가진 '한 사람이기' 때문이다. 죄 없이 모함당하고 처참하게 끌어내려진 그냥 한 사람이기 때문이다. 그가 죄 없이 투옥된 이 시대의 '무고한 사람의 대표이기' 때문이다. 우리가 그를 잊는다면 저들은 누구라도, 언제 어디서든 모함하고 함정에 빠뜨리고 투옥시킬 것이기 때문이다. 왜? 우리는 그를 잊어버릴 거니까. 우리들 스스로 잊어야 한다고, 잊고 앞으로 나아가야 한다고, 저마다 주장할 것이고 또 고개를 끄덕이며 받아들일 것이기 때문이다. 최고 권력이라는 대통령 자리에 있던 사람도 내팽개쳐졌다. 하물며 아무 힘없는 우리는? 나는? 당신은? 그를 버려야 한다고 주장하는 사람들이 무서운 건, 그를 잊은 후의 세상이 어떻게 될지 예상하기 때문이다.

저들이 싫어하니까 우리는 대한민국의 생일, 건국일에 변변한 행사 하나 하지 못한다. 저들이 싫어하니까 이승만 국부에 대해 기리지도 않는다. 저들이 싫어하니까 박정희 대통령의 기념관 하나 번듯하게 짓지 못했고, 생가가 불타고 동상이 땅바닥에 처박혀도 군소리 한마디 하지 못한다. 저들이 싫어하니까 애국가도 부르지 못하고 태극기도 흔들지 못한다. 저들이 싫어하니까, 다 같이 화합해야 하니까, 앞으로 나아가야 하니까, 그래서 우리가 양보하고 놓아버리고 잊은 것들, 그래서 결국 빼앗긴 것들이 대체 얼마나 많은가. 그 결과 우리는 지금 무엇을 얻었는가. 얼마나 앞으로 나아갔는가. 다 빼앗겼다. 모두 다 빼앗겼다. 교육도, 역사도, 법도, 국민들 마음마저 온통 다 빼앗겼다. 그렇게 태극기를 흔들며 광장을 메웠던 시민들의 애국심이 식어가고 있으며, 그렇게 안타깝게 시위 중에 돌아가신 몇몇 분의 이름과 노고가 지워지고 있다. 대체 무엇을 더 잊고 무엇을 더 버리라는 것인가. 다 잊고 다 버리고, 무엇을 딛고 무엇으로 중심 잡아 일어설 것인가.

대통령이 복권되어 다시 청와대로 들어갈 수 있는지 어떤지는 차후의 문제다. 부디, 대통령이라는 타이틀을 떼고 보기 바란다. 아무 증거도 없이, 아무 죄 없는 사람이 수백억의 뇌물을 받았다는 모함을 쓰고 감옥에 들어가 있다. 그의 편에 서서 그를 옹호하고 그의 무죄를 밝혀주겠다고 나서지 않는 정치인을 어떻게 믿으라는 것인가. 죄가 없는데도 단두대에 매달고 옷 벗겨 능욕하고, 수갑 채워 온종일 텔레비전의 웃음거리를 만들고, 어른아이 할 것 없이 돌 던지고 욕하는데도 그를 대신해 막아서지 않는 정당을 무엇을 보고 지지하라는 것인가. 그를 잊었는데 그의 무죄를 어떻게 증명하겠다는 것인가. 그를 잊고 대신 저를 기억하고 믿어주시면 정의로운 사회를 만들겠습니다! 외치는 사람의 정의는 도대체 어느 주머니 속에 감춰두었단 것인가.

사람을 구하지 못하는 정치라면 나는 그 어떤 것도 지지할 마음이 없다. 박빠라는 올가미를 씌워 부끄러움을 강요하고 무뇌충으로 몰아가는 분들께, 이번 한번만 저들의 논리를 들이대며 묻고 싶다. 만약 억울하게 죄를 뒤집어 쓴 게 당신이라면, 당신 가족이라면, 당신 이웃이라면, 당신 친구라면, '감옥에 들어갔으니까, 요즘 감옥은 살 만 하다니까, 변호사도 있으니까, 그에 대한 기억은 우울하고 또 미래에 아무런 도움이 안 되니까, 이젠 그만 잊어버리고 우리끼리 열심히 살자.'고 하길 바라는가.

어제 박근혜 대통령에 대해 쓴 글에 어떤 사람이 '지랄도 가지가지 한다.'는 답글을 고맙게도 달아주었다. 참 많은 생각을 하게 하는 글이었다. 욕을 먹어서가 아니라 나는 왜 가지가지 지랄을 하면서도 박 대통령을 잊으면 안 된다고 하는가에 대해 정리해야 할 필요를 느꼈기 때문이다. 작가들이 남의 안방에 들어와 돈 받고 강의하면서도 그 귀한 시간, 나는 노빠니까요, 하고 말할 수 있는 자신감은, 그들 사이에서 노빠가 인정을 받기 때문이다. 이쪽에서 쥐어터지더라도 그들이 달려와 우르르 편들어줄 것을 믿기 때문이다.

당시 소설가 선배와 영화판 후배한테 나는, 표현을 하지 못했지만, 몹시 화가 나 있었다. 그러나 지금 생각하니 부럽다. 나는 지금껏 살면서 누구의 빠가 되어본 적이 없다. 이제야 나는 뒤늦게 진실빠가 되어 있고, 그러다 보니 사람들 눈에는 박빠로 보일지도 모르겠다. 나는 박빠는 아니지만, 하고 단서를 달고 앞의 몇몇 글을 올렸지만, 이제부터라도 나부터 선언해야겠다. 내가 스파르타쿠스다, 하고 외치듯이, '내가 진실빠, 박빠다!'라고 말할 용기를 드릴 수 있다면, 내가 먼저 크게 소리치겠다.

"나는 진실빠다. 내가 소설가 박빠다!"

우파는 싫든 좋든, 다시 일어서서 앞으로 나아가려면, 저들과 싸워 이기려면, 진실빠 박빠를 품고 가야 한다. 나는 박빠니까요, 하고 어느 강연장에서라도 뻔뻔하게 말할 수 있는 여건이 만들어져야 한다. 저만큼 앞서가시는 리더들, 정치인들, 진지하게 고심해 보시라. 무지한 글쟁이지만, 충정어린 마음으로 당부 드린다.

2017년 5월 23일 화요일

기적은 진실한 마음, 사랑에서 시작된다

오늘 박근혜 대통령의 첫 공판일이다. 북쪽에서는 미사일 뻥뻥 쏘는데 휴가 떠난 文은 청와대로 서둘러 복귀하면 국민들이 불안해 할까봐 계속 휴가 진행 중이시란다. 하해(河海)와 같은 은혜다. 그런데 나는 왜 행복하지 않을까. 개인적으로 내가 좌파든 촛불이든 저들과 합류하지 못한 이유는, 어떤 일이건 모든 원인이 내 자신에게 있다고 생각하기 때문이다. 그래서 언제부턴가 촉발된 저들의 네 탓, 사회 탓. 정부 탓, 세상 탓에 동조하지 못했다. 나는 지금 이 사태의 모든 근본적인 원인 또한 나, 그리고 우리들 자신이라고 생각한다. 우리는 사랑할 줄 몰랐다. 우리는 믿어야 할 것을 믿지 못했고, 싸워야 할 때 싸우지 못했고, 그래서 지켜야 할 것을 지키지 못했다.

최서원 스캔들이 터졌을 때 가장 먼저 등을 돌린 건 소위 보수진영이었다. 기획 탄핵한 국회의원들이나 돈을 먹었든 줄을 섰든 세 치 혀로 온갖 국정농단을 저지른 보수논객들을 이야기하는 게 아니다. 박 대통령을 신뢰했던 내 주변의 가까운 사람들조차 '등신처럼, 저런 여자에게 속냐, 오죽 못났으면…….' 하고 외면했다. 사태를 수습하고자 박 대통령이 나와 사과하는 순간, 동생들도 안 보면서 그 사람 하나 의지했구나, 이해하거나 마음 아파했던 게 아니라, 혹시나, 그럴 리 없다고 믿었던 나머지 사람들조차 배신감에 부들부들 떨며 싸늘히 돌아앉았다. 5프로까지 추락했다던 여론조사 따위는 신뢰하지 않지만, 주변에서 그에 대한 실망을 체감하는 건 어렵지 않았다. 아들 못 낳았다고, 질투했다고, 말 많고 병들었다고, 칠거지악 위반한 조선시대 며느리 내쫓듯이 우리는 그를 버렸다. 마누라 바람났다는 소문만 믿고 확인도 안 하고 쫓아낸 격이다. 사실은 중요하지 않았다. 권태가 찾아온 때 맞춰 새 여자로 바꾸고 싶었는지도 모른다. 무엇보다 사람들 입방아에 오르내릴 만큼 너란 여자, 완벽하지 않았구나, 하는 생각에 한마디로 쪽팔렸을 뿐이다.

그 뒤 드러나는 모든 증거들이 모함과 함정인 걸 빤히 증명하는데도 다 묻혔다. 거짓 언론의 선동이 작용했던 것은 사실이지만, 한번 돌아선 마음이 뜨겁지 않았던 것도 사실이다. 눈에 콩깍지가 씌워 마누라가 밖에서 무슨 짓을 해도 그 치마폭에 싸여 이쁘다 곱다, 물고 빠는 팔불출 같은 문빠, 노빠들과는 달리, 학벌 좋고 점잖떠는 사대부 보수 진영은 박빠라고 하면 저능아, 무뇌아 취급을 하며 최후의 보루마저 무너뜨렸다. 그렇게 박 대통령의 청렴과 진실을 아끼는 많은 사람들의 밑바닥 마음마저 겉으로 드러낼 수 없도록 무참히 짓밟아 버렸다.

심지어 불법 탄핵된 후 유죄판결을 받은 것도 아닌데 수감되자 이미 죄인 취급을 했다. 보수의 몰락이 모두 박 대통령 탓이라며 책임을 전가하기 바빴다. 잘한 것은 싹 다 사라지고 이래서 무능하고 저래서 무능했다고, 文이 청와대를 차지한 것도 그의 탓이라고 돌팔매질 당하는 사람에게 최후의 일격을 가한 것 또한 보수라는 사람들이었다.

저만 깨끗하면 되는 것이냐고 비난하는 사람들일수록 잠시라도 그를 지지했던 것이 부끄럽다는 듯, 그래야 지성인이라는 듯, 먼지 털듯 그에 대한 흔적을 몸에서 마음에서 싹싹 털어내느라 급급했다. 그것도 모자라 다른 이의 사랑을 비웃었다. 그들이야말로 청렴 결벽증 환자들

같아 보였다. 자기만 깨끗하고, 자기만 청렴하고, 자기만 진실되며, 자기만 지성을 가진 올바른 사람인 양, 태극기 집회 나갔을 때 다시는 나가고 싶지 않게 만든 것 또한 그런 부류의 사람들이었다. 그렇게 깨끗한 자기들끼리 남아 사분오열 나뉘어져 태극기 집회 참여자들을 허탈하고 부끄럽게 만든 것 또한 저들이 아니라 바로 이쪽 사람들이었다.

저들에게는 노무현의 어떤 과오가 드러나도 상관없다. 뇌물도, 자살도, NLL협약이나 청와대 문건 이전도, 그 무엇도 그를 더럽힐 수 없다. 그는 이미 신격화된 영웅이다. 그 어떤 헌사와 찬사도 그에겐 부족하고, 아무리 많은 돈을 퍼부어도 아깝지 않다. 그의 대를 이어갈 文에 대한 사랑 또한 마찬가지다. 북에서 미사일을 쏘아 대는 중에 휴가를 가는 것도 그들은 이해하고 감싼다. 모르면 북한에라도 물어볼 수 있는 것이고, 치매면 우리 이니 어쩌나, 하고 마음 아파할 것이고, 야동은 신체 건강한 대한민국 남자라면 볼 수도 있는 것이다. "우리 이니는 그래도 돼. 하고 싶은 거 다 해."라며 그들은 지켜낼 것이다. 그들에겐 그 무엇도 탄핵의 빌미가 되지 않는다. 저들은 사랑할 줄 안다. 사랑이 완벽한 사람에 대한 애정이 아니라는 것을 저들은 너무 잘 안다. 부족하고 어수룩할지언정 내가 사랑하겠다는데! 그들은 못난이 사랑조차 과시할 줄 안다. 어떤 욕을 먹든, 어떤 비난을 받든, 무슨 일이 있어도 자신의 사람은 지킨다. 자신의 사람을 비난하고 욕하고 위해하는 자라면, 그게 누구든, 처단하고 보복한다. 그게 무슨 사랑이냐고 하겠지만, 돈과 권력과 이념에 대한 사랑도 그럴진대, 진실에 대한 사랑은 그런 거여야 한다.

다시 희망을 가져야 한다면 뼈저린 반성이 있은 후에 가능할 것이다. 우리의 흉한 모습을 직시하고, 이래선 안 된다며 깨어나야 한다. 정말 지켜야 할 사람이라면 이해하고 포용해야 한다. 한번 내 사람이었다면 지킬 줄 알아야 한다. 그러나 우리는 저마다 너무 잘나고 너무 비판적이고 너무 뿔뿔이 흩어져 있다. 그것이 보수고 우파다. 나는 보수든 우파든 자유진영이든 뭐라 부르든 상관없이, 지난 6개월간의 우리 자신을 돌아보건대, 지금 이대로라면 현실을 바꿀 희망이 없다고 판단한다. 그 끝없는 절망이 지난 며칠 나를 아프게 했는지 모르겠다. 단 한 가지 기댈 게 있다면 오직 기적이다. 그래도 이 나라를 전쟁과 가난에서 구해낸 선배 세대의 지극한 마음과 선혈(鮮血), 그리고 지금 여기서 기울어진 모든 것을 바로 잡으려 노력하는 소수의 바른 분들의 노력을 가상히 여기사 예측할 수 없는 순간, 예측하지 못한 방법의 어떤 기적이 일어나길 바랄 뿐이다. 만약 우리를 깨우고 도울 외부의 어떤 돌발사태가 일어나지 않는 한, 저들의 치하는 당분간 지속될 것이다. 왜냐하면, 우리는 또 어떤 작은 일이 터지면 이내 우왕좌왕하며 서로를 원망하고 손가락질하고 분열될 것이기 때문이다.

불법 탄핵과 불법 대선이 보수 흉내를 내는 당 대표들을 당선시키기 위해 치러진 게 아니듯이, 그들의 치하에서 어느 판사가 박근혜 대통령에게 무죄 판결을 내릴 수 있겠는가. 박 대통령이 탈탈 털어도 죄가 없으니까, 변호사가 열심히 변론하니까, 모든 게 정상으로 돌아올 거라 아직도 믿고 있다면, 우리는 여전히 꿈에서 깨지 못한 우민(愚民)들일 뿐이다.

위가 쓰려 먹지도 뱉지도 못하는 동안, 나는 같은 증상을 앓는다는 수감되어 있는 그분을 종종 떠올렸다. 나는 내 집에서 내 몸에 맞는 약이라도 찾아먹고, 내 침대에서 온종일 잘 수라도 있지만, 그 분은 어떨까, 그분을 생각하니 목이 멨다. 정치는 그런 게 아니라고 말할 것이다. 누군가는 그를 버려야 한다고, 이제 그만 보내줘야 한다고도 말한다. 그러나 정치도 사람이 한다. 나라를 세우는 일도 사람이 한다. 거짓을 진실로 바로잡는 일도, 비뚤어지고 허물어진 것을 바로세우는 것 모두 사람만이 할 수 있는 일이다. 바로잡아야겠다, 세워야겠다, 일으켜야겠다는 마음 없이는 아무것도 할 수 없다.

묻고 싶다. 대체 박근혜 대통령을 버리고 우리는 무엇을 중심으로 삼아 일어설 수 있을까. 그가 완벽한 정치인이라는 게 아니다. 그가 완전한 인간이라는 게 아니다. 그러나 그는 자유통일 대한민국을 지향했던 대통령이다. 또한 우리가 지키지 못했던 이승만 건국 대통령과 박정희 대통령의 정치적 대를 이은 정치인이다. 그를 버리는 건 또 한 번 이승만, 박정희를 버리는 것과 같다. 무엇보다, 사람은 버리는 게 아니다. 사람은 품는 것이다. 우리는 어쩌면 사람을 사랑하는 법을 처음부터 다시 배워야 한다. 모든 기적은 진실한 마음, 사랑에서 시작된다.

2017년 5월 20일 토요일

그 방이 그 방이 아니야
: 김규나 〈거울의 방〉

있지도 않은 거울의 방을 운운하며 '세상과 불통된 단절의 벽이며 숲 속의 얼음 방' '호러 영화에 보면 거울 방 나오지 않나, 오싹하다.' 라는 반응을 성공적으로 이끌어낸 또 한 번의 언론선동. 대통령 직에서 끌어내리고 감옥에 가둔 것도 부족해 하는, 도대체 이 미친 세상을 어찌 해야 할까. 거울의 방이 어떻게 불통과 호러 영화를 떠올리게 하는지 모를 일이지만, 대부분의 사람들 또한 거울의 방, 하면 단순하게도 베르사유를 떠올리고 방탕과 사치를 생각하는 모양이다. 하지만 내게는 오스트리아와 모차르트, 그리고 가슴 한 켠 저릿한 아픔이 먼저 다가온다.

- 프랑스혁명의 재물이 되었던 마리 앙투아네트가 루이16세와 결혼하기 전, 어린시절을 보냈던 오스트리아 쉔부룬 궁전에 거울의 방이 있었다. 나는 소설 속에서 여섯 살의 어린 모차르트가 쉔브룬 거울의 방에서 첫 연주회를 마친 뒤 일곱 살의 마리 앙투아네트 공주에게 청혼했었다는 사실을 짧게 언급했다. 단지 어린아이의 엉뚱한 꿈이었고, 현실적으로 절대 이루어질 수 없는 일이었지만, 세상엔 선택될 수 없었던 갈림길이 늘 있기 마련이다. 돌아보면 아쉬움으로 남은 순간, '그래도 만약'이란 단서를 붙인다면 전혀 다른 결말이 예견되는 반전의 순간 말이다.

/ 김규나 〈거울의 방〉 중에서.

내가 쓴 단편 소설 〈거울의 방〉의 한 장면이다. 그러니까 앞으로는 거울의 방, 하면 엉뚱하고 무식하게 호러 영화, 그런 거 떠올리다 오싹해 하지 말고, 김규나의 〈거울의 방〉을 생각하는 수준 높은 독자가 되어 주시길.

2017년 5월 20일 토요일

결혼의 이면과 언론의 폭력 : 영화 〈나를 찾아줘〉

실종이라는 사건은 작가에게나 독자에게 또는 감독이나 관객에게 매우 자극적이며 호기심을 불러일으키는 소재다. 가까이 지내던 누군가가 사라진다는 것은 오늘이 어제 같고 내일이 오늘 같은, 보통 사람들의 삶에 일어나는 제어 불가능한 풍랑이다. 행방불명은 우리가 알고 있던 누군가의 인생이 정지했다는 것을 의미한다. 누군가와의 관계가 불현듯 단절되는 것을 뜻하는 것이다. 어쩌면 다른 공간, 다른 시간에서 그의 삶이 계속되기를 바랄 수도 있고, 어쩌면 그의 부재가 안도감을 주는 동시에 다시 돌아올지도 모른다는 불안을 안겨줄 수도 있을 것이다.

기억을 더듬어야만 만날 수 있는 사람은 그리움과 회한, 기다림의 공존 속에서 추억으로 남겨지거나, 누군가에 대해서는 의심과 음모로 얽혀서 남은 이들을 고통스럽게 할 수도 있다. 혹은 오랫동안 감춰져 있던 인간의 본질과 관계의 비밀이 마침내 수면 위로 모습을 드러내게 되는 계기가 되기도 한다. 현실에서 실종사건은 그대로 묻혀버리기도 하지만, 문학과 영화 등 작품 속에서는 반드시 진실과의 대면 시점을 발화시키는 동기가 된다. 그래서 사라진 엄마, 사라진 아내, 사라진 남편, 사라진 애인 그리고 사라진 시체까지 소설과 영화의 소재로 즐겨 다루어지는 것이다. 실종, 하면 떠오르는 약혼녀가 사라지는 미야

베 미유키의 소설 〈화차〉, 내가 죽인 아내의 시체가 감쪽같이 사라지는 스페인 영화 〈더 바디〉, 그리고 죽었는지 살았는지 모르는 아내를 남편이 죽였을 것이라고 모두가 의심해서 미치고 팔짝 뛰게 만드는 이야기, 〈나를 찾아줘(Gone girl)〉

〈화차〉가 자본주의 사회의 이면 속에 함몰된 젊은 여자의 불행을 집요하게 그려냈다면, 〈나를 찾아줘〉는 세상과 관습이 주입한 거짓, 미디어가 만들어내는 허상, 왜곡된 이미지 속에 갇힌 진실이 과연 무엇인가에 대한 탐구라고 할 수 있을 것이다. 눈에 보이는 것, 타인이 보여주는 것, 세상이 세뇌시킨 가짜에 우리는 얼마나 완벽하게 속고 있는가 하는 물음, 거짓과 진실에 대한 문제 제기로 볼 수 있을 것 같다. 하지만 행복해지고 싶은 개인의 욕망이 불러온 비극이라고도 할 수 있는 〈화차〉처럼, 반전의 매력에 스스로 도취된 면이 없지 않지만, 개인의 복수를 다룬 영화 〈더 바디〉처럼 조금 더 개인 앞으로 이 영화를 끌어올 수도 있다. 비뚤어진 미디어 기능과 그에 부화뇌동하는 포퓰리즘, 또는 교활하고 악마적인 사이코패스에 대한 고발이라는 관점을 살짝 밀쳐놓고 우리 사회가 사랑의 결실이라고 믿는, 혹은 믿어야만 하도록 계획되고 의도된, 결혼의 아름다운 환상을 섬뜩하게 까발리는 영화를 먼저 살펴보자.

당신은 누구예요(who are you)?

닉은 어느 날 친구들과의 파티에서 동화 작가이자 자유기고가 에이미를 만나 한눈에 반한다. 서로에게 끌린 닉과 에이미는 서로에게 묻는다. 죽을 때까지 답을 알아낼 수 없는 질문이다. 오래 전 대중가요의 가사처럼, 내가 나를 모르는데 당신이 나를 어찌 알까. 그렇지만 사랑은 그 답을 알고 싶어 자꾸 다가가게 한다. 만지고 싶게 하고 서로를 소유하도록 이끈다. 세상에서 널 가장 잘 아는 건 나야, 당신은 나를 가장 잘 알잖아,라는 착각 속으로 기어이 빠뜨려 버린다.

눈에 콩깍지가 씌이면 세상이 다 아름다워 보이는 법이다. 남들은 땀 뻘뻘 흘리며 설탕자루를 나르는데 공기 중에 풀풀 떠다니는 설탕먼지(번역에는 설탕 구름이라 했다) 속에서 닉과 에이미는 첫 키스를 나눈다. 달콤한 첫 키스의 허상을 감독이 일부러 드러내려고 한 건 아닐까 슬쩍 웃음이 난다. 입술에 묻은 설탕가루 덕에 키스가 더욱 더 달콤하게 느껴지긴 했을 테니까. 그래서 아, 이 여자야, 바로 이 남자야, 서로를 운명으로 받아들였을 것이다. 남자와 여자의 사랑은 그렇게 시작되고 닉과 에이미도 그렇게 결혼에 골인한다. 그들은 누가 보아도 아름다운 잉꼬부부로 살아간다.

그러나 끝까지 오래오래 행복하게 잘 살았다는 이야기를 하는 소설과 영화라면 볼 이유가 없다. 5주년 결혼기념일, 에이미가 사라진다. 그리고 참으로 묘하게도 모든 정황과 증거는 남편 닉이 아내를 살해했을 거라는 쪽으로 몰아간다. 미치고 팔짝 뛰겠다며 닉이 결백을 주장하면 할수록 점점 더 깊이 살인자의 혐의 속으로 빠져든다. 닉은 정말 아내를 죽였을까. 닉은 철저히 거짓말을 하고 있는 것일까. 도대체 에이미는 어디에 있을까. 그리고 텔레비전에 비치는 그 모든 정황과 리포트는 정말 사실일까.

러시아 속담에 '바다에 나갈 때는 한 번 기도하고, 전쟁터에 나갈 때는 두 번, 결혼할 때는 세 번 기도하라'는 말이 있다고 한다. 결혼은 풍랑으로 죽을지도 모를 바다보다, 총알과 폭탄이 날아다니는 전쟁보다 더 위험한 것일까. 왜 그토록 사랑해서 결혼했는데도 남자와 여자는 100퍼센트 행복하기가 어려운 것일까.

닉과 에이미의 문제는 결혼 후 닉이 직장에서 해고되는 데서부터 시작된다. '가난이 들어오면 사랑은 창문 틈으로 빠져나간다.'는 또 하나의 속담을 증명이라도 하듯, 두 사람의 관계에도 빨간 등이 켜진다. 그러나 여기에서 중요한 것은 그들의 위기가 돈 못 벌어오는 남편에게 에이미가 바가지를 긁기 때문이 아니라는 것이다. 닉은 아무런 상의도 없이 에이미가 평생 살던 도시를 떠나 자신의 고향으로 데려간다. 사실 대부분의 결혼은 여자에게 그런 과정을 겪게 한다. 부모형제를 떠나고 호적을 파서 남편의 집안으로 뿌리 째 옮겨 심어지는 것이다. 닉이 가족들과 재회의 기쁨을 나눌 때 에이미는 낯선 시집을 두려움에 질린 눈으로 돌아보며 이런 내레이션을 한다.

- 나는 그가 실수로 싣고 내려온, 그러나 여차하면 쓰레기장에 던져질 일회용품이 된 것 같았다. 나는 사라질 것만 같다.

귀향을 통해 닉은 의도했든 하지 않았든 결혼생활에서 에이미의 존재를 소외시키고 사라지게 한다. 게다가 외도까지 저지르고 만다. 무엇보다 닉에게는 그를 가장 잘 이해해주는 쌍둥이 여동생 마고가 있다. 생각해 보라. 남편의 반쪽과도 같은 시누이라니. 마고는 에이미를 벼랑 끝으로 몰기 위해 감독이 장치해둔 매우 상징적인 존재다. 그렇게 이쪽에도 저쪽에도 아내는 설 자리가 없다. 이제 에이미는 어떻게 해야 하는 것일까.

동물의 세계에서는 평생 유전자를 남기지 못하는 수컷이 대부분이라고 한다. 모계(母系)사회일 때는 인간사회 역시 마찬가지였을 것이다. 여성이 원하는 우월한 남성만 간택되었을 테니까. 또 초기 남성 중심 사회도 그랬을 것이다. 맹수처럼 힘을 겨루고 이긴 남자가 여자를 차지했을 것이다. 그러나 점차 부족이 확장되고 국가가 세워지면서 힘과 권력을 쥔 통치자들이 자신들의 세력을 확장시키는 과정에서 성 접대 차원에서 신분이 낮은 남성들에게도 결혼을 허락했다. "이 싸움에서 살아서 돌아오면 내 딸을 주겠네." "다음 전쟁에서 이기고 돌아오면 공주와 결혼하게 해주십시오." 이런 거래가 가능해진 것이다. 그렇게 점차적으로 우두머리가 아닌 남성들조차 최소 한 명의 여성과 관계를 하고 자신의 유전자를 남길 수 있는 행운을 얻게 된 것이다. 인류를 위해 궁극적으로 바람직한 선택이었는지는 확신할 수 없지만, 모계시대에는 당연시되었던 혼교(混交)도 부정되므로, 뛰어난 유전자만 품어 낳아 기르고 싶은 여성의 욕망 또한 금지된다. 무엇보다 일부일처제(一夫一妻制)는 더 많은 후손을 남기고 싶은 남성의 원초적 욕망을 억압한다. 다수의 남성에게 이로울 것 같은 제도가 능력 있는 개개인에게는 올가미가 된 것이다. 남편의 외도가 처녀 적엔 다소곳하던 아내의 억척스런 변신에서 오는 소외감 때문이라고 주장할 수도 있겠지만, '마누라 죽이기' 같은 노골적 제목의 영화가 있을 정도로 매력을 잃은 기존의 배우자를 버리고 더 젊고 아름다운 이성을 얻고 싶은 것은 동물과 인간 구분 없이 모든 수컷들의 로망이다.(암컷이라고 다를까.)

닉 : 그래, 당신을 사랑해. 하지만 우린 서로를 속이고 조종하려고 하면서 고통만 줬어.

에이미 : 그게 결혼이야.

에이미는 똑똑한 여자다. 하버드 대학을 졸업했고 집안도 좋고 미모의 작가이기도 하다. 그러나 에이미는 남편의 외도를 알고도 이혼을 요구하지 않는다. 순종적인 아내처럼 남편의 마음을 붙잡아 보려고 애를 쓴다. 하지만 한 여자와 한 남자가 아내와 남편이 되어 한 가정을 이루고 살면서 서로가 서로를 용인할 수 있는 선은 어디까지일까. 에이미는 결혼의 위기를 어떻게 극복해야 하는 것일까. 데이빗 핀처 감독의 영화 중 〈파이트 클럽〉, 〈조디악〉, 〈세븐〉을 보았는데, 그는 작품을 통해 인간의 감추어진 내면을 저글링하듯 자유자재로, 그러나 아주 날카롭게 후벼파면서 적나라하게 드러낸다. 많은 사람들이 그의 영화에 공감하는 이유는 인간이 자신의 생존을 위해 어디까지 이기적일 수 있는가 하는 것을 우리 모두가 너무나 잘 알고 있기 때문일지 모른다.

더 이상 영화의 스토리와 플롯에 대해 이야기하는 건 예의가 아닌 것 같아 그만두겠다. 기회가 된다면 그냥 보시라고 권하고 싶다. 상당히 매력적이고 재미있으며 충분히 몰입할 만한 영화이다. 특히 결혼을 한 독자라면 〈레볼루셔너리 로드〉와는 또 다른 면에서 많은 부분 공감할 것이다. 아직 미혼이라면 흠, 해? 말어? 하고 좀 갈등을 하게 될… 거라고는 생각지 않는다. 왜냐하면 우리의 뇌는 종족보존의 의무를 너무 잘 인지하고 있기 때문에 '나는 절대 실패하지 않아. 모든 커플이 다 박살나도 나만은 알콩달콩 행복할 거야.'라고 우기도록 설계되어 있으니까 안심하시길.

세상은 교묘하게도 이 세상의 존속과 종족의 보존을 위해 결혼을 지상 최고의 가치라고 가르친다. 그래서 아무리 힘들어도 이겨내라고, 견디라고, 그것이 선이며 아름다움이라고 강요한다. 그러나 남자와 여자는 남편과 아내 그 이전에 하나의 인간이다. 결코 희석될 수 없는 저마다의 생각과 욕망을 가진 객체라는 끈을 놓아버리지 않는 한, 결혼 제도는 불안할 수밖에 없다. 이 영화에서는 그 면을 매우 날카롭게 다루고 있다. 영화는 남편의 손이 아내의 머릿결을 쓰다듬는 장면으로 시작해서 똑같은 장면으로 끝을 낸다. 그리고 처음과 똑같은 내레이션을 들려준다.

무슨 생각을 하고 있어?
무엇을 느끼고 있어.
우리 서로에게 무슨 짓을 한 거지?

이 질문의 답을 알고 있는 부부가 몇이나 될지 궁금하다. 결혼이란 너무나 다른 두 종족(화성에서 온 남자와 금성에서 온 여자)이 같은 별, 같은 집에서 살아내는 일이니까. 그러나 이 질문들이 단지 결혼과 부부 사이만으로 국한되는 이야기는 아닐 것이다. 가까이 관계 맺는 사람들에 대해 우리는 정말 아무것도 모르는 게 아닐까, 속을 다 내주고 있다고 생각하지만 서로의 생각과 느낌을 끝내 알 수 없는 영원한 타인인 것은 아닐까. 사람과 사람 사이에 놓인 아슬아슬한 외줄을 본 것 같아서 영화를 보고 난 뒤 가슴이 서늘해지는 것은 어쩔 수 없다.

이처럼 결혼의 이면에 대해 고찰해 본 영화 〈나를 찾아줘〉는 또 다른 사회적 측면, 미디어가 만들어내는 허구를 성찰해 보기 딱 맞는 영화이기도 하다. 언론과 미디어가 창출한 이미지에 갇혀 한 생각도 벗어나지 못하는 인간과, 그 때문에 매몰된 개인의 고통을, 고통을 파묻은 채 대중 앞에서 우린 사랑해요,라고 말할 때 진실로 받아들이며 감동받는 천박한 포퓰리즘을, 그것이 아름답다고 몰아가는 사회를, 그런 사회를 구성하는 기본 단위인 가정에게 부여한 의무와 책임을, 그 가정을 유지해야 하는 남자와 여자가 짊어진 짓눌린 무거움을, 그 잔혹한 관계 속에서 발아하는 또 다른 탄생을, 그러나 그 어떤 세뇌와 강압에도 인생이란 결코 계획대로 순탄하게 결론지어지지 않는다는 것을 보여주려고 애쓴다.

실종된 아내를 찾기 위해 기자회견을 하는 남편이 '미소 지으세요' 하고 주문하는 정신 나간 기자들의 지시에 따라 어색하게 웃는다. 추후 닉은 아내 살인 용의자로 몰리게 되면서, 기자들이 주문했다는 사실 보도는 쏙 빠진 채 웃는 사진이 증거물이 되어 감정이 있네 없네 하며 마녀사냥을 당한다. 하긴 웃으란다고 웃는 남편도 웃기긴 하지만, 그런데 그게 또 사람이니까, 보통사람이 방송사 카메라 앞에 서 있는 것도 어색한데 플래시 뻥뻥 터지면서 기자들이 막 웃으라고 주문하면 나라도 웃지 않았을까. 어색하면 사람들은 배시시 잘 웃으니까. 그렇게 생각해보면 오싹 소름이 돋는다.

타인이 만들어낸 거짓, 미디어가 만들어내는 허상, 세상이 세뇌시킨 가짜에 우리는 얼마나 완벽하게 속고 있는가를 통렬히 보여주는 영화가 끝나는 순간, 그러나 관객은 현실 속으로 돌아오자마자 또 다시 손바닥 안의 스마트 폰만 쳐다보면서 앵무새처럼 말하고 마리오네트처럼 춤춘다. 그러면서도 자신이 제일 똑똑한 줄 안다. 내가 모른다는 것을 모르는 무지와 내가 아는 것이 지상 최고의 진실이자 선이라고 믿는 어리석음이야말로 세상에서 가장 무서운 것인 줄 가르쳐주는 고마운 바보들.

2017년 5월 19일 금요일

허구와 환상이 만들어내는 열광

또래 친구들이 연예인이나 남학생, 또는 선생님에게 빠져 있을 때 내가 소망한 남자는 현실에 없었다. 어떻게 허점투성이 인간을 사랑할 수 있을까, 이해되지 않았다. 좋아하는 대상이 없는 건 아니었다. 내가 태어나기도 전에 저세상 사람이 되어버린 클라크 게이블, 그는 완벽해 보였다. 고등학생이었던 나는 할 수만 있다면 영혼을 팔아서라도 단 한 순간 클라크 게이블과 키스하는 비비안 리가 되고 싶었다. 그의 얼굴이 담긴 사진과 엽서를 구하기 위해 명동과 서소문, 충무로를 뒤지고 다녔다. 그러던 어느 날, 그의 입 냄새가 심해 비비안 리가 키스 씬을 힘들어 했다는 어느 가십기사를 보고, 그 아름다운 장면은 영화 속에서 각고의 노력 끝에 연출된 장면일 뿐이라는 것, 그리고 세상에 완전한 사람은 없다는 것을 슬프게도 깨달았다. 그렇다고 그에 대한 호감이 사라진 건 아니었다. 아마도 그와 직접 키스할 일이 없었기 때문일 것이다.

내 삶에 직접 들어와 기쁨과 눈물을, 고통과 행복을, 생각과 대화와 인생을 살뜰히 나누는 사람이 아니라면, 막연히 누군가를 좋아하는 일은 세상이 만들어 놓은 허구와 내가 마음대로 지어 놓은 환상의 결과물일 뿐이다. '우리 이니 하고 싶은 거 다 해!'가 가능한 것도 그 때문이다. 착각과 잘못된 선택이 자신의 삶을 피폐하게 만들었다는 것을 깨닫게 되었을 때는 너무 늦은 증오밖에 남지 않겠지만.

2017년 5월 18일 목요일

퀴블러의 죽음의 5단계

퀴블러의 죽음의 5단계란 게 있다. 부정, 분노, 타협, 우울, 수용. 그러나 죽음이 아니더라도, 이는 거부하고 싶은 현실에 대한 심리에 해당되기도 한다. 드디어 사람이 먼저인 시대가 열렸다며 사람들은 축제 분위기라는데, 그날 이후 나는 줄곧 우울하다. 수용의 경지가 머지않은 걸까 싶으면 다시, 이럴 수는 없어, 하며 부정하고 있다. 그러면 다시 분노가 인다. 아마도 저들의 시대가 다할 때까지 끝내 수용의 단계까지 가지 못하고 앞의 네 단계만 반복하게 될 것 같다. 마지막 단계, 수용이 의미하는 것은 두 가지다. 단념 또는 희망. 수용할 수 없다는 건 아직 포기하지도 희망을 품지도 못했다는 뜻이다.

2017년 5월 17일 수요일

스스로 붕괴되고 있는 대한민국

- 거대 문명은 외세에 정복당하기 전에 이미 내부로부터 붕괴되었다.
/ 철학자 윌 듀런트

文이 부탄을 모델 삼아 행복정책을 도입할지 기대된다며, 일간지

한겨레가 전했다. 부탄에는 '국민총행복위원회'가 있고 국내총생산 GDP 대신 '국민총행복지수'를 국정지표로 삼는다고 한다. 文과 한솥밥 드시는 익명의 관계자는 아직 검토된 바 없다고 했지만, '정부가 국민을 행복하게 해주지 못하면 정부의 존재 가치가 없다.'는 부탄의 법전 중 일부를 文이 페북에 직접 언급한 적 있다고 하는 것으로 보건대, 우리도 머잖아 부탄을 따라 한 태국처럼 '국민행복지수센터'를 갖게 되고, 아랍에미리트처럼 '행복부 장관'을 모시게 될지도 모르겠다. 이 기사를 쓴 종교부 기자라는 양반은 부탄을 닮고 싶은 개인적 희망을 다음과 같은 문장으로 마무리했다.

- '성장'이 아닌 '행복'이 정책의 기본방향으로 자리 잡는 일이 한국에서도 가능할 것인가.

어떤 정부가 내 행복을 책임져 줄 수 있을까. 바닥이 보이는 통장에 돈을 꽉꽉 채워주고, 새로 짓는 평수 넓은 아파트랑 외제승용차 사주고, 나의 미출간 장편소설 팍팍 찍어준 다음 서점에 쫙 깔아주고, 100만부, 1,000만부 베스트셀러 되어 날개 돋친 듯 팔리도록 홍보해 주고, 팬사인회 해주고, 애인은 좀 뭐하더라도 꽃미남 수행원이라도 하나 붙여주시고, 뭐 그럼 행복하긴 하겠다. 그런 건 행복이 아니라고? 아니, 내 행복의 기준은 그런 거야! 라고 하면 어쩌실 건지? 그런 건 내가 노력해야 하는 거라고? 나도 내내 그렇게 생각해 왔는데 정부의 존재 가치는 국민을 행복하게 해주는 거라며? 그건 맞는데, 내가 원하는 행복은 정부가 해줄 수 있는 게 아니라고? 그럼 애초에 말을 말던지! 그러니까 정부나 국가는 개인이 행복을 '추구' 할 수 있는 환경을 만들어줄 수 있을 뿐이고 행복하게 해줄 수는 없다는 거, 이제 좀 이해가 되는지…….

2016년 기준 우리나라 1인당 GDP는 27,195달러로 세계 순위 28위인데 부탄은 2,837달러, 세계 순위 127위다. 나 개인적으로 보자면 부탄하고 그다지 차이가 없긴 하지만, 그래서인지 나도 그들처럼 그다지 불행하다고 느끼지는 않지만, 그래도 굳이 부탄이나 부탄 같은 나라에서 살고 싶지는 않다. 혹시 부탄은 GDP 따지기 '쪽'팔리니까 안 따지는 거 아닐까. GDP 발표하면 국민들이 불행한 거 깨달을까봐 그러는 거 아닐까, 그런 불순한 의심이 고개를 쳐든다. 일부 시민들 말대로 우리나라는 지금 헬 조선인데, 성장 대신 행복 추구하며 연 3,000달러도 못 벌어서 세계 순위 130등 정도 하면 헤븐 조선 되려나? 순간, 저들의 말이 막 환청처럼 들린다. "행복은 성적순이 아닙니다. 행복은 산수가 아닙니다. 행복은 오직 우리 이니와 함께하는 것입니다." 위를 보고 살지 말고 아래를 보고 살라는 말도 있긴 하지만, 부탄이라니, 아래도 너무 아래다. 저 아래를 보며 우리 스스로 붕괴되고 있는 대한민국.

2017년 5월 16일 화요일

슬픔

세상에서 가장 힘 센 건, 무지와 어리석음이다. 텅 빈 머리는 다이아몬드보다 투명하고 그보다 단단하다. 세월이 아무리 흘러도, 그 어떤 불의를 목격해도 천지분간 못하고, 서로를 마주보며 오직 끼리끼리 그토록 열광하는 이유다.

2017년 5월 16일 화요일

이렇게라도 위로를
: 애니메이션 〈미녀와 야수〉

- 희망과 사랑을 잃지 말아요. 만약 잃게 된다면 모든 걸 잃게 될 거예요. / 〈미녀와 야수〉 중에서.

bad가 늘 bad의 모습으로 오는 게 아닌 것처럼, good 또한 종종 good으로 오지 않는다. 가령 〈미녀와 야수〉에서 추한 노파의 모습을 한 천사처럼, 괴물의 모습을 한 왕자처럼, bad는 어떤 과정을 거쳐 good의 본연(本然)의 모습을 드러낸다. 그러니 good이 꼭 good이 아니듯, bad라고 해서 반드시 bad는 아니다. 그 둘을 변화시키는 것은 진실을 깨달은 왕자처럼, 사랑을 깨달은 벨처럼, 결국 나 자신이다. 죽지 않으면 부활이 없고, 진흙 밭이 완전하게 갖추어지지 않으면 연꽃은 피지 않는다.

2017년 5월 13일 토요일

모두가 내 탓

그날 이후 며칠째 해가 뜨지 않는다. 숨을 쉬기 힘들다. 온 국민이 새로운 시대를 맞아 고등어구이 잔치를 하는가 보다. 오늘은 먹장구름에 바람까지 미친 듯 분다. 생각해 보니 文지지자들은 얼마나 좋을까 싶다. 인천공항 비정규직 직원들과 가족들도 그가 얼마나 멋지고 존경스러울까 싶다. 공무원이 너무나 되고 싶었던 취업준비생들도 활짝 열린 문 앞에서 행복할 것이다. 그토록 부르고 싶었던 '임을 위한 행진곡'을 마음껏 부를 수 있게 된 사람들도, 종북세력이라 종종 눈치보던 사람들도, 세금 체납한 거 걸리면 어쩌나 마음 졸이던 이들도 행복할 것이다. 특목고, 외고, 서울대 가고 싶었으나 실력이 안 되는 아이들도, 국정교과서 반대하던 이들도, 18개월 군복무 기간이 너무 길다고 느꼈던 입영 대상자들과 그들의 부모도 행복할 것이다. 4대강 때문에 자연이 파괴된다고 마음 아파했던 사람들도 행복할 것이다. 이 정부가 들어서나 저 정부가 들어서나 여차하면 이 땅을 뜰 수 있는 금수저들도 행복할 것이다. 무엇보다 개성공단 다시 열고 전기와 쌀과 돈이 마구 쏟아져 들어올 것을 기대하며 전 국정원장과 탈북자들을 북으로 올려 보내라고 지시하는 김정은, 너무 너무 너무 행복할 것이다. 생각해 보면, 지금 내가 행복하지 않은 건, 금수저를 물고 태어나지 못한 탓이다. 인천공항 비정규직 사원이 아닌 때문이고, 특수고, 서울대, 군대 보낼 자식이 없는 때문이고, 공무원 시험 보기엔 너무 나이든 탓이다. 무엇보다 이니를 진작 좋아하고 존경했더라면 지금 얼마나 행복하고 또 행복했을까. 모두가 내 탓이다. 역시 성현들의 말씀은 한 자락도 틀리지 않다.

2017년 5월 12일 금요일

털면 먼지가 풀풀 나더라도
: 드라마 〈하우스 오브 카드〉

드라마 〈하우스 오브 카드〉에 피터 루소라는 인물이 나온다. 하원의원인 그는 어느 날 약물복용을 한 상태에서 성매매를 하다가 음주운전 검문에 딱 걸리고 만다. 그의 트리플 약점을 최대한 이용, 덮어주고 협박하고 마음껏 써먹다가 필요 없게 되었을 때 토사구팽 하는 자가 나중에 백악관 입성에 성공하는 주인공, 프랭크 언더우드(케빈 스페이시)다.

털면 먼지 안 나는 사람은 없을 터, 스탠스가 바뀌었구나 느껴지는 사람들을 보면, 어쩔 수 없이 이 미국 드라마 속의 피터 루소가 떠오른다. 지금은 승승장구하는 듯 보이지만 어느 순간, 쓸모가 없어지고 오히려 그 존재가 위협이 될 때 피터처럼 제거되는 건 아닐까, 그들의 끝이 궁금해지기도 한다.

누군가 내 약점을 쥐고, '너 이제 페북에 이런 글 그만 써. 아니면 터뜨릴 거야.' 한다면 겁나겠지. 하지만 회유한다면, "내 말 잘 들으면, 나를 띄워주고 빨아주고 핥아주면 평생 걱정 없이 살게 해줄게. 자리도 주고 권력도 주고, 고급 아파트도 주고 외제차도 주고, 베스트셀러 작가로 밀어주고, 원한다면 잘생긴 호빠도 붙여줄게." 한다면, 아, 고민되겠지. 고민될 거야……. 지금 죽느냐 나중에 이용당하고 죽느냐의 차이겠지만, 우선은 당장 살고 싶을 거야. 어쩌면 지금 이렇게 글을 쓸 수 있는 건, 그런 협박과 회유가 닿지 않았기 때문일지 모른다고 생각하면 슬프기도 하고, 오싹 두렵기도 하다.

2017년 5월 12일 금요일

언론, 거짓 복음의 원천 : 영화 〈네트워크〉

- 폭동이나 저항운동을 선동하는 건 아닙니다. 제가 아는 건 먼저 여러분이 화를 내야 한다는 겁니다. 젠장, 난 인간이야! 내 인생은 가치가 있다고! 하면서 말이죠. 이제 일어서야 합니다. 모두 의자에서 일어나세요! 일어서서 창문을 열고 머리를 밖으로 내밀고 외쳐요. 너무 화가 나서 참을 수 없어! 하고,

- 책을 읽는 국민이 전체의 3%도 안 되니까! 신문을 읽는 국민은 15% 이하니까! TV로 진리를 얻으니까! TV를 통해서가 아니면 아무것도 배울 수 없으니까! 이 바보상자가 복음이요 진리의 원천이니까. 이 상자는 교황, 대통령, 수상을 만들기도, 파괴하기도 합니다. 신이 부재하는 세상에서 유일하게 전능한 존재입니다. 나쁜 사람들이 이 상자를 조정하면 큰일 나는 거죠. TV 속에는 진리가 없어요. TV는 놀이공원이라고요. 시간을 죽이는 걸 도와줄 뿐이죠. / 영화 〈네트워크〉 중에서.

이 영화를 본 사람들이 우리나라에는 많지 않으리라 생각되는데, 기회가 닿는다면 꼭 보길 권한다. 한때는 TV만 바보상자인가 했는데 이제는 신문, 라디오, 포털 할 것 없이 온통 거짓과 선동뿐이다. 그런데도 텔레비전이 '복음과 진리의 원천'이라 믿는 바보들은 더 많아졌

다. 여기에 종편, 신문, 라디오, 포털, 인터넷, 스마트 폰을 맹신하는 바보들이 더해졌고 바보 수준도 더 심화되었다. 그 결과 이미 '큰일'은 나버렸다!

2017년 5월 11일 목요일

주사파랑 고주파랑 그게 그거?

- 무언가 잡기 위해 허우적거렸지만 아무것도 없었어. 어딘가에 있을 사람들에게 살려달라고 소리치고 싶었지만 그럴 수도 없었지. 나는 고개를 들어 바다 위를 올려다보았어. 파란 수면으로 쏟아져 내리는 햇살은 너무 멀어서 영원히 손이 닿을 것 같지 않았어. 아른거리는 햇빛이 점점 희미해지고 있었지. 그때 얼마나 두려웠는지 몰라. 이 바다 어딘가에 처박혀 죽게 될 거라고, 영원히 내 몸은 발견되지 않을 거라고 생각했어. 나는 한 번도 내가 살고 싶어 한다고 느낀 적이 없어. 죽으면 어때, 쉽게도 생각했지. 하지만 얼마나 오만하고 어리석은 자만이었는지 이젠 너무 잘 알아. 지금도 눈을 감으면 어두운 바다 밑으로 아득히 가라앉던 순간이 생각나. 그날 바다에서 내가 얼마나 죽음을 두려워했는지, 얼마나 살고 싶어 바동거렸는지. 그때 알았어, 나는 살아서 발버둥 쳐 본 적 없다는 걸, 누구도 사랑한 적 없다는 걸, 간절히 꿈꾸지 않았다는 걸, 세상이 나를 아프게만 한다고 원망하느라 한 번도 내 스스로 끌어안아 본 적이 없다는 걸 말이야. 다시 뭍으로

올라가서 진짜 살아보고 싶었어. 사랑하고 꿈꾸고 싶었어.

/ 김규나 미출간 장편소설 중에서.

왜 이제야 이토록 내 나라가 소중한 것일까. 왜 이제야 내가 누리고 있는 자유와 일상이 이토록 아쉬운 것일까.

- 주사파가 고주파랑 비슷한 거 아닌가.
- 이니 만세. 꽃길만 걸어용.
- 공약 안 지켜도 되니까 행복하세용!

文 당선 기사에 달린 댓글들이다. 귀엽기도 하고. 그러나 참을 수 없는 저들의 가벼움을 보고 있자니 아무렇지 않던 내 삶이 참으로 무겁게 느껴진다. 문득 지난겨울 써두었던 1,800매 분량의 장편소설 중 저 장면이 떠올랐다. 다시 이 나라를 찾을 수 있을까. 저들이 호언한 '궤멸'과 '불살라짐' 속에서 죽지 않고 살아남을 수 있을까. 이 나라를 살리기 위해서, 눈 감고 사는 사람들을 깨우기 위해서, 다 같이 살아남을 수 있도록 나는 무엇을 해야 하나. 내가 할 수 있는 일이 있긴 한 것일까, 하고 자문하는데 왜 눈시울도 가슴도 뜨거워지는 것일까.

2017년 5월 10일 수요일

젠가와 모래성

젠가는 쌓아올린 탑을 허물듯 돌아가면서 한 사람씩 나무블록을 빼내는 보드게임이다. 균형이 무너져가던 탑을 기어코 쓰러뜨리는 당사자가 패하는 것인데, 모래성을 높이 쌓고 그 위에 깃발 하나를 세운 뒤 한 줌씩 돌아가며 모래를 끌어당기던 놀이와 비슷하다. 블록이 무너지는 이유는 조각을 빼내는 사람의 부주의 때문일 때도 있지만, 균형의 한계점에 도달했기 때문이다. 모든 전략을 구사하며 아무리 신중하게 접근해도, 눈의 무게를 아무렇지 않게 견디던 나뭇가지가 단 하나의 눈송이가 내려앉는 순간 툭 하고 부러지듯이, 탑이 무너지는 순간은 오고야 만다. 단순한 게임인데도 고도의 머리싸움을 요하는 다른 게임에 비해 긴장감과 재미가 떨어지지 않는 이유는, 마지막 조각을 빼내는 사람이 자신이 아니길 바라는 스릴과 긴장감 때문일 것이다.

최근 우리나라의 상황은 진보의 이름을 앞세운 종북좌파가 주도하는 젠가 게임과 다르지 않아 보인다. 지난 30여년 교육과 역사, 문화예술 등 국민의 의식을 지배하는 거의 모든 분야가 좌편향 되어오는 동안, 우리는 이 사회를 지탱하고 있던 블록이 하나둘 빠져나가는 줄 알지 못했다. 휴전 상황의 긴장을 슬그머니 지워버린 뒤 평등과 복지와 다수결의 민의만을 앞세우는 정치가 능사(能事)가 되어가는 동안, 독재라는 명분으로 대통령의 권력이 위축되고 이원집정부제를 지향하는 국회의 권력이 극대화되어 가는 동안, 설마 내 삶이 무너질 일 있을까, 위기를 의식하지 못했다. 심지어 낮은 단계 연방제를 위시하여 사회주의나 공산주의 이념의 소용돌이 속으로 급속히 빨려 들어가면서도 개인의 자유 상실과 국가의 붕괴를 의심조차 하지 않는다. 진보와 보수, 좌파와 우파, 민주와 자유, 평화와 휴전의 위험성을 인식하지 못하는 많은 국민에게는 균형을 지탱하던 마지막 블록이 빠져나가며 탑이 무너지기 전까지는, 단 하나의 눈송이가 떨어지면서 나뭇가지가 툭 하고 부러지기 전까지는, 다만 민주주의란 이름의 재미있는 게임, 아름다운 겨울의 한 풍경일 뿐일 것이다.

좌파가 주도면밀하게 게임을 주도해온 젠가 플레이어라면, 우파의 의미도 모르는 자칭 보수주의자들은 바닷가에서 모래성 빼앗기 놀이에 정신이 팔려 있는 철부지들이었다. 파도가 몰려오고 있음을 모르지 않았을 테지만, 게임의 참여자로 최대한 오래 즐기고 싶을 뿐 붕괴의 책임은 떠맡지 않길 바랐다. 그들의 전략은 단 하나, 모래 밥이 많을 때는 욕심껏 한 아름 끌어당기고, 몰락이 다가왔을 때에는 끝에서 깨지락, 한두 알 덜어냈을 뿐이다. 그렇게 우파는 우파들끼리 게임의 종결자가 되지 않기 위해 치열하게 경쟁했다. 더 가져가라, 덜 가져왔다, 네 몫이다, 내 몫이다, 하고 머리 터지게 싸웠다. 어떤 의미에서는 자유, 공화, 세계시장경제를 기반으로 한 대한민국이란 이름의 탑을 무너뜨리는 데 있어 그들이 일등공신이었던 셈이다.

몰락은 예정되어 있었다. 구멍이 숭숭 뚫린 걸 알면서도 17대 대통령이 무사했던 건 적과 싸우지 않았기 때문이다. 효선 미선 사고 때도, 광우뻥 사태 때도, 그는 광화문에 차벽 산성을 쌓고 뒷산에 올라 눈물 흘리며 노래를 불렀을 뿐 아무것도 하지 않았다. 그가 탄핵당하지 않은 건 그가 저들의 두려워할 만한 적이 아니었기 때문이었다. 그 정권이 좌파에게 대권을 넘기지 않을 수 있었던 건, 그가 모래밥을 자신의 책임만큼, 비겁하지 않을 분량만큼 끌어안지 않았기 때문이다. 그래서 임계점을 맞이하지 않은 덕이었을 뿐이다.

사람은 어느 누구도 완전하지 않다. 모든 걸 잘 해도 꼭 한 가지 모자란 게 있는가 하면, 전부 다 부족해도 어느 하나는 뛰어난 재능을 가질 수 있다. 모두에게 미움 받는 사람이라 해도 그조차 이 세상에 온 이유가 있을 것이고, 만인에게 칭송받는 자라 해도 어느 누군가에게는 미움과 원망을 사기도 한다. 신이 아닌 이상 어느 누가 예외일 수 있을까. 사태가 지금에 이르고 보니 주변에 온통 그들이 심어놓은 적에 둘러싸여 있던 대통령이었다. 그런 그가 혼자 적들과 싸웠다. 대북송금 중단, 개성공단 철수, 통진당 해산, 전교조 법외노조화, 민노총 무력화, 국정교과서, 종교단체 과세, 코레일, 공무원연금법 개혁, 방신비리 척결 추진, 특권층 특별사면 금지, 한미연합사 전시작전권 전환 무기 연기, 사드 배치 결정, 한미동맹 강화……. 그렇게 그는 자신이 감당해야 할 모래의 분량을 과감하게, 망설임 없이 끌어안았다. 그렇게 홀로 적과 싸웠기 때문에 탄핵당하고 수감되었다. 저들에게 그가 위협이 되지 않았다면 시간을 기다려 무능한 대통령으로 낙인찍고 다수의 지지를 얻으며 안전하고 당당하게 차기정권을 쥘 수 있었다. 4년도 기다렸는데 나머지 6개월을 기다리지 못할 리 없었다.

그러나 그들은 기다리지 못했다. 그 불안의 증거가 세월호 7시간이었고, 고영태 국정농단이었고, 국회의원의 탄핵소추였고, 만장일치 파면이었고, 조기 대선이었다. 그런데도 그가 다만 무능한 여자였기 때문에 탄핵당하고, 수감되고, 좌파에게 정권을 넘긴 것이라고 말하는 이들이 있다. 과연 그럴까. 지력이 모자라고 겁이 많고 결벽증 환자처럼 저 혼자 깨끗한 척, 깔끔한 척, 사람 볼 줄 모르고 양말 한 짝 제 손으로

산 적 없는 경제 무능인이기 때문이었을까. 정말 지금의 이 말도 되지 않는 상황에 대한 책임이 모두 그 한 사람, '그 모자란 여자' 때문인 것일까.

박근혜 대통령을 두둔하려는 게 아니다. 그저 사람에 대해 이야기하고 싶을 뿐이다. 재미없는 말이지만, 다른 사람을 손가락질 할 때 나머지 네 개의 손가락은 자신을 가리킨다는 말은 진리다. 패배했을 때, 절망스러울 때, 그래서 공포스럽기조차 할 때, 분노해야 할 대상은 적이 아니라 나다. 밖이 아니라 내면이다. 그걸 모르고 이제 와서 모든 책임을 그에게 전가하고, 그를 비난하는 사람들을 보자니 헤어진 연인에 대해 악담하고 저주하는 것 이상으로 참 못나 보인다.

우리는 졌다. 지키고 싶었던 가치를 지키지 못했다. 그러나 앞으로 5년, 그 사이 나라가 무너지지만 않는다면 기회는 다시 올 것이다. 무너진다 해도 무엇이 두려울까. 이스라엘은 2천년을 유랑하면서도 세계의 부(富)와 지식의 중심이 되어 기어이 나라를 얻었다. 하물며 우리는 가진 것 없어 배고프고 헐벗던 시절에도 나라를 건국하고 경제발전을 이루어낸 선배 세대의 유전자를 가진, 자랑스러운 그들의 후배인 것이다. 무엇보다 우리에겐 자유통일 대한민국에서 우리의 후배 세대가 살아가게 해야 할 책임과 의무가 남아 있다.

젠가든 모래성이든 게임의 재미는 의외로 와르르 무너지는 순간 휴우, 내가 아니었구나 하는 안도감일지도 모른다. 그러나 이 놀이들이 세대가 바뀌어도 사랑받는 진짜 이유는, 자신이 무너뜨린 순간 긴장이 풀리며 아, 역시 나였어,라는 낭패감과 동시에 다시는 실패하지 않겠다는, 그래서 다시 한 번 더, 하고 덤벼들게 만드는, 패배를 상쇄하고 싶게 만드는 재빠른 도전 정신, 그 명징한 투지가 불러오는 쾌감 때문일지도 모른다.

절망은 깊을수록 좋다. 그러나 짧아야 한다. 재빨리 손을 털고 깨끗이 잊든지, 분하고 원통한 마음을 보상해 주어야 한다. 그래야 앞으로 나아갈 수 있다. 그래야 성장할 수 있다. 넘어지면 그 자리에서 넘어진 땅을 짚고 일어서야 하는 것이다. 영원한 패배자로 남고 싶지 않다면, 무너진 모래성을 재정비하고 내 모래와 당신 모래를 합해서, 내 블록과 당신 블록과 무너진 블록들을 한자리에 모아서 처음부터 다시 시작해야 하는 것이다. 지금 이 순간, 새로운 게임을 시작할 시간이다. 그러니 자, 다시 게임 할 사람, 여기 붙어라!

2017년 5월 10일 수요일

어두운 밤을 순하게 받아들이지 말아요

영화 〈인터스텔라〉에 인용되는 시를 찾아 읽는다. '분노하라'는 말을 정말 좋아하지 않지만 오늘만, 오늘 새벽 딱 한 번만, 딜런 토마스의 시 '어두운 밤을 순하게 받아들이지 말아요'를 읽으며 분노한다.

어두운 밤을 순하게 받아들이지 말아요.

/ 딜런 토마스

어두운 밤을 순하게 받아들이지 말아요.
나이 든 이여, 저물어가는 빛에 대해 소리치고 저항하세요. 분노하고 또 분노하세요, 그 빛이 꺼져가는 것에 대해. 지혜로운 이들은 죽음을 앞두고도 순하게 그 어둠을 받아들인다지만, 그들의 언어는 이미 섬광을 잃었으니, 그대여, 순순히 어두운 밤을 받아들이지 말아요.
착한 사람들은 마지막 파도가 칠 때 그 빛을 한탄하며 초록빛 바닷가에서 덧없이 춤을 춘다지만, 그대여, 분노하고 또 분노하세요, 그 빛이 꺼져가는 것에 대해.
거친 사람들은 해가 달아나는 줄도 모르고 노래하지만, 뒤늦게 해가 저문 걸 알고 슬퍼하나니, 그대여, 어두운 밤을 순순히 받아들이지 말아요.
용감한 사람들은 죽음이 가까운 암흑 속에서도 보이지 않게 된 눈조차 별처럼 빛나고 즐거워한다지만, 그대여, 분노하고 또 분노하세요, 그 빛이 꺼져가는 것에 대해.
그리고 저 슬픔의 높이에 있는 나의 아버지시여, 저주하시길, 그 뜨거운 눈물로 축복해 주시길 나는 기도하나니, 그대여, 순순히 어두운 밤을 받아들이지 말아요. 그대여, 분노하고 또 분노하세요, 그 빛이 꺼져가는 것에 대해.

2017년 5월 9일 화요일

I do! I do! I do!

- 삶이 그대를 속일지라도 슬퍼하거나 노여워하지 말라! 슬픈 날을 참고 견디면 기쁜 날이 오고야 말리니. 마음은 미래에 살고 현재는 우울한 것. 모든 것은 순간에 지나가고 지나간 것은 다시 그리워지나니. / 푸시킨 시 중에서.

오늘처럼 이 시가 와 닿은 적 없다. 우산을 쓰고 한 시간 넘게 걸었다. 미래를 약속하며 반지 끼워주는 이 없지만, 나 혼자 토끼풀 꽃반지 끼고 언약했다.

“그대는 무너져가는 대한민국, 암울한 시대를 맞아, 비가 올 때나 눈이 올 때나, 기쁠 때나 슬플 때나, 아플 때나 건강할 때나, 절대 실망하지 않고, 좌절하지 않고, 절망하지 않고, 희망과 소망과 자유를 포기하지 않으며 더욱 더 삶을 사랑하며 글을 쓸 것을 약속합니까?”

“네, 네, 네. I do! I do! I do!”

2017년 5월 8일 월요일

품번이 뭐예요?
: 블라디미르 나보코프 〈롤리타〉

- 내가 앉아 있는 책상 위로 그녀가 갈색머리를 기울이자 짐짓 아버지인 체하며 팔로 그녀의 허리를 감았다. 나의 순진한 방문객은 근시인지 원고에 몸을 바싹 갖다 대느라 내 무릎 위에 반쯤 걸터앉았다. 그녀의 아름다운 옆모습, 조금 벌어진 입술, 따스한 머릿결은 내 하얀 송곳니 바로 앞에 있었다. 나는 그녀가 입은 옷 속에 감추어진 따듯한 육체를 느꼈다. 갑자기 그녀의 목덜미나 입술 한가운데에 아무런 거리낌 없이 입을 맞출 수도 있으리라는 생각이 들었다. / 블라디미르 나보코프 〈롤리타〉 중에서.

남자와 여자의 성적(性的) 열망은 사실 크게 다르지 않다. 사회적인 제약으로 인해 여성의 욕망이 잘 관리되고 덜 노출될 뿐이다. 중학생 제자와 관계를 가진 여교사 이야기를 간혹 가십란에서 볼 수 있는가 하면, 할머니의 수줍은 사랑을 그린 영화 〈하와이언 레시피〉나 〈라벤더의 연인〉도 있다. 그러나 흔하디흔한 현실 이야기는 밀쳐 두고라도, 문학에서조차 남성의 욕망은 여성의 그것보다 조금 더 공격적이고 노골적이며 뻔뻔하게 묘사된다. 열두 살 의붓딸에 대한 성적 욕망을 그린 〈롤리타〉가 그렇고, 아흔 번째 생일에 열네 살의 숫처녀와 하룻밤을 보내는 노인의 이야기를 그린 마르케스의 〈내 슬픈 창녀들의 추억〉이 그렇다.

- 롤리타, 내 삶의 빛, 내 생명의 불꽃, 나의 죄, 나의 영혼.
- 그녀는 꽃이요 꿀이었다.

어린 여성에 대한 사랑은 죽어도 죽지 않는 것일까. 일정 단계에 이르면 대부분은 잔잔한 바다처럼 가라앉는 여성의 욕망과는 달리, 남성의 성적 욕망은 꺼지지 않는 불꽃처럼 사시사철 뜨거운 것인가 보다. 부지불식간에 뱀의 혓바닥처럼 흉하게 날름거리지 못하도록 인격으로, 사회적 체신으로 단도리하지 못하는 정치인의 모습을 목격하게 될 때엔, 인간적인 너무나 인간적인 남성의 욕망이 추하다 못해 조금은 측은하게 느껴지기도 한다.

2017년 5월 8일 월요일

인생에 꼭 하나 예측할 수 있는 게 있다면

- 인생에 꼭 하나 예측할 수 있는 게 있다면 그건 '돌발'이에요. 무난한 것을 견디지 못하는 삶이 상습적으로 저지르는 탈선이죠. 당황하거나 놀랄 필요는 없어요. 어떤 것은 사라지고 또 어떤 것은 남아 우리를 더 풍요롭게 해줄 테니까요.

/ 김규나 〈달, 콤포지션7〉 중에서.

다섯 손가락 중에 실반지라도 끼워주고 싶은 손가락이 따로 있듯, 작가에게도 가장 아끼는 작품이 있기 마련이다. 단편 중에서는 이 작품에 가장 깊은 애착을 갖고 있기 때문이기도 하겠지만, 지금의 우리나라, 너무나 많은 탈선이 벌어지고 있는 걸 당혹스럽게 바라보자니 떠오른 문장이다. 언제 어느 순간 로또 같은 돌발도 하나쯤 우리를 찾아주지 않을까, 우리를 풍요롭게 해주려고 사춘기 소년처럼 이토록 방황하는 것이 아닐까, 그런 마음으로 이 문장을 다시 읽는다. 낮은 데서 숨죽이고, 5월의 둘째 주를 지켜본다.

2017년 5월 6일 토요일

어금니 꽉 물고 살아야지
: 다자이 오사무 〈인간실격〉

- 나는 무(無)야. 바람이야. 텅 비었어.

/ 다자이 오사무 〈인간실격〉 중에서.

'바람이 분다, 살아야겠다.'는 폴 발레리의 시 〈해변의 묘지〉 마지막 구절을 떠올리기 좋은 날이다. 물론 그의 바람 속엔 저토록 뿌연 먼지는 없었을 테지만. 그런데 바람이 부는 날, 내 머리에 그보다 먼저 떠오르는 말은 다자이 오사무의 작품 속 주인공, 요조의 저 말이다. 그리고 저 문장과 함께 칼끝처럼 저며 오는 또 한 문장.

- 살아줘요.

다섯 번이나 자살시도를 했고 끝내 투신자살로 서른아홉 살의 생을 마감한 작가지만, 그럼에도 불구하고 그와 그의 작품을 사랑할 수밖에 없는 이유는 작품 속에 녹여낸 세상과 삶을 초연한 듯, 관조하는 듯한 그의 시선 때문이다.

- 세상이란 개인과 개인 간의 투쟁이고, 일시적인 투쟁이며, 그때만 이기면 된다. 노예조차도 노예다운 비굴한 보복을 하는 법이다. 그러니까 인간은 오로지 그 자리에서의 한판 승부에 모든 것을 걸지 않는다면 살아남을 방법이 없는 것이다. 그럴싸한 대의명분 비슷한 것을 늘어놓지만, 노력의 목표는 언제나 개인, 개인을 넘어 또 다시 개인, 세상의 난해함은 개인의 난해함, 대상은 세상이 아니라 개인이다.

- 지금 저에게는 행복도 불행도 없습니다. 모든 것은 지나간다는 것, 제가 지금까지 아비규환으로 살아온 소위 '인간'의 세계에서 단 한 가지 진리처럼 느껴지는 것은 그것뿐입니다. 모든 것은 그저 지나갈 뿐입니다.

책을 읽다가, 바람에 스르륵 밀리는 베란다 방충망을 보고 깜짝 놀랐다가, 방충망을 저리 움직이게 한 것은 바람일까 방충망 스스로의 의지일까 멍청히 생각하다가, 폴 발레리를 넘어 다자이 오사무까지 와버렸다. 먼지가 분다. 바람이 뿌옇다. 기울어진 세상이 절망스러워도 결코 할복 같은 건 하지 말 일이다. 일어날 일이다. 어금니 꽉 물고 살아야 하는 시절이다.

2017년 5월 4일 목요일

그래도 후회하지 않는다

문학인 423명이 文 지지를 선언했다. '국민이 생업에 대한 걱정과 평온한 일상의 복원을 바라는 것처럼, 문인들도 인간의 자유의지와 상상력이 마음대로 표현될 수 있는 세상을 원한다.'는 것이 이유라고 한다. 나 또한 한국작가회의에 소속되어 있으므로 지난달에 지지 요구 메일을 받았다. 다음은 메일 내용이다.

- 문학인 여러분께.

안녕하십니까. 정권교체가 현실화되고 있습니다. 이제 우리에겐 제대로 된 정권교체를 이루어내야 하는 숙명이 남았습니다. 바르고 정의로운 정부를 세우기 위해 문학인들의 힘이 필요합니다. 여러분의 글이 간절합니다. 우리의 목소리와 손이, '행동하는 양심'이 나설 때입니다. 우리의 힘을 모아야 합니다. 한 목소리로 같이 연대해야 진정한 정권교체를 이룰 수 있습니다. 文과 함께 해주십시오. 그와 함께라면 반드시 해낼 것입니다. 역사는 진실한 우리의 편입니다. 촛불로 어렵게 일군 정의로움이 과거처럼 진실을 호도하는 세력에 의해 물거품이 되지 않도록 손 내밀어 주십시오. 문학인 여러분의 동참을 간절한 마음으로 기다립니다. 정권교체에 대한 열망과 文 후보에 대한 바람을 한 문장에 담아 4월 19일까지 보내주십시오. 지지의사만 보내주셔도 됩니다. 취합하여 정의롭고 바른 정권을 세우는 데 힘을 보태겠습니다. 가

까운 문학인들에게도 뜻을 전해주시고 동참 권유를 부탁드립니다. 고맙습니다. S. H. U. A. O. 올림

소설 미디어는 인생낭비라고 콧방귀만 뀌던 내가 지난 가을 페이스북에 글을 쓰기 시작한 이유는 엉터리 블랙리스트에 내 이름이 올라 있었기 때문이다. 내가 文을 지지한다는 것이었는데, 그건 사실이 아니라고 어떻게든 밝히고 싶었고, 내가 찾을 수 있었던 유일한 방법이 페이스북에 글을 쓰는 것이었다. 나는 文 지지자가 아니야,라고 외치는 일은, 그러나 돌아올 수 없는 강을 건너는 일이었다. 나는 그렇게 생각하지 않더라도 그들에게 나는 적이 된다는 뜻이었고(그들에게 나는 있으나 마나한 미약한 존재겠지만), 그러잖아도 발이 좁은 내가 출판계와 문단에서 완전히 외톨이가 된다는 뜻이었다.

오늘 명단을 보니 이번에 내 이름이 도용되지는 않았다. 그러나 누구나 다 아는 유명 작가들과 나도 모르는 수백 명의 작가들의 이름 속에서, 한때 반갑게 만나 악수하고, 같이 밥을 먹고, 술잔을 나누었던 선배였고 후배였고 동기였던 이들의 이름을 보며, 또 굳이 여기에 명단을 올리지는 않았더라도 그들과 같은 생각을 가진 이들의 이름과 얼굴이 떠올라서 새삼 외로움을 느낀다. 두렵기도 하다.

내 생각과 글을 동의해 주지 않는 출판권력 아래서, 동료작가가 한 명도 없는 문단에서, 나는 작가로 살아갈 수 있을까. 이 땅에서 나는 소설가로 살아갈 수 있을까. 가슴이 미어지게 아프다.

2017년 5월 2일 화요일

죽음의 이벤트에 열광하는 그들 : 바네사 슈와르츠 〈구경꾼의 탄생〉

- 파리에서 모르그(신원미상 시체보관소)는 박물관처럼 여겨졌습니다. 밀랍박물관보다 훨씬 더 매혹적이었어요. 진짜 살과 피가 전시되었으니까요.
- 하루에도 4만 명씩 몰려들었던 구경꾼들과 대중매체나 정부가 모르그를 파리의 명소로 포장했음이 분명하다면, 우리는 군중들과 시체 전시가 어떤 관계를 맺고 있었는지 조사하고 연구해야 한다.

  대중매체는 말할 것도 없고 경찰이나 법의학자들과 같은 이른바 실증주의 세력조차 시체를 구경거리나 연극적 대상으로 만드는 데 참여했다. / 바네사 슈와르츠 〈구경꾼의 탄생〉 중에서.

목을 매달거나 도끼로 목을 자르거나 단두대로 참수하는 처형식, 그리고 시체는 대중이 가장 흥미로워하는 볼거리였다. 19세기 말, 파리에서는 시체를 구경하기 위해 하루에 4만 명이나 되는 구경꾼들이 줄을 서는 진풍경도 펼쳐졌다. 신원을 확인하기 위해 시신을 대중에게 공개했는데, 사람들이 몰려들어 결과적으로는 시체전시장으로 각광받는 사태가 초래되었던 것이다. 다만 구경거리가 적었던 과거의 이야기일 뿐일까. 막힘없이 도로를 달리다 이유 없이 정체될 때, 교통사고 지점이 보이면 다친 사람 없어야 할 텐데, 하고 걱정을 하면서도 옆 사람이 어머나, 하고 놀라면 브레이크 슬쩍 밟고, 가슴 조이면서도 어디어디? 고개 돌려 흘낏, 그래본 적 없다고 장담할 수 있는 사람 몇이나 될까. 사람 머리 뚝뚝 잘려나가고 칼 맞아 내장 쏟아지고 총 맞아 피투성이 되어 죽는 장면이 5분마다 한 번씩 나오는 범죄영화, 전쟁영화를 보며 재미있다고 느껴본 경험은?

시체를 구경하기 위해 수만 명의 사람들이 줄을 서는 진풍경, 목을 자르거나 목을 매다는 처형장의 인파, 교통사고 현장을 자세히 보기 위해 불현듯 생기는 정체 현상, 그리고 광화문 광장에 나타난 단두대와 잘린 목의 모형과 살아 있는 사람의 장례식.

대중은 평등과 자유를 원한다고, 인권을 존중하는 리더를 원한다고 입으로는 말하면서도 처형을 일삼는 군주, 그래서 교수형과 시체를 마음껏 보여줄 것 같은 '진정한 독재자'를 원하는지도 모른다. 그가 '나'를 방해하는 자들은 모조리 '불살라 버리고 궤멸'시켜 준다면 더 좋을 것이다. 오직 그 대상이 '나'만 아니면 된다. 그래서 내 피를 봐야 할지도 모르는 전쟁의 위험을 감수하기보다는 고사포로 정적을 날려버리는 '동무'조차 대화로, 햇빛으로 정답게 지낼 수 있다고 믿고 싶은 것이다. 언젠가는 그들의 교수대 위에, 시체 진시실 안에, 그 고사포 앞에 자기 자신이 서게 될 수도 있다는 걸 모른다는 게 유일한 문제이긴 하지만.

2017년 5월 2일 화요일

불살라지고 궤멸당하고 싶지 않을 뿐

크리스마스 선물은, 며칠 전부터 손가락 꼽으며 들떠 있던 아이가 그 설렘마저 잊고 곤히 잠들었을 때 머리맡에 놓인다. 서프라이즈 파티는 주변 사람들의 사랑과 정성으로 준비되지만, 축하받아야 할 본인이 잊고 있을 때, 자못 실망하고 있을 때, 가장 멋진 순간을 연출할 수 있다. 프러포즈 이벤트는 잘 해야 한다는 부담과 받을 것을 기대하는 양 측의 팽팽한 긴장 속에서 이루어진다. 자동차 트렁크를 열고 풍선을 날려 보낸다거나 케이크 속에 감추어둔 반지를 꿀꺽 삼켜버리기라도 한다면, 창의력이라곤 눈곱만큼도 없는 남자와 센스라곤 코딱지만큼도 없는 여자의 불꽃 튀는 전쟁이 발발한다. 특별 보너스는 열심히 일한 뒤 그에 상응하는 보람, 또는 예상보다 큰 성과가 가져다준 선물이다. 몰래 감춰 두면 혼자만 잠시 달콤하지만, 사랑하는 사람들과 나누면 몇 배 더 뿌듯해진다. 보너스를 받는 이유는 너 또한 세상에 보너스를 주라는 의미일지도.

기적도 그렇다. 설렘이 비웃음이 되고 기대가 분노가 되었을 때, 희망이 절망이 되었을 때, 그러나 실망과 원망조차 모두 내려놓았을 때 온다. 하루가 다 저물고 붉게 번지던 노을마저 까무룩 어둠 속에 잠겼을 때, 그 어둠이 순간순간 깊어지고 암흑의 무게마저 견딜 수 없을 때, 무릎 꿇고 엎드려 토해낸 눈물이 강을 이룰 때, 그 눈물마저 다시 말라 가슴이 쩍쩍 갈라질 때, 그러나 아직 살아 있음을 깨닫고 감사할 때, 기적은 온다. 이대로 죽을 수는 없다고 주먹을 쥐고 일어설 때 기적은 새벽처럼, 여명처럼, 어쩌면 소나기처럼, 어쩌면 천둥처럼, 어쩌면 번갯불처럼…… 그렇게 온다. 우리가 기다리는 것은 무엇일까, 대한민국이 맞이해야 할 내일의 운명은 무엇일까. 크리스마스 선물? 서프라이즈 파티? 특별 보너스? 아니면 진짜 기적!

2017년 5월 1일 월요일

지금 이 순간이 영원히 반복된다 해도?
: 영화 〈클라우즈 오브 실스마리아〉

- 만약에 다시 태어난다면 당신은 현재 남편(아내)하고 또 결혼해서 살길 원하십니까?

밀란 쿤데라의 〈불멸〉에서 여주인공 아네스는 이런 질문을 상상하고 대답을 망설인다. 그녀는 누군가 남편 앞에서 이런 질문을 하면 No라고 말할 수 없으리라 생각한다. 만약 그렇게 답한다면 현재의 사랑과 행복을 부정하는 것이니까. 그건 남편의 입장에서도 마찬가지임을 그녀는 또한 잘 알고 있다.

철학에 대해 깊이 공부한 적 없지만, 니체를 생각할 때 제일 먼저 떠오르는 한 마디는 '그럼에도 불구하고 다시 한 번 더!'였다. 지금 이 생의 고통이 무한 반복된다고 해도, 온통 상실과 절망뿐일지라도, 패배만이 기다리고 있다고 해도, 그럼에도 불구하고 예스! 라고 말할 수 있는 것, 그것이 인간이 도달할 수 있는 '최고의 긍정형식'이라고 니체는 말했다. 그렇게 기꺼이 대답할 수 있다면 우리는 지금 이곳, 우리가 살고 있는 현재를 완전히 긍정하고 있다는 증명이 될 테니까.

그러나 이 현실이 무한 반복된다고? 이 삶이 영원히 회귀한다고? 생각하면 까짓 거 니체 말대로 긍정해주지 뭐, 하고 눈 딱 감았다가도 그래, 좋았어, 오케이!라는 말이 쉽고 간단하게 목구멍을 넘어오지는 않는다. 나만 그런 것일까?

영화 〈클라우즈 오브 실스마리아〉에 대한 이야기를 하려고 몇 가지 자료를 찾다가 내게는 익숙하지 않은 지명, 독일의 실스마리아에 니체 하우스가 있다는 사실을 알았다. 그가 불안한 정신을 추스르며 요양하던 지방이 바로 그곳이고, 〈짜라두짜는 이렇게 말했다〉를 집필한 곳 또한 실스마리아라는 것이다. 더구나 니체가 '그럼에도 불구하고 다시 한 번 더!'를 외치라며 '영원 회귀'를 착안하게 된 것이 영화 속에 나오는 말로야 스네이크, 즉 말로야 계곡의 구름이다. 그제야 영화가 전혀 새롭게 이해되기 시작했다.

최고의 여배우 마리아는 지금 중년의 끝에 위태롭게 서 있다. 전 남편은 재산분할로 조금이라도 더 뜯어가려고 변호인을 내세워 닦달을 하고, 마리아가 신인 시절, 시그리드 배역을 맡겨 최고의 배우로 성장시킨 멘토이자 작가이며 연출가였던 빌렘은 자살했다. 그런데 바로 그때 마리아는 20여 년 전 자신을 세계적 배우로 설 수 있게 해준 연극 '말로야 스네이크'의 리메이크 무대에 캐스팅 제의를 받는다. 그러나 이번엔 주인공 시그리드 역할이 아닌 그 상대역, 젊은 시그리드의 유혹에 빠져 자살로 삶을 끝내는 중년의 헬레나 역이다. 마리아는 자신이 언제까지나 시그리드로 기억되길 원한다. 그래서 배역을 거절하겠다고 고집을 부린다. 그 부정의 원인에는 헬레나 역을 맡았던 배우가 실제로 자살을 해버렸다는 데 대한 두려움이 깔려 있을지도 모른다. 젊음도, 아름다움도, 의지했던 사람들도 모두 잃어버린 마리아는 세월이 남겨놓은 상실감을 인정하고 초라해져 버린 현재의 자신을 받아들일 수 있을까?

순간순간, 한 발 한 발, 차곡차곡 꾸준히, 하루도 빼놓지 않고 나이를 먹어가는 게 참 다행이다, 그런 안도감을 느껴보신 일 있는지. 스무 살이던 젊은이가 어느 날 아침에 눈을 떠보니 마흔이나 쉰 살의 중년이 되어 있다면, 세월의 간격과 무게를 결코 견딜 수 없을 것이다. 매 초 매 분, 하루하루, 한 해 한 해, 나이를 먹었는데도 문득 깨닫는 시간의 흔적, 혼란스럽던 젊은 시절로 다시 돌아가고 싶진 않을지라도 거울 속 빛을 잃고 서 있는 낯선 모습을 받아들이는 건 쉬운 일이 아니니까.

이 영화에는 세 명의 여성이 나온다. 젊음이 소멸되어 가는 중년의 마리아, 태양처럼 눈부시게 떠오르는 신예 조앤, 그리고 시소의 이쪽과 저쪽에 타고 있는 두 사람 사이에서 균형을 잡아주는 매니저 발렌틴. 최고의 여배우, 최고의 아름다움에서 몰락해 버린 자신을 받아들이지 못하는 중년의 마리아는 자신의 나이와 현실을 인지할 때마다 어린애처럼 불안정하게 끝없이 불만을 토해낸다. 발렌틴은 조앤처럼 젊지만 마리아가 아직 닿지 못한 경지, 마리아의 나이에 마땅히 도달해야 할 것 같은 바로 그 지점에 이미 서 있는 것 같아 보인다. 그래서 젊은 발렌틴은 지혜로운 중년처럼 마리아를 다독이고 설득하고 때로는 꾸짖고 위로한다. 그렇게 날을 세우며 이 두 여성이 대사 연습을 하며 주고받는 이야기들이 현실인지 대사인지 헷갈리는 장면은 압권이다.

이 영화는 표면적으로는 젊음과 아름다움의 소멸에 적응해 가는 중년 여배우의 성장통인 것처럼 보인다. 그러나 조금 더 깊이 생각해 본다면 붙잡을 수 없는 것들, 시간이 앗아가는 소중한 것들, 그래서 상실밖에는 남지 않은 삶, 다시는 반복하고 싶지 않은 이 깊은 생의 절망, 그 결핍과 상실을 결국은 끌어안으며 성숙해 가야 하는 우리 모두의 삶에 대한 긍정과 위로가 아닐까 싶다.

영화 중간 중간 말로야 계곡의 구름은 커다란 화면 가득 안개처럼 밀려왔다가 폭포수처럼 흐르다가 뱀처럼 미끄러져 사라진다. 그 모습이 말 그대로 장관이다. 그런데 말로야 계곡의 구름을 목격하는 건 오직 관객뿐이다. 마리아의 스승이랄 수 있는 작가 빌렘은 (그 전에 많이 보았다고는 해도) 그 구름을 보려고 기다리던 중에 죽음을 맞이했고, 발렌틴은 아예 볼 생각이 없는 것 같다. 그리고 마리아는 그토록 보고 싶어 했던 구름이 몰려오기 시작할 즈음 보이지 않는 발렌틴의 이름을 애타게 부르며 산을 내려가게 된다.

구름이 상징하는 것이 젊음이고, 세월이고, 흘러가고 사라지고 다시 환원되는 시간을 상징하기 때문일 것이다. 누구도 볼 수 없고 누구도 소유할 수 없고 만질 수도 마주칠 수도 없는, 그저 때가 되면 당연히 왔다가 꿈처럼 사라지는 젊음, 그러므로 노년의 빌렘과 중년의 마리아는 이미 놓쳐버렸기에 볼 수 없고, 발렌틴은 자신이 젊음 그 자체이기에 볼 필요를 느끼지 못한다. 어쩌면 발렌틴이라면 세월, 그거 아무것도 아니야,라며 이미 관조해 버렸는지도 모르겠지만. 누구에게도 붙잡히지 않지만 니체가 영원 회귀를 착안할 수 있었던 것처럼, 조금 전에 밀려왔다가 사라져버린 구름은 내일 아침이면 다시 몰려올 것이다. 사라지고 몰려오고 흩어지고 다시 밀려들고 다음 날도 그 다음 날에도. 인류가 그렇게 존속하고 생명이 그렇게 이어지며 역사는 그렇게 순환한다.

언제의 나를 진짜 나라고 할 수 있을까? 영화를 보고 나니 새삼 궁금해진다. 어찌 보면 매순간이 전생이고 1초 뒤가 내세가 아닐까. 그런데 무엇을 붙잡으려 했고 무엇을 보내지 못하는 것일까. 나는 온 마음을 다해서 구름처럼 변화하는 내 삶을 사랑해 주었던가. 그래서 다시 한 번 질문해 본다. 다음 생에 다시 태어난다면 이 삶을 기꺼이 끌어안고 즐겁게 춤을 출 수 있을까. 매 순간 기꺼이 보내고 매 순간 반가이 맞이할 수 있을까. 이생과 똑같이 반복된다 해도? 이 혼란하고 참담한 대한민국의 국민으로 다시 태어난다고 해도? Yes? or No?

대한민국의 시계는 거꾸로 간다

2017. 4. 29. ~ 4. 2.

죄의 유무는 중요하지 않다. 프레임이 목표다. 포승줄에 묶인 장관, 수인복을 입은 재벌총수, 감옥에 갇힌 대통령. 그 이미지 하나면 충분하다. 처단해야 할 존재라는 프레임 안에 국민의 정신을 가두는 것이다. 우병우 전 민정수석 재소환, 마라톤 조사, 영장청구를 보여주며 '얼마나 죄가 크면 세 번씩이나 불려갈까?' 생각하도록 만드는 것이다.

– 2017년 4월 7일 금요일

지금껏 살아오면서 조금 깨우친 게 있다면, 안 된다고 부정할 때는 단 한 가지, 안 된다는 결론에 이를 뿐이다. 그러나 된다고 철썩 같이 믿는 열정과 희망은 가끔 누구도 예기치 않았던 결과를 선물하기도 한다는 것이다. 그러니 바보처럼 무모하게도 나는 믿는다, 우리나라도, 내 소설 출판도, 꼭 잘 되고 말 거라고!

– 2017년 4월 2일 일요일

2017년 4월 29일 토요일

침대에 몸을 맞추는 신종 프로크루스테스
: 그리스 신화

포세이돈의 아들 프로크루스테스는 여행자를 위한 강변 여인숙, 요즘말로 좀 멋들어지게 각색하자면, 리버사이드 호텔을 운영했다. 아버지가 바다의 신이니 꼭 돈을 벌고자 해서는 아니었을 터, 악랄한 취미를 즐기기 위해서였을 것이라 추측된다. 처음에는 우연히 지나가는 나그네에게 친절을 베풀 듯이 가끔 자신의 침대를 빌려주었을 것이나, 더 잦은 재미를 보기 위해 시작한 사업일지도 모르겠다. 그의 악취미는 인간을 잔인하게 고문하며 죽이는 것이었다. 그는 피곤에 지쳐 쉬고 싶은 여행자를 초대해 누우라고 한 뒤 침대보다 키가 크면 사이즈에 딱 맞게 머리나 다리를 잘라 죽이고, 침대보다 작으면 키를 쭈욱 잡아 늘려 죽였다. 이 또한 여러 가지 설이 있는데, 침대에 꼭 맞는 사람이 오면 재미가 없었을 테니 키가 큰 손님이 오면 작은 침대를 주고, 작은 사람이 오면 큰 침대를 주었다는 말이 더 신빙성이 있어 보인다. 아무튼 프로크루스테스의 침대는 가구도 아니고 과학도 아닌, 끔찍한 사형대인 셈이었다.

생각이 다른 사람에게 답답함을 느낄 때, 편견이 심하고 고집만 센 사람에게 강요당하는 것 같을 때, 그래서 편협하고 융통성 없는 의견이나 정책의 부당함을 지적하며 공격할 때, 지식인들은 흔히 '프로크루스테스의 침대'를 예로 든다. 이 글을 쓰려는데 악당의 까다로운 이름이 생각날 리 만무, 검색을 해보니 아니나 다를까, 이념과 생각이 다른 사람들과 정부를 향해 그의 이름을 빌어 비난하는 칼럼들이 페이

지마다 가득하다. 그런데 생각해 보면 그들도 프로크루스테스다. 아니 실은 우리 모두가 프로크루스테스다. 나와 다른 생각을 가진 사람을 손가락질 하는 순간, 우리는 타인의 몸을 자신의 침대에 눕혀 꼭 맞게 재단하는 악당, 프로크루스테스가 되는 것이다.

잔혹한 방식으로 수많은 사람을 죽인 프로크루스테스의 악행은 미로의 괴물 미노타우로스를 물리친 것으로 잘 알려진 그리스 영웅 테세우스에 의해 종말을 맞는다. 기요틴이 자신이 만든 단두대에 목이 잘려 죽었듯이, 단두대로 수많은 사람을 죽여 크게 재미를 보았던 프랑스의 선동가 로베스피에르가 그랬듯이, 이 악당 또한 자신의 침대 위에 몸이 묶인 채 머리와 다리가 잘려 죽었다.

소설을 쓰는 나 또한 누구보다 지독한 프로크루스테스다. 작가란 원래 자신의 편견을 가장 그럴 듯하게, 그러나 진실이란 이름으로 가능하면 일관되게 피력하고 설득하는 재능을 가진 사람들이다. 혹은 갖게 되길 열망하는 사람들이다. 그런데 작가나 예술가와는 다른, 신화와도 전혀 다른, 신종 프로크루스테스 종족이 우리나라에 등장했다.

자신이 한 말을 바꾸고 바꾸고 또 바꾸는 사람들, 자신이 했던 생각이나 말을 그 자신조차 기억하지 못하는 것처럼 보이고 싶은 사람들, 카멜레온도 아니면서 인간임을 잊은 듯, 그때그때 변색에 능란한 사람들. 그들이 원하는 건 오직 세간이 펼쳐놓은 침상에 자신의 몸이 꼭 들어맞는 것이다. 그래서 그들은 스스로 침대에 누워 어떻게든 키를 맞춰보려고 늘였다 줄였다 안쓰러울 정도로 발버둥을 친다. 여행자들을 불러 세워 자신의 키야말로 침대에 꼭 맞지 않느냐고 묻고 또 묻는다. 그런데 어쩌나, 세상이 원하는 침대 또한 그때그때 사이즈가 달라지는 마법의 변덕 침대인 것을. 돈에도 권력에도 욕심 없이 그 사실을 잘 알고 있는 지혜로운 여행자는 그들의 몸부림을 가련히 여기며, 더 넓은 세상을 향해 가던 길을 계속 걸어가는 수밖에.

2017년 4월 28일 금요일
한반도의 매듭을 푸는 자, 세계의 주인이 되리라
: 그리스 신화

- 이 매듭을 푸는 자, 아시아의 왕이 되리라.

농부의 아들이었으나 우마차를 타고 오는 자가 왕이 될 것이라는 신탁에 따라 프리기아를 다스리게 된 미다스는 자신과 아버지 고르디우스가 타고 왔던 마차를 신전에 바쳤고, 신관들은 까다로운 매듭을 묶어 마차를 신전 기둥에 매어놓았다. 이후 이 매듭을 풀면 왕이 된다는 전설에 따라 여러 사람들이 도전했지만 모두 실패했다. 그러던 어느 날, 마케도니아에서 온 청년이 칼을 빼들고는 싹뚝, 단번에 매듭을 잘라버렸다. 그가 바로 알렉산더 대왕이다.

북한이 그 복잡한 매듭이다. 대화로 풀어야 한다고, 햇빛으로 풀어야 한다고 별짓 다 해본 지금 결론은 하나다. 자르는 수밖에. 풀어야 할 매듭에는 이러한 예언이 담겨 있다고 한다. '한반도의 매듭을 푸는 자, 세계의 주인이 되리라. 매듭이 풀리는 순간, 마지막 남은 공산주의는 사라지고 대한민국은 자유통일을 이루어 세세생생토록 번영하리라!'

2017년 4월 27일 목요일

표절, 예언 또는 권력 공통의 악
: 드라마 〈하우스 오브 카드〉

- 새끼 고양이는 곧 큰 고양이가 되지. 처음에는 해를 끼치지 않는 듯 보여. 작고, 조용하고, 접시에 담긴 우유나 홀짝거리지. 하지만 발톱이 충분히 자라게 되면 할퀴고 피를 내지. 그게 먹이를 주던 주인의 손일지라도 말이야. 먹이사슬의 꼭대기에 오르려는 자에게 자비란 있을 수 없어. 룰은 단 하나뿐이지. 사냥하던가, 사냥 당하던가. / 〈하우스 오브 카드〉 중에서.

킹 메이커였으나 당선 후 약속했던 장관 자리를 주지 않자 온갖 정치 공작과 모략을 펼쳐 대통령을 탄핵시킨 뒤 스스로 백악관을 꿰차버린 남자, 프랭크 언더우드의 이야기가 그려지는 드라마다. 정치인의 썩은 내장을 낱낱이 해부하는 드라마 속엔 그 어떤 미화도 없다. 그는 정상에 오르기 위해 이용할 수 있는 인간은 모두 써먹고 가치가 사라지면 가차 없이 버린다. 방해되는 자는 더러운 피가 손에 묻더라도 죽인다. 조작하고 덮는다. 그리고 국민 앞에 한 점 부끄러움 없는 정치인으로 떳떳하게 선다. 프랭크뿐만이 아니다. 멀쩡하게 보이던 사람들 모두 권력이 유혹하는 순간 덥석, 그의 피 묻은 손을 잡는다. 권력 앞에서 진실은 무력하다. 거짓이 밝혀지고 정의가 살아나는 일 따위, 없다.

대통령의 사람들을 모함하여 밀어내고, 요직마다 자신의 아바타를 심어놓은 뒤 탄핵시켜 프랭크 스스로 최고권력을 움켜쥐는 과정이 담긴 이 드라마의 시즌1, 시즌2가 방영된 것이 2013년과 2014년이다. 대선 벽보 앞을 지나가다가 문득 이 드라마가 떠올라 궁금했다. 우리나라 탄핵 세력들이 이 드라마를 즐겨보고 연구하고 아이디어를 표절한 것일까. 태평양 건너편에 사는 제작진들이 한국에서 일어날 일을 미리 알고 예언한 것일까. 아니면 국경 초월, 인종 초월, 인간과 정치란 원래 그런 것인지도.

2017년 4월 24일 월요일

젠장

오늘 딱 하루만 그분 생각하며 단식인지 금식인지 해보려는데 벌써 배가 고프다. 배고픈 건 괜찮은데 걱정해 줄 남편도 자식도 없이 홀로 세상과 맞서는 그 마음이 내 맘 같아서, 정작 꿋꿋이 견디는 그분 맘과 상관없이 괜히 문득 서럽다, 젠장.

2017년 4월 23일 일요일

몰락의 전조는 아니길

'되는 놈은 엎어져도 금가락지, 안 될 놈은 뒤로 자빠져도 코가 깨진다.'는 속담이 있다. 꼭 그러려고 한 건 아닐 텐데 하루에도 수십 건 흔하게 발생하는 교통사고에서, 사내들끼리 술 먹고 벌어질 수도 있는 주먹다짐에서 사망사고가 이어진다면, 좀 이상한 일이다. 배가 침몰하기 전에 쥐들이 먼저 빠져나간다고 한다. 태풍이나 지진과 같은 자연재해가 올 것 같으면 육감이 예민한 동물들이 먼저 알고 달아난다.

인간이 읽을 수 있는 전조들도 있다. 제비가 낮게 날거나 붉은 달무리가 지거나 저녁놀이 피면 머잖아 비가 온다. 앞이 보이지 않더라도 아침 안개는 맑은 하루를 예감케 하고, 서글프지만 꽃이 뚝뚝 떨어지면 열매를 맺으리라는 것, 한치 앞도 보이지 않는 어둠이 깊어질수록 새벽이 가깝다는 것도 우리는 안다. 처음엔 전조(前兆)였을 테지만 자연의 순환이 가르쳐준 인과(因果) 법칙이다.

진동, 소리, 균열, 누수, 파열. 건물이 붕괴하기 전에는 반드시 뒤틀림으로 인한 전조 현상들이 있다고 한다. 애초에 설계가 불량했거나 부실한 자재를 사용했거나, 튼튼히 지었으나 구조를 무리하게 변경한 결과 건물이 더 이상 견딜 수 없게 된 순간의 도래인 것이다. 그러나 인간은 별일 있겠어, 하고 무시하기 쉽다. 현 상태가 지속되길 바라기 때문에 위기를 인정하는 것이 두려운 것이다. 그래서 부정하고 미루고 덮어둔다. 심지어 더 화려하게 외벽을 치장하기도 한다. 그렇게 사람들의 눈과 귀를 가린다. 그러나 붕괴를 막을 수는 없다. 한발 한발, 차근차근, 파멸의 순간은 다가오고, 어느 순간 후회할 사이도 없이 그토록 지키고 싶었던 성은 무너져 내린다.

지평선 너머에서부터 서서히, 그러나 짙은 먹구름처럼 다가오는 죽음의 그림자는 파멸과 몰락의 전조다. 그 대상이 누구일지, 최종 목적지가 어디일지 예언자도 점술가도 아닌 다음에야 알 리 없지만, 여기저기서 일어나는 사건사고들이 대한민국 전체의 붕괴를 알리는 전조는 아니기를, 예감하고 싶다.

2017년 4월 22일 토요일

자유는 선택하는 것, 그리고 원망하지 않는 것

- 넌 자유가 뭐라고 생각해? 미송이 내 귀에 속삭이며 물었다. 자유? 나는 놀란 눈으로 미송을 쳐다보았다. 나는 자유라는 그 낯설고 그리운 단어를 발설하는 대신 어금니 사이에 넣고 힘주어 깨물었다. 피아니스트가 피아노를 치는 것이 죄가 된다면 앞으로 무엇을 할 수 있을까. 비로소 모든 게 분명해지는 것 같았다. 자유는 내가 가지지 못한 단 한 가지였다. 마음대로 연주하고 마음껏 사랑하는 것. 내가 답했다. 그녀가 나를 바라보며 고개를 끄덕였다. 자유는 원망하지 않는 거야. 스스로 선택하고 절대 후회하지 않는 거야. 그녀가 발뒤꿈치를 들고 살짝 입을 맞추었다. 난,

널 선택했어. 미송이 반짝이는 눈으로 나를 바라보며 말했다. 내 두 뺨을 감싸고 다시 부드럽게 입을 맞추었다. 내가 그녀의 허리를 안았다. 별도 달도 없는 밤이었다. 그러나 깊고 따뜻한 우리의 첫 키스였다.

/ 김규나 〈우리, 지금은 멀리 있어도〉 중에서.

소설 속 주인공 최견을 통해 다시 생각해보는 자유의 의미.

2017년 4월 21일 금요일

삶이 지탱할 수 있는 거짓의 한계
: 서머셋 몸 〈인생의 베일〉

- "내가 아이의 아버지인가?" 그의 목소리에 파르르 떨리는 전율의 그림자가 느껴졌다. 그녀는 눈물을 뚝뚝 흘리기 시작했다. 전에도 거짓말을 수없이 했고 지금도 쉽게 거짓말을 할 수 있었다. 좋은 뜻인데 거짓말이면 어떤가. 거짓말, 거짓말, 무엇이 거짓말인가. 그에게 그렇다고 말하기는 너무 쉬웠다. 그녀는 진실을 말해야 했다. 거짓말을 하는 것은 무가치했다. 그런데도 그녀의 생각은 이상하게 방황을 거듭했다. "모르겠어요." 그가 희미하게 킥킥거렸다. 그것이 키티를 떨게 만들었다.

/ 서머셋 몸 〈인생의 베일〉 중에서.

인간이 견딜 수 있는 거짓의 무게는 어디까지일까. 거짓을 진실이라 믿는 인간의 우매함은 그 무게조차 느끼지 못한다 해도, 삶이 지탱할 수 있는 거짓의 한계는 분명 있다. 우리가 거짓이었음을 깨닫고 용서하고 화해한다 해도, 오류의 시간을 잊고 뒤늦게나마 진실을 끌어안게 된다 해도, 거짓과 손잡았던 시간은 결코 지워지지 않는다. 고스란히, 아니 이자까지 붙여서, 감당해야 할 시간이 도래했다고 어느 날 문득 삶은 우리에게 선포하는 것이다.

영화로도 각색된 서머셋 몸의 〈인생의 베일〉(영화명: 페인티드 베일)의 주인공 키티는 사교계에 화려하게 데뷔했지만 모두의 기대와는 달리 오랫동안 이상적인 남자의 청혼을 받지 못한다. 불안한 마음에 그녀는 의사인 월터 페인과 서둘러 결혼하지만 이내 유부남, 찰스 타운센트와 불륜관계에 빠지고 만다. 불륜이란 '실제보다 더 남자가 자기에게 푹 빠져 있다는 착각'을 하는 여자와 '평생을 같이 보내고 싶은 바람 없이도 한 여자를 아주 많이 사랑할 수 있는' 남자의 일시적 관계일 뿐임을 알지 못한 키티는 찰스가 아내와 이혼할 생각이 없다는 걸 알고 절망한다. 평소 감정이라고는 없을 것 같던 월터는 아내의 외도를 알고 분개하여 봉사와 헌신이라는 미명하에 콜레라가 창궐한 중국에 지원, 화려한 사교계 생활에 익숙한 키티를 오지로 데려간다. 월터는 사실 그곳에서 그녀가 죽기를 바랐던 것이다.

인생은 얄궂다. 등을 돌린 채 가난하고 병든 사람들을 돌보며 그곳의 삶에 동화되어 가는 동안 두 사람은 서로에 대한 신뢰와 사랑을 발견한다. 하지만 바로 그 순간, 삶은 거짓에 대한 유예기간을 끝낸다. 하나도 잊지 않고 계산기 두드리며 따지고 있었던 듯, '네가 즐겼던 거짓의 열매를 감당해야 할 시간'이라며 판결을 내리고 가차 없이 그 형을 집행하는 것이다.

영화는 월터가 죽은 뒤 시간이 흐르고 대여섯 살쯤 된 아들을 데리고 시내에 나갔던 키티가 찰스를 우연히 만나는 장면을 보여준다. 간단히 인사만 나누고 헤어졌을 때, 찰스가 누구냐고 묻는 아이의 질문에 "아무도 아니야."라고 대답하는 것으로 끝을 낸다. 하지만 원작소설에서는 아이를 낳기 전에서 마무리된다. 대신 그녀의 성숙이 한결 단호하게 서술되고 있다.

- 딸이었으면 좋겠어요. 제가 범한 실수를 그 애가 저지르지 않도록 잘 키우고 싶기 때문이에요. 나는 바보였고, 사악했고, 가증스러웠어요. 그리고 끔찍한 형벌을 당했죠. 나는 그 애가 거침없고 솔직하길 바라요. 그 애가 스스로의 주인으로서 독립된 인격체이길 바라요.

사람은 누구나 착각을 하거나 실수를 한다. 거짓을 말하고 진실에 눈 감으며 적당히 타협하고 산다. 그러나 삶은 어느 것 하나 잊지 않는다. 예정된 순간이 닥치면 우리는 어질러진 방을 청소하듯, 그간의 잘못과 어리석음으로 인해 겪어야 했던 고통을 털어내고 성숙을 쓸어담아야 한다. 그렇지 않으면 우리가 감당해야 했던 불행이 전혀 무의미하고 헛된 것이 된다.

거짓을 말하는 사람들을 본다. 저들의 혓바닥은 언제까지 거짓의 무게를 견딜 수 있는 것일까. 그들의 얼굴이 검게 삭는다는 느낌을 지울 수 없는 이유는, 거짓의 무게에 그들 자신도 모르게 짓눌리고 있기 때문일지도 모르겠다. 모든 것이 그들 뜻대로 되고 있는 것 같아 보이는데도 결코 그들이 행복해 보이지 않는 것 같은 나의 이 엉뚱 무지 순진한 확신이라니.

지금까지의 분열과 절망의 시간이 그동안 우리가 사느라 바쁘다는 핑계로 눈 감아온 거짓과 진실에 대한 채무의 시간이었기를, 4월을 기점으로 이제 그만 마침표를 찍어주기를, 동시에 국민의 눈과 귀를 막으며 진실을 살해해 온 거짓세력이 부디 그 대가를 치르게 되는 시간이 되기를, 그리하여 자유와 공정함에 대해 전보다 더 건강하고 성숙해진 사람들이 저마다의 일상으로 무심코 돌아갈 수 있게 되기를, 그리 되리라는 아직은 막막한 희망으로, 잔인하기만 한 4월을 견뎌보는 것이다.

2017년 4월 17일 월요일

전쟁의 신, 아테나 VS 아레스 : 그리스 신화

트로이전쟁은 신들의 전쟁이었다. 아레스, 아르테미스, 아프로디테는 트로이를 지지했고, 아테나, 헤라, 포세이돈, 헤파이스토스 등은 그리스를 응원했다. 이 중에서 아레스와 아테나가 전쟁의 신인데, 사실 두 신을 비교하는 것은 아테나에 대한 신성모독이라고 봐야 한다.

아테나는 제우스의 클론이라 해도 무리가 없을 정도로 미모와 지혜와 용맹을 모두 갖춘 신으로 지혜의 신, 전쟁의 신, 명예의 신, 예술의 신 등으로 불리기도 한다. 제우스의 머리에서 '완전무장'한 채 태어났다고 할 만큼 만능 멀티플레이어로, 신들 가운데서도 엄친 딸, 아니

엄친 신인 것이다.

필연적이고 불가피한 상황에서의 전쟁만을 지지하지만, 일단 시작하면 후퇴도 양보도, 피도 눈물도 없는 아테나와 달리, 단순무식하고 힘만 센, 성정까지 난폭한 아레스는 전쟁광이라고 해도 좋을 것 같다. 그러나 엄살도 눈물도 흔하고, 신으로서는 변변치 못한 모습을 보일 때도 많아서 아버지인 제우스조차 '어쩌다 저런 것이 내 아들로 태어났을까, 쯧쯧.' 할 정도. 그래도 외모는 멀쩡했던지 미(美)의 여신 아프로디테(비너스)의 정부이기도 했는데, 그녀의 남편 헤파이스토스에게 불륜 현장을 들켜서 망신, 망신, 개망신을 당한 적도 있다. 알고 보면 신 치고는 좀 짠한 신이다.(바람둥이 신 제우스의 세계에도 불륜이 있다니 불공평하긴 하다. 더구나 아내가 바람피운다고 팔팔 뛰던 헤파이스토스는 아테나한테 반했고, 꼭 그 이유 때문은 아니라고 하지만 결과적으로는 그리스를 지지했다. 그리스 신화는 상당히 막장이다.) 아무튼 아레스가 트로이 전쟁에 참여하게 된 것도 어떤 목적이나 신념이 있어서라기보다는 그의 연인 비너스가 끌어들였기 때문이다. '헤라랑 아테나 그년들이 나보다 지들이 더 예쁘다고 난리인데 당신은 화도 안 나? 이번에 안 도와주면 당신이랑 다시는 안 잘 거야!' 했을지도 모르겠다.

아테나는 잘난 만큼 자긍심이 하늘을 찔렀던 것 같다. 그녀는 남 모자란 꼴, 모자란 줄도 모르고 나대는 꼴, 분수없이 기어오르는 꼴은 절대 못 봐주는 성미였는데, 한 예로 베 짜는 기술이 뛰어난 인간 처녀 아라크네가 자신의 재능은 신과 경쟁해도 이길 수 있을 정도라고 자만하고 다니자 그녀와 경쟁하여 기어코 승리, 신한테 건방지게 도전했다는 죄를 물어 거미로 만들어 버리기까지 했다. 그런 성격이니 전략, 전술, 무력에서 비교가 되지 않는 아레스를 발톱의 때만큼도 생각하지 않았을 터, 세상에서 제일 이쁘다고 콧대 높이는 비너스와 그녀의 꾐에 빠져 어리버리 전쟁에 참여한 아레스를 눈 뜨고 봐줄 리 없었다. 당연히 트로이 패, 그리스 승!

사실로 믿어서가 아니라 인간적인, 너무나 인간적인 신들이기에, 그들을 보면 인간이 감추어 놓은 치부와 비밀들이 막장드라마처럼 여실히 드러나기에 종종 그리스 신화를 뒤져보게 된다. 모든 사랑이 큐피드의 장난이라면, 전쟁 역시 아레스와 아테나의 대결이다. 즉, 시작할 때는 결말을 알 수 없지만, 결론이 난 뒤 역추적해 본다면 매번 인간의 눈으로 정당성을 찾을 수는 없을지라도 지는 쪽은 아레스, 이기는 쪽은 아테나의 지지를 받고 전쟁을 시작했다고 봐야 할 것이다.

겁도 없이 김정은이 미사일을 쏘았고, 트럼프는 드물게도 하루 종일 침묵하다가 "We have no choice."라고 의견을 피력했다. '초이스가 없다.'는 말 또한 우리 언론에서는 의견이 분분하여 편리한 대로, 믿고 싶은 대로 해석하고 있는 것 같지만, 글쎄!

옳고 그름을 떠나 전쟁이란 언제나 양 편으로 나뉘게 마련이다. 지금 한반도를 둘러싼 국제적 긴장과 천하태평, 무사인일에 빠진 우리나라 현실을 생각하면 기가 막히고 한심하고 불안하기도 하지만, 한 발 물러서서 신화적 렌즈로 비쳐본다면, "배 째. 난 쏜다!" 하고 거들먹거리는 김정은과 차근차근 명분과 실리를 쌓아가며 지지와 동맹을 확보해가는 트럼프, 그들 뒤에 아레스와 아테나, 어떤 신이 각각 팔짱 끼고 서 있는지 그려 보면 좀 재미있기도 하다.

2017년 4월 16일 일요일

거짓 가치들이 신앙처럼 받들어지고 있는 나라
: 가브리엘 단눈치오 〈우상숭배자〉

- 마침내 그의 창자는 밖으로 터져 나왔다. 이 광신자는 뒤로 엎어져서 이젠 거의 움직이지도 못했다. 그러나 갑자기 머리를 치켜들고는 손가락을 구부려 무엇을 움켜쥐려는 듯 성채(聖體) 쪽을 바라보았다. 하지만 이내 머리를 꺾고 쓰러져버렸다. 자코베의 주위에서 군중의 함성이 차차 멀어져갔다. 성 판테레오네는 이제 영영 자취를 감추게 되었다.

/ 가브리엘 단눈치오 〈우상숭배자〉 중에서.

아주 짧은 단편소설이다. 성 판테레오네(A마을의 신)와 성 곤셀보(B마을의 신), 이렇게 서로 다른 이름의 신을 섬기는 두 마을이 있었다. 하루는 A마을의 제단에 올릴 초를 운반해 오던 마차가 습격당하게 되는데, 초는 사라지고 운반하던 청년은 피투성이가 되어 돌아온다. 청년의 어미는 달려와 죽을 듯 울부짖고, 광장에서 초를 기다리고 있던 군중은 분노한다. 그때 광신도 자코베는 이 모든 게 B마을 짓이라고 단정하여 외친다. 청년 또한 B마을을 지목하며 죽어버린다. 군중은 '피에 굶주린 이리 떼같이' '낫과 도끼, 곡괭이, 구식 장총 등으로 무장'하고 B마을로 몰려간다. 그리고 평화롭게 잠들어 있던 마을을 닥치는 대로 때려 부순다.

죽어가던 청년의 진술이 있었다 해도, 정말 B마을이 초를 훔쳤을까,

의문이 생긴다. 어쩌면 광신도 자코베의 자작극은 아니었을까, 하는 의심마저 든다. 돌발적인 폭동이든 누군가에 의해 치밀하게 계획된 광분이든 A마을 사람들의 목표가 초를 되찾는 것도 아닌 것 같다. 지금의 대한민국을 살고 있기 때문이겠지만, 소설 어디에도 그러한 의심을 확인시켜 줄 문장은 보이지 않는다. 다만 작가는 다음과 같이 쓰고 있다.

- 사실 마을 사람들 최대의 소망은, 자신들의 우상을 적의 교회 재단에 모시는 것이었다.

북한에서는 김일성의 생일을 기념하며 오늘 새벽 미사일을 쏘았다 하고, 남쪽에서는 노란색 리본을 신봉하는 이들의 기념일인가 보다. 청렴한 대통령은 수감되어 있는데, 비어 있는 청와대에 서로 들어가겠다며 정치인들은 대선 놀이에 푹 빠져 있고, 언론은 춤추듯 장단 맞춰 저마다 떠든다. 그 한가운데서 구국의 일념으로 태극기를 겨우내 흔들었던 많은 사람들은 어디에 마음을 주어야 할지 몰라 서성이고만 있다. 언제부턴가 우리가 믿었던 것이 모두 사라지고 '정의'라는 허명으로 누군가 의도적으로 만들어놓은 거짓 가치들이 신앙처럼 받들어지고 있다. 이 나라가 어디로 가고 있는지, 정말 모르겠다.

답답한 마음에 예언자도 아니고 정보 분석가도 아닌 나는, 그래서 자꾸만 문학 속에서 길을 찾게 된다. 이 작품도 다시 보니 우리 모습과 똑같구나, 그런 생각이 드는 것이다. 그래도 군중들은 패배하고 광신도 자코베 역시 죽었으며, 그들이 강요하려 했던 성체(聖體)는 바닥에 떨어져 나뒹구는 결미에서, 그들의 신이 '영영 자취를 감추게 되었다.'는 마지막 문장에서 오늘도 실낱같은 희망 하나를 움켜쥐어 본다.

2017년 4월 14일 금요일

뮤지컬 〈미스 사이공〉 ost / I still believe 중에서

- 왜 괴로워하는 거예요? 내게 말해 봐요, 숨기지 말고. 무엇 때문에 아파하는 거예요? 내게 말해 봐요.
- 나는 아직 믿어요. 당신은 돌아올 거라고. 난 당신의 여자니까. 우리가 죽을 때까지…….

/ 뮤지컬 〈미스 사이공〉 중에서. I still believe 일부.

전쟁이 나면 직접 참여하는 사람도, 남겨진 사람도, 전쟁이 끝나고 새로 만난 사람도, 모두 상처를 끌어안고 살아야 한다. 빨간 넥타이를 고집하는 트럼프 대통령의 연일 이어지는 강경 발표와 세계 언론의 주목에도 불구하고 우리나라 언론은 모두 입 다물고 있다. 당장 내일 일을 알 수 없지만, 무엇이 달라질지 어떤 것도 장담할 수 없지만, 모쪼록 지금의 이 혼란스러운 휴전상태가 정리되길, 모두 무사히, 건강하게 새로운 대한민국에서 살아갈 수 있는 기회가 되길, 자꾸만 비장해지는 마음으로 바란다.

2017년 4월 14일 금요일

우주는 우주의 방식으로
: 영화 〈마션〉

- 우주에는 뜻대로 되는 게 하나도 없어. 모든 게 틀어지고 이제 끝이구나 하는 순간이 올 거야. 이렇게 끝나는구나. 하지만 포기하고 죽을 게 아니라면 살려고 노력해야지. 그게 전부야. 무작정 시작하는 거지. 하나의 문제를 해결하고 다음 문제를 해결하고 그 다음 문제를……. 그러다 보면 살아서 돌아오게 되는 거야.

/ 영화 〈마션〉 중에서.

우주(또는 신)의 섭리는 인간의 계획, 그 너머에 있다. 사람이 기대하는 방식으로 일을 처리한다는 것은 우주의 자존심이 허락하지 않는다. 인간이 상상할 수 있는 한계를 훌쩍 넘어서, 기발하고 유쾌하고 스릴 넘치게, 우주는 자신의 창조 과정을 즐기며 서프라이즈! 하고 깜짝 놀래켜 줄 순간을 고대하는 것 같다.

하지만 인간의 근시안적 눈에는 만사가 제멋대로인 것 같고, 실패한 것 같고, 버려진 것 같고, 더 이상 길이 없는 것 같아서 주저앉아 울고만 싶어질 때가 있다. 그런데 어쩌면 그 순간이야말로 우주가 우리를 시험하는 것일지도 모른다. '너, 실망할래, 다시 일어설래? 내가 도와줄 만한 그릇인가 어디 보자, 요놈!' 하고.

영화 〈인터스텔라〉에서 지구로 돌아가기 위해 뜬금없이 고약한 캐릭터로 등장했던 맷 데이먼, 그는 이 영화에서도 우주에서 장기투숙 중이다. 그리고 예상대로 필사적이다. 그러나 〈마션〉이 다른 귀환 영화들과 다르면서 뛰어난 점은, 긴장감 대신에 영화 전편에 채워 넣은 유머감각을 통해 삶에 대한 흐뭇한 긍정과 따뜻한 낙천성을 관객에게 선물해 준다는 것이다. 마크는 혼자 남게 된 상황을 저주하지 않고, 동료들을 원망하지 않는다. 절망적인 상황에서 최악의 상황을 생각하지 않고, 극한에 부딪쳐도 좌절하지 않는다. 생각하고 행동하고 다시 시도하고 또 다시 도전하며 기필코 살아서 돌아가겠다는 희망을 놓지 않는 것이다.

- 나는 여기서는 안 죽어. 대신 여기선 뭘 하든 내가 최초지. 이 언덕을 오르는 것도 최초이고, 내 발길이 닿는 곳은 모두 최초가 되는 거야.

그는 노래하고 춤추고 감자를 심는다. 마치 유쾌한 시시포스처럼. 그러나 또한 절망한다. 감자수확을 망쳤을 때, 죽을 것처럼 아프고 춥고 외로울 때, 그도 포기하고 싶었을 것이다. 무엇보다 오랜 고군분투 끝에 어설픈 비행선을 타고 우주로 날아올라야 했을 때, 그는 두려웠을 것이다. 하지만 최선을 다 했고, 오직 믿고 맡기는 것 말고는 그가 더 이상 할 수 있는 일은 없었다. 최선을 다 했기에 믿고 맡길 자격이 있었다. 죽더라도 부끄럽지 않았고, 따라서 그의 마음에는 어떤 후회도 없었다. 그러한 최선의 에너지가 마크를 지켜보는 많은 사람들의 마음과 하나 되어 무사귀환을 성공시킬 수 있는 동력이 되었던 게 아닐까.

영웅이란 흔히 두려움도 모르는, 선천적으로 굉장한 능력을 가진 사람이라고 착각하기 쉽다. 그러나 그들도 두려워하고 상처를 아파하고 죽음 앞에서 외로워한다. 하지만 화성에 홀로 남겨진 마크가 절망한 채 어떻게 살지? 왜 나는 이렇게 재수가 없을까? 어떻게 나만 두고 떠날 수 있어? 그렇게 운명을 한탄하고 동료들을 원망하고 삶을 포기했다면, 나를 데리러 오지 않으면 어쩌나 의심했다면, 그래서 불만투성이로 투덜거리고 공포심에 갇혀 아무것도 하지 않았다면, 그가 무사히 귀환하는 기적은 만들어지지 않았을 것이다. 기적이란 남에게서 오는 게 아니고 지금 여기에서 내가 할 수밖에 없는 일을 하는 것, 내 마음에서 시작되고 완성되는 것이라는 비밀을 조곤조곤 이 영화는 이야기해 주는 것이다.

대한민국이 바로 서길 바라는 수많은 국민의 간절한 소망을 우주는, 신은, 보고 들었을 것이다. 하지만 우리의 현실은 아직 막막하기만 하다. 그러나 우주는 한 번 들은 걸 절대 잊는 법이 없다고 한다. 생각 하나도 허투루 땅에 떨어지지 않는다고 한다.

4월 15일은 북한에서 신처럼 추앙받는 김일성의 생일이다. 그를 꼭 닮은 손자가 할아버지를 위해 하늘 높이 폭죽 하나 쏘아 올릴지도 모르겠다. 이 또한 우리의 사량(思量) 안에 드는 기대겠지만, 어쩌면 우주의 신나는 작업이 마침내 그 실체를 드러낼 때가 된 게 아닐까. 어떻게 결론이 날지 모르겠으나 분명한 건, 우리는 화성에 홀로 남은 단 한 사람이 아니라는 것, 우리는 함께 또 한 번의 위대한 대한민국의 역사를 만들어가고 있는 중이며, 시간은 걸릴지언정 우주는 지금 이 순간에도 우리의 소망을 자신의 방식대로 이루어가고 있다는 것이다.

2017년 4월 13일 목요일

막내놈 그놈

남창 고영태 부친이 5·18 유공자라는 말은 들은 적 있지만 고은의 〈만인보〉에 고영태가 나온다는 걸 처음 알았다.

> - 고은을 노벨문학상 후보 반열에 올려놓은 시집 만인보(萬人譜)에 고영태의 가족사가 등장한다. 만인보 단상 3353에는 그의 아버지 고규석의 이야기가 담겨 있으며, 특히 고영태의 어머니 이야기가 담긴 만인보 단상 3355 이숙자 편에는 고영태도 등장한다. 만인보 단상 3355. 이숙자 : 고규석의 마누라 살려고 나섰다. 그동안 딸 셋 시집갔다. 막내놈 그놈은 펜싱 선수로 아시안 게임에서 금메달 걸고 돌아왔다. / 나무위키 인용.

'막내놈 그놈'이 고영태다. 시인은 이 글 뒤에 '막내놈 그놈, 남창되어 끝내 나라 말아먹었다.'고 추가해야 하는 거 아닐까. 한숨만 나온다. 대체 어디서부터 어디까지 손을 대야 이 나라가 바로 설까. 고 선생님, 이런 시 쓰시고 노벨문학상 노리면 정말 아니 되십니다.

2017년 4월 13일 목요일

명백한 징후조차 믿고 싶은 대로 믿고 해석하는 사람들
: 헤로도투스 〈역사〉

- 노새가 왕이 되면, 리디아 인은 겁쟁이라 불리는 것을 부끄러워 하지 말고 달아나라. 크로이소스 왕이 페르시아로 출병하면 대제국을 멸망시키리라. / 헤로도투스 〈역사〉 중에서.

지금의 터키 땅을 지배하던 리디아는 크로이소스 왕에 이르러 넓은 영토와 부, 군사력을 갖춘 대제국이 되었다. 왕은 궁금한 일이 있으면 그리스의 델포이 신전에 가서 많은 재물을 바치고 신탁을 듣곤 했는데, 페르시아와의 전쟁을 앞두었을 때에도 예언을 들었다. 인간이 아닌 노새가 왕이 될 일은 없을 테니 자신과 자손의 왕위가 영원하리라고 크로이소스 왕은 단정했다. 전쟁 후 멸망하게 될 대제국 또한 페르시아 제국이라고 확신했다. 그러나 멸망한 것은 자신의 제국, 리디아였다. 어떻게 된 것일까. 〈역사〉의 저자 헤로도투스는 다음과 같이 해석한다.

- 왕이 신중했다면 멸망하게 될 대제국이 어느 나라를 가리키는지 물었어야 했다. 신탁에서 말한 노새란 암말과 수탕나귀의 잡종을 가리키는 것으로, 고귀한 신분의 어머니와 비천한 출신의 아버지 사이에서 태어난 페르시아 왕 키루스를 가리킨다.

나라가 망하려면 실권을 쥔 자가 먼저 홀린 듯 일을 저지르기 마련이다. 미국을 도발하고 있는 북한은 '이번 기회에 세계 제일의 국가로 거듭날 것이다.'라는 신탁을 받은 게 아닐까 싶을 만큼 무모하고 거침이 없다. 세계가 주시하고 있는 명백한 '징후'에 대해 별 일 아니라며 한 목소리를 내고 있는 우리나라 정치인들과 언론, 주무부처의 반응 또한 상식적으로는 납득하기 어렵다. 양쪽 다 크로이소스 왕처럼 믿고 싶은 대로 해석하고 밀어붙이는 것처럼 보인다.

리디아의 몰락은 페르시아에겐 승리였다. 그렇다면 그리 멀지 않은 미래, 북한의 무모함과 우리나라 일부 세력의 반역 또한 자유통일 대한민국 건설에 뜻밖의 기회가 되었다고 역사에 기록되지 말란 법도 없지 않을까.

2017년 4월 13일 목요일

왜 그토록 간절히 대통령이 되고 싶은 것일까
: 셰익스피어 〈맥베스〉

- 맥베스 만세. 그래미스의 영주 만세. 코더의 영주 만세. 앞으로 왕이 되실 분, 맥베스 만세! / 셰익스피어 〈맥베스〉 중에서.

맥베스는 마녀의 예언을 듣고 왕이 되기 위해 반역을 실행한다. 그런데 좀 이상하다. 답답한 사람이 복채를 들고 가서 "내 미래가 어떻겠소?" 하고 물으면 점쟁이가 그 답을 주는 게 자연스러운 그림이다.

하지만 맥베스가 마녀를 찾아가는 게 아니다. 마녀들이 먼저 장소와 시간을 상의하고 맥베스를 만나러 나선다. 마녀들은 "왕이 되실 맥베스 만세!" 하고 외치며 아부하듯 찬양하듯 장밋빛 미래를 노래하며 맥베스의 마음을 흔들어 놓는다. 왕의 무한신뢰를 받아 더 큰 영지의 새로운 주인이 된 맥베스는 재산도 명예도 권력도 그만하면 남부럽지 않았을 텐데, 안정된 현실을 밀쳐두고 홀린 듯 파멸의 끝으로 달려간다. 맥베스는 결국 왕을 죽이고 왕이 된다. 그 후 잘 먹고 잘 살며 뛰어난 통치자가 되었다면 좋았겠지만, 그는 단 하루도 행복하지 못했다. 그 다음 왕이 될 사람이 그의 목을 벨 때까지는.

맥베스가 실패한 이유는 선왕을 죽여서가 아니다. 스스로 왕이 되어야 하는 이유를 찾지 못했기 때문이다. 마녀에 의해, 아내에 의해, 도덕과 윤리와 양심 때문에 부정해 왔던 욕망을 뒤늦게 인정하고 쫓기듯 이룬 대업이었기 때문이다. 왕이 되어 무엇을 이루려는지 아무런 플랜도 없었기 때문이다. 마녀는 다만 억눌린 그의 욕망을 꺼내 보여주었을 뿐이다. 자격도 능력도 되지 않는 욕망에 스스로 불을 붙이고 박수치고 좋아하다가 비명을 지르며 불에 타 죽는 모습을 재미있게 구경했을 뿐이다.

왜 그토록 간절히 대통령이 되고 싶어 하는 것일까. 대통령이 되어 이 나라와 국민을 위해 무엇을 하려는 것일까. 저들 중 맥베스가 아닌 자는 과연 누구일까.

2017년 4월 12일 수요일

거짓 유령 공화국

사람에 대한 평가는 그가 이루어놓은 일에 근거한다. 동기가 순수하고 그 과정이 정직하면 더 바랄 게 없다. 정치인과 대통령 또한 그들의 업적에 대해 평가받아야 한다. 통진당 해산, 공무원연금 개혁, 전교조 법외노조화, 개성공단 폐쇄, 역사교과서 국정화, 김영란법 시행 등 숱한 반대에 부딪치면서도 박 대통령이 애써 이루어놓은 일들은 자유통일 대한민국의 초석을 이루기 위한 작업이었던 것이 분명하다. 지금까지 드러난 정황으로 보아 탄핵도 여기에서 비롯되었다고 봐야 한다.

그러나 박 대통령은 그가 하지 않은 일 때문에 탄핵, 구속, 수감되었다. "국가적 위기를 초래한 가장 큰 원인은 최서원의 국정농단과 박근혜 정부의 실정"이라고 말한 건, 여당 대선후보 홍준표이고, 이에 앞서 여당을 풍비박산 낸 도장 런의 주역 김무성은 "박 대통령를 만난 것을 가장 후회"한다는 말로도 모자라 "그의 미래는 비참할 것"이라고 저주했었다. 마치 대통령이 다 된 듯이 "국민들의 요구가 있으면 사면위원회에서 (박 대통령 사면을) 다루겠다."고 한 건 안철수이고, 이에 대해 文은 "국민 뜻 어긋나게 행사해서는 안 된다."며 폼 나게 말했는데, "박근혜를 처벌해야 국격이 올라간다."고 말한 건 '보확찢'이란 듣도 보도 못한 욕설로 국격을 올려주신 이재명이었다. 대선후보는 아니지만 대통령보다 더 막강한 힘을 가진 국회의원 중 한 명인 박범계는 "무기징역 가능, 대국민 참회 없으면 사면 불가"라고 그 자신이 대

법원 판사인 양 못 박았다.

무슨 죄로 무슨 권한으로 그러겠다는 것인지 모르지만, 일일이 열거할 수도 없는, 과거에 저질러놓은 잘못에 대해 책임을 지거나 반성을 하거나 사과를 하지도 않는 이들이, 타인이 하지도 않은 일에 대해 비난하면서, 자신이 하지도 않을 일, 앞으로 할지 안 할지도 모르는 일을 과대광고 선전하면서 벌써 최고권력을 손에 쥔 듯 으스대고 다닌다. 있는 건 없고 없는 건 있는 나라, 세계의 모든 언론이 주시하고 있는 한반도 위기설은 유언비어로 치부되고 있는 게 하나도 이상할 게 없는, 2017년 4월, 대한민국은 거짓 유령 공화국.

2017년 4월 12일 수요일

한 평생을 살아낸다는 것의 눈물겨움
: 영화 〈국제시장〉과 〈아프리칸 캣츠〉

생명 있는 것은 모두 아프다. 이 명제는 해결할 수도 없고, 무시할 수도 넘어설 수도 없는, 손에 쥔 뜨거운 고구마 같은 나의 개똥철학이다. 흔하디흔해서 아무렇지 않아도 좋을 하루살이와 나방, 흔해빠진 유기견과 길고양이와 까치와 비둘기, 그리고 저 먼 나라 케냐의 세렝게티 초원을 지배한다고 믿었던 사자와 치타와 하이에나마저도, 그들의 먹잇감인 토끼와 영양과 임팔라까지, 어느 것 하나 예외가 아니다. 하나의 생명이 태어나 살다가 죽음에 이르기까지 넘어야 하는 고비 고비는 처절하다는 말로도 모자랄 만큼 힘겹고 눈물겨운 것이다. 하물며 사람일까.

하필 가난한 나라, 하필 가난한 시대, 하필 식민지였던 나라, 겨우 해방되나 했더니 다시 또 전쟁이 터져버린 시대, 돈도 없고 빽도 없이 하필이면 찢어지게 가난한 집 장남, 장녀로 태어난 죄밖에 없는 사람들. "이젠 네가 가장이다. 가장은 가족을 지켜내야 하는 거다."라는 그 한 마디가 족쇄가 되어 꿈을 꿀 수도 없었던 사람들. 초라하게 품었던 꿈조차 번번이 좌절되던 인생. 가난과 가장이란 올가미에 묶여 한 번도 자신의 인생을 살아본 적 없는 그냥 보. 통. 사. 람. 들. 그렇게 다 주고 살았는데도 "우리 어렸을 땐" 하고 이야기를 시작하면 모두가 고개 돌리고 귀 막고 싶어 했던 아버지와 어머니 세대의 이야기였다. 그래서 세상에 있지도 않은 아버지를 붙들고 "나, 약속 잘 지켰지요. 이만하면 나 잘 살았지요. 근데 내 진짜 힘들었거든요." 하고 울 수밖에 없던 사람들. 그렇게 이 영화는 우리나라 한 시대의 가여운 자화상이고 그 시절을 이겨온 부모님 세대들께 바치는 헌정사다. 겨우 이제야 영화 한 편으로 그분들을 위로하는 것이 너무 늦은 건 아닐까, 그래서 감독은 제목 아래 작은 글씨로 Ode to My Father라고 쓰고, 그 짧은 글 안에 무심한 척, 후대의 미안함과 감사를 담았을 것이다.

이 영화는 사실 독특한 스토리나 플롯, 시나리오적 기법을 갖고 있다고 할 수는 없을 것 같다. 중간 중간 현재와 과거를 오가지만 대체로 시간을 순행한다. 만약 영화에서 보여주는 전쟁과 가난을 소설로 짜 보인다면 그런 억지가 어디 있어 할 만큼, 그들이 살아온 시대는 그 자체로 충분히 극적이기 때문에 따로 과장되거나 허구적 플롯을 넣을 필요는 없었다고 감독은 판단했을지도 모르겠다.

나이를 먹는다는 건 생에 대한 이해가 깊어지는 것인 만큼, 생을 쓰다듬고 싶어지는 연민도 커지는 것인가.

〈국제시장〉의 덕수를 떠올리면 이상하게도 다큐 영화 〈아프리칸 캣츠〉가 떠오른다. 어린 시절 보았던 〈동물의 왕국〉과 다를 것도 없었기에 서로가 서로를 잡아먹는 잔혹한 장면이 기억에 남은 건 아니다. 다만 세렝게티 초원의 우기, 초원에 앉아 몸을 벌벌 떨면서 비를 맞고 있는 야생동물들의 모습이 도무지 기억에서 지워지지 않는다. 맹수도, 초식동물도, 어미도 새끼도, 사자도 기린도 임팔라도, 하늘의 독수리까지 모두 초원에 서서, 혹은 마냥 앉아서 비를 맞으며 추위에 떨고 있었다.

생이란 사실 혹독한 것이다. 비가 내리면 내리는 대로 피할 곳도 없이 고스란히 맞을 수밖에 없는 것, 추우면 추운 대로 떨면서도 달아날 수도, 달아날 곳도 없는 것, 이 비가, 이 추위가, 이 가뭄이 어서 그쳐주길 바랄 수밖에 없는 것, 그렇게 견뎌내는 것. 그 고달픈 생명들 속에서 서로를 보듬고 서로를 지켜내는 것…….

촌스럽다고 할지 모르지만, 작가가 참으로 단순하다고 흉볼지도 모르지만, 한 순간만이라도 그 세대에게 미안하다고, 내가 누리는 자유와 평화와 풍요에 감사하다고 말하고 싶었다. 사람으로 태어나 100년도 되지 않는 일생을 살아낸다는 게 얼마나 눈물겨운지를 보여준 것만으로도 높은 점수를 주고 싶은 영화다.

2017년 4월 12일 수요일

이길 생각이 없는 사람들의 출정

북풍이란 말이 있을 정도로 대선이나 총선이 있을 때면 언제나, 늘, 항상, 북한 도발설이 도마 위에 오르곤 했다. 그래야 집권당이 유리하기 때문이다. 그런데 세계 주요 언론의 보도와 달리 통일부, 국방부, 외교부, 언론 모두 낭설이라며 한반도 위기설을 부정했다. 전쟁이나 북폭이 있을지는 알 수 없지만, 두 가지는 확실해졌다. 자신들의 수장을 빼앗긴 현재 집권 세력(그런 게 있는지 모르겠지만)에게는 곧 있을 대선에서 이길 힘도, 이겨야겠다는 의지도 없다는 것. 언론은 물론 주무부처들까지 반대 세력이 장악했으리라는 것.

2017년 4월 12일 수요일

보수와 진보가 사라진 보수와 진보
: 빅토르 위고 〈레미제라블〉

- 절망하는 자는 옳지 못하다. 진보는 필연코 눈을 뜬다. 장해(戕害)(참혹하게 상처를 내어 해치는 것)는 물에 거품을 일으키고 인류를 들끓게 만든다. 거기에 혼란이 있다. 그러나 그 혼란 다음에 다소의 전진이 있다는 것을 알 수 있다. 일반적인 평화에 불과한

> 질서가 확립될 때까지, 조화와 통일이 지배하게 될 때까지, 진보는 그 과정으로서 혁명을 가질 것이다. 진보란, 민중의 영구한 생명인 것이다. / 빅토르 위고 〈레미제라블〉 중에서.

좀 이상한 이야기가 되겠지만, 지금의 우리나라에서는 진보와 보수의 의미와 역할이 바뀌었다. 저쪽은 지금 여기에 머무르려 하고, 이쪽은 전쟁을 불사, 내가 죽더라도 이 나라를 나아가게 하려고 하니 말이다. 보수는 보수가 아니고 진보는 진보가 아니다. 보수가 진보가 되었고, 진보는 보수가 되었다. 그리하여 진보도 보수도 사라졌다. 이 흐름을 모르는 자들만 보수를 자처한다. 저만큼 앞서 달리고 있는 민의를 따라오지 못하는 면면들. 어떤 의미에서는 전쟁보다 가짜 대선이 더 두려운 까닭이다.

2017년 4월 11일 화요일

벌거벗은 임금님 지망생들과 아첨꾼들의 천국
: 아모스 오즈 〈나의 미카엘〉

- 보통사람들이 철저한 거짓말을 하는 건 불가능하다. 거짓은 늘 저절로 드러나버린다. 그건 마치 너무 짧은 담요 같은 것이다. 발을 덮으려고 하면 머리가 드러나고, 머리를 덮으면 발이 삐져나오고. 사람은 거짓 자체가 불유쾌한 진실을 드러낸다는 사실을 깨닫지 못한 채 무언가 숨기기 위해 복잡한 거짓을 만들어낸다.

보통 사람이 무엇을 할 수 있겠는가. 우리들이 할 수 있는 일은 그저 조용히 지켜보는 것뿐이다. / 아모스 오즈 〈나의 미카엘〉 중에서.

일관성 있는 사람이 좋다. 같은 방향으로 가되 넓어지고 깊어지며 성장하면 더 좋다. 한 분야에 이름을 얻은 이들은 정체되어 있을지언정 한 방향을 추구해 왔고 추구하고 있는 사람들이다. 그런데 여기에 밥그릇, 돈, 권력이 붙으면 일관성이 실추된다. 남을 배반하는 것보다 자신을 배반하는 일은 언제나 더 쉽다. 그들은 자신이 한 말을 번복하고 변명하고 발뺌하고 거짓을 더한다. 거짓말이 시작되면 테러범에게 장악된 여객기처럼 시한폭탄이 터질 때까지 계속 허공을 배회한다. 그들에게 밥그릇, 돈, 권력이 매여 있는 사람들 또한 인질이 된 듯 거짓에 속아주고, 거짓을 감싸주며, 거짓에 거짓을 보태 한 패거리가 된다. 산골짜기에 퍼붓는 장맛비처럼 그들 또한 거짓을 쏟아낸다. 그러나 밥그릇, 돈, 권력과 무관한 보통사람들의 눈에는 거짓이 빤히 보인다. 아무리 그럴 듯하게 포장해도 거짓의 실체는 가려지지 않는다. 지금 이 나라는 그렇게 벌거벗은 수많은 임금님 지망생들과 입지도 않은 옷을 칭찬하는 아첨꾼들의 천국이 되었다.

파렴치한 거짓의 축제 속에서 진실이 당장 무슨 힘을 가질 수 있을까. 한반도를 중심으로 번지고 있는 위기상황이나 대통령을 기획 탄핵한 위법에 대해서는 철저히 함구하는 사람들. 심지어 같은 생각을 가진 줄 여겼던 이들까지 진실을 감추거나 왜곡하고, 지성과 이성이라는 우월감이 더해져 거짓을 더해 모함하거나 돌팔매질에 편승하기까지 한다. 거짓과 자만과 멸시로 풍성한 지옥이 저 먼 별나라에 따로 있는 게 아님을 본다.

권력과 마이크를 쥔 자들이 멋대로 떠드는 소리가 진실이 되는 세상에서 소설 속 한 구절처럼, 보통사람들이 할 수 있는 일은 없어 보인다. 그저 조용히 지켜볼 밖에. 그러나, 그러나 말이다. 그들을 지켜보며 푸훗, 어이없이 터뜨리는 보통사람들의 차가운 웃음 속에 세상을 바꿀 엄청난 힘이 있다는 걸, 어떻게 설명해야 할까.

2017년 4월 10일 월요일

헤아리는 것과 추측하는 것의 차이
: 윌리엄 포크너 〈에밀리를 위한 장미〉

- 지난 40년 동안 아무도 보지 못한 구역이 위층에 있으며 그곳에 방이 하나 있다는 사실을 알고 있었다. 격식을 갖추어 에밀리 양을 땅에 묻을 때까지 기다렸다가 마침내 그 방을 열었다. 문을 거칠게 여는 바람에 먼지가 일어 방 안을 가득 채웠다. 무덤의 관 덮개와도 같은 엷고 매캐한 먼지가 신혼 첫날밤을 위해 꾸미고 장식했던 이 방을 온통 뒤덮고 있었다. 침대를 장식한, 희미하게 퇴색된 장밋빛 빛깔의 커튼 위에도, 장밋빛 전등 갓 위에도.

/ 윌리엄 포크너 〈에밀리를 위한 장미〉 중에서.

사람마다 성격이 다르다. 일을 하는 데 있어 일일이 설명하는 사람이 있는가 하면, 말없이 자신이 옳다고 믿는 바를 행하는 사람도 있다. 이런 사람들은 오해를 사기 쉽다. 소설이나 영화 속 주인공들은 대체로 자기 생각을 직설적으로 발설하지 않는 성향을 갖는다. 그래야 비밀이 생기고 그를 오해한 주위 사람과 갈등이 일어나 사건이 커진다.

현실에서 이렇게 자기변명을 하지 않는 사람을 대하는 방식은 두 가지다. 헤아리거나 추측하거나. 비슷한 말 같지만 차이가 크다. 헤아리는 것은 그 사람의 위치에서 그 사람의 신발을 신고 그 사람의 눈높이에서 사건을 바라봐주는 것이고, 추측하는 것은 내 자리에서 내 지식과 상식의 잣대에 맞춰 그를 재단하는 것이다.

오늘 박 대통령이 변호인단을 일방적으로 해임했다는 팩트를 놓고 의견이 분분하다. 기획 탄핵에 대해 더 이상 법적 대응을 하지 않겠다, 검찰 너희들 하고 싶은 대로 해봐라, 나는 버티련다, 그간 변호인단은 수고 많으셨으니 이만 생업에 종사하시라는 뜻이라며 그의 마음을 헤아리는 사람들이 있다. 그럼 그렇지, 역시 이것밖에는 안 되는 사람이었어, 일당 계산해서 수임료나 지불해라, 나도 내 마음에서 당신 해임하련다, 하고 그의 마음을 추측, 단언하는 이들도 있다. 특히 후자에 속하는 이들은 전자의 헤아리는 사람들을 박빠, 광빠로 몰아 조롱하기를 서슴지 않는다. 그런 성격이니 탄핵당했지, 하며 노골적인 비난을 드러내기도 했다.

나는 사실 마음을 잘 숨기지 못하는 편이다. 그래도 소설을 읽고 쓰다 보니 표면과 다르게 속 깊이 감춰져 있는 사람의 마음을 조금은 더 깊숙이 들여다보려고 노력한다. "널 사랑해, 하루라도 널 만나지 않으면 죽을 거 같아. 그러니 나랑 결혼해 줘."라는 말이 쉬운 사람도 있겠지만, 죽었다 깨어나도 그럴 수 없는 사람도 있다. 왜? 하고 되묻는다면, 그런 사람이 있다는 걸 도무지 이해할 수 없다면, 그런 사람은 좀 모자란 사람인 거지, 하고 간단히 치부한다면, 좀 엉뚱한 비유가 될지 모르겠지만, 세상과 단절한 채 사랑한 남자의 시신과 함께 40년을 살았던 여자의 이야기, 윌리엄 포크너의 단편 〈에밀리를 위한 장미〉를 그저 미친 여자의 소름끼치는 집착으로밖에 읽지 못할 것이다.

드러난 사실로 정황을 상상할 수는 있지만, 아무리 노력해도 그 사람의 행동이 그 사람의 마음 그대로라고 잘라 말하기 어려울 때는 얼마든지 있다. 오죽하면 '열 길 사람 속'이라고 했을까. 숱한 거짓의 반복과 증거로 드러난 범죄가 아니라면 남의 마음에 대해서는 함부로 예단하지 않고 기다려주는 게 사람에 대한 예의다. 자신의 마음 또한 타인에 의해 간단히 속단 당하는 걸 원하지 않는다면 말이다.

2017년 4월 10일 월요일

이념은 피보다 진하다
: 영화 〈인천상륙작전〉

- 웰컴투동막골, 공동경비구역J.S.A. 태극기 휘날리며. 고지전. 코리아. 베를린 : 북한과 남한은 하나야. 형제야. 그러니 서로 싸우고 미워하면 마음 아프잖아. 우리끼리 친하게 지내야 해!
- 돈의 맛. 배테랑. 내부자들 : 자본주의는 타락하고 썩었어! 그러니 너희 돈 가질 생각하지 마. 단, 내 돈은 깨끗한 거니까 많을수록 좋아.
- 귀향. 암살. 아가씨 : 친일은 우리 민족의 가장 큰 악이야. 친일보다는 전제주의, 공산주의, 김일성주의가 좋아.

친북, 반미, 반일, 반자본주의를 세뇌하는 대부분의 충무로 영화들

가운데 나온 이상한 영화가 국제시장, 연평해전, 인천상륙작전이다. 메시지도 요즘 대중의 눈으로 보면 이상하기 그지없다.

- 국제시장 : 지금 우리가 누리고 있는 풍요는 선배 세대의 눈물 덕분이에요. 감사해요.
- 연평해전 : 지금 우리가 누리고 있는 자유와 평화를 지켜준 우리의 아들과 남편, 사랑하는 사람의 희생. 고마워요. 기억할게요.
- 인천상륙작전 : 선배 세대가 목숨 바쳐 지켜낸 대한민국. 이젠 우리가 이 나라를 지킬게요.

시나리오가 지적으로 짜임새 있게 잘 직조된 영화가 좋다. 〈인천상륙작전〉, 완전하다거나 세련됐다고는 할 수 없지만 위에서 말한 대부분의 영화보다 잘 만들었다. 재미도 있다. 대사 하나, 장면 하나 허투루 낭비하지 않고 가볍지 않다. 무엇보다 영화가 시작하는 순간부터 끝까지 긴장감을 놓아주지 않는다. CG도 연출도 그만하면 촌스럽지 않았고 이쪽과 저쪽의 작전회의 교차편집, 전투장면, 전투에 투입된 병사들의 개인사까지 영화의 흐름을 방해할 만큼 거슬리는 것은 없었다.

이 영화의 주인공은 맥아더가 아니다. 그를 어떻게 멋진 영웅으로 포장해 보여줄 것인가에 초점을 맞춘 게 아니라, 얼마나 어려운 상황에서 인천상륙작전이 성공했느냐에 초점을 맞춘다. 따라서 트집 잡느라 말도 많은 리암 니슨의 맥아더 분량, 결코 적게 느껴지지 않는다. 적재적소에서 마음에 쏙쏙 들어오는 대사로 영화의 중심을 잡아주기에 충분하다.

북한장교 림계진(김범수)과 적진에 숨어들어간 장학수(이정재)의 대등한 긴장관계도 뛰어났고, 러브라인이라고 할 수도 없는 한채선의 존재는 꼭 여자여야 하는 건 아니었다. 어린아이였다고 해도, 소년이었다고 해도, 아줌마나 할아버지였다고 해도 상관없었을 것 같다. 한창 젊은 나이에 나라를 위해 불꽃처럼 자신의 생명을 바친 장학수의 안타까운 죽음을 상징하기 위해서 필요한 영화적 장치였으니까. 굳이 흠을 잡자면 마지막 부분에서 아들(이정재)과 어머니(이영애)의 친절한 방백이 좀 거추장스럽긴 했다. 맥아더의 경례처럼 군중 속에서 열심히 아들을 찾는 어머니와 잠시 환영처럼 스쳐간 아들의 모습으로도 충분했을 것이다.

"이념은 피보다 진하다."는 말이 영화 속 대사 중에 나온다. 자유민주주의를 사랑하고, 지금의 대한민국을 사랑하고, 그래서 우방국인 미국도 고맙고 조국을 지켜준 분들의 희생에 감사하는 사람이라면, 할리우드의 스펙터클한 전쟁영화나 헬 조선을 외치는 충무로 영화보다 재미있게 감동적으로 볼 수 있다.

그러나 아쉽게도 모두가 좋은 영화로 볼 수 있는 건 아니어서, 농담처럼, 만일 공산주의의 패배가 뼈아프다거나 6·25 전쟁이 북침이라고 믿고 싶다거나, 북에 의해 통일이 되지 않은 게 열이 나서 미국도, 맥아더 장군도 원수같이 느껴지는 사람이라면, 심장의 안정을 위해 관람을 절대적으로 자제할 것을 권한다.

느긋하게 그러나 나름 부지런떨며 8시 50분, 조조 보러 갔는데 웬걸, 매진이라는 말 앞에 막막했던 순간이 기억난다. 결국 예매해 두고 집에 왔다가 다시 나가 보고 온 영화였다. 그만큼 이런 영화에 많은 관객들이 배고파했다는 의미일 것이다. 더워 죽겠는데 이 무슨 충성이야, 투덜투덜. 그러나 영화 보는 내내, 보고 나서도, 마음 따뜻했었다.

세계가 주시하고 있는 한반도 상황, 유일하게 우리나라 정치인들과 언론만 관심이 없어서 오히려 자꾸만 더 관심이 증폭되는 시점에서 떠오른 영화.

2017년 4월 10일 월요일

4월은 왜 잔인한 달일까?
: T.S. 엘리엇 〈황무지〉

April is the cruelest month, breeding
Lilacs out of the dead land, mixing
Memory and desire, stirring
Dull roots with spring rain.
Winter kept us warm, covering
Earth in forgetful snow, feeding
A little life with dried tubers.

4월, 어찌 잔인하다는 것일까. 엘리엇 전공자가 아닌 다음에야 433행이나 되는 시를 다 읽을 수도 없고, 20세기 서양인의 정신세계를 논하는 해설이 눈에 들어올 리도 없지만, 연약한 새싹이 땅을 뚫고 나오려니 힘들기도 하려나. 그렇게 4월이 되면 많은 사람들의 마음에 떠도는 시구. 첫 번째 연의 브리딩, 믹싱, 스터링, 커버링, 피딩 하고 ~ing로 끝나는 운율은 달콤하지만, 인터넷에 떠도는 우리말 해석은 그 재미마저 산산 조각내 버리고 의미조차 모호하다. 그러거나 말거나. 잔인하거나 말거나. 그런데 2017년의 4월, 대한민국에 살다 보니 아아, 잔인도 하여라 4월이여! 그래서 내 멋대로 운까지 맞춰 옮겨 적었다. 시인의 의도와 같든 말든, 시처럼 보이든 말든, 잔인함의 이유가 한결 쉽게 이해된다.

4월은 잔인한 달이지. 꽃을 피워야 하니까
죽음의 땅에서 라일락을, 뒤섞어 어우러지게 해야 하니까
기억과 욕망을, 흔들어 깨워야 하니까
죽어버린 것 같은 뿌리에 봄비를 내려서,
겨울은 우리를 따뜻하게 해주었지, 덮어주었으니까
눈을 내려 대지가 모든 것을 잊을 수 있도록, 먹여 살렸으니까
마른 뿌리일지라도 겨우 남아 있는 여린 생명을

더 자고 싶은데 엉덩이 두들겨 억지로 깨운다면 이른 새벽처럼 잔인한 시간도 없을 터. 깨어남 그 자체는 얼마나 성가시고 괴롭고 고통스러운 것인가. 아아, 10분만 더, 5분만 더, 차라리 아침이 오지 말았으면.

역사의 흐름 속에서 지금까지와는 전혀 다른 모습의 대한민국으로 일어서기 직전에 맞이한 새벽의 어둠. 대견하게도 이 절망적인 시간에 무릎 꿇고 싶진 않은데 무엇을 해야 하는지 모르겠고, 무언가 시작되어야 하는데 어떻게 해야 할지 우왕좌왕하고 있는, 이대로 4월을 보낸다면 죽도 밥도 안 될 것 같은 두려움. 과거의 잘못된 유산과 매일 매일 쌓여가는 오류를 포장했던 아름다운 눈이 흐물흐물 진창으로 녹고 있는 시절, 마침내 겨울을 등지고 자유통일 대한민국으로 깨어나려 하고 있다. 어찌 고통스럽지 않을까.

피워내지 못한다면, 흔들어 깨우지 못한다면, 우리의 4월은 그야말로 잔인한 시절로 역사에 기록될 것이다. 그래서 4월이 이대로 끝나지 않길 바라는 것이다. 아직은 잔인하지만 부디 싹트길, 마침내 꽃 만발하길, 기어이 열매 맺길, 그리하여 영원히 풍요롭길.

어쩌면 시인은 묻고 있는 것이다. 잔혹을 이겨내고 꽃으로 만발할래, 차가운 눈 속에 기억과 욕망을 파묻은 채 묘지에 누워 죽은 채 살아갈래? 그리하여 시인은 끝내 역설하고 싶었던 것 아닐까, 4월은 위대한 달, 피워 내다니. 아우르다니. 흔들어 깨우다니. 아, 놀라워라, 아아 사랑스럽고도 감탄스러워라. 죽음에서 깨어나 기지개 켜는 생명이여!

2017년 4월 9일 일요일

브루투스는 정말 독재자를 살해한 영웅이었을까
: 시오노 나나미 〈로마인 이야기〉

3월. March. 얼어붙었던 대지가 녹고 싹이 트고 꽃이 피느라 자연적으로도 매우 고통스럽고도 혼란스러운 시절이다. 역사적으로 뒤져보면 여러 가지 사건들이 있었지만 러시아 왕정이 붕괴된 것도 3월이고, 삼일운동이 일어난 것도 3월이며, 대한민국 대통령 불법 탄핵이 일어난 것도 3월이다.

생각해 보니 줄리어스 시저가 암살당한 날도 3월 15일이었다. 지금의 국회의사당이라고 해야 할까, 원로원 회의장에서 의원들이 '독재자' 시저의 가슴에 비수를 꽂았다. 암살에 가담한 의원은 60명이 넘는다고 하는데, 단도를 직접 그의 몸에 찔러 넣은 이들만 해도 열네 명이나 된다. 그들이 광적으로 달려들어 무자비하게 찌른 상처가 스물세 군데(혹은 스물일곱 군데)나 된다. 그 중에서 치명상은 단 한 군데였다고 하니 암살자들이 칼질을 하면서도 자신의 행위에 확신이 없었거나 겁을 먹어서 주저했던 게 아닐까 의심된다.

시저의 숨이 끊어진 것을 확인하고 암살자들은 자랑스럽게 광장으로 뛰어나와 "폭군은 죽었다, 자유는 회복되었다."고 외쳤다. 그러나 군중은 호응하지 않았다. 이들의 침묵을 암살에 대한 동의로 해석하는 역사가들도 많지만, 화장을 하던 그의 장례식에서 군중은 분노를 폭발시켰고, 브루투스를 비롯한 암살자들은 겁을 먹고 뿔뿔이 도망갔다.

이 사건의 완결은, 시저의 유언으로 그의 유산과 대의를 물려받은 옥타비아누스에 의해 이루어진다. 그는 힘을 갖게 되자 살생부를 만들고 가차 없이 실행했다. 원로원 중 130명은 즉결처형 했고, 수천 명의 재산을 몰수했다. 암살의 주범 카시우스와 브루투스는 저항하다 끝내 자결했다.

실권을 쥔 옥타비아누스가 그 다음 한 일은 시저를 신격화하는 일이었다. 그리스 신화를 거의 그대로 옮겨 적은 듯한 로마 신화, 여기에 카이사르, 즉 시저에 대한 부분은 그렇게 탄생되었다. 그가 신이 되자 옥타비아누스는 자연히 신의 아들이 되었고, 암살자들에 의해 시저가 죽은 지 14년 뒤 그는 황제가 된다.

암살자들이 시저를 살해한 명분은 한 사람의 독재를 저지하고 다수의 원로원이 지배하는 공화정을 유지하겠다는 것이었다. 그러나 암살의 결과는 아이러니하게도 공화정의 몰락을 앞당기고, 제정 로마 시대를 활짝 열었으며, 적에 대해 관용을 베푸는 걸 즐겨했던 시저와는 비교할 수 없을 만큼 냉철한 옥타비아누스를 황제로 맞아들이게 한 것이다. 그가 바로 로마 제국의 초대 황제 아우구스투스다. 그리고 또한 신기하게도, 그가 막강한 권력으로 지배하던 41년간의 시기를 기점으로 로마는 '팍스 로마나'라 불리는 평화로운 시대가 열린다.

외줄타기처럼 아슬아슬한 면은 있지만, 역사를 뒤져 보면 평화가 유지되고 민생이 편안하고 경제가 활성화되고 문화가 번성하던 시기는 대체적으로 강력한 중앙집권, 독재자에 의해 지배되던 시기였다. 어쩌면 저마다 다른 욕망을 가진 300명의 독재자보다는 명확한 플랜을 가진 단 한 명의 지혜로운 독재자가 다스리는 세상에서, 권력욕에 취한 300명을 누르고 단 한 사람이 일관된 목표를 향해 지배하는 세상에서 다수의 피지배자가 느끼는 억압이 덜하기 때문이 아닐까.

지금 이 시대를 그때와, 지금의 누구를 오래 전 누구와 비교하려는 건 아니다. 다만 어떤 목적을 가지고 무리하게 벌이는 일이 그 사건을 일으킨 사람들의 계획대로 결론지어지지는 않는 것 같다는 것을 말하고 싶을 뿐이다. 그래서 이 무법한 혼란의 시절이 불러올 그 누구도 예상치 못한 시대, 가급적이면 번영의 시대, '팍스 코리아'가 열릴지도 모른다는 막연한 희망이 또 하루를 견디게 한다는 것이다.

2017년 4월 8일 토요일

그거나 그거나 그거나

4지선다형, 5지선다형과 같은 선택지가 주어지면 그 안에서 하나를 찍는 데 너무 익숙해진 탓에 무조건 그 중의 하나를 선택해야 한다는 의무감과 강박증까지 생겼다. 그러나 가령 병이 나서 약장 문 열어 보니 다음과 같은 네임카드가 붙어 있는 약병만 있다고 상상해 보자. KCN, 사이안화칼륨, 청산칼륨, 청화칼륨, 청산칼리, 청화칼리. 여섯 가지의 선택권이 있는 것일까. 그 중에서 하나 무조건 골라 먹으면 병이 나을까. 아니다. 이름만 다를 뿐, 그냥 다 똑같이 청산가리다. 그런데 약장 앞에 서서 다 같이 갈등하고 있다. 청산가리지만 파란 캡슐에 넣었으니까 안전해. 초록 캡슐에 담으면 성분이 달라진대. 빨간 캡슐이라면 믿어도 되지 않을까. 노란 캡슐 색깔 너무 이쁘지 않니. 어쩌면 좋을까. 알록달록 무지개 캡슐들의 축제를.

2017년 4월 8일 토요일

자신만 떳떳하면 되는 거야
: 영화 〈스파이 브릿지〉

단언하긴 조심스럽지만, 언제부턴가 도서나 영화를 선택하는 대중의 취향과 수준이 평균적으로 하향 조정, 권장 및 유지되고 있는 게 아닐까 하는 생각이 들 때가 있다. 영화 관계자에게서 직접 들은 말을 근거로 판단하건대, 영화 완성도와 전달 방식이 중학교 2학년 정도의 지력에 맞춰지고 있다는 것이 과장은 아닌 듯싶다.(텔레비전은 초등학교 5~6학년 수준에 맞춰지고, 드라마는 50대 전업주부 수준에 맞춰지고 있는 게 통상적이다.) 또한 스크린 쿼터 덕분에 수입영화들은 상영관이 모자라고, 상대적으로 몇 편 되지도 않고 수준도 떨어지는 방화들이 너무 많은 상영관에 오래도록 걸린다.

그제야 내가 늘 의심했던 명제, 왜 내가 좋아하는 영화는 흥행하지 않을까에 대한 답이 떨어진다. 내가 수준이 높다고 자만하려는 것이 아니다. 오히려 영화를 보는 내 인생의 두 시간을 허비했다는 생각이 들면 억울해지기 때문에 엄선해 보고 싶을 뿐이다. 그 결과 책과 영화를 고르고 호불호(好不好)를 판단할 때 나름의 몇 가지 기준이 있다. B급 영화나 포르노그래피와 같은 외적 기준은 오히려 경계하지 않는다. 중요한 것은 무엇을 말하려는 것인가, 하는 내적 요소다. 작가나 제작진이 보여주는 대로 생각하라고 강요하는 영화라면 포르노나 폭력보다 저질이다. 너는 피해자이고 세상은 가해자야. 그러므로 잘 들어. 너는 선, 사회는 악. 가난은 선, 재벌은 악. 피지배자는 선, 권력자는 악. 약소국은 선, 강대국은 악. 그러니 분노해. 들고 일어나 때려 부숴버려. 그래야 지식인이지. 그렇게 하지 않는다면 너는 바보 천치야. 이렇듯 세상을 이분법적 선악구도로 나누어 지금 여기, 당신이 살고 있는 세상은 지옥이라며 관객과 독자를 선동하려 드는 영화나 책은 악질이다. 관객을 딱 중학교 2학년 수준으로 얕잡아 보는 것인데, 진짜 중학교 2학년생들이 이 사실을 알면 자신들도 그 정도는 아니라며 분노할지도 모르겠다.

우리가 시간을 들여 예술작품을 보는 이유는 부정하고 분노하고 해체하고 파괴하기 위해서가 아니다. 아무리 각본이 좋더라도, 우리가 사는 세상은 시궁창이라고 말하는 〈시카리오〉 같은 영화를 그래서 나는 추천하지 않는다. 오히려 피칠갑을 해도 쿠엔틴 타란티노의 〈헤이트풀8〉은 볼 가치가 있다. 아리스토텔레스가 말한 카타르시스는 원망과 분노가 아니라 인간과 삶에 대한 연민과 긍정에서 비롯되는 것이라고 나는 해석한다. 우주의 유장한 흐름 속에 생명이, 우리 인간이, 내가 있음을 깨닫는 일, 바위에 부딪치고 소용돌이에 갇히고 폭포에 떨어져 거품으로 깨진 다음에도 바다를 꿈꾸는 것을 중단하지 않는 일, 아무리 힘들고 외로워도 사랑할만한 세상이라고 긍정하는 일, 그렇게 사고의 길을 열어가는 것이 예술의 카타르시스, 예술의 본질 또는 궁극이 아닐까.

지난 11월에 잠시 걸렸다 슬그머니 내린 명작 〈스파이 브릿지〉는 1950년대 말, 미국과 소련의 스파이 전쟁이 한창일 때 있었던 실화를 바탕으로 한다. 주인공 제임스 도노반은 실존 인물인데 제목의 브릿지는 말 그대로 스파이를 동시 교환한 다리를 상징한다. 이 영화는 소련은 악, 미국은 선이라고 말하지 않는다. 국가는 악, 제임스는 선한 인권변호사라고 강조하지도 않는다. 그러나 개인 한 사람 한 사람을 통해 공산체제와 자유주의는 자연스럽게 비교된다.

미국은 소련의 스파이 아벨을 체포했다. 미국의 법치를 과시하기 위해 형식적으로 변호사를 선임해 주는데 그가 보험전문변호사 제임스(톰 행크스)이다. 그런데 이 남자, 기대와 달리 쓸데없이 너무 열심히 일한다. 변론의 기회는 누구에게나 주어져야 한다고 믿고 있는 제임스는 모든 사람이 법 앞에 평등하다는 신념을 생각만으로 그치지 않고 자신의 신념을 어떤 위험 속에서도 실천한다. 스파이를 변호하는 변호사. 만민의 따가운 눈총을 넘어 가족들의 생명까지 위협받는다. 아벨은 아무것도 인정하지 않았지만 사형이 거의 확실한 상황, 어찌어찌 제임스의 능력이 절실히 필요한 시점이 온다. 이제부터 제임스는 자신의 신념대로 생각하고 행동하고 실천한다.

스티븐 스필버그 감독의 작품을 모두 다 지지하지는 않는다. 〈라이언 일병 구하기〉는 왜 그 집 아들 하나를 구하기 위해 무고한 다른 집 아들들이 죽어야 하는지 이해할 수 없었고, 인간의 양면적 해석의 여지가 있음에도 불구하고 영웅으로 그린 〈쉰들러 리스트〉에도 동의하고 싶지 않다. 그러나 이번 작품에서는 일방적 영웅화 시도를 하지 않는다. 무고한 희생을 강요하지도 않는다. 다만 인간이 얼마나 괜찮은 생명체인가 하는 긍정에 다다른 지점에서 감독의 연륜을 신뢰하게 되었다고 할까. 제임스뿐 아니라 "걱정한다고 달라지는 게 있소?"라고 시종일관 담담한 모습을 보여준 소련 스파이 아벨과, 자국의 이익을 지키기 위해 자신들의 임무에 충실한 정보부 사람들, 법 관계자, 미국과 소련과 동독의 정치가들, 제임스의 뜻을 전달한 독일의 그 젊은 비서와 초소의 경비병들, 그리고 제임스와 아벨의 가족들 모두 인간이 지니고 있는, 혹은 지녀야 할 존엄성을 느끼게 해준다. 그들 모두가 자신의 자리에서 제 역할을 한다. 그거면 되는 거다.

그런 면에서 소련 스파이 아벨은 무척 인상적이다. 사형선고를 앞두고도 그는 도통한 도인 같다. 그는 자신의 체제에 대해 예의를 지킨다. 미국인 제임스는 그것을 존중한다. 그런 그를 아벨 또한 존중한다. 그들 사이에 그렇게 신뢰가 생겼다. 제임스가 아벨이 차에 타는 모습을 끝까지 지켜보는 장면, 인간이란 참 괜찮은 존재구나, 뿌듯해지는 순간이다.

미국의 파일럿 역시 소련에 잡히고 재판을 받는다. 그 또한 자신의 조국에 대한 의리를 지키기 위해 분투한다. 적국의 스파이에 대한 예의를 지킴으로써 미국은 자국의 파일럿을 구할 기회를 얻을 수 있었다. "나 정말 아무것도 불지 않았어요."라고 말하던 파일럿에게 제임스가 말한다. "남들이 뭐라던 신경 쓰지 마, 자신만 떳떳하면 되는 거야."

우리가 살아가는 데 필요한 신념은 이거 하나면 충분한 것 아닐까. 제임스는 변호사가 아닌 한 가정의 가장, 한 여자의 남편으로서의 역할도 충실히 한다. 그는 세상을 위해 큰일 한다고 가족에게 거드름을 피우지 않는다. 그러한 남편을 바라보는 아내 또한 말없이 남편을 믿고 남편과 가족이 무사하길 바란다. 남편 또한 그녀가 불안해 하지 않기를 바란다. 그는 위태로운 임무를 완수한 뒤에 보통의 남편처럼 아내가 주문한 마아말레이드를 사온다. 그런 속 깊은 남편을 바라보는 아내와 가족. 제임스가 소신을 지켜야 할 이유이기도 하고, 그가 세상을 살아가는 힘이기도 하다.

영화 속 인상적인 지하철 장면이 있다. 소련 스파이를 변호하는 제임스를 알아보고 분개하는 승객들. 그러나 바람직한 성과를 낸 뒤 제임스를 알아보며 반가워하는 승객들. 똑같은 장소, 비슷한 얼굴들 그러나 대조적인 표정. 그것이 소위 여론이라는 가면 뒤에 숨어서 손가락질하고 욕하고 비난을 퍼부으며 타인의 의지대로 좌지우지 흔들리는 우리들의 모습이다.

우리가 보고 듣고 읽는 언론은 정말 진실한 것일까. 믿어도 되는 것일까. 내가 신뢰하는 것은 무엇인가. 우리는 과연 자신의 신념에 따라 생각하고 말하고 행동하고 있는가. 명확한 자기 기준이 없다면 흔들린다. 떠밀려간다. 결국 내가 아는 만큼 보이고 내가 아는 만큼 살아갈 뿐이다.

세계 유일의 분단국가 대한민국을 둘러싸고 한반도를 중심으로 번지는 불안한 세계 기류들, 그런데 대통령은 아무런 법적 협의도 없이 탄핵되어 감옥에 수감되어 있고 청와대는 비어 있다. 언론은 세계 조류와 관계없이 입 다물고 있으며 정치인들은 국가 안보, 국민 안전은 나 몰라라, 대통령 한 번 하겠다고 진흙탕에서 싸우고 있다. 영화는 영화겠지만, 법과 정치와 외교에서 저마다 자신의 책임을 다하는 사람들, 그리고 묵묵히 자신의 역할을 하는 개인, 그들을 통해 인간에 대한 사랑과 믿음을 이렇게라도 그려낼 수 있는 의식과 수준이 부럽기만 하다.

2017년 4월 7일 금요일

사냥은 너무 잔인하지만 고기는 정말 맛있어
: 영화 〈윈터슬립〉

터키 영화 〈윈터슬립〉의 주인공 아이딘은 젊은 아내와 이혼한 여동생과 함께 한적한 시골마을에서 낡은 호텔을 운영하며 살고 있는 작가다. 영화를 본 대부분의 사람들은 지적 허영에 빠진 작가가 기만과 위선을 떨쳐내고 삶의 의미를 깨달아가는 이야기로 해석하는 것 같다. 그러나 정말 그런 것일까.

여동생 네클라가 아이딘의 지적 허영을 비난하며 악에 대항하지 말라고, 그들의 양심에 맡기고 스스로 죄를 뉘우칠 기회를 주라고 하는 이유는 표면적으로는 굉장한 정의를 앞세우는 것 같다. 하지만 그녀 자신이 이혼을 후회하기 때문이다. 만약 자신이 남편의 잘못을 꼬치꼬치 따지지 않고 용서했다면 지금쯤 개과천선 시키고 여전히 잘 살고 있을 거라 생각하는 것이다. 분명 남편도 후회하고 있을 텐데 자신을 데리러 오지 못하는 건 무서운 오빠 탓이라고 불평까지 한다. 내 불행은 모두가 네 탓!이라니. 요즘 우리나라에서 많이 보는 행태다. 더구나 세입자 아들이 던진 돌에 자동차 유리가 깨져 하마터면 크게 다치거나 죽을 수도 있었던 오빠에게 관용을 베풀라고 말했던 네클라는, 그러나 유리컵을 깼다는 이유로 종업원에게 일당에서 그 값만큼 제하겠다며 화를 내기도 한다. 남 탓도 모자라 내로남불의 전형이기도 하다.

그의 아내 니할 역시 위선적이기는 마찬가지다. 젊은 시절 그녀는 나이는 많지만 부자라는 이유로 아이딘과 결혼했고, 지금은 숨 막혀 죽을 것 같다면서도 이혼을 원하지는 않는다. 시누이 네클라가 그녀를 조롱하는 대사를 살짝 빌리자면 "수호천사처럼 어슬렁거리며, 경멸하는 눈으로 사람들을 쳐다보고, 하는 일은 아무 것도 없이 돈 한 푼 안 벌지만, 소위 자선이랍시고 주린 개한테 뼈를 던지는 박애"를 펼치는, 그런 우아한 여자다.

남편의 재산과 호텔 사모님의 권리를 도도하게 누리는 니할은 집에서 기부금 자선파티를 열면서도 남편에겐 허락도 통보도 하지 않는다. 오히려 무슨 일이냐며 어리둥절해 하는 남편에게 "당신이 있으면 불편하니 나가달라."고 사람들 앞에서 무안을 주기까지 한다. 그러나 남편이 세입자들을 착취한다고 생각하면서도 악을 그냥 두면 정당하다고 생각해서 점점 나빠질 거라고 말하는 걸 보면, 악에 대한 제재나 법의 필요성을 알고는 있다. 아마도 그것이 자신이 누릴 거 다 누리는 데 편리하다는 걸 알기 때문일 것이다.

감독은 누구의 편도 들지 않는다. 하나같이 이기적이고 위선적이며 모순투성이에 심술궂고 냉소적이어서 영화를 보다 보면 숨이 막힐 지경이지만, 그래서 관객들은 단순하게 아내와 여동생은 정의, 아이딘은 위선자라고 판단해버리는 것 같다. 니할과 네클라가 우리 자신의 모습을 가장 많이 닮았기 때문이다.

아이딘과 아내와 동생 그리고 가난한 세입자들과의 관계를 상징적으로 표현해주는 것이 마지막에 토끼 한 마리를 사냥해서 집으로 돌아오는 장면이다. 물려받은 재산이 있는 지주라 해도 그걸 유지하기 위해서는 일도 하고 관리도 해야 한다. 남들 눈엔 쉬워 보여도 연기자로서의 예술성과 작가로서의 예민함을 가진 아이딘에게 그 과정에서 욕먹고 인심 잃고 험한 꼴까지 당해야 하는 일이 쉽지만은 않다. 그렇게 아이딘은 밖에서 벌이를 해온다. 그 소득은 아직 숨이 끊어지지 않은 채 피를 흘리는 토끼처럼, 가난한 사람들을 착취한 결과일지 모른다. 그러나 가장이 잡아온 토끼고기로 배를 채우는 사람은 다름 아닌, 그러한 착취와 노동을 혐오하는 기부천사 아내와 그런 행위를 위선이라 비웃는 동생이다.

아이딘을 확장시켜 보면, 그는 지식인인 동시에 자본주의자이며 통치자이고 권력자이다. 법치주의를 상징하고 있기도 하다. 그에 반해 아내 니할과 동생 네클라는 자본주의의 수혜자이면서도 피지배자이기 때문에 엄격한 법치보다는 정의를 부르짖고 온정주의를 주장한다. 그것이 그들에게 더 이롭기 때문이다. 돌을 던지고 주먹으로 유리창을 깨부수며 죽여 버리겠다고 대항하는 세입자는 자본주의의 그늘일 수밖에 없는, 그래서 투쟁과 폭력으로 사회의 불평등에 맞서는 사람들이고, 지배인 히다예와 세입자의 동생 함디는 지배층과 피지배층 사이의 교량 역할을 해내는 사람들이다.

비난하려는 것이 아니다. 누구도 나쁘지 않다. 다만 세상에는 잔혹해 보여도, 피하고 싶어도, 각자의 위치에서 이어가야 할 생명과 삶의 규칙이 있다는 것이다. 기차역에서 얼어 죽어 있는 떠돌이 개처럼 누군가는 비참하게 생을 끝내지만, 나뭇가지 위에서 뜯어먹을 기회를 엿보는 까마귀 떼처럼, 또 누군가는 그 삶을 계속해야 하는 것이다.

지금 대한민국에는 풍족한 자유 시장경제 체제와 과분한 자유민주주의, 공정한 법치주의의 보호 속에 살면서도, 그것들이 부당하고 불편하고 정의롭지 않은 것이며, 그것들이 바로 헬 조선을 만들었다고 불평하는 사람들로 넘쳐난다. 니할과 네클라처럼, 그들은 근사하게 차려진 만찬 테이블에 앉아 포크와 나이프로 사냥해 온 토끼 고기를 썰어 입에 넣고 씹으며 말한다. "사냥은 너무 잔인한 취미잖아. 사냥은 절대 하면 안 되는 거야. 인간이 어찌 그렇게 잔인한 짓을 할 수 있어? 사냥꾼들은 감옥에 보내버려야 해. 그게 정의야. 모든 생명은 다 소중하니까."라고 비난하면서 말이다.

2017년 4월 7일 금요일

죄인이라는 프레임에 가두는 것이 목표다
: 생텍쥐페리 〈어느 인질에게 보내는 편지〉

- 별다른 양심의 가책을 받지 않고 총질을 한다는 것 외에 나는 그들에 대해 별로 아는 것이 없었다. 그들이 어떤 당에 속해 있든 그들이 추방하는 것은 사람이 아니었다.(그들은 사람을 본질적으로 생각하지 않는다.) 그들이 추방하는 것은 어떤 전조(前兆)들이다. 그들은 자기들과 반대되는 사실을 전염병과 같이 생각한다. 의심

> 스러운 증세만 보여도 그들은 전염병 환자를 격리 수용소로 보낸다. 공동묘지로 보낸다.
>
> / 생텍쥐페리 〈어느 인질에게 보내는 편지〉 중에서.

죄의 유무는 중요하지 않다. 프레임이 목표다. 포승줄에 묶인 장관, 수인복을 입은 재벌총수, 감옥에 갇힌 대통령. 그 이미지 하나면 충분하다. 처단해야 할 존재라는 프레임 안에 국민의 정신을 가두는 것이다. 우병우 전 민정수석 재소환, 마라톤 조사, 영장청구를 보여주며 '얼마나 죄가 크면 세 번씩이나 불려갈까?' 생각하도록 만드는 것이다.

구속이란 재판을 기다리는 한 과정일 뿐, 무죄추정원칙에 의해 죄인이 아니지만 포승줄, 수의, 감옥, 그 안에서 수척해진 얼굴, 이런 이미지들이 본질을 망각하게 한다. 진실(정직, 청렴, 법치)을 회복할 전조들을 잘라 멀리 내던지는 것이다. 구치소 앞에서 '사형'을 운운하는 자들을 앞세워 사람들 머릿속에 공동묘지를 떠올리게 하는 것이다. 그리고 외친다.

"보이는가. 저들은 죄인이다. 죄 많은 자들이 국정을 농락했다. 우리가 저들을 잡아들였다. 이제 우리가 정의다. 당신도 정의롭다면 우리를 지지하라!"

프레임 안에 갇히면 조종당할 뿐, 스스로 생각할 수 없다. 뇌의 신경줄이 당겨질 때마다 자신의 의지인 줄 착각하고 춤추는 충직한 마리오네트로 살 뿐.

2017년 4월 6일 목요일

망자에 대한 예우

우리나라 사람들은 망자에 대한 예우가 각별하다. 죽는 즉시 산 사람의 소망을 이루어 주는 신으로 승격된다고 믿는 것 같다. 그리 멀지 않은 과거, 급히 처리해야 하는 흉사나 빠르게 이루고 싶은 소망이 있을 때, 우리 어머니들은 세존단지 또는 조상단지라 불리는 항아리를 정성껏 모셨다. 그러다가 정말 원하던 일이 이루어져서 필요 없어지거나, 더 이상 모실 수 없는 상황이 되면 보자기에 싸서 가지고 나가 슬쩍 버리고 왔다. 마치 키우기 귀찮은 아이 내버리듯, 달리는 기차 짐칸에 올려놓고는 모른 척 내리는 것이다. 귀신이 따라와 더 이상 자신을 모셔주지 않는 데 대해 보복을 하지 못하게 하려는 것이었다. 불단에 위패를 모시고 매일 아침 흰밥을 올리는 일본인들의 풍습이 있지만, 여기에는 후환이 없다고 한다. 산 사람의 소망이 붙지 않기 때문일 것이다. 보이지 않는 세계를 볼 줄 아는 눈이 없으니 망자들의 세계와 능력이 있는지는 모르겠다. 그러나 세상에 공짜가 있을까. 언제부턴가 우리 사회는 사건 사고마다 생겨난 수많은 영혼들을 숙연히 저승으로 보내주는 법을 잊었다. 특히 나라 위해 산화한 분들에 대한 감사의 묵념이 아닌, 저마다 다른 원혼이 서린 망자들의 이름을 붙들고 매달리며 자신의 정치적 목적을 이루는 데 이용하는 일부 정치인들을 보면, 난 좀 두렵다. 어쩌면 그래서 이 나라가 이만큼 혼란스러워진 게 아닌가 싶기도 하다.

2017년 4월 6일 목요일

착한 모자처럼 보이는 보아구렁이
: 생텍쥐페리 〈어린왕자〉

- '보아구렁이는 먹이를 씹지 않고 통째로 집어삼킨 뒤 소화되는 여섯 달 동안 꼼짝도 않고 잠을 잔다.' 나는 이 책을 읽고 밀림에서 일어나는 여러 가지 모험을 생각하다가 색연필을 쥐고 생애 처음으로 그림을 그렸다. 그런 다음 어른들에게 보여주며, 내 그림이 너무 무섭지 않느냐고 물었다. "모자가 뭐가 무섭다는 거냐?" 어른들이 물었다. 내 그림은 모자가 아니고 코끼리를 잡아먹은 보아구렁이었다. 나는 어른들이 알아볼 수 있도록 보아구렁이의 속을 그려서 다시 보여주었다. 어른들이란 언제나 자세히 설명해주어야 한다. 하지만 어른들은 속이 보였다 안 보였다 하는 보아구렁이 그림 따위는 집어치우고 차라리 공부나 하라고 충고했다. / 생텍쥐페리 〈어린왕자〉 중에서.

전면전은 아니길 바라지만, 북폭이든 자체 붕괴든 백두산 폭발이든, 평양의 몰락이 모자 속에 감춰진 보아구렁이인 줄 모르는 건 이해할 수 있다. 자고 일어나니 세상이 달라졌네, 그렇게 끝날지도 모르니까. 그런데 멀쩡한 대통령을 감옥에 집어넣고 그 자리에 앉겠다며 나선 저 수많은 후보님들. 성대수술하고 웅변학원 다니신 것 같은 후보님, 평양에 매사 보고하고 허락받는 후보님, 향단이를 사랑한 방자 같은 후보님, 종교 언론 국회 통폐합하여 천국을 이루시려는 그림자 후보닙 등등, 그들이 어쩐 일인지 내 눈에는 보아구렁이를 숨긴 모자처럼 보인다.

여섯 살 아이가 낙담해서 다시는 그림을 그리지 않게 해주신 어른들처럼, 착한 모자를 뒤집어 쓴 것 같은 보아구렁이가 무서운 줄도 모르는 무수한 유권자 어른들! 정말 대부분의 많은 어른들은 아무리 자세히 설명해줘도 모르신다. 구렁이 뱃속에 갇힌 코끼리 신세가 되고서야 알까. 잡아먹히는 순간 정신줄 놓고 고통 같은 거 못 느껴야 할 텐데. 설마 살 녹고 뼈 녹아 완전 소화되는 6개월 동안 정신과 감각 멀쩡한 건 아니겠지?

2017년 4월 5일 수요일

휴전국 국민의 전쟁불감증

휴전 중인 나라에 살면서도 다수의 국민이 전쟁불감증인 이유는 역대 보수정권들이 늑대소년처럼 북풍을 자주 이용했기 때문만은 아니다. 전부 기억은 안 나지만 김신조 청와대 침투, 동해안 북한 잠수함 침투, 판문점 도끼만행, 김현희 KAL기 폭파, 아웅산 테러, 천안함 폭침, 연평해전, DMZ지뢰폭발…… 등등등 위기 때마다 우리 정부와 군이 잘 이겨냈기 때문이다. 그러다 보니 별것도 아닌 것들이 또 까부는군, 하고 북한을 얕보는 마음, 동시에 우리 군에 대해 믿거니 하는 마음이 생겨버린 것이다. 여기에 좌파 선동이 더해졌을 것이다. 그 모든 사건은 우리 정부의 조작임. 북한은 착해서 같은 민족한테 해코지 절대 안 함. 돈이랑 먹을 거 좀 나눠주면 사이좋게 오래오래 같이 놀 수 있음. 북한과 남한을 싸우게 하려는 양키는 아웃……. 외신들의 헤드라인만 읽을 줄 알아도 한반도 기류가 심상치 않음을 인지하는 건 어렵지 않은데, 이번엔 우리만의 의지와 방어로 끝날 일이 아닌 것도 분명한데도 이라크전 만큼의 관심도 없는 것 같다. 하긴 물건 사재기 하고 불안 증폭으로 인한 무법천지 폭동이 일어나지 않는 것이 더 감사한 일일지도 모른다. 도발이 있을 때마다 목숨 바쳐 나라를 지켜준 선배 세대와 우리 국군에게 새삼 감사의 마음이 든다. 지금 아들을 군에 보낸 부모님들과 가족들은 또 얼마나 마음 졸이려는지. 그래서 믿고 싶지 않은 사람들도 있으려나. 그러나 이번에도 잘 부탁드린다고 고개 숙여 당부할 밖에, 그리고 부디 이번으로 끝내버리자고도!

2017년 4월 5일 수요일

그들만의 역사, 그들만의 문학, 그들만의 정의

'박 전 대통령 구속, 단군 이래 최대의 정의'라며 모 소설가가 말했다.(중앙일보) 설사 그들 말대로 썩어빠진 대통령 한 사람 잡아넣었다 치자. 그것이 단군 이래 최고의 정의라면 한반도 역사 전체에 대한 모독이다. 동시에 지금의 대한민국과 우리 국민에 대한 심각한 조롱이다. 누적 판매 천만 권의 작가이니 나 같은 무명이 뭐라 한들 콧방귀도 안 뀌겠지만, 소설가라는 이름을 가진 그가 나는 부끄럽다. 그런 그가 새 책을 내고 인터뷰하고 역사를 운운하며 최고의 정의를 천명한 것이다. 언제부턴가 출판문화계는 이런 방향의 말을 수치스러운 줄 모르고 떠드는 사람들만 작가로 대접해 준다. 독자들도 떠받든다. 그러나 그들이 말하는 정의가 왜 내겐 와 닿지 않는 것일까. 이 아침 슬픔. 무지 슬픔.

2017년 4월 5일 수요일

정치인은 의자 뺏기 놀이. 국민들은 벚꽃놀이 : 톨스토이 〈전쟁과 평화〉

- 러시아의 절반이 정복당했을 때 모든 러시아인이 한결같이 조국의 비운을 한탄하고 눈물 흘리며 조국을 위기에서 구하려 했으리라는 것은 당시를 살지 않았어도 어렵지 않게 짐작할 수 있다. 그때의 기사들이 예외 없이 러시아 국민의 자기 희생과 조국애, 절망과 비애, 영웅적인 행위만을 전하고 있기 때문이다. 하지만 현실은 그렇지가 못했다. 대부분의 사람들은 당시 사태의 전반적인 추이 따위엔 주의를 기울이지 않았다. 오직 눈앞의 개인적인 관심에 따라서만 움직이고 있었다. / 톨스토이 〈전쟁과 평화〉 중에서.

한반도 위기 역대 최고조, 오늘 밤 싸울 준비됐다 – NBC
트럼프, 중국이 북핵 해결 안 하면 우리가 한다 선언 – CNN
트럼프, 중국, 북핵 해결 안 하면 미국이 일방 조치할 것 – 영국 파이낸셜타임스

미 하원, 북한 테러지원국 재지정 법안, 대륙간탄도미사일 규탄 결의안 신속 의결 – 연합뉴스
미군 전력 속속 한반도로 집결 중 – 중앙일보
한반도 위기 상황 최고조. 오산 미공군 전시태세 돌입 – NBC

이라크전을 TV 생중계로 본 기억이 난다. 영화보다 멋있지 않았다. 우리나라가 아니어서, 내가 겪는 게 아니어서 다행스럽기도 했다. 그런데 어쩌면 한반도 위를 날아다니는 미사일 쇼를 전 세계가 생방송으로 관람하게 될 날이 머지않은 것인지도 모르겠다. 세계는 지금 한반도를 중심으로 전운이 감돈다고 보도하기 바쁜데 정치인들은 온통 대통령 의자 뺏기 놀이에 정신이 팔려 있다. 언론은 전쟁과 북폭 위기에 대한 보도는 꼭꼭 감춰두는 대신, 여성 대통령이 구속 수감될 때 속옷을 벗었네, 다리를 벌렸네, 올림머리를 못하네, 감방에서 먹는 컵라면이 굿일세, 이러고들 있다. 그리고 대한민국의 존립 위기에 무감각한 대다수 국민들은 곧 만개할 벚꽃을 기다리며 여의도로 갈까 진해로 갈까, 원피스를 입을까 투피스를 입을까, 스테이크를 먹을까 스파게티를 먹을까, 블로그 맛집 찾아보며 매우 심각하게 고민 중.

2017년 4월 4일 화요일

남도 끝에서 올라오는 노란색 소망?

뉴스방 앵커브리핑을 누가 쓸까. 그에게 관심이 없지만 수감 중인

박 대통령을 수준 이하로 조롱했다고 해서 대체 어느 정도일까, 속 뒤집힐 걸 각오하고 듣다 보니 궁금해졌다.

- 굳이 신영복의 말을 빌지 않더라도, 좁은 공간을 채우는 건 오직 적막 뿐. 고독 속에서 자신을 성찰하게 되는 곳, 감옥은 어쩔 수 없이 그런 곳이겠지요. 수인번호 503번. 3.2평 독방에 수감된 그 역시 그 고독의 시간과 마주하게 되었습니다. 물론 변호인 접견과 구치소장 면담으로 상당 시간을 보냈다고 하지만, 세상으로부터 물리적으로 격리됐을 때 주어지는 피치 못할 절대 고독의 시간은 그 고독의 실체를 못 느낄 정도로 짧지는 않을 것입니다. 청와대 저 깊은 곳에 앉아 대면 보고조차 받기를 꺼려했던 지난 몇 년의 시간이 스스로 선택한 고독이었다면, 이제는 자신이 원치 않았던 강요된 고독과 마주하게 된 순간이지요. 그 고독의 시간을 보낸 뒤 그가 우리에게 내보일 사유의 결과물은 과연 무엇일까. 계절은 가을 국화가 아닌 봄의 개나리꽃이 만발하는 시간. 그 노란색의 소망이 남도 끝에서 다시 피어나 올라오는 계절에 말입니다. / 뉴스방 앵커브리핑 중에서.

나 또한 늘 바른 문장을 쓰는 것은 아니지만, 나와 달리 그는 국민이 가장 신뢰하는 뉴스방 주인장이신데다 방송이다. 그런데 읽다가 웃겨 죽을 뻔했다. 일단 박 대통령과 신영복을 비교했다는 것이 불쾌했지만(난 소주도 '처음처럼'은 안 마신다. 처음도 아닌 것이 처음인 척하는 거 비위 상한다.) 그들로서는 이해도 동의도 하지 못할 테니 일단 통과.

1.'말을 빌지 않아도'는 틀렸다. '빌지'는 두 손을 싹싹 빌다, 빌어먹

다는 뜻을 가진 '빌다'에서 온 말. 여기서는 신영복의 말을 인용 빌려오는 것이므로, '말을 빌리지 않더라도'로 써야 한다.

2. 이, 그, 저 등의 불필요한 지시형용사를 가급적 쓰지 않는 것은 글쓰기의 기본이다. 짧은 글 속에 그런 곳, 저 깊은, 각각 1회, 그 고독은 3회나 된다. 대체 그, 저가 가리키는 대상이 정확히 무엇인지 모르겠다.
3. 한 문장 안의 같은 단어 무한반복. 대통령을 가리키는 그라는 지시대명사와 함께 위에서 언급한 지시형용사를 붙여 읽자니 혓바닥 쥐난다. 그 역시 그 고독 / 고독의 시간은 그 고독의 / 그 고독의 시간을 보낸 뒤 그가 / 계절은…… 계절에 말입니다.
4. 초등학생도 배꼽 빠질 작문 수준. 언어를 다루는 앵커 입에서 계절로 시작해 계절로 끝나는 문장을 아무렇지 않게 내뱉는 것도 개그지만, 개나리는 보통 개나리라고 하지 개나리꽃이라고 하지 않는다. 국화란 명사 안에 가을이 담겨 있고 개나리란 말 안에 봄이 들어 있으므로, 한 문장 안에서 애써 가을 국화, 봄 개나리를 중복해 언급할 이유도 없다. '만발하는 시간', '피어나 올라오는 계절'도 이중 반복이지만 '피어나 올라오는' 역시 과하다. 문장을 정리해서 '피어난'이나 '핀'으로 바꾸고 싶지만, 굳이 꾸역꾸역 올라온다는 의미를 피력하고 싶은 것 같으니 '피어 올라오는'이면 충분하다.
5. 도무지 이해할 수 없는 표현. '노란색의 소망'이란 대체 무엇일까. 특히 남도라 하면 전라남도를 뜻하는 것이 상식인데. 웅변이든 글이든 마지막 문장에 중요한 의미를 담는 것은 글 쓰는 이의 기본이자 본능이다. 따라서 앵커브리핑이 간절히 전달하려는 뜻은 노란색을 좋아하는 민심이 대한민국을 점령해야 하

는데, 이를 저지할 박 대통령을 감옥에 집어넣어 혼자 고독 껌을 씹게 만들었으니, 얼씨구나 좋구나!인 것으로 받아들이면 될까.

애써 말했는데 듣는 사람이 그 의미를 이해 못하면 시간 낭비다. 그러니 정확하게 쓰고 말하라. 노 전 대통령과 세월호의 후광을 업고 당신네 사주가 대통령 되었으면 좋겠다고, 그래서 본인은 절대 감옥에 가지 않게 되길 두 손 두 발 모아 싹싹 빌고 있다고. 명료하지 않나? 그래도 그렇지, 노란색 소망이라니. 교양도 개그도 아닌 이런 수준의 잡문을 뉴스 시간에 듣고 감동하고 신뢰하고 열광하며 '그 앵커가 거짓말 할 리 없잖아. 사실과 상관없이 그 사람이 말했으니 진실이야. 그 사람 뉴스방 보는 나는 이 시대의 똘똘 지성인!'이라 자부하는 일부 우리나라 사람들을 어이 할까.

2017년 4월 4일 화요일

대형 사고를 대하는 그들의 자세
: 영화 〈플라이트〉 VS 〈설리 : 허드슨강의 기적〉

비상착륙 사고를 다룬 두 편의 영화가 있다. 덴젤 워싱턴이 휘태커 기장으로 분했던 영화 〈플라이트〉와 톰 행크스가 셀런버거 기장으로 출연했던 〈설리 : 허드슨강의 기적〉이 그것이다. 위급한 상황이었지만 두 비행기 모두 안전하게 착륙했고, 승객들도 대부분 무사했다. 짧은 위기의 순간 발휘된 기장의 뛰어난 판단력과 숙련된 기술 덕분이었다. 그러나 하나는 픽션이고 다른 하나는 실화라는 점 말고도 두 영화는 묘한 차이점을 가진다.

사고 당시 젊은 휘태커는 마약과 술에 전 상태로 멀쩡하게 활주로에 내려앉았고, 정년을 앞둔 바른생활 베테랑 셀렌버거는 위험천만하게도 관제탑의 지시를 무시하고 허드슨 강에 착륙했다. 사고 후 조사 과정에서도 두 기장의 입장은 나뉜다. 승객을 구하려다 죽은 스튜어디스에게 음주 비행의 오명이 덧씌워지는 가운데 휘태커는 영웅으로 평가되는 반면, 전문가들의 의견과 시뮬레이션 결과를 종합해 가는 과정에서 과도한 쇼맨십을 벌여 승객들을 더 큰 위험에 빠뜨린 게 아니냐는 의심과 질타가 셀런버거 기장에게 쏟아진다.

사건의 진상을 알게 된 항공사 측에서는 입 다물라 회유하게 되고, 스튜어디스에게 죄를 덮어씌우고 비열한 영웅으로 살 것인가, 부끄럽지만 가면을 벗고 떳떳하게 살 것인가, 휘태커는 갈등한다. 셀런버거 또한 세상의 의심과 질책에 확신을 잃어가면서 절체절명의 순간 다른 어떤 결정을 할 수 있었을까, 수없이 자문하며 괴로워한다. 결론이다.

- 내 거짓 인생의 한계가 왔죠. 더 이상 거짓말을 할 수 없었습니다. 내가 나쁜 놈이었다면 또 거짓말을 하고 그 상황을 벗어났겠죠, 내 명예와 위치를 유지하고 자존심을 지키면서. 무엇보다 나는 이곳에 갇혀 있지 않았겠지요. 하지만 난 지금 여기 있어요. 앞으로 4년이나 5년 더 이곳에 있게 되겠죠. 그게 공정해요. 사람들이 날 믿어주는 게 부끄러웠어요. 법원과 정부가 날 신뢰하는 게 부끄러웠지요. 그 후 연방항공청은 나의 조종사 면허를 취소했어요. 그건 정당한 일이었어요. 내가 다시 조종할 수 있는 기

회는 희박하거나 아예 없겠죠. 그게 공정하다고 생각해요. 감옥에 갇혀서 하는 바보 같은 소리로 들리겠지만, 내 인생에서 나는 지금 처음으로 자유로워요. / 영화 〈플라이트〉 중에서. 휘태커의 대사.

- 솔직히 말씀드리면, 사고기 조종사가 무사해서 음성기록을 같이 듣기는 이번이 처음입니다. 대단한 일을 하셨습니다. 시뮬레이션과는 많이 달랐죠. 증언하신대로 모든 팬 날개가 완전히 망가진 상태였습니다. 운항정보교신 데이터가 잘못된 거였습니다. 제 사견을 말씀드리고 싶습니다. 확실히 말씀드릴 수 있는 것은, 승무원들을 비롯하여 새 전문가, 항공 엔지니어 등 많은 관계자들을 면담, 모든 시나리오를 검토했음에도 불구하고 여전히 미지수가 남는다는 것입니다. 바로 당신입니다. 셀런버거 기장님, 기장님이 없었으면 실패했을 겁니다.

/ 영화 〈설리 : 서드슨강의 기적〉 중에서. 조사관의 결론.

세월호를 운운하며 올린 두 영화의 후기들을 찾아보기 어렵지 않은데, 그들의 눈에는 대한민국 호, 대한민국 기 자체가 침몰, 추락 위기라는 건 모르는 모양이다. 언제쯤이면 과학적 수사와 솔직한 인정과 정직한 발표, 진실을 존중하는 개인들로 이루어진 사회에서 살아보게 될까. 천국은 감히 모르겠고, 윤회나 내세 같은 게 있으면 좋겠다. 다시 태어나 한 번쯤 저런 사회에서 살아봤으면. 그런 사회에서 태어날 보장이 없으니, 윤회 같은 거 없는 게 나으려나.

2017년 4월 4일 화요일

국민이 바라는 대통령
: 드라마 〈로마〉

- 존경하는 원로원 여러분, 나는 당신들 앞에 처음 선 이 순간을 내 자신을 영화롭게 하는 데 사용하지 않고 내 아버지를 기리는 데 사용할 것입니다. 그에 대한 도리로 집정관 임기 동안 나는 새로운 시기, 도덕적 미덕과 위엄의 시대를 열어나갈 것을 약속합니다. 우리가 겪어내야 했던 방탕과 혼란은 이제 끝났습니다. 로마는 예전의 상태로, 고결한 여인들과 훌륭한 남성들의 자랑스러운 공화국으로 다시 돌아갈 것입니다. 이제 그대들에게 말하겠습니다. 군인이나 시민으로서가 아닌, 아비의 죽음을 애도하는 아들로서, 새로 태어난 공화국에서 아버지를 기리는 첫 행동으로 나는 브루투스와 카시우스를 살인자이자 로마의 적으로 선언할 것을 요구하는 바입니다. 내 아버지는 여기 이 바닥에서 돌아가셨습니다. 바로 여기에서 친구라고 믿었던 이들에게서 27번이나 칼로 난도질을 당해서 말입니다. 그게 살인이 아니라고 누가 나에게 말할 수 있습니까? 나와 내 군대처럼 시저를 사랑했던 모든 이에게 그것이 살인이 아니라고 누가 자신 있게 나서서 말할 수 있겠습니까? / 드라마 〈로마〉 중에서.

정치적 판세, 그런 것으로 겨우내 태극기를 흔들던 국민의 마음을 설득할 수 있을까. 그들이 원래 박빠여서가 아니었다. 권모술수가 뛰어나야 하는 노회한 정치가는 아니었지만, 나라와 국민을 사랑했고 누구보다 진실하고 청렴했던 대통령이기에 합법적으로 지켜내고 싶었던 것이다. 그렇기에 애국 국민들이 바라는 다음 대통령은 옥타비아누스와 같은 마인드를 가진 사람이고, 마침내 저렇게 만천하에 선언하고 행동할 수 있는 사람일 것이다.

누가 대통령이 되든지 아무런 콩고물도 바랄 수 없는 국민은 반드시 되어야 할 사람, 될 사람을 찍는 게 아니다. 내가 뽑는 사람이 반드시 선출되리라 믿어서도 아니다. 판세나 결과와 무관하게 그 사람이 단호하게 혼란한 시대를 정리하고 공정한 세상으로 이끌어 주었으면 하고 바라기 때문에 찍는 것이다. 그러니 매번 피똥이나 싸지, 또 당해봐라, 하며 똑똑한 분들이야 또 비아냥거리겠지만, 이 미묘하고도 당연한 차이를 모르는 오피니언 리더들은 그래서 자기들이 내분에 앞장서고 실패를 자초하고 있음을 간과한다.

2017년 4월 4일 화요일

그토록 바라던 왕이 오셨네
: 이솝우화 〈왕을 원한 개구리〉

깊은 숲속, 평화로운 연못에 개구리들이 살았다. 크게 부족한 게 없었지만 이왕이면 왕이 있었으면 했다. 개굴개굴개굴, 개구리들이 모여 신에게 훌륭한 왕을 보내달라고 기도하자 하늘에서 통나무 하나가 툭, 떨어졌다. 개구리들은 연못을 유유히 떠다니는 통나무를 경배했다. 너

그러운 통나무 위에 올라가 일광욕도 하고 통나무 주변에 모여든 벌레들을 잡아먹으며 배불리 포식하기도 했다. 그런데 개구리들, 차츰 의심과 불만이 쌓여갔다. 정말 훌륭한 왕 맞나? 통나무는 고요히 물 위에 떠있을 뿐, 도무지 소통할 줄을 모르는 것 같았다. 개굴개굴, 자기들처럼 즐겁게 노래하지도 않았고, 잘 한다고 칭찬하지도 않았고, 심지어 자기들이 부르는 가락에 맞춰 춤을 출 줄도 몰랐다. 바본가? 통나무 위에서 개구리들이 별짓을 다해도 호통조차 치지 않았다. 무슨 왕이 이 모양이래? 멍청하군! 개구리들은 어느 날부터 통나무 왕을 비웃고 조롱하고 욕하고 짓밟았다. 자신들을 제대로 통치할 수 있는 왕을 보내 달라고 신에게 다시 조르기 시작했다. 개굴개굴개굴개굴개굴개굴.

그리고 마침내 그들이 그토록 바라고 바라던 폼 나는 왕이 오셨다. 훗날 혹자는 왕이 연못을 우아하게 헤엄치던 커다란 물뱀이었다고도 하고, 혹자는 긴 다리와 긴 목을 가진 황새였다고도 했다. 왕에게 잡아먹히지 않고 살아남은 개구리가 없으니 숲속에 전해오는 전설일 뿐, 누구 말이 사실인지는 확인할 길이 없다나 뭐라나.

2017년 4월 4일 화요일

영화는 영화일 뿐
: 영화 〈대부〉

- 잊지 마라. 적과 화해를 주선하는 자가 배신자다.

/ 영화 〈대부〉 중에서.

이 영화를 많은 사람들이 좋아하고, 이 대사를 많은 사람들이 외우고 공감하면서도 막상 현실로 들어오면 그건 다만 영화일 뿐, 마피아 세계에서나 통용되는 이야기일 뿐, 현실 정치는, 판세는 냉엄한 거라고 한다. 적의 적은 동지가 될 수 있다고, 일단 큰 적을 이기고 봐야 한다며 화해와 통합을 이야기한다. 과거에 그 사람이 무슨 짓을 했든, 과거에 그 사람에 대해 자신이 얼마나 이를 갈며 복수의 칼날을 갈았든 싹 다 잊고, 타협하면서 타협이 아니라 하고, 항복하면서 항복이 아니라고 한다. 인지도 높은 적의 악명과 손잡으면서 유일하게 이길 수 있는 묘수라고 한다. 맞다. 영화는 영화일 뿐, 현실이 더 간교하다.

2017년 4월 3일 월요일

남과 비교하며 행 · 불행을 느끼는 사람들

- 미국 엄마는 남이 어떤 점수를 땄느냐와 무관하게 자신이 점수를 땄을 때만 행복을 느끼는 뇌가 활성화. 반면에 한국 엄마의 뇌는 상대방보다 더 많은 점수를 낼 때만 반짝반짝. 즉, 내 손해가 크다 해도 상대방보다 손해가 덜하거나, 상대방과 비교해 이익이 많다고 느끼면 마냥 행복함.

/ 미국 엄마 한국 엄마 카드게임 실험 동영상 내용 요약.

사촌이 땅을 사면 배가 아픈 우리나라 사람들의 심리를 과학적으로 증명한 듯, 이 근성이 나한테도 있을 게 틀림없다고 느껴져서 뜨끔

했다. 그러면서도 이해할 수 없던 사람들의 심리가 헤아려진다. 누군가에게 죄가 있고 없고는 결코 중요하지 않다. 다만 탈탈 털린 게 내가 아니어서, 마녀사냥 당한 게 내가 아니어서, 탄핵당한 게 내가 아니어서, 감옥 들어간 게 내가 아니어서, 한 나라의 국가원수보다 내가 잘난 것 같아서, 그들의 뇌는 지금 최고의 행복감을 만끽 중.

2017년 4월 2일 일요일

산수, 그 이상의 결과를 가져오는 희망과 믿음

지금은 그만두었지만 작은 출판사를 창업하여 일한 경험이 있다. 처음엔 네 명으로 시작했는데 몇 달 후 그 중 한 명이 노트 위에 암울한 대차대조표를 그려 보이며 동업에서 빠졌다. 초등학교 선생님이었다가 퇴직했던 그의 계산은 1 더하기 1은 2, 2 더하기 2는 4, 이런 식의 틀림없는 증명이어서 당시로서는 반박하지 못했다. 디자인을 맡았던 친구 역시 다른 기회를 찾아 떠났다. 정말 안 되는 걸까? 남은 두 사람, 나와 또 한 명은 잠시 의심했지만 무모하게도, 포기하면 뭐할 건데? 해 보자! 할 수 있어! 그렇게 세상 무서운 줄 모르고 의기투합. 그 후 10년 간 넉넉하지도 크게 발전하지도 않았지만 문 닫지 않고, 빚 지지 않고, 그럭저럭 출판사를 운영해 갔다. 장편소설 하나 쓰지 못하고 죽을지도 모른다는 두려움으로 생계를 내던지고 나도 지금은 일을 그만두었지만, 그간 성실하게 운영을 맡아왔던 남은 한 사람은 한층 업그레이드 된 모습으로 성실하게 출판사를 키워가고 있다.

산수는 1+1=2, 2+2=4가 맞지만 삶에는 해당되지 않는 것 같다고, 열심히 뛰다 보면 뜻밖의 행운과 우연한 인연이 가져다주는 돌발이 있는 것 같다고, 종종 동업하던 그와 나는 퇴근 후 술 한 잔 나누며 웃곤 했다. 어쩌면 삶이란 딱 떨어지는 수학이 아닌, 무수한 '나'와 우주가 빚어내는, 아직은 과학적으로 증명되지 않은 화학 반응이 아닐까 싶기도 하다.

누구는 이래서 안 되고, 판세는 저래서 안 되고, 사람마다 의견과 분석이 다양하다. 모두 맞는 소리인데, 마치 딱 떨어지는 덧셈 같다. 오래 전, 절대 안 된다며 증명해 보였던 초등학교 선생님의 대차대조표처럼 모종의 여지, 시간과 흐름이 가져올 돌발이 쏙 빠져 있는 것이다. 나 또한 뭐 먹고 살지, 암담하면서도 아직 굶어죽지 않았고, 지난해에는 두 편의 장편을 마쳤다.(원고지 4천 매 분량. 출판은 미정)

막연한 희망이나 가능성은 공식에 대입할 수 없다. 나라의 명운이 걸린 대의(大義)를 요행으로 결정해도 안 된다. 그러나 지금껏 살아오면서 조금 깨우친 게 있다면, 안 된다고 부정할 때는 단 한 가지, 안 된다는 결론에 이를 뿐이다. 그러나 된다고 철썩 같이 믿는 열정과 희망은 가끔 누구도 예기치 않았던 결과를 선물하기도 한다는 것이다. 그러니 바보처럼 무모하게도 나는 믿는다, 우리나라도, 내 소설 출판도, 꼭 잘 되고 말 거라고!

2017년 4월 2일 일요일

우리 사회에서 실종된 세 가지
: 영화 〈러빙〉

- 괜찮아요. 작은 싸움에 지고 큰 싸움에 이기면 되요.
- 유쾌한 일은 아니지만 원칙과 법을 바로잡는 일이에요.

/ 영화 〈러빙〉 중에서.

자유와 민주의 상징이 된 미국에서도 오랫동안 피부색이 다른 인종 간의 결혼이 불법이었다. 영화는 백인 남성과 흑인 여성이 단지 결혼했다는 이유로 체포, 구금된 뒤 25년간 고향에서 강제 추방당하는 것으로 시작된다. 그리고 이러한 금지법이 인간의 기본권을 침해하는 것이라며 미 연방대법원이 위헌 결정을 내릴 때까지의 과정을 담담한 시선으로 그려내고 있다. 사랑이면 이기지 못할 게 없다는 식의 네티즌 대부분의 영화 후기와는 달리, 시절이 시절인지라 내 눈에는 원칙과 법이 바로잡히기 위해 절실하게 필요한 세 가지 요소를 꼽아보게 된다.

소외와 협박에 굴하지 않는 개인의 신념, 낮은 목소리에 정직하게 귀 기울이고 대중에게 들려준 언론. 시대적으로는 어려운 결정이었을 테지만 결과적으로는 인류를 한 발 앞으로 나아가게 해준 법관들의 용기. 우리나라에서 실종된 게 단지 3종 세트뿐일까만.

대한민국의 시계는 거꾸로 간다

2017. 3. 31. ~ 3. 1.

마음속에 웅크린 채 자라지 않는 아이는 중요한 결정을 해야 할 때마다 발목을 붙잡고 매달린다. '그렇게 하면 모두가 날 미워할 거야. 난 사랑받고 싶어. 난 미움 받는 게 무서워.' 그렇게 울부짖는 아이를 설득하고 달래려면, 토닥거려 성숙시킨 후 결정하려면, 때는 이미 늦다. 방법은 하나, 지금 이 순간 죽여야 한다. 알을 깨야 새가 태어난다. 아이를 죽여야 어른이 된다. 살려달라고 울며 매달려도 모질게 죽여야 한다. 그러나 오늘 죽여도 내일 또 태어난다. 내일 죽여도 모레 또 태어난다.

– 2017년 3월 7일 화요일

2017년 3월 31일 금요일

맨 정신으로 두 눈 부릅뜨고

얼마나 끔찍한 억압의 시대인지 모르는 이들은 행복하시라. 박근혜 대통령 한 사람 때문이 아님을 모르는 이들은 평온하시라. 대한민국이 죽어가고 있음을 모르는 이들은 노래하시라. 마녀사냥과 광장 인민민주주의의 장단에 맞춰 발 구르고 손뼉 치며 밤새도록 춤을 추시라. 그러나 이 시대, 나는 행복하지도 평온하지도 노래하지도 춤추지도 않을 것이다. 맨 정신으로 살기 참 힘든 시절, 그래도 두 눈 부릅뜨고 글을 써야지.

2017년 3월 31일 금요일

내가 대한민국이다
: 영화 〈스파르타쿠스〉

링컨 대통령의 노예해방 전쟁이 있기 2,000년 전인 B.C.73년에 자유를 위해 봉기한 노예 반란이 있었다. 로마군을 상대로 장장 3년이나 항쟁을 이끈 인물이 스파르타쿠스. “내가 스파르타쿠스다.”라는 말은 그의 이야기를 다룬 영화에 나오는 유명한 대사다. 로마군에게 잡힌 노예들이 저마다 자신이 스파르타쿠스라고 주장한 것이다. 여기서 소탕했나 싶으면 저기서 스파르타쿠스가 또 나타나고, 이번엔 정말 죽인 건가 싶으면 자신이 스파르타쿠스라고 주장하는 이가 다시 나타났다. 우리나라 어느 드라마에서 이를 패러디, "내가 조선의 국모다."라는 대사를 유행시킴으로써 민비를 미화하는 데 결정적 역할을 한 바 있다. 아무튼 스파르타쿠스가 이끌었던 노예 반란은 그가 로마군에 잡힘으로써 실패로 끝났다. 당시 사로잡힌 6,000여 명의 노예들은 십자가에 매달려 참혹한 죽임을 당했다.

지금 저들에겐 우리가 노예일까? 아닐 것이다. 그보다는 자기들이 무슨 짓을 해도 멍멍멍 꿀꿀꿀, 주는 대로 받아먹고 꼬리 흔들어주길 바랄 것이다. 그러나 정말 우리가 개인가, 돼지인가? 대통령을 도둑맞아도 멍멍, 대한민국을 빼앗겨도 꿀꿀. 아니다, 아니어야 한다. 스파르타쿠스 당시는 실패했지만, 그 후에도 수많은 노예들의 저항은 사라지지 않았다. 그렇게 역사는 흐르고 흘러 마침내 링컨 대통령이 노예제도에 종지부를 찍었다.

지금은 스피드 시대, 초 광속 시대로 모든 것이 빠르다. 전송시간, 여행시간만 빠른 게 아니라 결과도 업보도 빠르단 뜻이다. 그러니 수만 년, 수천 년, 수십 년 걸리지 않는다. 올해 안에, 다음 해 안에, 늦어도 3년 안에 끝난다, 우리에겐 평양이 있으니까. 그러니 절망하지 말길, 대신 큰 소리로 외치길.

"내가 박근혜다!"

"내가 대한민국이다!"

"내가 자유통일 대한민국의 자랑스러운 주인이다!"

2017년 3월 31일 금요일

주인공은 죽지 않는다
: 드라마 〈선덕여왕〉

- 나를 걱정하는 것이냐, 신국(新國)을 걱정하는 것이냐? 난 도망치지 않을 것이다. 살 것이다. 살아서 신국의 공주가 될 것이고, 공주가 되어 너희들의 주인이 될 것이다! 그러니 살아라. 견디거라. 나 또한 견디고 있느니라. 죽고자 한다면 그 마음으로 살아라. 살아서 네 오욕과 자괴감, 절망 모두 견뎌라. 죽고자 하는 그 마음으로 버텨내거라! / 드라마 〈선덕여왕〉 중에서.

드라마 〈선덕여왕〉, 역사적 사실과는 다르니까 픽션으로만 보자. 미실이 천하를 손에 쥐고 있을 때 백성은 고통 받았고, 천명공주는 살해당했으며, 덕만은 공주로 돌아갈 길이 막막했다. 왕실은 그 어떤 것도 되돌릴 힘이 없었다. 그러한 무력감으로 절망했던 화랑 알천은 덕만의 결기를 알게 된 뒤 그날 이후 죽을 때까지 삼국통일의 기반을 마련한 선덕여왕의 든든한 호위무사가 된다.

박 대통령의 탄핵, 국회가 소추했고 헌재가 파면했다. 그리고 구속되었다. 저들은 끝까지 치달을 수밖에 없을 것이다. 대통령대행이나 젊은 판사 한 사람이 뒤집을 수 있는 상황이 아니다. 그러나 걷잡을 수 없이 썩은 내 진동하는 거센 소용돌이가 끝내 다다를 곳은 넓고 깊고 푸르른 바다이다.

그러니 절망해서도 안 되고, 거짓에 항복해서도 안 되며, 대한민국의 미래를 포기해서도 안 된다. 잠시 울어도 되지만 유일하게 애국동지들과 이야기할 수 있는 대화의 장을 떠나서도 안 된다. 나 또한 소설 한 줄 쓸 수도 없고, 이 시국의 참담함을 나눌 동료작가 한 사람 없어 외롭고 두렵지만, 이렇게나마 계속 이 시대를 견딜 것이다. 그러니 부디 지쳤다, 포기했다, 버리겠다, 떠나겠다고 하지 마시라. 사실은 조금도 그러고 싶지 않은 거 아닌가. 지금이야말로 함께 고통을 나누어 져야 할 때다. 여러분 한 사람 한 사람이 대한민국이란 역사 드라마의 주인공이다. 주인공은 드라마가 끝날 때까지 어떤 역경 속에서도 절대 죽지 않는다. 아무리 힘들어도 포기하고 절망으로 끝맺음하지 않는다. 그러니 박 대통령께서도, 여러분도 견디셔야 한다. 다시 마음 모아 지혜 모아 일어서야 한다. 시간이 걸릴 뿐, 반드시 이 어둠은 끝난다. 실낱같은 빛일지언정 결코 희망을 놓지 말아야 한다. 반드시!

2017년 3월 30일 목요일

막수유(莫須有) : 어쩜 이리도 똑같을까

> 막수유(莫須有) - (그런 일이) 아마도 있을 것이다. 사실이 명백하지 않으나 그럴 것이라 추정하여 일을 처리하다. 날조하다.

송나라 장군 악비(岳飛)는 금(金)나라와의 전쟁에서 매번 큰 공을 세워 왕의 두터운 신임을 받았다. 하지만 금과 화친을 주장하던 진회(秦檜)는 이를 못마땅하게 여겼다. 이러한 송나라의 판세를 잘 알고 있던, 또는 진회와 긴밀했을 금의 신하는 또 한 번 퇴각을 결심한 왕자를 만류하며 이렇게 말했다. "태자께서는 염려 마십시오. 예부터 마음대로 권력을 휘두르는 신하가 있으면 밖에서 공을 세울 장수는 없는 법입니다."

그의 예상대로 진회는 악비를 제거할 계획을 세웠다. 평소 악비에게 원한이 깊던 자를 시켜 그를 모략, 탄핵하게 한 것이다. 하지만 몇 달이나 악비를 가두고 그와 그의 주변을 샅샅이 조사했지만 진회는 아무런 증거도 찾아내지 못했다. 그럼에도 불구하고 진회는 악비를 죽인 것은 물론, 그의 무고를 주장하던 이들까지 관직에서 내쫓아 감옥에 가두고 또한 죽여 버렸다. 장군 한세충(韓世忠)이 악비의 죄가 무엇인지 물었을 때 진회는 "악비의 아들 악운(岳雲)과 장헌(張憲)이 주고받은 서신의 내용이 불분명하지만 아마도 그런 일이 있었을 것이다(其事體 莫須有)"라고 대답했다. 그러자 그 대답을 못마땅하게 여긴 한세충은 "막수유(莫須有), 세 글자로 천하의 백성을 설득할 수 있겠는가!" 하고 한탄했다.

세상 아래 새로운 것은 없다. 구속을 하든 하지 않든 그의 정치적 사망을 원하는 자들의 집요한 시도는 계속될 것이다. 그러니 법치 대한민국의 몰락을 걱정하고 어떻게든 이 나라를 지키려는 애국국민들은 마음 단단히 먹어야 한다. 박근혜 대통령도, 우리 애국국민들도 어떤 일이 닥쳐도 절대 절망하고 포기하면 안 된다. 우리가 유일하게 놓지 말아야 할 것은 희망이다. 진실이 끝내 밝혀지리라는 희망, 오늘 흘리는 죄 없는 이의 눈물이 더 큰 힘을 낳게 하리라는 희망, 알에서 깨고 나오는 새처럼 고통의 시간을 견디고 이겨내면 세계 속의 자유통일 대한민국으로 건강하고 튼튼하게 다시 태어나리라는, 기어이 폐허의 땅을 박차고 힘차게 하늘 높이 날아오르리라는 희망.

2017년 3월 30일 목요일

파산을 선언하고 처음부터 다시 시작해야 한다
: 루이제 린저 〈삶의 한가운데〉

- 대부분의 사람에겐 운명이 없어, 그런데 그건 그들 탓이야. 그들은 운명을 원하지 않아. 단 한 번의 큰 충격보다는 몇 백 번의 자잘한 충격에 익숙하지. 그러나 커다란 충격이 우리를 전진하게 하는 거야. 작은 충격은 우리를 점차 진창 속으로 몰아넣지만 그건 아픔을 느끼게 하지 않거든. 일탈로 쉽게 받아들여지기도 하고. 마치 파산 직전에 있는 상인이 그것을 숨기고 여기저기서 돈을 융통한 후 일생동안 그 이자를 갚아가며 늘 불안하게 사는 것과도 같아. 나는 파산을 선언하고 처음부터 다시 시작하는 쪽을 택하고 싶어. / 루이제 린저 〈삶의 한가운데〉 중에서.

북폭과 정밀타격에 대한 이야기를 듣는 게 어렵지 않다. 미국과 영국 등 군사시설이 광범위하게 배치되고 있고, 김정은의 멘탈과 평양 내부가 걷잡을 수 없이 붕괴되고 있으며, 백두산 또한 뜨겁게 요동치고 있는 것도 사실이다. 신이 던진 주사위가 어떻게 떨어지느냐에 따라 무엇이 먼저 터지느냐의 문제만 남았다.

휴전 이후 우리 국민은 참으로 태평하게 안보 위기와 전쟁의 불안에 대해 무신경하게 살아왔다. 본능적인 생존전략이었을 것이다. 오늘 쳐들어올까 내일 전쟁이 날까, 미어캣처럼 곤두서서 사방을 두리번거리기만 했다면 한강의 기적이라 불리던 경제발전을 이루지 못했을 것이다. 그러나 전쟁에 대한 무신경은 양날의 칼이어서 평양과 내부의 적을 너무 비대하게 키워놓고 말았다. 그 결과 그들의 위협은 더 이상 한반도에 국한되지 않게 되었으며, 세계는 이를 묵과하지 않을 게 거의 확실해졌다.

북폭이든 자체 붕괴든 여파가 만만치 않을 텐데, 나라가 무너지든 말든 대통령 한 번 해보겠다고 싸우는 정치인들과 국가의 존폐 위기를 전혀 느끼지 못하는 국민이 많다는 건 사재기나 이민 폭주, 유혈폭동의 현실적 위험보다는 차라리 나을지도 모르겠다. 그러나 사상누각 위의 영화는 끝났다. 세계의 흐름 속에서 자유통일 대한민국이라는 이름으로 다시 시작해야 할 거대한 운명이 기다리고 있을 뿐. 깨어 있는 소수의 국민만이라도 새로운 각오가 필요한 시점이다.

그런데 여기서는 어차피 무너질 수밖에 없는 김정은 체제와 그 추종세력들의 청소를 의미하기 위해 인용했지만, '파산을 선언하고 처음부터 다시 시작하는 쪽을 택하는 것'은 소위 공산주의 혁명이다. 그렇게 보니 이 글을 쓴 작가가 김일성과 스탈린 공산주의를 지지했던 루이제 린저라는 사실이 그리 놀랍지도 않다.

2017년 3월 29일 수요일

네 탓의 기원
: 프레이저 〈황금가지〉

- 사냥을 하러 집을 비운 사이 아내가 부정을 저지르면 남편이 다 잡은 코끼리를 놓치거나, 사자에게 습격을 받거나, 독사나 표범에게 잡아먹힌다고 믿었다. 사냥터에서 늦잠을 자는 것은 아내가 아침 일찍 창문을 열지 않은 탓이고, 미끄러져 발목을 삔 것도 아내가 머리 기름을 발랐기 때문이며, 날카로운 못이나 창에 찔려 부상을 입는 것도 아내가 집에 앉아 바느질을 했기 때문이라고 생각했다. 사냥이 영 시원치 않거나 실족해 다치거나 맹수에게 습격을 받게 되면 사냥꾼들은 아내의 부정을 의심하며 격분해서 집으로 돌아왔다. 그렇게 죄 없는 많은 여자들이 남편에게 죽임을 당했다. / 프레이저 〈황금가지〉 중 내용 요약.

처음엔 사냥 떠난 가장의 무사귀환을 바라는 아내의 기도에서 시작된 조심스러움이었을 테지만, 결과적으로는 부상당하거나 빈손으로 돌아와야 했을 때 남편들은 모든 수치와 원망과 변명과 핑계를 아내에게 전가할 수 있었을 것이다.

이와 비슷한 터부는 수없이 많다. 남편이 출타 시 아내는 소금을 먹어도 안 되고, 목욕을 해도 안 되고, 뛰어도 안 된다. 즉, 남편이 실패한 건 아내가 소금을 먹었기 때문이고, 아내가 목욕을 했기 때문이며, 아내가 방정맞게 뛰어다녔기 때문이다. 이렇듯 터부는 실패에 대한 책임회피 안전장치가 되어준다.

우리나라에 만연한 부정부패, 경기침체, 안보불안, 어느 사회에서나 일어나는 사건사고, 직장이나 이웃 간에 생기는 불협화음, 가정에서 일어나는 부부싸움까지 언제부턴가 그 모든 불운에 대해 많은 사람들이 단 한 사람을 손가락질하며 탓하기 시작했다. 그들에게는 그 한 사람이 전지전능한 '부정, 부패, 불운 만능제조기'처럼 생각되는 모양이다.

터부가 생기는 것은 두렵기 때문이다. 다칠까봐, 실패할까봐, 창피할까봐, 굶을까봐, 죽을까봐. 책을 읽다가 문득 궁금해졌다. 그가 가진 무엇이 그들을 그토록 두렵게 하는 것일까.

2017년 3월 29일 수요일

확신 없이 믿지 않을 바엔 믿고 속아라
: 삼인성호(三人成虎)

- 임금이 장군에게 군대를 주어 이웃나라를 정벌하도록 했다. 장군은 먼 타지로 달려가 3년간의 힘겨운 전쟁을 치룬 뒤 승리하여 돌아왔다. 왕은 장군의 공을 치하하며 큼지막한 상자를 하나 건넸다. 장군이 열어보니 자신에 대한 온갖 모함이 적힌 상소문들이었다. 그 순간 장군은 왕 앞에 크게 엎드려 절하며 이렇게 말했다. "이번 승리는 폐하께서 이루신 것이지 저에게는 공이 없

습니다." / 위나라 왕 문후와 장군 악양의 이야기 중에서.

삼인성호(三人成虎)란 말이 있다. 세 사람의 입이면 존재하지도 않는 호랑이를 만들어 낸다는 뜻으로, 헛소문이라도 여러 사람이 반복해 전하면 진짜라고 믿게 된다는 의미다. 세상일은 눈에 보이는 게 다가 아니다. 들리는 게 전부도 아니다. 그 사람이 다 말할 수 없는 게 있고, 말했다고 해도 세상이 그 깊이를 다 이해할 수 있는 것도 아니며, 내가 알고 있다고 믿는 것이 언제나 옳은 것도 아니다. 그러니 한 번 믿은 사람은 끝까지 믿어 주어야 한다. 내 뜻대로 하지 않는다고 사안이 바뀔 때마다 그의 말과 행동을 시시콜콜 트집잡으며 신뢰와 불신을 오락가락 하면 아무리 심지가 굳은 사람이라 해도 흔들린다. 결국 못 믿을 사람이었다고 결론이 날지언정, 믿지 않아 일을 그르치느니 끝까지 믿어주고 배신당하는 편이 낫다. 왜 이 말을 하는지는 굳이 밝히지 않으련다.

2017년 3월 28일 화요일

죄 없는 이를 구속하는 이유 : 동화 〈백설공주〉

"거울아, 거울아, 세상에서 누가 제일 예쁘니?" 그러자 거울이 대답했다. "그야 물론 왕비님이지요. 백설공주만 빼면요."

/ 〈백설공주〉 중에서.

'국민의 바람, 법과 원칙 존중, 사필귀정, 적폐청산' 박근혜 대통령 구속 여부에 대한 대통령 병 중증환자들의 헛소리다. 권한도 없는 자들이 대통령을 '파면' 하더니 자기들이 뭐라고 '사면' 해 주겠다는 소리도 한다. 매일매일 '홀딱 벌거벗은 후보님들'의 누드쇼를 손가락질하며 국민들이 얼마나 배꼽 잡고 비웃는지 알면 자살하고 싶을 텐데 과대망상증 환자, 리플리 증후군 환자, 자기도취병 환자, 기억상실증 환자들이 현실파악, 주제파악을 할 리 없다. '남의 눈의 티끌 내 눈의 들보'라는 말도 무슨 뜻인지 모르나보다. 그저 거울 앞에서 날마다 묻고 또 물을 뿐이다.

"거울아, 거울아, 세상에서 누가 제일 사랑받는 대통령이지?"

거울이 대답한다.

"그야 물론 당신이지요. 박근혜 대통령만 빼면요."

"으아악!!!"

마녀가 독사과로 백설공주를 죽인 것처럼 위법으로 탄핵한 뒤에도 국민 사랑이 식지 않고 거울조차 이렇게 말하니 미치고 팔짝 뛸 노릇일 거다. 그러니 뜨거운 불판 위에서 팔팔 뛰며 발악하듯 머리카락 쥐어뜯으며 소리칠 밖에.

"구속해! 잡아들여! 아무도 못 보게 당장 감옥에 처넣어 버렷!"

2017년 3월 28일 화요일

대한민국을 바로 세울 가장 힘센 이 누구인가 : 이솝우화

세상에서 가장 힘세고 훌륭한 건 누구? 하늘에서 만물을 비추는 태양, 태양을 가리는 구름, 구름을 마음대로 날려버리는 바람, 바람도 끄떡없이 막아내는 벽, 벽조차 뚫어버리는 쥐. 이것이 동화의 결론이다. 그러나 현실은 동화가 아니다. 쥐가 제일 훌륭한 게 아닌 것을 우리는 잘 알고 있으니까. 그러니 계속 찾아보자.

쥐를 먹어치우는 고양이, 고양이를 길들이는 인간, 인간이 껌뻑 죽는 돈, 돈을 잔뜩 쌓아둔 은행, 은행 터는 강도, 강도 잡는 경찰, 경찰이 잡아들인 용의자의 구속 여부를 결정하는 검찰, 검찰 기소에 대해 무죄 때리는 법원, 법원이 무죄 때려도 대통령도 파면시키는 헌재, 헌재가 눈치 보는 국회. 여기가 끝일까?

국회를 조종하는 종북, 종북을 춤추게 하는 언론, 언론 위에 사주, 사주 뒤에 동그라미? 동그라미, 동그라미, 동그라미를 어릴 때처럼 반복해 그리면 돼지인가? 연못에 파문처럼 번지는 동그라미 물결 뒤에는 무엇이 있을까? 그 모든 세력과 음모를 무너뜨리고 대한민국을 바로 세울, 세상에서 가장 힘세고 훌륭한 이는 누구일까.

태극기가 바람에 펄럭입니다. 하늘높이 아름답게 펄럭입니다.

태극기가 힘차게 펄럭입니다. 마을마다 집집마다 펄럭입니다.

2017년 3월 27일 월요일

방관하거나 타협하거나 불의에 항복한 결과
: 영화 〈히든 피겨스〉

- 우리가 기회를 얻으려고 앞으로 나가면 그들은 항상 결승선을 앞으로 옮기네요. / 영화 〈히든 피겨스〉 중에서.

세상에는 악과 선이, 거짓과 진실이, 탐욕과 희망이, 손해와 이익이 늘 공존한다. 그럼에도 불구하고 사회가 긍정적으로 발전할 수 있었던 건 선구자적 지식인들이 해야 할 일을 깨닫고 해야 하는 순간에 저질러버렸기 때문이다. 영화 〈히든 피겨스〉를 예로 들자면, 먼 거리에 있는 화장실까지 달려가 볼일을 보는 동안에도 연구에 몰두하던 캐서린 존슨, 백인학교에서 흑인의 수강을 금지한 법에 항거하는 대신에 법을 설득해낸 메리 잭슨, 꼭 필요한 지식과 실력을 누구보다 먼저 갖추어서 차별하려야 할 수 없도록 앞서간 도로시 본 같은 뛰어난 지식과 뜨거운 열정을 가진 전문 지식인들의 피나는 인내와 노력이 있었기 때문이다. 하지만 법의 융통성을 발휘한 판사, 해머를 들고 흑인 화장실 표지판을 직접 때려 부순 나사 국장 알 해리슨과 같은 헤드 리더들이 결정적인 순간에 올바른 판단을 해주지 않았다면 그들의 노력은 현실화될 수 없었다. 우리나라가 지금 혼란스러운 건, 융통성을 발휘하면서도 진실을 존중하여 올바른 판단을 해야 할 사람들이 침묵하거나 방관하거나 타협하거나 불의에 항복했기 때문이다.

2017년 3월 27일 월요일

톰 소여의 용기를 찾습니다
: 마크 트웨인 〈톰 소여의 모험〉

- 솔직히 말해라, 얘야, 주눅 들 필요없다. 진실이란 언제나 존경받는 것이니까.

/ 마크 트웨인 〈톰 소여의 모험〉 중에서.

검찰총장이 박근혜 대통령 구속영장을 청구했다. 우리 사회에는 마녀사냥식 인민재판을 즐기는 대중과, 증거도 없이 기소하고 구속하고 구형하고 판결하는 법조인들만 널려 있을 뿐, 인디언 조의 보복을 두려워하면서도 진실을 밝히던 어린 소년 톰만큼의 용기라도 가진 이는 꼭꼭 숨어 머리카락도 보이지 않는다. 틀린 건 틀렸다고 하면서 혼란을 바로잡아주어야 할 위치에 있는 사람들이, 앞장서서 선동하고 타협하고 거짓을 진실이라 선포하고 있으니 기울어진 나라를 지키려는 국민들만 속이 까맣게 타들어간다. 고대 법대가 서울대 법대보다 존중받던 시절이 있었는데, 지금은 사시(司試)에도 떨어진 교수가 가르치는 서울대나 헤어롤 석좌교수가 가르치는 고대나 그게 그거. 대학생들, 학부모들 데모라도 해야 하는 거 아닌가. 그 사람들 강의 들을 시간에 차라리 어린 톰의 용기를 보고 배우길.

2017년 3월 26일 일요일

대한민국에서 제일 좋은 게 뭐야?
: 영화 〈스페이스 비트윈 어스〉

- 지구에서 가장 좋은 게 뭐야? / 영화 〈스페이스 비트윈 어스〉 중에서.

영화에서 별빛 같은 눈동자를 가진 화성 소년이 자꾸만 "지구에서 가장 좋은 게 뭐야?" 하고 묻는다. 그래서 자꾸 생각하게 된다. 살면서 좋은 게 뭐지? 그러고 보니 소년이 느끼는 것처럼 좋은 게 참 많다. 하늘의 푸르름도, 바다 가득 일렁이는 파도도, 눈부신 햇살과 따뜻하게 별빛처럼 타오르는 모닥불과 우연히 스치는 사람들의 미소. 그리고 깨닫는다. 너무 당연해서 생각조차 해 본 적 없구나, 하고.

우리나라 사람들에게는 좀 '비열한' 근성이 있는 것 같다. 좋은 걸 좋다고 인정하기 싫어하고, 소박하나마 내가 가진 것, 내가 누리고 있는 것에 감사하기를 자존심 상해 한다. 무엇보다 남이 이루어 놓은 공을, 특히 그 공적이 내 삶에 플러스 효과를 주었을 때 더더욱, 그 성과를 인정하려 들지 않는다. 고생고생 뒷바라지해서 성공시켜 놓으면 배신 때리고 부잣집 딸과 결혼하는 신파 드라마 속 주인공처럼. 인재라 믿고 키워 놓으면 밟고 올라설 거 없나, 하면서 샅샅이 뒤지고 탈탈 털어 기어이 홀딱 벗겨놓고는 통쾌해 한다. '잘난 줄 알았는데 나랑 다를 것도 없네. 흥!'

삶이 우리에게 내민 컵에는 언제나 물이 절반만 채워져 있다. 누군가는 그 절반에 만족하며 살고, 누군가는 비어 있는 나머지 절반을 채

우려 애쓰고, 어떤 이는 아 시원하다, 하면서 단번에 마시고는 씨익 웃으며 사막을 뚜벅뚜벅 걸어간다. 가장 문제가 되는 경우는, 비어 있는 절반을 다른 사람이 채워줘야 한다고 믿는 부류다. 그들이 아무것도 하지 않고 불평만 하는 이유는, 게을러서라기보다, 애쓰고도 채우지 못할지도 모른다는 실패에 대한 두려움 때문일지 모른다. 그런 사람은 목이 말라 죽겠으면서도 컵에 담긴 물을 마시지도 못하고, 삽을 들고 샘을 파지도 않으며, 우물을 찾으러 떠나지도 않는다. 비가 오지 않는다고 하늘을 원망하고 누군가 구조하러 달려오지 않는다고 세상을 원망한다. 포클레인을 가지고 누군가 달려와 주어도 그의 불만은 끝나지 않는다. 시간이 오래 걸린다고, 물이 빨리 나오지 않는다고, 방금 솟은 물이 흙탕물이라고, 정수기는 왜 가져오지 않았느냐고, 왜 물이 시원하지 않느냐고, 커피는 왜 안 가져왔느냐고, 사람이 물만 마시고 어찌 사느냐고, 스테이크도 가져왔어야지, 그런데 소스는……? 그의 불만은 결코 끝나지 않는다.

그 결과 그 사람에게는 지금 여기가 지옥이 된다. 바보들만 천국을 보는 거라고, 네 눈엔 이 지옥이 안 보이느냐고 투덜투덜 우쭐거린다. 지옥을 '네'가 만들었다며 남을 탓하고 원망하고 저주하는 데만 자신의 에너지를 모두 바친다. 스스로 지옥을 만들었다는 걸 모른 채. 매 순간 지옥을 더욱 끔찍하게 만드는 게 자신인 줄 모른 채.

"대한민국에서 제일 좋은 게 뭐야?"

그들에게 묻고 싶다. 정말 좋은 게 하나도 없었는지, 정말 감사할 게 없는지, 왜 이곳이 헬 조선이 되었는지, 그 지옥을 누가 만들어 가고 있는지. 그러나 잘 안다. 묻는 내 입만 아프다는 거.

2017년 3월 26일 일요일

사실과 거짓과 진실 그리고 '나'의 함수관계

사실은 '실제로 있었던 일 또는 있는 일'이고 진실은 '거짓이 없고 참됨'이며 거짓은 '사실과 어긋남. 사실이 아닌 것을 사실같이 꾸밈'이다. 사전적 의미만 보면 진실을 인정하는 일이 왜 어려운지, 진실을 존중하는 데 왜 용기가 필요한지 납득하기 어렵다. 사실이 진실과 거짓으로 나누어지는 이유는 그 한가운데 '나'가 있기 때문이다. 지금 우리 사회의 진실 살해, 거짓 찬양을 정확히 이해하려면 다음과 같이 사전적 의미가 추가, 재정립되어야 한다.

진실

1. 부정하고 싶은 사실.
2. 손해를 감수하고라도 인정해야 하는 사실.
3. 불이익을 감당할 용기를 필요로 하는 사실.

거짓

1. 밝혀졌을 때 감당해야 할 손해나 고통을 회피하기 위해 사실을 왜곡시켜 지어내는 말이나 행위.
2. 더 큰 이익을 얻기 위해 고의로 사실을 감추거나 그릇되게 인지시키고 전달, 유포하는 일.

2017년 3월 25일 토요일

콤플렉스 신화 창조의 시대

오이디푸스 콤플렉스나 엘렉트라 콤플렉스처럼, 새로운 콤플렉스 신화가 창조되고 있는 시대에 살고 있는지도 모르겠다.

박정희 콤플렉스 : 뛰어난 지도자를 독재자란 프레임에 가둬 비난, 매도, 모략하여 그의 명성을 짓밟지 않으면 도저히 자신의 가치를 드러낼 길이 없는 무능한 정치인의 심리를 이르는 용어.

박근혜 콤플렉스 :

1. 최고 권력자의 자리에 오른 여성 앞에서 자존심 상한 남성 정치인들의 열등감을 가리키는 말. 또는 성공한 여성 리더를 마녀사냥으로 끌어내리지 않고는 견딜 수 없는 일부 워킹우먼들의 시기심.
2. 청렴과 정직으로 국민에게 사랑받는 여성 대통령을 음해 모략 탄핵하여 권력을 나눠 가지려는 정치모사꾼들의 너 죽고 나 살자는 천박한 심리. 나라를 팔아먹어도 나만 권력을 가지면 된다는 정치 강도들의 심리적 근간.
3. 하루라도 남 탓을 하지 않으면 입안에 가시가 돋는 머리 없는 대중들이 끼리끼리 광장에 모여 뛰어난 여성 리더를 깔보고 비웃고 짓밟으며 희열을 느끼는 심리. 광란의 축제를 통해 그 여성보다 자신이 더 우월하다고 느끼거나 최소한 어깨를 나란히 했

다고 착각하게 되는 집단 발광 현상. 촛불이나 단두대 등을 소품으로 사용하기도 함.

2017년 3월 23일 목요일

세계 최초로 기억되고 싶었던 것인가 : 영화 〈히든 피겨스〉

- 사람들은 최초의 중요성을 인정합니다. 알랜 셰퍼드가 로켓에 타기 전 우주로 간 미국인은 없었습니다. 이제 그는 최초의 우주인으로 영원히 기억될 겁니다. 저는 나사에서 엔지니어가 될 계획입니다. 백인학교에 출석해야만 이룰 수 있습니다. 그런데 버지니아 주에서 흑인여성이 백인학교에 다닌 적은 없습니다. 판사님, 저는 제 피부색을 바꿀 순 없습니다. 저에겐 다른 선택권이 없습니다. 그러나 판사님의 최초의 선택이면 가능합니다. 판사님, 오늘 있을 여러 심리 중에 향후 100년간 어떤 심리가 중요할까요. 어떤 심리가 판사님을 최초로 만들까요?

/ 영화 〈히든 피겨스〉 중에서.

화장실도, 버스좌석도, 사무실 내 커피포트도 분리해 사용할 정도로 인종차별이 극심했던 시절, 오직 뛰어난 실력으로 NASA의 우주개발 경쟁에서 두각을 나타냈던 흑인 여성 과학자들의 실화를 다룬 영화. 그 중 나사의 엔지니어 메리 잭슨이 판사를 설득하는 장면이다. 그녀의 이야기를 들으며 고심하던 판사는 기어코 미소를 지으며 야간반 수강을 허락한다.

하늘보다 높으신 우리의 헌재 판사님들을 보며 영화 속 장면이 떠올랐다. 아, 그런 욕망이 감춰져 있었구나. 최초가 되고 싶으셨던 거였어! 그분들의 결정을 조금은 이해할 수 있을 것 같았다. 누가 뭐래도 세계 역사상 전무후무 100년 간 전례가 없을 최초의 위법 탄핵 결정이니 말이다. 서울시장님께서 광화문 촛불집회를 노벨평화상에 추진하는 것은 물론 유네스코 세계기록 유산에도 등재 신청을 한다고 하는데, 이왕이면 촛불집회의 결정판이 된 헌재판사님들 이름과 판결문도 세계 최초의 의미가 더욱 빛날 수 있도록 함께 신청해 주시길 간곡히 당부 드린다.

2017년 3월 22일 수요일

이건 여왕님을 위한 꽃이에요
: 영화 〈더 퀸〉

다이애나 스팬서는 전 세계 평범한 여성들의 꿈이었다. 그녀가 길고 긴 웨딩드레스 베일을 끌고 세인트 폴 성당으로 들어가던 장면을 나도 또렷이 기억한다. 당시 집에 들여놓은 지 얼마 되지 않은 컬러텔레비전으로 생방송되던 결혼식은 어린 소녀였던 나에게 말 그대로 동화가 현실이 되는 황홀하고 놀라운 순간이었다. 이후 그녀의 15년간의 결혼 생활과 이혼, 그 후의 가십들과 프랑스 알마 터널에서의 죽음까지, 대부분의 사람들과 마찬가지로 나는 철저히 그녀의 편에서 모든 사건들을 인식하고 해석해 왔던 게 사실이다. 그러나 모든 사건과 정황에는 동전의 양면처럼 반대쪽의 시각과 입장이 있다는 것을 영화 〈더 퀸〉은 완숙하게 무르익은 시선으로 담담히, 나직하게, 그러나 기품 있게 담아내고 있다.

영화는 철저히 단 한 사람, 현재의 영국 여왕 엘리자베스2세에 포커스를 맞춘다. 살아 있는 인물에 대한 칭송도 비난도 아닌, 우리가 한 번쯤 들여다보고 싶은 화려함도 아닌, 인간이 지닐 수 있는 최고의 기품과 품격 그 뒤에 감춰진 인간의 외로움에 초점이 맞춰져 있다.

이야기는 왕자들의 어머니, 그러나 찰스와 이혼해서 더 이상 황태자비는 아닌, 다이애나가 온갖 스캔들을 일으키다 프랑스에서 교통사고로 사망했던 시기, 그 후를 다룬다. 취임한 지 얼마 되지 않는 진보의 상징 토니 블레어 총리가 영국 국민과 황실, 영화 관객과 여왕 사이를 이어주는 역할을 한다.

마침 8월이어서 황실은 모두 휴가 중이었다. 다이애나가 사고를 당해 죽었다는 소식을 듣고 찰스가 프랑스로 날아가 시신을 데려왔을 뿐 황실은 휴가를 중단하지도, 공식 성명을 내지도 않았다. 장례 또한 스팬서 가문의 가족장이면 족하다는 입장이었다. 이에 대해 언론은 대체 여왕은 어디에? 인간의 도리는 합시다, 조기를 올려라, 여왕은 조문하라, 국장으로 장례를 거행하라며 황실을 비난한다. 여왕이 궁에 없을 때 깃발을 올리지 않는 건 수백 년 된 전통이다. 또 여왕의 입장에서 다이애나는 황실의 품위를 손상시키는 며느리였을 뿐이다. 그러나 여왕의 고민은 깊어진다. 그깟 외도가 뭐라고,라며 남편 필립 공이 아무렇지 않게 찰스를 두둔하고 다이애나를 비난할 때, 아이들에게는 좋은 어머니였다고 아들 찰스가 말할 때.

더구나 금방 끝날 거라던 측근들의 예상과는 달리 국민의 애도는 장기화되고 네 명 중 한 명이 황실을 없애야 한다는 부정적 여론까지 거세진다. 국민들의 원성에 당혹한 여왕은 블레어 총리의 의견을 받아들여 휴가에서 돌아와 종전 이후 처음으로 국민 앞에 선다. 그러나 다이애나에게 바쳐진 수많은 꽃다발을 돌아볼 때, 카드에 쓰인 글귀들은 이런 것이었다.

- 당신은 천사 같은 분. 저들은 당신의 소중함을 모릅니다. 저들의 손에는 당신을 죽인 피가. / 영화 〈더 퀸〉 중에서.

물론 여기에서 말하는 저들이란 황실과 여왕을 가리킨다. 그러나 영화는 또 다른 시선도 함께 보여준다. 여왕이 카드 글귀를 본 뒤 표정 관리를 하며 돌아선 자리에 어린아이가 꽃다발을 들고 있다. "그 꽃도 놓아줄까?" 여왕이 묻는다. 그러자 아이가 대답한다. "아뇨. 이건 여왕님께 드릴 거예요."

민주주의의 본고장이라 할 수 있는 영국 역시 우리가 겪는 현재와 과거, 보수와 진보의 충돌로 인한 갈등이 존재한다는 사실이 흥미로우면서도 안심이 된다. 무엇보다 영국 사람들에게 여왕과 황실이 어떤 의미인지 들여다볼 수 있게 해준다. 일본 드라마 〈천황의 요리사〉에서 미소 된장에 그들의 왕을 비유한 것과는 꽤 다른, 전통을 깊이 존중하면서도 매우 객관적이고 냉정한 부분이 있다.

국민의 사랑이란 무엇일까. 대중과 여론이란 또 얼마나 가볍고도 무거운 것인가. 보수와 진보의 대립은 무엇을 위해 싸우는 것일까. 총리의 보좌진들은 황실에 대한 비난을 진보당의 기회로 만들기 위해 언론과 국민들을 더욱 자극하려고 한다. "꼿꼿이 앉아 있는 노인네 당해도 싸지 않아요?" 특히 전통과 황실에 대해 비아냥거리는 총리의 아내 체리 블레어는 꿀밤이라도 먹이고 싶어질 만큼 얄밉게 나온다. 그러나 총리는 조금씩 여왕의 입장을 이해해 간다.

- 저분은 국민을 위해 일생을 바쳐왔어. 자신이 원해서도 아니야. 아버지가 죽고 영예와 위엄으로 왕위를 지키고 있는 거야. 50년간이나 흠집하나 내지 않고. 근데 명예롭게 살아온 그 분한테 우린 뭘 했지? 국민들 비위 맞추라고 협박이나 하고! 이 나라의 군주가 왕실에 먹칠을 한 사람을 위해 조문을 하고 있어.

다이애나의 장례가 끝나고 블레어 총리가 상심한 여왕을 알현했을 때, 그 어느 때보다 국민의 존경을 받고 있다고 위로하지만 여왕은 이렇게 말한다.

- 가만있어도 왕정은 사라질 거야. 내 자리는 하루아침에 사라지겠지.

여왕의 대사처럼, 어느 날 군주제가 지구상에서 영원히 사라질지도 모르겠다. 그러한 불안을 영화에서는 늠름하고 기품 있는, 뿔이 14개로 갈라진 아름다운 수사슴에 비유한다. 사냥 후 피를 뽑기 위해 목을 잘라 천장에 매달아놓은 사슴의 몸통과 박제를 기다리는 머리를 보며 여왕이 말한다.

- 많이 고통 받지 않았길.

영화를 보고 나면 국민 투표로 뽑혀 단기간만 통치의 권한을 갖는 대통령이 아니라, 신으로부터 권리를 부여받았다고 믿는, 한 국가를 대대손손 자신의 나라라고 생각하고, 자신이 나라의 주인이자 군주라고 생각하는 사람이 세상 어느 나라엔가 있다는 것도 인류가 존중해야 할 문화가 아닐까 하는 생각이 든다.(물론 반드시 자유민주주의에 기반을 둔) 또한 평범한 사람은 한 번도 닿아보지 못한, 수백 년 유전자 속에 흐르고 있는 권위와 기품으로 인간이 가질 수 있는 최고의 예절과 품위가 몸에 배인, 고급스런 언어와 우아한 행동을 구사할 수 있는 사람이 세상 어딘가에 존경받으며 존재한다는 것은 인류를 위해서도 그다지 나쁘진 않은 게 아닐까.

인간은 태생적으로 평등하지 않다. 누구는 기아로 허덕이는 땅에서 태어나고 누군가는 여왕으로 태어난다. 그러나 인간은 자신의 생을 살아갈 기회를 갖는다는 면에서 평등하다. 왕이나 여왕은 될 수 없어도 황태자비가 되거나 블레어처럼 총리가 될 수는 있으니까. 자신이 원하고 노력한다면 자유주의 국가에서라면 무엇이든 될 수 있다. 그러나 여왕이든 걸인이든, 모습과 무게는 다르지만 외로움을 안고 살아간다. 이것 또한 평등하다. 이러한 평등의 개념을 인정하지 못하면, 모든 사건과 정황에는 동전의 양면처럼 전혀 반대쪽의 시각과 입장이 있다는 걸 깨닫지 못하고 "재수 없어. 그냥 싫으니까 너 꺼져."를 권리인 양, 지성인 양, 부끄러운 줄 모르고 외치게 된다.

- 요즘 사람들은 감동과 눈물을 원하지. 하지만 난 느낌을 표현하지 못해. 그저 가슴에 간직할 뿐, 그렇게 배웠어. 국민들도 그런 여왕을 원하는 줄 알았지. 그래서 슬픔은 묻어두고 대범하게 자리를 지키려 했던 거야.

여왕이 젊은 총리에게 자신의 속내를 이야기하는 마지막 부분이다. 범접할 수 없는 인간의 위엄과 품위를 보면서, 대체 대중이 원하는 소통이란 무엇일까 고민해 보지 않을 수 없다. 동시에 우리 인간은 이렇게 멋진 존재잖아, 여왕조차 외로움과 고독을 안고 살잖아, 그런 자긍심과 위안이 마음을 쓰다듬어 주기도 했다. 자랑할 것은 부끄러워하고 부끄러워해야 할 것은 천지사방 자랑하려드는 최근 우리 주변에서 일어나고 있는 천박함에 진저리가 쳐진다면 추천.

p.s. 땡전 한 푼 받은 것 없이 억울하게 탄핵된 후 어제 검찰조사 받기 위해 들어가고 나오는 박근혜 대통령의 모습을 보며 이 영화를 떠올렸다고 한다면 너 박빠냐, 그가 여왕이냐, 돌 날아올 것 같아서 그에 대한 말은 한 마디도 안 하고 오로지 영화 이야기만 했음.

2017년 3월 21일 화요일

이상한 나라의 이상한 법

전면 부인은 구속. 일부 시인은 불구속. 앞으로는 그 누구라도 소환되었을 때, 하지도 않은 일 부인할 자유와 권리도 없음? 혹여 살인한 사람이라도 혐의를 인정하면 구속도 체포도 안 함? 그 자체로 회개의 의지가 보이고 법을 수호할 의지가 인정되어 없던 일로 해 줌?

2017년 3월 21일 화요일

영화보다 더 멀고 지독한 미래의 실현
: 영화 〈마이너리티 리포트〉

- 축하해. 살인으로 살인 없는 세상을 만들었군.

/ 영화 〈마이너리티 리포트〉 중에서.

2004년 노무현대통령 탄핵 사건 : 법률 위반은 일부 인정되지만 대통령을 그만두게 할 만큼 중대한 사유라고 할 수 없다고 하여 헌법재판소는 기각.

2017년 박근혜 대통령 탄핵 사건 : '일련의 언행을 보면, 법 위배 행위가 반복되지 않도록 할 헌법수호 의지가 드러나지 않으므로' 파면.

한쪽은 법률 위반을 했지만 그 정도쯤이야 중요하지 않아 기각. 한쪽은 위반 사실은 없으나 언행과 행보가 괘씸, 향후 법을 지키지 않을 것 같아서 파면.

이런 논리라면 사기칠 게 농후하니 체포, 도둑질할 가능성이 높으니 구속, 담배에 불붙이려 라이터 들고 있었지만 방화의 위험이 있으므로 수감, 사과 깎으러 칼을 들고 있었으나 살인할 우려가 있으니 사형이 가능하다는 의미. 예측 범죄를 단정하여 미래의 범죄자를 잡는 영화 〈마이너리티 리포트〉는 2054년의 이야기. 우리는 영화 속 미래보다 더 멀고 지독한 미래에 살고 있다.

2017년 3월 21일 화요일

바위처럼 단단한 웃음을 터트릴 수 있길
: 아지즈 네신 〈이렇게 왔다가 이렇게 갈 수는 없다〉

- 사람을 가장 손쉽게 웃기는 행동 중 하나는 넘어지는 것이다. 어디서든지, 어떤 상황이든지, 엄숙하고 점잖은 자리에서도 '꽝' 하고 넘어지는 사람을 보면 누구나 웃음을 터뜨리기 마련이다. 넘어진 사람의 지위나 권력이 크고 높을수록 보는 사람의 웃음소리도 커진다. 나는 한 번도 넘어지는 사람을 보면서 웃은 적이 없다. 항상 그들을 안타깝고 측은하게 여겼다. 하지만 정작 내가 넘어지자 너무나 웃겨서 한동안 그 자리에서 일어나지 못했다.

/ 아지즈 네신 〈이렇게 왔다가 이렇게 갈 수는 없다〉 중에서.

그의 구속을 99.9퍼센트 확신한다. 이제는 더 이상 놀랍지도, 당혹스럽지도, 절망스럽지도 않다. 오히려 당연한 수순이라 담담히 받아들여진다. 검찰로 걸어 들어가던 그도 같은 심정이었으리라 믿는다. 그동안 그는 언제나 박정희 대통령과 육영수 여사의 딸이었다. 그를 지지하는 국민들 또한 그의 모습에서 두 분의 얼굴을 함께 보았음을 부정할 수 없다.

그러나 수의를 입고 포승줄에 묶여 수감되는 순간, 그는 마침내 부모의 그늘에서 독립한 한 명의 개인, 부모의 후광을 벗은 독자적인 정치인이자 한 시대를 올곧게 지키려 했던 대한민국의 대통령 박근혜로 다시 태어난다. 자유통일 대한민국을 지키려 했던 상징으로 새롭게 우뚝 선다. 법치 자유 대한민국을 지키려는 많은 국민은 그렇게 숭고하지만 참담한 역사적인 순간을 목도하게 된다.

- 모든 사람에게 바위처럼 단단한 저항 정신을 기대한다는 것은 크나큰 욕심이며, 어쩌면 부당한 처분일지도 모른다.

그래서 감히, 나는 그가 웃길 바란다. 그를 지키기 위해 태극기를 흔들던 애국국민들도 호탕하게 웃길 바란다. 꼿꼿이 버티고 함께 지키려 했지만 기어코 넘어진 우리 자신을 향해, 바위처럼 단단한 웃음을 터트릴 수 있길 바란다.

2017년 3월 21일 화요일

쇼생크를 탈출하지 못한 관객
: 영화 〈쇼생크탈출〉

아내와 그녀의 정부를 살해한 혐의로 종신형을 선고받고 복역 중이던 앤디. 사익(私益)을 위해 진실을 은폐하고 진범을 살해하는 교도소 소장. 자신의 무죄를 입증할 길이 사라진 걸 알게 된 앤디의 통쾌한 탈옥 작전과 성공을 그린 영화 〈쇼생크 탈출〉. 앤디를 응원하며 그에게 유죄판결을 내린 판사의 무능과 교도소 소장의 추악함을 비난할 줄 아는 너무나 상식적인 관객들. 그러나 극장 밖으로 나오면 진실을 오판한 판사나 진실을 살해한 교도소 소장보다 더 잔혹하게 거짓과 인권침해를 즐기느라 누가 앤디이고 누가 소장인지 구분을 못하는 게 우리나라 관객의 수준.

2017년 3월 19일 일요일

눈에 보이는 게 전부는 아닌

- 유현덕을 이곳까지 유인해 놓고 왜 죽이지 않았소?
  관운장은 범 같은 장수요. 내가 유현덕을 죽였으면 난 그의 칼에 죽었을 것이오. / 〈삼국지〉 중에서.
- 전투에 관한 건 난 아무것도 몰라. 단지 놈이 원하는 대로 움직이지는 마. / 〈왕좌의 게임〉 중에서.
- 적들의 판에 들어가지 마시고 새주의 판으로 끌어들이시옵소서. / 〈선덕여왕〉 중에서.
- 어려운 곳으로 들어가지 말고 끌어내라. 적의 예측대로 움직이면 싸워 봐야 패한다. 싸우기 유리한 위치를 먼저 차지하고 적을 기다리면 편하고, 뒤늦게 위치를 잡으면 힘들다. / 〈손자병법〉 중에서.

사지에서 살아날 수 있게 할 제갈량이, 관운장이, 리틀 핑거의 대군이, 설원랑의 책략이, 뛰어난 병법이 보이지 않는 곳 어딘가에서 착착 진행되고 있길 바랄 뿐이다.

2017년 3월 18일 토요일

그녀가 사랑하는 나의 형의 친구의 돈

다음 밑줄 부분이 수식하는 단어는 무엇일까?

1. 어두운 거리의 가로등
2. 눈부신 밤의 네온사인
3. 아름다운 줄리엣의 장미
4. 그녀가 사랑하는 나의 돈
5. 그녀가 사랑하는 나의 형
6. 그녀가 사랑하는 나의 형의 친구의 돈.

1번과 2번은 너무 쉽다. 어두운 거리. 눈부신 네온사인이다. 그런데 3번부터는 좀 헷갈리지 않는가? 줄리엣이 아름다운 걸까. 장미가 아름다운 걸까. 뭐 아무렴 어떤가. 둘 다 아름다운 건 사실인데. 누구도 손해 보지 않는다. 그러니 통과. 그런데 네 번째로 가면 갸우뚱거려진다. 그녀가 사랑하는 건 당연히 나라고 믿고 싶지만 어감상, 또 문법적 관례로 따지고 들자니 의심스럽긴 하다. 그녀에게 속고 있는 것 같기도 하고 울화통이 치밀기도 한다. 내가 그녀의 남자라면 말이다. 그런데 다섯 번째로 가보자. 돈까지는 이해할 수 있다. 이쁜 그녀가 백화점에서 내 카드를 팍팍 긁는다고 안 될 건 없다. 그런데 내 형을? 이건 좀 찜찜하다. 화를 내기도 그렇고 안 내기도 그렇고, 따지자니 바보 같고 모른 척 하자니 오쟁이 진 것 같다.

앞 뒤 설명이 없으므로 세 번째 수식어부터는 입장에 따라, 이해관계에 따라 개인의 주장이 생기고 비판이 생긴다. 그런데 여기에서 한 걸음만 더 나아가 보자. 그녀가 사랑하는 나의 형의 친구의 돈이라니. 그녀가 사랑하는 건 나일까, 나의 형일까, 형의 친구일까, 아니면 결국 돈일까.

믿고 싶은 대로 해석이 다르고, 입장과 이득에 유리하게 풀이하며 자신의 주장만 옳다고 싸운다. 정작 그녀에겐 무엇이 진실이냐 묻지도 않고 따지지도 않는다. 그저 카메라와 마이크가 켜질 때마다 나다, 형이다, 친구다, 돈이다, 제멋대로 목청 높이는 어리석음과 무의미함을 향한 정열.

2017년 3월 17일 금요일

그러나 겨울이 오고 있는 것은 아니다

차가운 바람이 뺨을 때려도 겨울이 오고 있는 것은 아니다. 밤새 내린 서리가 하얗게 대지를 덮어도 겨울이 오고 있는 것은 아니다. 앙상한 나뭇가지에 푸른 빛 한 톨 맺히지 않았어도 겨울이 오고 있는 것은 아니다. 오늘 아침, 마법의 주문처럼 걸음 걸음 중얼거린 말들,

2017년 3월 15일 수요일

안 되는 게 너무 많다

내가 뽑은 대통령, 지지해도 안 되고, 태극기 흔들어도 안 되고, 가족 잃은 선배, 돌봐줘도 안 되고, 후배랑 이야기해도 안 되고, 텔레비전 드라마 봐도 안 되고, 강아지 데리고 가도 안 되고, 놓고 가도 안 되고, 재판 할 땐 증거 증인 채택 요구해도 안 되고, 당뇨병도 안 되고, 라면 먹어도 안 되고, 때 밀어도 안 되고, 보톡스 맞아도 안 되고, 머리해도 안 되고, 울면 운다고, 웃으면 웃는다고 하더니 이젠 치매라는 말도 하면 안 된단다.

2017년 3월 14일 화요일

위법도 법! 불법도 법!

"악법도 법이다."라는 말을 소크라테스는 한 적 없다. 그가 죽기 전 제자들에게 한 말은 "내가 죽으면, 아스클레피오스에게 수탉 한 마리 바쳐주게."였다. 아스클레피우스는 병을 낫게 해주는 의신(醫神)이다. 이 말에 대해 니체는 "인생을 병으로, 죽음을 치유로 본 것"이라며 소크라테스의 부정적인 인생관을 비판했다. 악법도 법이라는 말은 "법은 엄해도 법(Dura lex, sed lex)"이라는 고대의 격언이 와전된 것이다. 사람에 따라, 입장에 따라, 시대에 따라 문화가 되고 관행이 된 악법은 세상에 얼마든지 있다. 고전을 뒤져보면 어딘가에는 '위법도 법! 불법도 법!'이라는 말이 기록되어 있을지도 모르겠다. 그러한 격언이 태어나고 있는 역사적인 시대를 살고 있는지도 모르고. 그런데 그리스에는 "악법을 지키는 건 시민이 아니라 노예다."라는 말도 있었다고 한다.

2017년 3월 13일 월요일

미친 세상을 사는 방법 세 가지
: 파울로 코엘료 〈베로니카, 죽기로 결심하다〉

- 한 왕국을 무너뜨리려고 마음먹은 마법사가 있었어. 그는 그 왕국의 백성 모두가 물을 길어 먹는 우물에 묘약을 풀었어. 그 물을 마시는 사람은 누구나 미쳐버리는 묘약을 말이야. 물을 마신 백성들이 모두 미쳐버렸어. 왕만 빼놓고 말이지. 왕과 그 가족을 위한 우물은 따로 있어서 마법사도 접근할 수가 없었거든. 불안해진 왕은 백성들을 통제하기 위해 안전과 공중위생에 관한 일련의 조치들을 내렸어. 그런데 관리들과 경찰들도 이미 독이 든 물을 마신 상태였어. 왕의 조치가 말도 안 되는 소리라고 생각한 그들은 따르지 않기로 결정했지. 왕의 칙령을 접한 백성들은 왕이 완전히 미쳐버렸다고 확신했어. 그래서 궁궐로 몰려가 함성을 지르며 왕에게 물러날 것을 요구했지. 절망에 빠진 왕은 왕위를

떠날 준비를 했어. 그런데 왕비가 말했지. "우리도 그 물을 마셔요. 그러면 우리도 그들과 똑같아질 거예요."

/ 파울로 코엘료 〈베로니카, 죽기로 결심하다〉 중에서.

이 시절을 사는 방법은 세 가지다. 우물물을 마시거나, 마신 척하고 마신 이들과 똑같은 짓거리를 하거나, 마시지 않고 미치지 않은 채로 미친 사람으로 사는 것. 그러나 미칠 걸 알면서도 우물물을 마시고 미친 자들과 같이 될 수는 없는 것 아닌가. 내 정신을 빼앗긴 채 살아도 정말 살아 있다고 할 수 있는 것일까. 그렇게 살아도 되는 것인가.

2017년 3월 13일 월요일

거짓이 진실을 영원히 이길 수는 없다

- 제게 주어졌던 대통령으로서의 소명을 끝까지 마무리하지 못해 죄송하게 생각합니다. 저를 믿고 성원해 주신 국민 여러분께 감사드립니다. 이 모든 결과에 대해서는 제가 안고 가겠습니다. 시간이 걸리겠지만, 진실은 반드시 밝혀진다고 믿고 있습니다.

/ 2017.3.12. 박근혜 대통령.

그에 대해 몰랐지만 그가 대통령으로 재임하는 지난 4년, 인간으로, 여성으로, 정치인으로, 그의 인격과 품위와 신념을 신뢰하고 존경하게 되었다. 그와 같은 시대를 살고 있는 것이 자랑스럽고 그의 가치와 진가를 사랑하고 지키려는 애국국민들과 한마음일 수 있는 내 자신의 안목이 고맙다. 참 이상도 하지. 이 모든 게 그를 음해하기 위한 저들의 피나는 노력의 결과라니.

2017년 3월 12일 일요일

나, 그래도 안 돌아갈래

어쩌다 나는 왼쪽 아니라고 선언해 버렸을까. 왼쪽인 척, 입 닫고 그럭저럭 살았으면 편했을 걸. 옳았지만 패배해 버린 3월 10일 이후 새록새록 드는 생각. 그러나 나 돌아갈래, 하고 외칠 수는 없다. 분노할 줄 모르고, 원망할 줄 모르고, 남 이용할 줄도 모르고, 그저 나라 사랑하는 마음만 한가득인 우리 애국국민들이 있으니까. 지키고 싶은 내 나라, 우리 국민이니까,

2017년 3월 12일 일요일

한목소리로 길을 제시해 주시라

헌재의 탄핵결정보다 당혹스러웠던 것은 태극기를 든 수많은 애국시민들을 20회 가까이 불러 모았으나 컨트롤타워가 부재했다는 것을

실감하는 일이었다. 여러 분의 애국시민이 아스팔트 위에, 말 그대로 피를 뿌리며 사망한 사건이었다. 로또처럼 각하나 기각만 막연히 바랐던 것은 아닐 텐데, 마치 헌재가 당연히 기각을 외쳐 주리라 낙관하고는 싸웠노라, 이겼노라, 대한민국 만세!를 외칠 단꿈만 꾸었던 것처럼, 탄핵 인용 후의 지도부 발언이나 행동지침, 분노한 시민들의 안전에 대한 대처는 없었다. 탄핵 결정 불복인가 수용인가, 기존 여당 지지인가 신당 창당인가, 5월 9일 대선으로 가는 것인가, 답답한 마음에 이곳저곳 뒤져보았지만 저마다 의견이 다르고 비전이 다르다. 누구는 낙관하고 누구는 비관한다.

태극기 집회 몇 차례 다녀온 뒤 쓴 소회 글에 대한 태클을 받은 이후 나는 집회에 나가지 않았다. 군중과 군중을 이끄는 이들에 대한 얼마간의 회의 때문이었다. 그에 대해 글 쓰는 일 또한 자제했다. 이 글을 올리면 또 너 따위가 감히, 입 닥치라며 욕설이 날아올지 모르겠다. 그러나 비난을 하려는 게 아니다. 제발 이끌어 달라, 가슴 찢어지는 심정으로 당부 드리는 것이다. 부디 지혜롭고 똑똑하고 현명한 우파 오피니언 리더들, 잠시 개인 의견을 접고 한 장소에 모이시라, 주먹질을 하든 피터지게 쌈박질을 하든 제발 뜻을 모아 한 목소리를 내어주시라 애원하는 것이다. 태극기도 흉기라며 들 수 없게 되어버린 국민들이 손에 무엇을 들어야 하는지, 가슴에 무엇을 품어야 하는지, 이제 어디로 가야 하는지, 무엇을 외치며 무엇을 희망해야 하는지, 대통령을 빼앗기고 진실을 도둑맞고 어둠 속에 갇힌 국민들에게 빛을 보여 달라는 것이다. 어찌 해야 자유 대한민국을 지켜낼 수 있는지, 제발 길을 알려달라는 것이다.

2017년 3월 10일 금요일

주인공 시련의 법칙

“네 이년, 네 죄를 네가 알렸다. 꼴도 보기 싫으니 방구석에 틀어박혀 꼼짝 말고 있거라.” 하고 나갔던 악당이 감금한 뒤 잠시 후 방문을 열고 들어와서는 “아무래도 내가 잘못 생각한 거 같아. 냉큼 뛰어나와서 하던 일 계속 해.” 하고 끝나는 드라마를 본 적 있나? 만약 그런 스토리를 가진 주인공이 있다면 시시해, 뻔하군, 장난해? 하며 독자는 책을 내던지고, 시청자는 채널을 돌리고, 관객은 의자를 박차고 일어나 극장을 나섰을 것이다.

주인공 시련의 법칙이 있다. 작가조차 도저히 해결할 수 없을 것 같은 지경까지 주인공을 끌고 가서 세상의 절벽 끄트머리까지 몰아붙이는 것이다. 주인공을 죽이려는 거야? 저 작가 미쳤나봐. 대체 어쩌려고 저래? 시련을 겪으며 한 발 한 발 파멸과 죽음을 향해 다가서는 주인공을 바라보는 관객의 심장은 오그라들고, 손바닥은 땀으로 흥건해진다.

고통의 무게와 성장의 깊이는 비례한다. 주인공은 부상당한 채 집 떠나 개고생을 하지만 세상으로 쫓겨나지 않았다면 배우지 못했을 검술을 익히고, 조력자를 만나고, 참된 지혜를 얻는다. 그렇게 종국에는 누구도 예상치 못한 방법으로 적을 물리치고 자신의 자리와 정당한 권리와 자유를 되찾는다. 그렇게 죽음의 코앞까지 가서 살아 돌아왔을 때 비로소 관객은 가슴을 쓸어내리며 주인공과 하나 된 마음으로 눈물을 흘리고 아낌없이 박수를 친다.

내전이다, 전쟁이다 하고 인식한 게 고작 석 달 전이다. 설마 탄핵소추 되겠어? 하고 한 번 속았고, 설마 탄핵인용 되겠어? 하고 두 번 속았다. 그렇다면 연극 3막 중 이제 2막이 끝났다고 해야 할지 모르겠다. 마지막 더 큰 시련, 클라이맥스가 남은 것이다.

일찌감치 죽는 건 주인공이 아니다. 전략상 항복은 할지라도 기어코 살아남아야 한다. 지금 이 자리에서는 누구도 결코 죽어선 안 된다. 그러니 주인공이여, 일어나라. 살이 찢기고 깨지고 피 흘리고 뼈가 부러졌더라도 주먹 쥐고 이 악물고 일어서라. 다시 일어나 앞으로 나아가라! 우리가 사랑하고 응원하는 주인공이여, 우리들과 미래를 함께할 주인공 너, 자유통일 대한민국이여!

2017년 3월 10일 금요일

망나니의 자비

목을 칠 때는 단칼에 죽여주는 게 망나니의 자비다. 법치의 단두대가 되어버린 헌재. 8인 만장일치로 희망고문을 서둘러 끝내주어서 그것 하나는 눈물 나게 고맙다.

2017년 3월 10일 금요일

헌재를 대한민국 살해 혐의로 기소한다

최서원은 아직 재판 중인데 헌재에서 유죄판결 내렸고(이왕이면 형량까지 정해 주지), 대통령은 헌법을 위반한 증거는 없으나 헌재 8인의 재판관이 관심법으로 판단, 헌법을 수호할 의지가 박약하다며 파면했다. 인간에 대한 믿음으로 헌법재판소 재판관들의 현명한 판단을 기대했으나 이념(또는 돈 혹은 약점?)은 최소한의 인간 양심마저 파괴한다는 것을 뼈저리게 배웠다. 헌재를 대한민국 살해 혐의로 기소한다!

2017년 3월 10일 금요일

이대로 끝인가

헌법 위에 떼법. 재판관 위에 인민. 대한민국은 이대로 끝인가.

2017년 3월 7일 화요일

누구도 인민재판을 받아서는 안 된다
: 드라마 〈왕좌의 게임〉

〈왕좌의 게임〉에 나오는 인물에겐 선도 없고 악도 없다. 왕이 되기 위한 욕망을 방해하는 자는 모두가 적이다. 언제 끝날지 모르는 혹독한 겨울과 죽은 자들과의 무시무시한 전쟁이 시작되고 있는데, 고작 영토와 권력을 차지하기 위해 뺏고 모함하고 가두고 죽인다. 옳은가 싶으면 비할 데 없이 추악하고, 비열한가 싶으면 더없이 숭고하며, 연민하다 보면 혐오하게 되고, 경멸스럽다 싶으면 어느새 동정하게 된다. 진실인가 싶으면 거짓투성이고, 죽었나 싶으면 더 강하게 살아나며, 승리했나 싶으면 바닥없이 추락한다. 하지만 누구 하나 이해되지 않는 사람이 없다. 그들 안에 내가 있고 나 안에 그들이 있다.

세븐킹덤의 왕비 세르세이는 신흥종교를 끌어들여 눈엣가시 같던 며느리를 위증죄로 감옥에 처넣는 데 성공하지만, 회심의 미소를 지우기도 전에 그녀 역시 간통과 근친상간 혐의로 종교재판을 받고 썩은 내 나는 감옥에 감금된다. 왕권 위에 군림하게 되어버린 신권(神權). 어렵게 사제의 용서를 받지만 조건이 있다. 참회를 이유로 종교 감옥에서부터 왕궁까지 알몸 행진을 해야 하는 것이다. 사제도 왕비의 알몸을 보고 싶었던 것일까. 처음엔 저 여자 몸매 죽인다, 하며 관객의 호기심으로 보게 되지만, 대중들로부터 온갖 욕설과 오물 세례를 받으며 맨발에서 피가 나도록 걷는 장면이 꽤 오랜 시간 이어지는 동안, 과연 누가 저 여인에게 똥을 던질 수 있는 것일까, 회의하게 된다.

지금 대통령을 무고하게 탄핵한 사태를 실제 죄가 있었던 세르세이와 비교하려는 건 아니다. 하지만 죄가 무거웠던 세르세이 역시 그렇게 인민재판을 받아서는 안 되는 것이었다. 하물며! 무고한 여성 대통령이 받은 온갖 음해와 인격적 모독은 죄가 있었던 세르세이가 알몸으로 겪었던 그 순간의 치욕과 비교해 결코 작지 않았다.

이 악물고 꼿꼿이 군중 속을 걸었던 세르세이는 다시 궁으로 돌아와 복수의 칼을 간다. 그리고는 모든 적을 한군데 몰아넣고 몰살시키는 것으로 보복을 마무리한다. 저러면 안 되는데 하면서도, 급기야 더 큰 걸 잃게 될 걸 예감하면서도, 한편 속이 시원했던 기억이 난다. 세르세이는 모든 적을 제거하고 허무한 왕관을 쓰지만, 이후의 이야기는 완결되지 않았음에도 그녀가 앉은 왕좌와 움켜쥔 권력이 얼마나 무상한 것일지는 너무나 자명하다.

왕과 달리 현대사회에 있어 자유공화국의 대통령은 지배하지 않는다. 그러나 통치해야 한다. 모두에게 사랑받는 통치자란 있을 수 없다. 그 미움을 두려워해서도 안 될 것이다. 사실 지금껏 박근혜 대통령은 그렇게 해왔다. 아마도 모두에게 사랑받고 싶은 마음 안의 어린아이를 매 순간 죽이며 참된 어른으로서 힘겹게 선택하고 결정해온 것이 탄핵 소추된 이유일 것이다.

완전하다거나 완벽했다는 것은 아니다. 하지만 특검 종료 후 헌재에 낸 유일한 탄핵소추 사유인 세월호 7시간 행적에 대해 "세월호 침몰 당일이나 전날에 비선 진료나 시술을 받았는지의 여부는 확인할 수 없었습니다."라고 한 박영수 특검의 말대로, 그들이 아무리 언론 플레이를 한다고 해도 눈 있고 생각이 있는 국민이라면 자문하지 않을 수 없다. '어떻게 그토록 탈탈 털었는데도 1원 한 푼의 비리도 나오지 않을 수 있는 것일까.' 하고.

"대통령이 비록 잘못한 것은 있지만"이라고 토를 달고 탄핵을 반대하는 이들을 믿지 않는다고 언젠가 개인적으로 언급한 적 있지만, 앞도 뒤도 돌아보지 않고 오직 국가와 국민을 위해 불의와 타협하지 않은 그의 통치 스타일을 소통 부재라며, 탄핵을 반대하면서도 그의 치적을 폄훼하는 이들의 견해에 동의할 수 없는 이유이다.

이번 사태가 정리되고 나면 개인의 복수가 아닌, 불의한 목적으로 국가의 혼란과 위기를 야기한 이들에 대한 엄중한 법적 처벌이 따라야 할 것이다. 통치하기 위해 필요한 것은 보복이나 복수가 아니라 공정하고도 엄정한 법치이기 때문이다.

2017년 3월 7일 화요일

Kill the boy and let the man be born
: 드라마 〈왕좌의 게임〉

- 제가 하고 싶은, 제가 해야만 하는 일이 있습니다. 하지만 그러면 나이트워치는 둘로 쪼개집니다. 명령을 내리는 순간, 절반은 저를 증오하게 될 겁니다.
- 이미 절반은 싫어하고 있다네 사령관. 질러버려. 그냥 해. 명령을 내리다 보면 재미를 좀 느낄 수도 있을 거야. 운이 좋다면 해야 할 일을 제때 할 수 있는 힘을 찾을 수도 있겠지. 소심함을 버려, 겨울이 코앞에 닥쳤어. 네 마음속에 있는 아이를 죽이고 진짜 어

른이 되어보라고. / 조지 R.R. 마틴 원작 드라마 〈왕좌의 게임〉 중에서.

지금의 위기와 혼란을 야기한 복합적인 이유 중의 하나는 모두에게 칭찬받고 싶고 늘 사랑받고 싶은 아이가 우리 마음 안에 살고 있기 때문이다. 그로 인해 우리는 종종 타인의 시선과 평가에 자신의 가치를 맡겨버린 채, 정작 해야 할 말과 행동을 머뭇거리다 모순과 불의와 타협하곤 한다.

마음속에 웅크린 채 자라지 않는 아이는 중요한 결정을 해야 할 때마다 발목을 붙잡고 매달린다. '그렇게 하면 모두가 날 미워할 거야. 난 사랑받고 싶어. 난 미움 받는 게 무서워.' 그렇게 울부짖는 아이를 설득하고 달래려면, 토닥거려 성숙시킨 후 결정하려면, 때는 이미 늦다. 방법은 하나, 지금 이 순간 죽여야 한다. 알을 깨야 새가 태어난다. 아이를 죽여야 어른이 된다. 살려달라고 울며 매달려도 모질게 죽여야 한다. 그러나 오늘 죽여도 내일 또 태어난다. 내일 죽여도 모레 또 태어난다. 아니 죽이는 그 순간 다시 잉태되고 다시 태어나 귀가 찢어지게 사랑해 달라고 울부짖는다. 그래서 아이와 어른의 전쟁은 매일 매순간 되풀이된다. 그렇게 인간은 성장한다.

그동안 우리나라가 세계 그 어디에도 유래가 없을 만큼 놀라운 성장과 발전을 이룬 것은, 마음 속 아이의 투정과 두려움에 항복하는 대신, 혹독한 현실 속에서도 어렵게 선택하고 결정하며 진정한 어른으로 살 줄 아는 이들이 곳곳에 있었기 때문이다. 그들은 불평하고 떼쓰고 겁먹는 대신 하루하루 땀 흘려 일했고, 노력한 만큼 얻은 것에 감사할 줄 알았다. 또한 성숙한 많은 지식인들(언론인, 예술인, 경제인, 정치인, 법조인 등)은 그러한 국민이 보다 평화롭고 자유롭게, 보다 풍요롭게 살아가는 나라를 만들기 위해 고비마다 위대한 선택을 하며 사회의 리더가 되어 주었다.

촛불과 태극기로 나뉜 국민들, 어느 한쪽을 편드는 순간 나머지 절반의 적이 되어 버리는 나라. 이쪽이든 저쪽이든 결론이 나면 더 큰 혼란이 일어날지도 모른다는 불안. 어쩌면 최종 판결을 앞둔 헌법재판소 재판관들의 고민이 아닐까 싶다. 하지만 자유 대한민국을 수호하기 위해 오로지 법의 해석으로 통진당 해산 결정을 판결한 헌법재판소였다. 대중의 비난을 두려워하고 보복을 겁냈다면 이루어내지 못할 성과였다. 어려운 결정을 내리던 그 순간, 그들은 내적으로나 외적으로 진정한 법조인, 성숙한 어른들이었을 것이다. 그들이 지금의 이 혼란의 원인과 결과를 인식하지 못할 리 없다. 마음 속 아이의 어리광에만 귀 기울일 리 없다. 이미 바른 판결을 내리는 재미와 보람을 경험했을 것이기 때문이다. 나는 그렇게 믿고 싶다.

Kill the boy and let the man be born.

지금 우리 국민도 비로소 마음 속 아이를 죽이고 성숙한 어른으로 다시 태어나는 중이다. 아니, 오늘의 위기를 계기로 국민 한 사람 한 사람 모두, 성장드라마의 주인공이 되어야 한다. 꼭 그래야 한다.

2017년 3월 1일 수요일

호스트바는 어떤 곳일까?

“소장 와 있어. 같이 있어. 같이 지금. 일의 연장이야. 뭔지 알지?”

최서원과 부산 여행 중일 때 고영태가 김수현과 나눈 통화 녹음 파일 일부이다. 어제 MBC뉴스에서 공개했는데, 이들 관계에 대해 김수현은 지인에게 이렇게 말한다.

“영태 형이 소장을 감정적으로 컨트롤 한다고 하면, 업무적으로는 우리가 해야 하는 건데.”

한 번도 일탈이나 외도를 경험한 적 없이 정도만 걸어온 많은 사람들이라면, 여자가 얼마나 바보등신 같으면 저런 놈한테 걸려서 감정 컨트롤이나 당하고 사기를 당하느냐, 의아해할지 모른다. 그런데 저 통화 내용을 보면서, 한동안 언니동생하며 개인적으로도 가깝게 지냈던 보험설계사 P가 들려준 경험담이 떠올랐다.

하루는 동료들 몇몇이 회식 끝에 호스트바에 갔다고 했다. 기본 25만원(벌써 몇 년 전 가격이니 감안)에 보드카를 마셨는데, 술과 함께 젊은 남자들이 좌르륵 쏟아지듯 룸으로 들어오더란다. 고객 입맛에 따른 간택의 시간인 것이다. 그들은 선택되기 위해 몸 자랑, 말 자랑, 장기 자랑으로 자기 PR을 열심히 했는데, 다들 영화배우 빰치게 생긴 꽃미남이어서 보는 순간 입이 헤 벌어지고 눈알이 뿅뿅 튀어나오더란다.

그들의 서비스 가격은 당시 한 시간에 3만원, 혹은 5만원이었는데 손님 옆에 앉아 분위기를 맞춰주며 이야기도 하고, 술도 마시고, 게임도 한다. 종류에 따라 가격이 올라가는 특별 쇼도 보여주는데 맥주 쇼, 불 쇼 등 간단히 여흥을 돋우는 쇼를 시작으로 팀을 나눠 놀다가 지는 쪽이 옷을 하나씩 벗는 게임까지, 그 모든 놀이의 목적은 고객이 남자를 데리고 2차에 가도록 하는 것이다.

P가 선택한 남자는 가명이 민우였는데, 그녀 말로는, 그렇게 잘생긴 남자 옆에 앉아 있는 것도 처음이서 바라보기만 해도 몸이 살살 녹더라고. 하물며 분위기가 무르익어 민우가 볼에 뽀뽀를 해주었을 때는 정신이 몽롱해져서 기절할 것 같더란다.

"생각을 해봐. 그렇게 잘 생긴 남자를 현실에서는 만날 수 없잖아. 그런 애가 나를 여왕 모시듯 하며 뽀뽀를 해주니, 기분이 어땠겠어?"

그런 분위기에 능숙한 동료 하나가 남자에게 진하게 키스를 했는데 호빠의 탄성이 터지더란다. "오오오, 누나. 완전 짱이다!!" 이런 분위기 속에서 호스트바가 처음인 P 옆에 앉아 있던 민우는 자신도 수줍은 듯 조용조용 이야기를 해주었는데, 그때마다 테크니컬하게 귓가에 더운 바람을 후후 불어주더라지. 그녀는 가슴이 뛰고 얼굴이 뜨거워져서 도망치듯 화장실에 다녀오겠다고 했는데, 누나 혼자 가면 위험하다고, 손 꼭 잡고 데리고 가서 밖에서 기다렸다가 다시 손 꼭 잡아 데려오더란다. 회사에서, 일상에서, 대한민국의 워킹우먼 중 얼마나 많은 여성이 결혼 후 어느 남편에게서 이런 공주 대접을 받아보았을까. 그런데도 동료 하나가 이렇게 귀띔해 주었다고 한다.

"네가 처음이라 모르나 본데, 쟤네들, 물 그다지 좋은 거 아니야."

들려주는 이야기였으니 더 진한 이야기는 P 스스로 삭제 검열했을 수도 있다. 그러나 그녀가 말했었다. 돈이 조금도 아깝지 않더라고, 이런 신세계가 있구나, 돈 벌어서 또 가고 싶다고.

룸살롱 호스티스와는 다를 줄 알았는데, 호스트바의 세계에서도 나이 스물일곱이 넘어가면 환갑이라 은퇴해야 한단다. 그러니 은퇴 무렵 고영태가 나이도 많은 최서원을 만났을 때, 그녀가 대통령과 친분이 있다는 걸 알았을 때, 어찌 인생역전을 꿈꾸지 않을 수 있었을까. "같이 지금, 일의 연장이야. 뭔지 알지?" 고영태의 그 말에서, 그가 얼마나 달콤하고 부드럽게 일을 잘 했을지, 상상이 가는 대목이다. 세상 어느 여자가, 프로페셔널 호빠가 벌이는 일의 연장에서 흐물흐물 녹지 않는다고 장담할 수 있을까.

소설 쓰려면 이런 것도 경험해 봐야 한다며 이야기를 마친 P가 언제 나도 데리고 가주겠다고 약속했었는데, 그 후 내 사정상 보험을 깨버리는 바람에 그녀와의 인연도 끝났다. 보험 깨기 전에 P와 함께 호빠라도 가볼 걸, 뒤늦게 좀 아쉽기도 하지만, 혹여라도 이쁜 호빠에게 빠져 인생막장을 경험했을지도 모른다고 생각하면 한편 안심이 되는 대목이기도 하다.

대한민국의 시계는 거꾸로 간다

2017. 2. 28. ~ 2. 1.

즉, 부당함이나 죄에 대해 내가 직접 처리하지 않아도 법이 바르게 심판하고 공정하게 처벌해 줄 것을 믿었기 때문이다. 피의 복수가 순환하지 않는 사회, 직접 응징이 사라진 사회가 문명사회이고, 내가 살고 있는 지금의 대한민국이 바로 그러한 축복을 받은 세상이라고 믿었던 것이다.

하지만 이번 탄핵 사태를 겪으며 새삼 절실하게 깨달은 것 중의 하나는, 법이란 사람이 만드는 것이고, 지혜가 아니라 부와 힘을 가진 이들이 오직 자신들의 이익을 위해 만든 것이며, 현재 이 땅에서 가장 큰 힘을 가진 이들은 저 국회의원들이라는 것이다. 그들은 무슨 짓을 해도 처벌받지 않는다. 검찰이고 경찰이고 언론이고 할 것 없이 모두가 그들의 하수인이 되어 있다. 그렇게 그들은 지금 자유 대한민국의 근간이 되는 헌법 위에 군림하면서 국민이 뽑은 대통령의 목마저 마음대로 벨 수 있는 무소불위의 권력을 휘두르고 있다. 현재 우리 사회에는 오직 그들만을 위한 법이 존재할 뿐, 대한민국과 국민과 대통령을 지켜줄 법이 존재하지 않는다. 그렇다면 그들이 남발한 법으로 불법, 떼법 천국이 되어가는 세상을 만든 저들은 과연 누가, 어떻게 처벌할 수 있을 것인가. 결국 이렇게 무법한 시대, 무법한 사회가 되고 마는 것일까.

이제 단 하나가 남았다. 대한민국을, 대한민국 국민을, 우리 국민이 뽑은 대통령과 법치국가의 가치를 지켜낼 수 있는 마지막 보루, 그것이 헌법이고 그것을 지켜낼 이들이 헌재의 법관들이다. 만약 그들이 헌법과 법치 대한민국을 지켜내지 못한다면, 나 같은 사람조차 피의 혁명을 지지할 수밖에 없는 필연성에 직면하지 않겠는가.

2017년 2월 28일 화요일

어린 톰을 본받아서
: 마크 트웨인 〈톰 소여의 모험〉

- 낮 12시가 다 되어서야 어젯밤에 있었던 끔찍한 소식을 전해들은 마을 사람들은 소스라치게 놀랐다. 살해된 사람 근처에서 피 묻은 주머니칼이 발견되었고, 누군가가 그 칼이 머프 포터의 것이라고 확인해 주었다. 소문은 이런 식으로 돌았다. 또 밤늦게 집에 돌아가던 어떤 사람이 새벽 한두 시경에 포터가 마을 개울에서 몸을 씻는 것을 보았는데, 그를 보더니 즉시 슬금슬금 도망쳐 버렸다는 소문도 돌았다. 포터는 평소에 몸을 씻는 일이 거의 없었기 때문에 이 일은 충분히 의심받을 만했다. 또 이 '살인범'을 찾느라고 (사람들은 이런 일에서 증거를 추려 내어 범인을 단정 짓는 일에는 결코 늑장을 부리는 법이 없다.) 온 마을 사람들이 이 잡듯 수색했지만 그를 찾을 수 없다는 소문도 나돌았다. 보안관은 밤이 되기 전에 범인을 체포할 수 있을 것이라고 자신만만해 했다. / 마크 트웨인 〈톰 소여의 모험〉 중에서.

술주정뱅이 머프 포터가 살인혐의를 받았을 때 마을 사람들의 모습이다. 하지만 살인 현장을 직접 목격했던 톰은 복수에 대한 두려움으로 갈등하지만, 머프 포터의 무죄를 입증하기 위해 용기를 내어 재판정에 서고, 진범은 인디언 조라고 증언한다. 그러자 사람들의 태도는 바뀐다.

- 언제나처럼 변덕스럽고 비이성적인 세상 사람들은 머프 포터를 얼마 전 맹렬히 비난했던 것과 마찬가지로 아낌없이 가슴에 껴안고 호들갑을 떨었다. 세상이란 본디 그런 법이다. 그러니 굳이 그것을 탓할 필요는 없을 것이다.

다행스럽게도 머프 포터의 무죄는 밝혀졌지만 인디언 조는 도망치고, 톰은 그에게 보복 살해당할까봐 한동안 공포에 시달린다.

- 톰은 머프가 날마다 고맙다고 할 때마다 증언하기를 잘했다고 생각했다. 그러나 밤이 되면 차라리 입을 꼭 다물고 있을 걸 그랬다며 후회했다.

마크 트웨인의 소설 〈톰 소여의 모험〉이 단순한 인과응보, 권선징악 소설이 아닌 명저라는 건 세상이 다 아는 사실, 하지만 끝내 인디언 조는 죽고 톰이 보물을 찾아 부자가 된다는 것도 모두가 아는 결말이다. 어린 톰도 용기를 내어 잘못을 바로잡았다. 그러니 우리도 바로잡을 수 있다. 조금 늦은 감은 있지만, 헌재 재판관들께서는 잘못된 탄핵안은 국회로 돌려보내시고, 대통령은 업무 복귀하시고, 촛불 드셨던 분들도 과거는 잊고 자유통일 대한민국의 기틀을 환영해 주시고, 무엇보다 이번만큼은 권선징악 했으면 한다. 진범 찾아 벌주고, 겨우내 고생하신 애국국민들 복 받으시길!

2017년 2월 27일 월요일

아카데미 시상식 해프닝을 보며

아카데미 시상식에서 작품상을 잘못 발표하는 혼란이 일어났다. 시상하러 무대 위에 올라왔던 두 원로, 워렌 비티와 페이 더너웨이. 그들이 전달받은 봉투에는 '작품상 〈문라이트〉'라고 적힌 카드 대신에 조금 전에 발표된 '여우 주연상 엠마스톤 〈라라랜드〉'라고 적힌 카드가 들어 있었다. 워렌 비티는 잠시 혼란스러워했으나 설마 했을 터, 발표의 영광은 원래 여배우가 하는 것이므로 페이 더너웨이에게 카드를 넘겼고, 그녀는 아무런 의심도 없이 "작품상 라라랜드" 라고 발표했다. 축하 음악이 연주되고 〈라라랜드〉 팀이 환호하며 무대 위에 올라와 감격스럽게 수상소감까지 말했다. 그런데 어머나, 이걸 어째, 제작진이 올라와 실수가 있었다고, 작품상은 〈문라이트〉라고, 진짜 카드를 보여주며 정정 발표를 했다.

외로운 소년의 성장기와 사랑을 그린 〈문라이트〉에 공감하지만, 14개 부문에서 후보였고 감독상, 여우주연상, 촬영상, 미술상, 음악상, 주제가상 등 6개 부문을 수상한 라라랜드가 영화적으로 훨씬 높은 점수를 받는 게 마땅하다고 개인적으로는 생각한다. 그러나 아카데미 특성상 핫한 정치적 이슈 —인종 문제와 동성애 문제— 를 포함한 〈문라이트〉의 손을 들어준 것이 이상할 것은 없다. 아무튼 이런 말도 안 되는 해프닝(원로배우들에게도, 아카데미 명성에도, 라라랜드 팀에게도 정신적 데미지가 크다)을 보면서 아무 잘못도 없이 망신살 뻗친 그들의 상황이 왜 남의 일이 아니다 싶은지.

아무리 창피하고 수치스럽고, 되돌리기엔 너무 멀리 갔다고 해도 잘못된 건 바로잡아야 한다. 그러니 실은 탄핵 아니라고, 잘못 소추한 거라고, 국회도 검찰도 특검도 언론도 솔직하게 인정하고 원래대로 복구해야 하는 거 아닐까. 그런 생각이 드는 게 나만은 아닐 터. 하물며 높고 지혜로우신 헌재의 판사님들이니까 각하 내지 기각 판결 내려 모든 혼란과 잘못을 바로잡아 주시리라는 기대는 너무 당연한 거 아닐까.

2017년 2월 27일 월요일

타인에게만 허용되는 정의와 양심 : 영화 〈더 디너〉

정의를 앞세우는 사람들에게는 어쩐지 믿음이 가지 않는다. 인권, 소수의 권익, 계급의 평등을 외치는 사람에게도 의심의 시선을 거두기 어렵다. 생명의 본질은 이기적이다. 살아남기 위해 '이기적인 유전자'를 발달시켜온 조상이 있어서 우리가 지금 여기 있다. 인간은 다르다고 말하고 싶겠지만, 부정할 수 없는 진실은 맹수가 초식동물을 사냥하듯 거기엔 정의나 평등은 존재하지 않는다는 것이다.

멜 깁슨이 감독한 영화 〈아포칼립토〉를 보면, 문명을 알기 전엔 인류가 얼마나 잔혹한 생존투쟁을 벌였는지, 살아남기 위해 얼마나 참혹한 살육의 시절을 지나왔는지 간접 체험할 수 있다. 인류는 다른 어떤 동물보다 경험에서 지혜를 얻는다. 그러한 과정에서 꾸준히 이성을 발전시켜온 인류는 가장 합리적인 제도, 세계 자유시장경제, 법치주의를 존중하며 자율과 공정함을 추구해 왔고, 그 결과 문명화된 사회에서는 생명의 이기적인 본성을 인정하되 전쟁이 아닌, 서로에게 이익이 되는 합의점을 찾아가며 평화를 지속시키기 위해 노력하고 있다. 인류의 역사가 다시 살육의 사냥터로 돌아가지 않으려면, 감성과 감정이 아닌, 사회가 합의하고 약속한 룰과 법칙을 지키는 것이 최선이라는 것을 잘 인지하고 있기 때문이다.

영화 〈더 디너〉는 외면적으로는 세상의 정의나 이기적인 이야기를 하고 있는 것처럼 보이지 않는다. 그러나 마지막 장면이 눈앞에서 사라지고 나면 누군가가 뒤통수를 한 대 후려갈긴 것처럼 아찔하다.

변호사인 형 마시모와 아내 소피아, 소아과 의사인 동생 파올로와 아내 클라라, 이들 부부는 한 달에 한 번씩 근사한 레스토랑에서 저녁을 먹는다. 그런데 클라라는 형 내외가 너무 잘난 체, 고상한 체 한다며 종종 그들을 비난하고, 부를 과시하려 한다며 저녁 모임도 못마땅해 한다. 그때마다 파올로는 아내를 다독이고 형을 이해한다. 소위 잘나가는 변호사 마시모에게는 죽은 아내와의 사이에서 얻은 열다섯 살 정도 되는 딸 베네데타가 있고, 두 번째 부인 소피아에게서 얻은 어린 아기가 있다. 파올로는 보기만 해도 정의로움이 철철 넘쳐나는 의사이고 그의 아내 클라라 역시 미모인데다 매우 지적인 직업을 가진 여성이다. 이들에게도 베네데타와 동갑내기인 아들 미켈이 있다.

영화는 한동안 어디로 어떻게 흘러가려 하는 거지? 처음에는 가늠되지 않는다. 전혀 서로 연관이 없을 것 같은 사건들, 즉 도로에서의 운전자들의 시비, 돌발적인 총격 그리고 인터넷 동영상을 보며 키득거

> 주의가 아닌 줄 뻔히 알면서 당이 민주주의의 수호자라고 믿는 것, 잊어버려야 할 것은 무엇이든 잊어버리고 필요한 순간에만 기억에 떠올렸다가 다시 곧바로 잊어버리는 것, 그리고 무엇보다 그 과정 자체에다 똑같은 과정을 적용하는 것. 이런 것들은 지극히 미묘하다. 의식적으로 무의식 상태에 빠지고, 자신이 방금 행한 최면행위에 대해서까지 의식하지 못하는 격이다. 그래서 이중사고라는 말을 이해하는 데조차 이중사고를 사용해야만 한다.
>
> / 조지 오웰 〈1984〉 중에서.

2017년 2월 23일, 제48회 한국기자상 시상식이 프레스센터 국제회의장에서 열렸다. '역사상 최초'로 대상 하나를 TV조선과 JTBC 그리고 한겨레 세 언론사가 사이좋게 나누어 가졌으며, '수상자들은 정부와 자본 권력에 대한 감시와 비판 등 언론 본연의 자세와 기자정신을 강조했고, 언론사 사장들 및 편집국장들은 자사 기자들의 수상에 큰 박수를 보내며 취재 과정의 노고를 격려했다.'고 한국기자협회가 보도했다.

> - 보도, 연예, 교육, 예술을 관장하는 진리부, 전쟁을 관장하는 평화부, 법과 질서를 유지하는 애정부, 경제문제를 책임지는 풍요부.

지난 번 〈동물농장〉을 언급한 적 있고 또 너무 잘 알려진 책이라 가능하면 인용하지 않으려고 했는데, 기사를 읽고 사진에 실린 손 모 씨 등 언론사 사장과 기자들의 모습을 보자니 조지 오웰의 〈1984〉가 뇌리에 스쳐지나가는 건 어쩔 수가 없다. 저들은 자신들이 입 밖으로 뱉은 말이 모두 사실이 되고 진리가 되고 역사가 된다고 믿고 있는 것일까. 저런 사람들과 같은 세상을 살고 있다는 두려움은 나만 느끼는 것일까.

남창 고영태의 사기 사건을 빌미로 나라와 국민을 농락한 진리부, 평양에게 대한민국을 넘겨주려는 평화부, 그들의 시녀가 되어버린 게 아닐까, 하고 의심하게 만드는 일부 경찰과 검찰과 헌재를 아우르는 애정부, 온갖 기업규제를 시작으로 세계적인 브랜드로 성장하여 우리나라 경제의 주축이 되고 있는 삼성까지 무너뜨리려는 풍요부. 이 모든 걸 관장하는 것은 세계 그 어디에도 유래가 없는 독재권력 기구인 국회란 이름의 당, 또는 평양과 그를 추종하는 리틀(소설에서는 빅big) 브라더들이다. 믿고 싶지 않지만, 소설과 똑같이 당과 빅 브라더의 시스템이 지금 대한민국에서 재현되고 있으며 그들과 뜨겁게 입을 맞추는 게 바로 저 언론사들이다. 그러나 소설보다 우리 현실이 더 두려워지는 건 윈스턴처럼 모든 걸 인식하면서도 생존을 위해 모른 척 눈감는 것이 아니라, 적지 않은 국민들이 진심으로 촛불을 들고 그들의 반란에 지지와 열광을 보내는 것이 정의라고 믿고 있다는 사실이다. 그 소정의 성과가 대통령 탄핵이다.

- 한 민족을 파괴하는 가장 효과적인 방법은 그들이 이해하고 있는 과거를 부정하고 뭉개버리는 것이다.
- 모두가 평등할 수 있다는 생각, 이 환상 때문에 보통 사람들이 사회주의에 목숨을 건다.

세상을 정확히 꿰뚫어 본 조지 오웰이 〈1984〉를 쓴 것은 1949년이었지만, 그는 어쩌면 훨씬 더 먼 미래를 내다봤어야 했는지도 모른다. 조지 오웰이 상상했던 〈1984〉는 그보다 33년 후인 2017년 현재, 동방의 '아름답지 못한' 나라, 대한민국에서 고스란히 실현되고 있다.

2017년 2월 23일 목요일

내 목만 붙어 있으면 돼
: 루쉰 〈아Q정전〉

- "너희들 목 치는 것 봤어?" 아Q가 말했다. "흥, 그 참 볼만하지. 혁명당을 처형하는 것 말이야. 그 참 보기 좋더라고, 보기 좋아!"

/ 루쉰 〈아Q정전〉 중에서.

생명은 태생적으로 정치적이다. '인간은 사회적 동물'이라는 말의 진의 또한 정치적이라는 뜻으로 확대 또는 축소할 수 있을지 모른다. 햇볕인가 그늘인가, 물인가 대지인가, 육식인가 채식인가, 날 것인가 헤엄칠 것인가. 어느 쪽에 서야 생존할 수 있을까, 무엇을 선택해야 종족을 보존할 수 있을까, 생명은 늘 막다른 길에서 선택을 해야 했다.

힘 센 것은 사냥하고 정복하고 지배한다. 물리적 힘이 약하거나 지혜가 미진한 것은 이쪽과 저쪽을 저울질 한 뒤 자신이 선택한 강자에게 무릎 꿇고 털을 골라주고 뇌물을 바친다. 그 대가로 자신의 몫을 분배받아 핏줄을 부양하고 멸족을 지연시킨다. 생명의 거대한 강물은 그렇게 흘러왔다. 도덕과 윤리는 생존 이후의 문제일 뿐이다.

소수의 권력자와 살아남아야 하는 다수의 생명, 아마도 그 때문일 것이다. 목숨을 건 맹수들의 필연적인 서열 경쟁과는 다르게 진화의 맨 윗자리를 차지한 인간에겐 잔인한 것을 즐기고 싶어 하는 심리가 숨어 있다. 지배자는 지배의 쾌락을 확대하기 위해, 피지배자는 한 번도 군림해보지 못한 욕망을 대리만족 시키기 위해서이다. 불구경, 싸움구경이 최고의 재미라고 말하는 이유인데, 피에 광분하게 되는 심리를 이용하여 권력과 지배에 이용한 가장 좋은 예가 로마시대 콜로세움에서 벌어지던 살육의 잔치이다.

위에 인용한 아Q의 말처럼, 피의 혁명과 반역, 그에 따른 권력의 탈취에는 반드시 인간의 잔혹함을 오락적으로, 감성적으로 이용하는 교활함이 숨어 있다. 그러나 피의 강을 건너 세워진 새로운 시대란 무고한 희생을 담보로 한 구시대의 연속이며, 이쪽을 무너뜨리고 저쪽이 권력을 쥐는, 즉 권력자의 이름만 달라질 뿐, 다수가 지배받는다는 사실은 달라지지 않았다.

중국 소설가 루쉰의 〈아Q정전〉 속 주인공 아Q는 청나라가 무너지고 중화민국이 태동하던 시기의 가난한 노동자인데, 돈도 없고 권력도 없고 가문도 없고 힘도 세지 않으며 지력도 부족하다. 성이 무엇인지도 모르고 자기 이름자도 쓰지 못하지만 스스로 도덕적이라고 자부하고, 스스로 똑똑하다고 자랑하며, 스스로 세상을 다 이해하고 있다고 자긍한다. 가령 건달들에게 두들겨 맞고는 철없는 아이들에게 맞은 거라고 자위한다.

"아이들에게 맞은 거야. 요즘은 정말 말세라니까."

그 유명한 '아Q의 정신 승리법'이다. 지배의 욕망을 바라지만 초라한 자신을 영악하게 수용하는, 그래서 기회가 되면 자신보다 더 약자를 짓밟아버리는 대중의 단면이다. 다수는 부당한 지배에 대항해 싸울 힘이 없으므로 그만그만한 자신들끼리 뺏고 빼앗는 속물의 근성을 갖고 있다. 아Q는 그런 속성을 대변하는 인물이고 지배자가 원하는 제물의 표본이다.

그런 아Q는 혁명이 무엇인지도 모른 채 잡혀 들어가고, 무엇인지도 모르고 죄를 시인하고 자신의 죽음에 동의하는 서류에 서명을 한다. 이름을 쓸 줄 몰라 동그라미로 사인을 대신하는데 그 또한 붓을 제대로 사용하지 못해 영어로 Q처럼 동그라미에 점을 만들고는 수치스러워한다. 그렇게 아Q는 자신이 무슨 죄를 저질렀는지도, 무엇을 수치스러워해야 하는지도 모른 채 총살당한다.

- 한편 여론은 어떠했는가. 말할 나위도 없이 웨이짱 사람들은 아Q가 나빴다고 했으며 그가 총살당한 것이 바로 그 증거라고 했다. 나쁘지 않았다면 왜 총살까지 당했겠는가. 그러나 성내의 여론은 더욱 좋지 않았다. 그들은 불만이었다. 역시 총살형은 머리를 치는 것보다 볼 만하지 않다는 것이 그 이유였다.

아Q뿐 아니라 그의 처형 장면을 지켜본 사람들도 그가 왜 죽었는지 알지 못한다. 다만 대중은 아Q가 죄를 저질러서 죽은 게 아니라 처형당했으므로 나쁜 짓을 한 게 분명하다고 믿는다. 앞뒤가 바뀐 줄도 모르고 자신들과 아Q의 처지가 같은지 다른지도 생각하지 못한다. 무엇보다 자신들도 곧 그와 똑같은 희생양이 될 거라는 것을 알지 못한다. 그저 처형을 '관람'하면서 볼거리를 크게 제공하지 못한 초라한 죽음의 이벤트가 불만족스러울 뿐이다.

중국 현대 문학의 아버지라 불리는 루쉰은 일본에서 의학공부를 하다가 중국 동포가 처형되는 다큐 영상을 보고 충격을 받아 소설가가 됐다고 한다. '육체의 질병을 치유하는 것보다 국민의 정신을 개혁하는 것이 시급하다.'고 판단한 것이다. 인민재판에 가까운 대통령 탄핵 사태를 바라보는 2017년, 글 쓰는 이의 사명에 대해 다시 한 번 생각해본다.

2017년 2월 22일 수요일

거짓의 신기루에 빠진 사람들
: 로알드 달 〈목사의 기쁨〉

- 보기스 씨는 터져 나오는 웃음을 도저히 참을 수가 없었다. 뱃속에서 아주 작은 거품이 수도 없이 보글거리며 솟아올라 머릿속에서 즐겁게 터지는 기분이었다. 갑자기 들판의 미나리아재비들이 금화로 바뀌더니 햇빛을 받아 반짝거리기 시작했다. 땅에 금화가 널려 있었다. 그는 달리고 싶어 견딜 수가 없었다. 천천히 걸어라, 보기스. 냉정을 유지해라. 서둘 것 없다. 그것은 이제 네 것이다. 이십 파운드에 네 것이 되었다. 실제 가치는 만 오천, 아니 이만이 될지도 모르는데! 오, 화려한 날! 오, 아름답고 화창한 여름날! 오, 영광이여! / 로알드 달 〈목사의 기쁨〉 중에서.

보기스는 성직자로 변장하고 농가를 찾아다니며 방치된 보물을 찾아다니는 골동품 수집상이다. 어느 날 인생을 역전시켜 줄 귀한 물건을 발견한 보기스는 현란한 거짓말로 주인을 속여 헐값에 매입하기로 하는데, 발췌 부분은 장을 실어가기 위해 트럭을 가지러 큰 길로 나가는 동안, 부와 명예를 움켜쥘 꿈에 부풀어 한껏 들떠 있는 모습이다.

에드가 앨런 포우 상, 전미 미스터리작가 상 등을 수 차례 수상한 작가 로알드 달은 그의 여러 작품들을 통해 '세상은 뛰는 놈 천지다. 그러나 그들 머리 위를 나는 놈이 바로 나!'라는 자만심으로 충만한 이들이 어떻게 제가 판 함정에 스스로 빠지게 되는가를 유쾌하고 통렬하게 보여준다. 하지만 단순한 권선징악은 아니다. 오히려 그들의 교활함과 어리석음이 내 안에도 당신 안에도 있다는 것을 인정할 수밖에 없어서 그들의 추락을 마냥 속 편히 비웃을 수만은 없다.

- 보기스는 자주 종종걸음 쳤으며 그러다가 한 발로 껑충 뛰어오르기도 했다. 쾌활한 노래 소리가 들판을 가로질러 희미하게 물결쳐 오는 것 같기도 했다. "저런 얼간이." (그 모습을 지켜보던) 클로드가 말했다.

생애 최고의 보물을 발견한 보기스는 과연 끝까지 농부를 속이고 값비싼 골동품을 손에 넣어 인생역전을 이룰 수 있을까.

한 명의 호스트 출신의 사내와 그를 둘러싼 언론과 검찰, 국회가 벌인 국정농단. 저들도 자신들의 거짓으로 얻게 될 눈앞의 황금과 권력을 그리며 하늘로 날아오를 듯 행복한 순간을 지금 만끽하고 있을지 모르겠다. 그러나 세상이 그렇게 호락호락, 만만하기만 할까. 끝까지 거짓을 지켜내고 마침내 꿈을 이룰 수 있을지, 그들이 맞이할 결말이 못내 궁금하다.

2017년 2월 21일 화요일

내가 최고 존엄이 되어야 하는 사람들
: 마키아벨리 〈군주론〉

- 군주는 약속을 지키지 못하는 것에 대한 정당한 이유들을 언제나 만들어낼 수 있다. 여우의 기질을 교묘하게 감추는 법을 알고 있어야 하고, 가장 위선적이어야 하며, 거짓말을 능숙하게 할 필요가 있다. / 마키아벨리 〈군주론〉 중에서.

일반 국민의 눈에서 읽으면 몹시 당황스러운 책, 통치라는 특별한 개념과 인간이 지닌 사악함을 이해하지 못하는 한 오해의 소지가 넓어 어느 한 부분만 떼어 일부 인용하기가 유독 곤란한 책 중의 하나가 마키아벨리의 〈군주론〉이다.

마키아벨리는 '사나운 사자이면서 교활한 여우의 기질'을 탁월하게 실천하는 통치자만이 두려움의 대상인 동시에 존경의 대상이 되어 제국을 훌륭하게 지배할 수 있다고 말한다. 또한 '자비롭고 신의가 있으며 인간적이고 정직하며 근엄'하게 보이는 것이 좋으며, '당당함과 용맹함, 진지함과 강건함을 과시'해야 하지만, 동시에 '사악하게 행동하는 법'을 알고 있어야 한다고도 말한다. 인간이란 '은혜를 모르며, 변덕스럽고 위선적이며, 비겁하고 탐욕스럽기 때문에 군주가 자신들에게 은혜를 베푸는 동안만큼은 온갖 충성을 다 바치지만, 군주에게 위험이 닥치면 정 반대로 행동'하는 존재이기 때문이다. 따라서 '관대함이 경멸과 미움'을 불러오므로 군주란 '사랑받기보다 두려움의 대상'이 되어야 한다고 그는 조언한다. '자비로 인한 혼란보다 잔혹함으로 인한 질서'가 낫다는 것이다.

우리나라 사람들은 2인자인 것을 참지 못한다. 하물며 3인자, 루저를 어찌 참을까. 정치인, 법조인, 방송인, 민간인 할 것 없이 불치의 1등병, 최고병, 대통령병을 앓는 중증환자 천지다. '내가 아니면 이 나라를 구할 수 없다.'는 의협심인지는 모르겠으나, '내가 최고 존엄'이 아니면 못 견디겠다는 조바심은 훤히 보인다.

법이 보장한 임기가 아직 1년이나 남았는데, 헌재의 탄핵 여부 결정도 나지 않은 상황에서 여야 할 것 없이 차기 대선 출마선언과 지지 또는 반대 성명이 줄을 잇고 있다. 앞서 말한 대로 '통치의 기술'은 보통 사람이 지녀야 할 덕목과 양심과 윤리만으로 해결되는 것은 아니지만, 국민이 뽑은 대통령을 자신들의 돈과 권력을 위해 탄핵시키는데 앞장 선 사람들이 국민의 추대도 없이, 대중의 지지도 없이, 스스로 대통령 되겠다고 출마선언을 하고 있다.

사자의 덕목을 갖춘 여우도 아닌, 사자가 되고 싶은 여우도 아닌, 다만 권력을 쥐기 위해 여우의 기질만 연마하여 득도한 것 같은 '나잘난 씨'들, 그들이 제멋대로 휘젓는 시대를 바라보아야 하는 국민들만 정치 지옥에서 생고생이다.

2017년 2월 20일 월요일

프리덤과 몽상가

: 영화 〈브레이브 하트〉, 존 레논 〈이매진〉

지금 생각해 보면 뜻도 모르고 좋아했던 노래 중 하나가 존 레논의 '이매진(Imagine)'이 아니었나 싶다. 천국과 지옥이 없는 하늘, 살인과 죽음이 없고, 소유와 탐욕이 없어 공평한 나눔 속에 굶주림이 사라진, 종교도 국가도 없는 세상, 그 어떤 경계와 구속이 없는 세상에서 자유롭고 평화롭게 인류가 살아갈 수 있을 때 비로소 우리 모두 하나가 될 수 있다고 속삭이는 노래. 하지만 이게 정말 가능할까. 노랫말에 적힌 그대로 다만 몽상가(dreamer)의 상상(Imagine)이 아닐까.

무한한 우주, 그 안에서 인류의 지식이 확인한, 생명을 가진 유일한 행성, 그러한 지구를 공유하며 살아가는 소중한 생명들이지만, 고릴라와 침팬지와 오랑우탄이 다른 것처럼, 사자와 임팔라가, 고양이와 쥐가 다른 것처럼, 타고난 본성과 모습에 따라, 환경 조건과 본능적 욕구에 따라, 영역을 나누고 룰을 지키는 것은 생존의 필수 요건이다. 그 역할과 경계를 엄중하게 인식하고 종족의 안위를 지켜낼 때 개체의 번영과 자유가 비로소 가능해진다.

국가가 없으면 국민이 누릴 자유도 없다는 걸 모르거나 인정하지 않으려는 사람들이 의외로 많다. 그러나 국민을 지켜낼 강력한 힘을 가진 국가 없이 개인의 자유는 불가능하다. 모든 생명은 소중하지만 정작 죽음 앞에 서면 내 목숨과 네 목숨의 무게가 다르고 내 가족과 네 가족, 우리 민족과 당신네 민족의 가치가 같을 수 없기 때문이다. 영화 〈브레이브 하트〉에서 잉글랜드 영주들이 스코틀랜드 국민을 박해했던 이유인 동시에, 독립을 위해 싸우던 윌리엄 월레스가 사지가 찢기는 단말마의 고통 속에서도 "프리덤(Freedom)!"을 외쳤던 이유이다.

자국의 안위를 위해 힘을 키우는 국가들이 대등하게 경쟁할 때 비로소 세계평화가 가능해진다는 사실을, 전쟁 걱정 없이 살기 위해서는 막강한 군대가 필요한 것이지 '위 아 더 월드'라는 허울 좋은 명분으로 가능한 것이 아니라는 모순을, 정치와 무관하게 살기 위해서는 정치가 사라져야 하는 게 아니라 국민이 안심하고 믿고 맡길 수 있는 충직하고 현명한 정치인, 그들이 앞장선 정부가 필수적이라는 아이러니를 이해하지 못할 때, 자유를 짓밟는 적과의 동침조차 허락해야 한다고 주장하는 오류를 범하게 된다. 그 결과 국가와 국민을 지키려는 통치자의 정당한 통치행위조차 반대하게 되고, 그에 저항하는 것이 민주와 평등과 자유를 위한 투쟁이라는 그릇된 신념으로 국가와 국민을, 무엇보다 자신의 행복과 자유를 스스로 위험에 빠뜨리게 된다.

무법이 횡횡하는 무정부 상태라고 해야 할까. 내전과도 같은 위기 속에서 태극기 물결에 힘입어 우파의 신당 창당이 시동을 건 모양이다. 국가의 안위와 국민의 자유를 최고의 가치로 믿고 봉사하는 사람들이 일하는 정당, 국가와 정부가 있는 줄도 모르고 국민이 저마다의 평범한 일상을 살아갈 수 있게 해주는 믿음직한 정치, 무엇보다 태극기를 흔드는 수많은 국민의 바람대로 더 이상 거리에 뛰어나가 태극기를 흔들 필요가 없는 자랑스러운 통일 대한민국의 출발점이길 바란다면, 존 레논의 노래처럼, 이 또한 헛된 몽상가의 허황된 꿈이려나.

2017년 2월 18일 토요일
대한민국 막장드라마

요즘에는 좀 달라졌는지 모르겠다. 기억하건대 9시 뉴스 전에 방영하는 매일 드라마는 늘, 사랑하는 연인(부부)과 그를 반대하는 시어머니의 갈등이 주를 이루곤 했다. 여자는 예쁘고 착하지만 가난한 집 딸이라서 온몸으로 멸시와 구박을 감내하는 보기 드문 인고의 여인이고, 남자는 잘 생기긴 했으나 무엇도 혼자서는 결정할 수 없는 부잣집 마마보이다. 시어머니는 드세고 돈 많은 강남사모님인데 아들과 헤어지라며 두꺼운 봉투를 던져주지만 도무지 돈으로는 넘어가지 않는 며느리. 자식 이기는 부모 없다고 결혼을 시키긴 하지만 눈엣가시 같은 며느리는 주는 거 받는 거 없이 다만 미울 뿐. 그래서 "비가 올 때나 눈이 올 때나, 아플 때나 건강할 때나, 죽음이 서로를 갈라놓을 때까지 사랑할 것을 맹세한" 아들과 며느리를 결혼을 시키고도 "내 눈에 흙이 들어갈 때까지" 인정할 수 없다며 헤어지게 하려고 애를 쓴다. 부잣집 며느릿감을 새로 모색하는 사이 며느리에게 온갖 누명 씌워 내쫓으려는 시어머니. 며느리 편을 슬그머니 들어주긴 하지만 결정적 타이밍에서는 뒷목 쥐고 쓰러지며 외면하는 시아버지와 악독 시어머니를 말리는 척 더 얄미운 짓을 하는 시누이가 가세하고, 어머니 등살에 지친 아들까지 새로 등장한 여자의 유혹에 기어이 빠져드는 듯 보이면 채널 고정, 아홉 시 뉴스 시청률까지 동반으로 고공 상승했다.

"나는 헌법을 준수하고 국가를 보위하며 조국의 평화적 통일과 국민의 자유와 복리의 증진 및 민족문화의 창달에 노력하여 대통령으로서의 직책을 성실히 수행할 것을 국민 앞에 엄숙히 선서합니다."

대통령은 취임할 때 하늘과 국민 앞에 선서했다. 그런데 저들의 하야 주장은 밉든 곱든 5천만 국민에게 한 대통령 선서를 두 남녀가 고작 수백 명 하객 앞에서 나눈 결혼서약보다 가치가 없는 것으로 만들어버렸다. 대통령이 선서 내용을 지키지 못했으니 당장 하야하라는 것인데, 대체 무엇을 지키지 못했다는 것인지도 이해되지 않지만, "네가 시집 올 때 해 온 예단도 변변찮았고, 무엇보다 네 생긴 꼴이랑 하는 짓이 도무지 내 마음에 흡족하지 않으니 네가 정말 내 아들을 사랑한다면, 부잣집 딸과 결혼할 수 있도록 당장 이혼하라."는 막장 시어머니의 주장과 무엇이 다른지 모르겠다.

비교가 좀 이상한가. 어차피 지지하지도 않았던 대통령, 온갖 누명 씌워 놓고, 지지율도 낮고, 탄핵해야 한다는 촛불 민심도 높으니 그냥 하야 해라, 우리는 벚꽃 대선 할란다, 여야 할 것 없이 대선 출마선언 하는 인간들, 그에 동조하는 사람들. 외풍 센 청와대 낡은 가옥에서, 병들어도 건강 챙기고 링거 한 병 꽂아줄 주치의도 없이, 이 혹독한 겨울을 견디는 여성 대통령. 꼭 매일 아홉시 뉴스 전 막장 드라마를 보는 것 같다. 그런데 그런 막장 드라마 시청률이 높았던 건 시어머니의 악행을 비난하고 두 연인의 행복을 빌었기 때문이 아니었나. 시어머니 역을 맡은 연기자, 하도 욕을 먹어서 식당에도 갈 수 없었다는 에피소드는 전설일 뿐인가 보다. 초등학생부터 중학교 2학년 수준을 넘지 않아야 한다는 바보상자 프로그램 제작의 불문율. 왜 그런 드라마의 시청률이 높았는지, 지금의 사회를 보면 이해가 될 것도 같다.

2017년 2월 17일 금요일

이 사태가 우리 모두와 관련되어 있지만 : 알베르 카뮈 〈페스트〉

- 나는 늘 이 도시와는 남이고 여러분과는 아무 상관도 없다고 생각해 왔어요. 그러나 이제 볼 만큼 다 보고 나니, 내가 원하건 원하지 않건 간에 나도 이곳 사람이라는 것을 알겠어요. 이 사건은 우리 모두와 관련된 것입니다. / 알베르 카뮈 〈페스트〉 중에서.

취재 차 우연히 오랑이라는 도시에 왔다가 페스트 때문에 발이 묶인 파리의 신문사 기자, 레몽 랑베르가 의사 리유에게 한 말이다. 죽음의 도시에서 빠져나가 사랑하는 아내와 평화롭던 일상으로 어떻게든 돌아가기 위해 모든 노력을 기울이지만 번번이 실패한 그는 도시 경계선의 보초병들을 매수하여 마침내 떠날 수 있게 되었지만, 끝내 오랑에 남아 페스트와 싸우기로 결정한다.

- 혼자만 행복하다는 것은 부끄러운 일이지요.

이렇게 말하는 랑베르와는 반대로, 그 지역 사람이면서 페스트와 싸우지도 않았고 끝나길 바라지도 않았던 한 사람이 코타르다. 자살하려고 목을 매달기까지 했던 그에게 페스트는 은인이다. 수많은 사람들에게 재앙처럼 닥친 죽음으로 인해 자신에 대한 체포가 미루어진 것도, 폐쇄된 도시에서 모자란 물품들을 암거래하여 돈을 벌게 해준 것도, 무엇보다 지옥생활을 같이 할 동료가 생겨 외롭지 않게 된 것도 모두 페스트 덕분이었다. 코타르를 악인으로 보는 것은 아니다. 그는 다만 나약하고 가련한 인간일 뿐이다.

'벌구'(입만 벌리면 구라)라는 별명을 가진 남창과 그를 둘러싼 인간 군상들의 구역질나는 행태가 드러나고 있는 중에도 그들에 대한 구속은 고려치 않는 대신, 삼성 이재용 부회장의 구속이 오늘 새벽 결정되었다. 세상 모두가 버린 공산주의를 향해 한 발 한 발 위태롭게 빠져드는 것만 같은, 격렬히 표류하는 대한민국에서 여전히 남의 일인 양 의식의 외지인일 뿐이던 사람들이 이제야말로 하나 둘, 랑베르처럼 선언하게 되기를 바란다면, 아니 지금의 이 사태가 우리 모두에게 관련되어 있음을 깨닫게 되기를, 그런 희망을 품어보는 것은 내가 순진해서가 아니라 분명 어리석기 때문일 것이다.

2017년 2월 16일 목요일

정의를 위한 살인
: 도스토예프스키 〈죄와 벌〉

- 하나의 의문이 그의 마음을 온통 사로잡았다. 어째서 모든 범죄는 그렇게 쉽게 발견되어 진상이 드러나는 것일까. 가장 중요한 원인은 감쪽같이 흔적을 은폐할 수 없어서가 아니다. 범죄자 자신의 심리적 갈등 때문이다. 모든 범죄자는 죄를 저지르는 순간 의지와 이성이 상실될 뿐 아니라 가장 이성적이어야 할 순간마

저도 어린아이처럼 이상하게 경솔한 짓을 저지르기 때문이다. 이성이 흐려지고 의지가 마비되는 상태는 병마처럼 사람에게 달려들어 마침내 범죄 수행 직전에 이르면 극도에 이른다. 그 상태는 범죄 순간까지, 사람에 따라서는 범죄 후까지도 계속된다. 이러한 결론에 이르자 그는 자기 자신에 대해 이렇게 단정했다. 이번 일을 통해 자기에게 이런 병적인 변화는 결코 일어나지 않으리라. 그 일을 실행하는 동안 이성과 의지도 분명 유지될 것이다. 왜냐하면, 자신이 계획한 일은 결코 범죄가 아니기 때문이다.

/ 도스토예프스키 〈죄와 벌〉 중에서.

라스콜리니코프는 '인류 복지와 공동사업에 쓴다는 조건 하에 그 할멈을 죽이는 것이 정의'라며 자신의 범죄에 정당성을 부여하고 전당포 노파를 살해하지만, 죄의식에 쫓겨 체포당하기를 원하고 시베리아 유형지에 가서 끝내 자신의 죄를 참회한다. 세상의 모든 정의를 손에 넣은 양 전횡을 휘두르는 일부 언론, 특검, 국회의 끝없이 괴상한 주장들도 어쩌면 범행 전후의 '이성이 흐려지고 의지가 마비되는 상태'이려나. 시베리아 유형지로 보내지 않는 한 참회는 불가할 터지만.

오랜만에 책장에서 꺼내 펼쳐본 〈죄와 벌〉. 모든 책이 그렇겠지만 특히 문학은 독서하는 이가 어떤 화두를 들고 있느냐에 따라 다르게 읽힌다.

2017년 2월 15일 수요일

엔딩만은 부디 달라야 한다
: 프란츠 카프카 〈소송〉

- 이 법원에서 행하는 모든 발표의 배후, 그러니까 나에 대한 체포와 재판의 배후에 어떤 거대한 조직이 있다는 것은 의심의 여지가 없습니다. 그 조직은 뇌물을 밝히는 감시인들, 생각이 모자라는 감독관들, 그리고 기껏해야 보통의 수준밖에 되지 않는 예심판사들을 고용하고 있을 뿐 아니라, 상급 또는 최상급의 판사 계층을 먹여 살리고 있으며, 수많은 정리, 서기, 경찰관과 보조 인력을 거느리고 있습니다. 그 안에는 사형집행인까지 포함되어 있겠죠. 그런데 여러분, 이 거대한 조직은 무엇을 하는 것일까요? 그들은 대개 무고한 사람들을 체포하고, 제 경우처럼 아무 성과도 없는 소송을 벌입니다. 관리들이 이렇게 무의미한 일을 하기만 하니 조직이 부패하는 것을 어떻게 피할 수 있겠습니까? 그것은 불가능한 일이며, 최고 재판관이라 한들 혼자서는 어떻게 해볼 수가 없는 것입니다. 그래서 감시인들은 체포된 사람의 옷을 훔치려 하고, 감독관들은 남의 집에 침입하고, 죄 없는 사람들은 제대로 재판을 받는 대신 모두가 모인 집회에 출두하여 모욕을 당하는 것입니다. / 프란츠 카프카 〈소송〉 중에서.

예전에 무심히 읽었던 문학 작품 속의 어떤 장면들이 시공을 넘어 현실 속에서 생생하게 재현되는 시대에 살고 있음을 슬퍼해야 할지 기뻐

해야 할지. 그래도 허무하게 처형당하는 엔딩만큼은 부디 달라야 한다.

2017년 2월 14일 화요일

잠긴 서랍 속의 비밀
: 밀란 쿤데라 〈참을 수 없는 존재의 가벼움〉

- 자아비판서는 공개되지 않을 거라는 약속과 함께 책상 서랍 안에 보관되겠지만, 그것을 쓴 사람은 그것이 언제든지 공개될 수 있다는 것을 잘 알죠. 그렇기 때문에 그는 더 이상 그 어떤 것도 말할 수 없게 되는 거예요. 그 무엇도 비판할 수도, 항의할 수도 없지요. 그것이 공개되면 많은 사람들 앞에서 명예가 실추될 테니까요. / 밀란 쿤데라 〈참을 수 없는 존재의 가벼움〉 중에서.

전도유망했던 외과의사 토마스는 언론에 발표했던 그의 칼럼(공산당에 대한 비판)에 담긴 주장을 철회하고 서명하라는 상부의 권유를 받지만, 고민 끝에 거부하고 지방의 작은 병원으로 좌천된다. 그리고 젊은 여자 뒤꽁무니나 좇아다니는 것으로 세월을 소진하는 듯 보인다. 밀란 쿤데라의 소설 중에서 대중적으로 잘 알려진 이 책을 제대로 읽은 사람이 얼마나 될지는 모르겠으나 이런 문장들이 있다는 것, 공산주의가 토마스의 삶을 짓누르고 있었다는 것을 기억하는 사람은 더더구나 소수일 것이다.

학창시절 수재, 영재 소릴 들었을 언론, 검경, 국회의 높으신 분들이 보이는 이해되지 않는 작태를 보면 소설 속 저 부분이 떠오른다. 누군가의 서랍 속에 그들의 품격을 떨어뜨릴 비밀이 감춰져 있는 것은 아니겠지? 뭐 그런 문학적 상상이 간질간질.

- 처형된 사람들이 죄가 없다는 것을 모두가 알고 있는 지금, 그들에게 사형을 구형했던 검사가 자신은 다만 러시아 비밀경찰과 체코 정부에게 속았을 뿐이었다고 변명하는 게 가능할까. '내 양심은 깨끗하오, 난 아무것도 알지 못했소. 난 다만 믿었을 뿐이오!' 라고 가슴을 치며 자신의 무죄함을 변호하는 일이 어떻게 가능할 수 있을까. 씻을 수 없는 그의 죄는 바로 '나는 아무것도 알지 못했소, 나는 믿었을 뿐이오.'라고 말하는 데 있는 것이 아닐까.

호스트바 출신 남성의 대한민국 '국정농단'에 눈 감고 춤추며 대통령 탄핵과 공산화 위기에 앞장서는 사람들, 언론과 검경, 국회의 머지않은 미래 모습이려나.

- 공산주의 정권을 범죄자들의 나라라고 믿는 사람은 기본적인 사실을 망각하고 있다. 범죄자 정권은 범죄자들에 의해 만들어지는 것이 아니라 지상천국을 만드는 유일한 방법을 찾았다고 확신하는 광신자들에 의해 만들어졌다는 사실이다.

국민에게 유토피아를 만들어 주겠다는 믿음과 소망이라도 그들 마음속에 있었다면 그나마 이해라도 할 수 있을 것 같다. 오직 사리사욕밖에는 보이지 않는 사태. 국민의 저급한 호기심에 불을 지른 호빠가 아니라 언론, 검경, 정계와 친하다고 알려진 룸살롱의 호스테스 출신 여성이었다 해도 그들의 농단에 이렇게 호락호락, 한통속이 되어 놀아날 수 있었을까, 가능할 수 있었을까. 문득 궁금해진다.

2017년 2월 13일 월요일

어렴풋이 빛을 보는 사람들 : 주제 사라마구 〈눈 먼 자들의 도시〉

- 어떤 면에서는 나도 눈이 멀었지. 당신들의 멀어버린 눈이 내 눈도 멀게 한 거야. 볼 수 있는 사람들이 더 많다면 나도 더 잘 볼 수 있을지 모르겠어. 가장 심하게 눈이 먼 사람은 보이는 것을 보고 싶어 하지 않는 사람이라는 말은 위대한 진리에요. 나는 보고 싶어요. 하지만 그 마음만 가지고는 눈을 뜰 수가 없어. 이 실명 상태도 끝이 날 때가 온 것 같습니다. 우리 모두가 시력을 회복하는 것도 가능합니다.

기쁨의 분위기는 초조함으로 바뀌었다. 이제 어떻게 해야 하죠. 나는 아직도 안 보이는데. 그녀가 대답했다. 상관없어. 내가 안내할 테니까. 그 자리에서 자기 귀로 직접 그 말을 들은 사람들만이 그런 간단한 말에도 보호, 자긍심, 권위 등과 같은 감정들이 들어갔다는 것을 실감했을 것이다.

/ 주제 사라마구 〈눈먼 자들의 도시〉 중에서.

참 많은 사람들이 저마다의 지식과 경험과 생각과 마음을 갖고 살아간다는 것을, 그것을 뿌리삼아 의견을 발설하며 살아간다는 것을, 또한 그 논조가 상황에 따라 종종 변모하는 것이 놀랄 일도 아니라는 것을, 혹은 내가 그의 뜻을 오해하고 있었을지도 모른다는 것을 오늘날 대한민국에서 벌어지는 일들을 목격하며 깨닫는다. 아마도 모두가 그러지 않을까. 그래서 지금 이 순간에도 수많은 자아는 스스로에게 질문할 것이다. '나는 이 눈 먼 도시에서 소수의 눈 뜬 자인가? 모두가 눈 뜬 도시에서 빛을 더듬어가는 소수의 눈 먼 자인가?'

- 나는 우리가 눈이 멀었다가 다시 보게 된 것이라고 생각하지 않아요. 나는 우리가 처음부터 눈이 멀었고, 지금도 눈이 멀었다고 생각해요. 볼 수는 있지만 보지 않는 눈 먼 사람들이라는 거죠.

그러나 더 걱정스러운 것은, 어렴풋이 빛을 보는 사람들, 그들 눈에 무언가 보이는 것 같은 순간이 위험하다는 것을 직감하기 때문이다. 제 눈에 보이는 것을 제 멋대로 해석하고 제 말만 옳다고 앞 다투어 주장할 것이기에.

2017년 2월 11일 토요일

이름 없는 작가가 쓰는 오늘의 일기 : 영화 〈타인의 삶〉

- 베를린 장벽이 무너진 이후 자넨 더 이상 글을 쓰지 못하더군.

> 나라(동독)에서 그토록 투자를 해주었는데도 말이야. 하지만 난 자네를 이해할 수 있을 것 같아. 서독연방에서 어떻게 글을 써야 할지 모르는 거겠지. 믿을 수 있는 것에 대해 이제는 한탄할 수도 없고, 무언가에 대항해 혁명을 일으킬 필요도 더 이상 없으니 말이야. 우리 공화국이 좋지 않았나? / 영화 〈타인의 삶〉 중에서.

동독의 슈타지(비밀경찰)이던 비즐러가 자기가 감시하던 극작가 드라이만의 삶에 차츰 동화되어 가는 과정을 그린 영화 〈타인의 삶〉 후반부에 나오는, 동독 전직 장관의 대사다.

대통령 탄핵 공소장에 첨부했다는 블랙리스트. 애초 일만 명이던 명단은 사라지고 대신 374명만 남았다는데, 다른 분야는 모르겠지만 소설가들 이름을 보니 해외 문학상까지 타신 분을 포함하여, 독자들의 사랑은 물론 그동안 누릴 수 있는 혜택과 스포트라이트와 부와 명예를 모두 누린 분들이 꽤 보인다. 그런 분들이 아르코에서 주는 '주목할 만한 작가상' 하나 못 받은 게 그리 원통한 걸까. 아흔아홉 칸을 가진 부자가 한 칸 더 채워 백 칸 집을 갖고 싶은 것이 인지상정이라지만, 내 것도 내 것, 네 것도 내 것이라는 놀부 심보가 아니라면, 그리고 현 정권이 마음에 들지 않는다면 "난 그런 거 안 받아도 돼. 다른 작가들도 받아야지. 오히려 내 작품이 현 정권 마음에 들지 않았다는 게 고맙군." 이렇게 말하는 작가가 하나라도 나와야 하는 거 아닐까. 그것이 그들이 말하는 정의와 평등이 아닐까.

모든 것을 '내가 가져야 한다.'고 믿는다면, 그것을 불평하고 국민을 선동하고 국민의 절반이 뽑은 대통령을 탄핵하는 도구로 삼아 투쟁하고 혁명해야 하는 존재가 작가라고 생각하는 분들이라면, 나라와 시대를 잘못 타고 태어난 운명을 원망해야 할 일이다. 그런데 궁금하다. 정부에서 문화예술인 374명을 관리했다고 해도, 그것이 대통령을 탄핵해야 할 이유가 되는 것인가?

영화 속에서 당의 전폭적인 지원과 함께 완벽한 감시도 받았던 작가 드라이만은 통일 후 자신을 위기에서 도운 사람이 비밀경찰 비즐러였음을 알게 되지만 직접 만나 고마움을 전하려던 마음을 접는다. 대신 그 시절의 이야기를 써서 출판하게 되고, 그 책 맨 앞에 비즐러의 암호명을 써 넣어 헌정하는 것으로 감사를 대신한다. 그리고 우연히 서점에서 그 책을 만난 비즐러는 선물할 거냐고 묻는 계산대의 점원에게 이렇게 말한다.

"아뇨, 이 책은 나를 위한 거예요!"

작가란, 보는(watching) 존재다. 통찰과 직관이라고 할 수 있는 보는 것의 궁극의 목표는 삶의 고통과 불행에 다다르기 위함이 아닌, 인생이 감춰놓은 행복과 사랑을 발견하고 쓰기 위해서이다. 그런데 우리나라 문단에서 잘나가시는 작가들은 평상시, 일상에서는 무엇을 보고 무엇을 써야 할지 훈련이 안 되신 분들 같다. 70년대를 맴도는 망령들이 부르는 왜곡된 돌림노래처럼, 가난과 노동자의 삶을 통해 자본주의의 이면을 파헤치고 5·18과 4·3을 소재로 피의 혁명을 찬미하며, 사르트르의 광신도들처럼 정의로운 사회투쟁이라는 명목 아래 면도칼 들고, 빗자루 들고, 단두대 들고, 촛불 들고 광장을 맴돌며 끝없이 어둠을 찾아 헤맨다. 그들과 거리를 두고 정치적 시각을 외면하고 있는 작가들은 하이틴 로맨스나 할리퀸 같은 가벼운 글을 쓰고, 이도 저도 아닌 나는, 이 시대의 '이름 없는 작가'는, 혼자 또 이렇게 '오늘'을 쓴다.

2017년 2월 10일 금요일
우리는 당신 사건을 좀 부풀렸어
: 카뮈 〈이방인〉

- "도대체 이 피고가 기소된 것은 어머니의 장례식을 치러서입니까, 사람을 죽여서입니까?(변호사 질문) 방청객들이 웃음을 터뜨렸다. 그러나 검사가 힘주어 소리쳤다. "나는 이 사람이 범죄자의 심정으로 자신의 어머니를 묻었음을 고발합니다." 이 선언은 법정 안의 사람들에게 엄청난 효과를 발휘한 것 같았다.

/ 카뮈 〈이방인〉 중에서.

피해자가 당시 프랑스 식민지였던 알제리 인인데다 우발적 또는 정당방위로 보이는 살인이었으므로 일반적 법정 판례대로라면 가벼운 처벌로 끝나야 했던 사건이었다. 그러나 어머니의 죽음을 그다지 슬퍼하지 않은 것으로 보이는 일부 정황들이 재판 과정에서 주위 사람들의 증언으로 알려지게 되고, "우리는 당신 사건을 좀 부풀렸어. 여름은 뉴스거리가 지리멸렬한 시즌이거든." 이렇게 말하는 기자와 같은 생각을 가진 언론들의 과도한 취재, 이에 따라 과열된 여론, 그 결과 사이코패스적인 살인마로 몰려 사형을 당하게 되는 뫼르소. 카뮈의 소설 〈이방인〉이 전혀 새롭게 다가오는, 햇빛 눈부신 2017년 2월.

2017년 2월 9일 목요일

싸움은 언제나 '나 자신'이 되기 위해 : 괴테 〈파우스트〉

- 지혜의 마지막 결론은 이것이다. 자유도 생명도 날마다 싸워서 얻는 자만이 그것을 누릴 자격이 있는 것이다.

/ 괴테 〈파우스트〉 중에서.

영혼까지 팔아 지식을 탐닉한 파우스트의 최후 깨달음은 이것이었다. 메피스토펠레스는 하찮고 허망한 순간을 가련하게 붙잡으려 한다고 비웃었지만, 싸움의 대상은 타인도 사회도 세상도 아니다. 그 싸움의 상대는 언제나 '나 자신'이다. 두려움으로부터, 불안으로부터, 타협으로부터, 거짓으로부터, 무지로부터 그리고 '나' 아닌 그 모든 것으로부터. 이것이 내가 심는 소설의 씨앗이자, 내 소설의 지향이고, 내 소설의 열매이며, 내가 이 시대의 불의에 반대하는 이유이다.

2017년 2월 8일 수요일

모략과 질시의 악령
:〈플루타르코스 영웅전〉

- 점잖지 못한 인간들이 기회 있을 때마다 자기보다 더 나은 사람을 모략하여 대중의 질시라는 악령에게 제물로 바치는 것이 뭐 그리 놀라운 일이란 말인가. 역사에서 진실을 찾아내기란 어렵고 힘든 일이다. 후세 사람들에게는 시간의 경과가 진실을 아는 데 걸림돌이 될 것이고, 동시대인들에게는 시기와 원한이, 호감과 아부가 진실을 왜곡하기 때문이다. / 〈플루타르코스 영웅전〉 중에서.

바보는 원인과 이유를 이해하지 못하고 실수를 반복한다. 역사가 반복되는 것이 아니라 역사의 교훈이 반복되는 것이다. 아무리 가르쳐도 깨닫지 못하는 인간들을 위하여, 세상이 끝날 때까지.

2017년 2월 8일 수요일

욕탕과 욕설탕에 빠진 한국영화

충무로 영화를 안 보는 이유 중의 하나. 장르 불문, 주인공 조연, 악인 의인, 적군 아군, 상류 하류, 고소득층 저소득층, 지식인 일반인, 여자 남자, 미남 미녀, 추녀 추남을 가리지 않고, 슬퍼도 기뻐도, 웃겨도 화나도 모든 대사에 18, c-bal, zola, jot을 처음부터 끝까지 남발해서 영화 보는 내내 '욕'탕에 빠져 '욕설'탕 마시며 강제 고문당하는 기분이기 때문이다. 게다가 모두가 소리 높여 악을 쓰고, 선인 악인, 가해자 피해자 나눠 특정 지역 사투리를 쓰는 것도 불편하다. 관객이 인식하지 못할 만큼 자연스러운 감정이거나, 굳이 폭발시킬 필요성이 없던 사회에 대한 불평불만을 애써 폭발시키기 위한 장치이거나, 욕설 대신 대사와 화면으로 표현할 능력이 작가와 감독에게 없기 때문이란 의심을 품는다면 너무 지나친 걸까.

2017년 2월 7일 화요일

정치란 살아 있는 생물이라는 말의 의미

진실이 언제나 선이 아니고, 거짓도 반드시 악은 아니다. 진실하고 선한 것이 반드시 좋은 것이 아니고, 거짓되고 악한 것이 꼭 나쁜 것만도 아니다. 요즘 태극기집회와 관련, 일부 정치인들을 보며 곱씹게 되는 명제이다. 태세 전환했다고 해야 할까. 타협? 처세? 변절? 전향? 귀환? 귀순? 항복? 편승? 탈피? 자각? 뭐라고 해야 할지 혼란스럽지만 니체가 그랬던가, 내게 좋은 것이 선이고 나쁜 것이 악이라고, 약한 것이 악이고 강한 것이 선이라고.

정치란 살아 있는 생물이라는 말의 의미를, 다수의 군중과 함께하고 싶어 하는 단순한 욕망을 재빠르게 실천하는 생명체가 정치인이라는 뜻임을 입맛은 쓰지만 이해할 것도 같다. 그래도 잊지는 않겠다. 그들에게 중요한 것은 진실과 공정이 아니라는 것을. 이쪽의 세가 약해지면 다시 저쪽으로 갈 사람들이라는 것을. 아무튼 살아 있는 모든 것은 환하고 따뜻하고 높고 힘센 것을 향해 꾸역꾸역 기어오르는 본능을 가졌으므로, 태극기를 쥔 국민의 힘과 목소리가 더욱 커져야 할 이유는 분명해 보인다.

2017년 2월 6일 월요일

내가 알고 있는 것이 진실인가
: 스티븐 핑커 〈언어본능〉

- 우리 앞에 세 개의 컵이 있다고 가정해 보자. 첫 번째 두 번째 컵에는 무색의 용액이 들어 있고 세 번째 컵에는 붉은 색 용액이 들어 있다. 나는 첫 번째와 두 번째 컵이 세 번째 것보다 유사하다고 말할 수 있다. 그러나 첫 번째 컵은 물이 담겨 있고, 세 번째 컵은 야채즙 한 방울로 색깔이 번진 물이며, 두 번째 컵은 염산이 들어 있다. 그런데 나는 목이 마르다.

/ 스티븐 핑커 〈언어본능〉 중에서.

무엇이 진실이고 무엇이 거짓인가. 이 혼란한 가운데 무엇을 선택할 것인가. 왼쪽과 오른쪽으로 경계를 나누고, 자신이 아는 제한된 상식 안에서 옳고 그름만 따지느라 비슷한 것, 유사한 것, 눈을 속이는 것을 알아차리지 못하고 우왕좌왕하는 사람들을 보면 머리카락이 쭈뼛 곤두서는 것 같다. 유사성의 속임수뿐 아니라 일반상식이라고 알고 있는 것 역시 사실이 아닌 경우는 얼마든지 있다.

- 흔히 알고 있는 것과는 달리 에스키모인들은 눈(雪)에 대해 영어 화자들보다 더 많은 어휘를 가지고 있지 않다. 한 사전에 따르면 단 2개다. 후하게 쳐서 전문가들은 약 10개 정도라고 하지만, 이 기준에 따르면 영어도 별로 뒤지지 않는다. snow, sleet(진눈깨비), slush(녹기시작한 눈), blizzard(폭풍설), avalanche(우박 쏟아지듯 오는 눈), hail(싸락눈), hardpack, powder(가루눈), flurry(눈보라), dusting. 이 같은 오해는 어디서 온 걸까? 1911년 보아스는 별 생각 없이 에스키모인들은 눈에 대해 서로 무관한 네 가지 어근(語根)을 사용한다고 말했다. 워프는 그 수를 7개로 부풀렸고, 더 많을 수도 있다고 암시했다. 그의 글은 여러 곳에 실렸고, 마침내 언어학 관련 교과서와 대중서적들에까지 인용되었다. 이를 계기로 다른 교과서, 글, '깜짝 지식' 유의 신문칼럼 등을 거치며 그 수치는 계속 부풀려졌다.

지금의 혼란은, 헬 조선 세뇌를 위한 방송과 영화, 베스트셀러의 허울을 쓴 도서는 물론 유명인들을 통해 추천, 전달되는 거짓 정보와 선동을 인터넷과 스마트 폰으로 손쉽게 접하며 아무런 의심 없이 절대 진실로 신뢰해온 데서 기인한 부분이 적지 않다. 가짜를 진짜로 받아들이기란 얼마나 쉬운가. 사실과 진실은 왜 이토록 꼭꼭 감춰져 있는 것일까. 스스로 의심하고 찾아 공부하지 않으면 안 되는 이유는 무엇일까. 요즘 사태를 보며 떨쳐지지 않는 의문이다. 스티븐 핑커가 지적

한 '에스키모 어휘 날조 사건' 또한 방송 언론의 역할이 지대했다는 사실이 우리에게는 놀랍지도 않다.

2017년 2월 4일 토요일

고흐와 뉴스방

오늘도 그림 공부, 뉴스방 앵커가 고흐의 〈별이 빛나는 밤〉을 인용했다고 해서 유튜브를 찾아 들었다. 달과 화성과 금성이 13년 만에 일직선상에 놓이는 우주현상과 흩어졌던 가족이 모이는 설날을 한데 엮어 대통령을 비난하려는 의도였지만, 교양을 가장하여 이리 돌리고 저리 돌려 전달하려다 보니 내용과 주제가 모호해졌다. 〈사이프러스 나무와 별이 있는 길〉을 배경으로 달과 화성과 금성을 이야기했고, 〈론강의 별이 빛나는 밤〉을 화면에 띄우며 "별이 빛나는 밤에, 오늘의 앵커 브리핑이었습니다."라고 나름 폼 나게 끝맺음을 했는데, 뉴스를 진행하는 앵커라면 달과 화성과 금성이 별이 아니라는 건 모를 리 없을 터, 고흐의 작품과 무슨 연관인지 모르겠다. 그런데도 동영상에 달린 '아름다운 브리핑' '예술로 꼬집는 품격'이라 쓴 댓글들. 그야말로 객관적 사실이 아닌 개인의 감정에 호소하는 'Post-Truth(탈(脫)진실)'의 전형이다.

"우리는 삶 전체를 볼 수 있을까. 아니면 죽을 때까지 삶의 한 귀퉁이밖에 알 수 없는 것일까. 죽어서 묻혀 버린 화가들은 그 뒷 세대에게 자신의 작품으로 말을 건넨다." 테오에게 보낸 편지에서 고흐가 한 말이다. 하지만 2017년 대한민국의 대통령을 비난하기 위해 고흐가 자신의 그림 〈별이 빛나는 밤〉을 통해 뉴스방 앵커에게 말을 건넸을 리 만무. 저승에서 고흐가 그의 궤변을 들었다면 이렇게 나무라지 않았을까. "거짓 선동을 위해 내 작품을 들러리로 세우지 말라."

2017년 2월 3일 금요일

Post-Truth

지난 해 옥스포드 사전은 2016년 올해의 단어로 'Post-Truth'를 선정했다. 우리말로 '탈(脫) 진실'로 해석되는 이 단어는, '감정적인, 이성보다는 감성에 치우친'이라는 의미로, '개인적 신념과 감정에 호소하는 것이 객관적 사실보다 영향력을 더 많이 끼치는 정치적 환경'을 의미한다. 영국의 브랙시트, 미국의 트럼프 대선을 치르며 정착된 단어라고 한다. 좌우 어느 쪽에서 인용하느냐에 따라 입장과 해석이 다르겠지만, 노란 리본, 촛불 그리고 끝없이 만들어내는 의혹들로도 모자라 말도 안 되는 상황인 걸 알면서도 청와대를 압수수색하겠다고 나선 저들의 작태 또한 탈 진실을 유도, 일부 국민의 감정을 자극, 선동하려는 시도이다. 그러나 거짓에 대한 분노, 청렴한 대통령과 법치 대한민국을 지키고야 말겠다며 태극기를 들고 나온 애국 국민들의 뜨거운 심장, 영국의 브랙시트와 미국 트럼프 대통령의 당선처럼, 우파의 '탈 거짓(Post-Untruth)'이 세계적인 대세인 것을 저들이 알까 모르겠다.

2017년 2월 1일 수요일

아이 데려와 유

: 이솝우화

사자를 대신할 새로운 왕을 결정해야 하는 자리, 낙타와 코끼리가 최종 후보로 결정되어 선거유세를 했다.

"유순하고 너그러운 성품을 갖춘 저를 뽑아주신다면, 기필코 평화로운 숲을 만들겠습니다."

낙타가 자신을 뽑아달라며 유권자에게 호소했다. 그러자 코끼리가 외쳤다.

"저의 이 커다란 덩치, 믿음직하지 않습니까. 긴 코로 단번에 나무를 쓰러뜨릴 수 있습니다. 안전한 숲을 원하신다면 힘센 저를 뽑아주십시오!"

그러자 와와와! 동물들이 둘로 나뉘어 자신들의 지지후보에게 박수와 환호를 보냈다. 그때 원숭이가 앞으로 나와 그 두 후보를 반대하며 이렇게 말했다.

"낙타와 코끼리는 왕이 될 자격이 없습니다. 낙타는 나쁜 짓을 한 놈들을 공정하게 비난한 적도, 처벌한 적도 한 번도 없습니다. 그저 '우려스럽다.'고만 말하고는 슬그머니 눈감아 주었지요. 코끼리는 말로만 평화를 외칠 뿐, 몸집도 작은 애가 먹으면 얼마나 먹겠느냐며 모기는 결코 우리의 건강을 해치지 않으니 함께 연합해야 한다고 주장해 왔습니다. 그렇게 되면 우리는 피를 빨리고 병에 감염되어 고통스럽게 죽어갈 것이며, 평화로웠던 숲은 온통 모기들의 천국이 될 것입니다. 그러니 낙타도 코끼리도 평화롭게 우리의 숲을 지킬 수 없습니다."

그리고는 이렇게 덧붙였다.

"동물 여러분, 시민을 너무너무 사랑하며 아름다운 숲을 만들어갈 이 원숭이를 뽑아주십시오."

그러자 유권자들이 우우우 야유하며 소리쳤다.

"아이나 데려와 유!"

그래서 결국 셋 다 사퇴했다나 뭐라나.

이솝우화의 원래 이야기는 원숭이가 현명한 왕을 뽑자고 하는 데서 끝난다. 이야기 속 등장 동물들은 모두 사실이지만 대사와 결론은 내 맘대로 각색했다. 배고픈 건 참아도 배 아픈 건 못 참는 사람들의 천국. 그래서 내로남불(내가 하면 로맨스 남이 하면 불륜) 관습법이 헌법 머리 꼭대기에 존재하는 나라. 하나가 출마 포기하면 또 하나가 출마 선언하고, 이쪽이 올라가면 저쪽이 끌어내리고, 저쪽이 올라가면 이쪽이 끌어내리는 나라. 대통령 병 안 걸린 보통 사람, 보통 국민들만 생고생.

2017년 2월 1일 수요일

미로와 아리아드네의 실타래
: 그리스 신화

크레타의 왕 미노스는 다이달로스를 시켜 한 번 들어가면 절대 빠져나올 수 없는 미로를 만든다. 인간을 잡아먹는 반우(半牛) 반인(半人)의 괴물, 왕비가 소와 정을 통해 낳은 미노타우로스를 가두어놓기 위해서였다. 많은 분들이 알다시피 이 괴물을 죽이기 위해 자발적 제물이 되어 미궁으로 들어가는 영웅이 아테네의 왕자 테세우스다. 미남이기도 했겠지만 여자는 무릇 사내의 용맹함에 반하는 법, 크레타의 공주 아리아드네는 괴물을 죽일 수 있는 칼 한 자루와 실타래를 그의 손에 쥐어준다. 테세우스는 문설주에 실 한 쪽을 매어두고 미궁으로 들어가 괴물을 무찌른 뒤 제물이 되어 죽을 뻔했던 사람들까지 구해 무사히 미로를 빠져나온다.

삶은 거대한 미궁이다. 설마 미로의 중심에 도착한 뒤 그 안에 갇혀 죽음으로 끝나는 게 인생의 의미는 아닐 터, 아침에 눈을 뜨고 세상으로 나갔다가 저녁에 다시 내 자리로 돌아오는 매일 매일처럼, 삶의 미궁을 헤매는 동안 얻은 지혜와 깨달음을 안고 궁극의 자리로 돌아가는 것이 우리가 완수해야 할 인생의 과제가 아닐까. 괴물을 쓰러뜨린 뒤 본래의 바른 자리로 돌아오기 위해 우리에게 필요한 것은 용기와 칼뿐만이 아니다. 문득 궁금해졌다. 나는, 우리는, 아리아드네의 실타래를 쥐고 있는가.

대한민국의 시계는 거꾸로 간다

2017. 1. 30. ~ 1. 2.

당연히 의심해봐야 하고, 당연히 틀린 걸 알아야 하고, 당연히 특정 권력에 이용당하고 있는 걸 알아야 하는데, 이렇게 계속 생각 없이 살다가는 대한민국 국민이 아니라 김정은의 인민으로 살아야 한다는 걸 모르는 사람들. 흔들리는 촛불에 최면이라도 걸린 듯 자기 생각이 없는 군중들….

– 2017년 1월 4일 수요일

2017년 1월 30일 월요일

태극기 물결의 주인공은 누구인가

태극기 집회의 주인은 누구일까. 마이크를 쥔 집행부인가. 오직 나라를 바로 세우겠다는 일념으로 온종일 차가운 아스팔트 위에 서서 태극기를 흔드는 이름 없는 국민인가. 방심위 앞에서 몇몇 대표가 차기 대통령 후보라며 누군가의 이름을 외칠 때, 그들의 진정성을 믿으며 노고를 응원하고 있었지만 그 순간만큼은 당혹스러워서 차마 입이 떨어지지 않았다. 주변에 있던 분들도 처음엔 어리둥절 머뭇거렸다. 그러나 집행부에 대한 예의와 쉽게 끓어오르는 군중심리, 한 단계 건너 생각할 때 그들이 선창하는 이름을 외쳐야 할 것 같은 당위성에 설득되어 이내 대중의 목소리는 크고 높아졌다. 문제는 그 다음이었다. P선생이 급히 뛰어나와 마이크를 쥐고 어색하지 않게 분위기를 수습하려 했지만 주위 몇몇 남성분들은 왜 분위기를 깨냐는 듯 "요점만 말하라."며 무대를 향해 볼멘소리를 터뜨렸고, "○○○ 너무 좋아." "나도 나도." "난 이미 다 정해놨어. 다음엔 ○○○, 그 다음은 □□□" "맞아 맞아." "호호호." "깔깔깔." 차기 대통령의 명단을 줄 세우는 아주머니들의 수다가 이어졌다.

태극기 집회의 목적은 무엇이며 태극기를 흔드는 목표는 무엇인가. 태극기 물결을 더욱 거세게 이끌어가기 위해 집행부는 이 문제를 진지하게 고민하고 합의해야 할 시점이라고 생각한다. 그리고 이 부분, 나는 태극기 물결이 도달해야 할 궁극의 목적은 '대한민국을 자유통일공화국으로 바로 세우는 것'이며 그 하나의 거대한 목적을 위해 일관된

는 안 된다. 6) 어떤 동물도 다른 동물을 죽여서는 안 된다. 7) 모든 동물은 평등하다.

하지만 지도부에서는 곧 내부 갈등이 일어나고 서로를 모함, 추방, 살해하게 된다. 그 결과 권력을 잡은 돼지 일당은 우두머리 돼지, 나폴레옹을 중심으로 공포정치를 펼친다. 부와 권력의 맛에 빠진 지도층은 더 큰 부와 권력을 탐하며 일반 동물들의 노동력을 착취하는 것은 물론, 한때 적으로 천명했던 인간과 타협하고, 심지어 인간보다 더 인간답게 살기를 원한다. 그들은 두 다리로 걷고 사치스러운 의상과 푹신한 침대, 산해진미와 술을 향유하며, 온갖 쾌락과 방탕을 일삼는다. 그들을 지지했지만 어느새 착취의 대상이 되어버린 다른 동물들을 속이기 위해 법과 규칙을 유리하게 변형시키는 짓도 서슴지 않는다.

그들은 인간을 내쫓기 위해 '네 다리는 좋고 두 다리는 나쁘다.'고 정했던 처음의 슬로건을 '네 다리는 좋지만 두 다리는 더 좋다.'로 바꾸어 오리와 닭과 같은 조류들까지 포섭, 설득한다. 그 결과 법률 1.2.3번은 삭제되며, 4번은 침대에서 잘 수 있되 '시트를 깔고' 자면 안 된다로, 5번은 어떤 동물도 술을 마실 수는 있지만 '지나치게' 술을 마시면 안 된다로, 6번은 누구라도 죽일 수는 있는데 '이유 없이' 다른 동물을 죽여서는 안 된다로, 7번은 모든 동물은 평등하지만 어떤 동물은 다른 동물보다 '더욱' 평등하다로 바꾼다. 그렇게 돼지 나폴레옹 일당은 다른 어떤 동물보다 더 평등하게 마음껏 사치와 권력을 누리고, 항거하는 자는 어떤 이유라도 갖다 붙여 마음껏 숙청한다.

- 창밖의 동물들은 돼지에서 인간으로, 인간에게서 돼지로, 다시 돼지에게서 인간으로 번갈아 시선을 옮겼다. 그러나 누가 돼지

이고 누가 인간인지, 어느 것이 어느 것인지 이미 분간할 수 없었다.
/ 조지 오웰 〈동물농장〉 중에서.

1945년에 출간된 〈동물농장〉은 다만 동물 세계에서 일어나는 일을 그린 동화나 우화가 아니다. 국민이 잠들어 있는 한, 착취당하는 어리석은 노예로 머물러 사는 한, 언제 어디서든 재현될 수 있는 현실에 대한 예언이다. 거짓에 대한 환멸을 진실에 대한 열망으로 변환시키는 게 결코 쉬운 일은 아닐지라도, 지혜로운 에너지가 미래를 향해 뜨겁게 내달릴 때 세계 그 어디에서도 유래가 없던 새로운 역사를 국민의 손으로 창조할 수 있다. 국민으로 깨어나 사는 게 쉽지만은 않다는 게 함정이지만.

지혜롭게 깨어나고 있는 국민들이 손에 손에 태극기를 들었다. 그 무한한 에너지가 자유통일 대한민국의 미래를 향해 뜨겁게 내달리게 되길 바란다. 바로 지금 여기, 한반도에서 세계 그 어디에서도 유래가 없던 새로운 역사가 우리 손으로 창조되는 것이다. 그리고 단언컨대 그 새로운 세상에서 돼지들이 설 곳은 없다.

2017년 1월 26일 목요일

정치인답지 않은 진짜 정치인

- 그에겐 뭔가가 느껴져요. 뭐랄까. 그분은 '말씀'을 갖고 계세요. 당연한 것들을 말하는데 그분 입을 통해 들으면 평소엔 코웃음

이나 칠 얘기도 왠지 찡하고 가슴에 박혀요. 만약 제가 느끼는 게 진짜라면, 그분은 다른 누구보다 진짜 정치가인지도 몰라요.

/ 드라마 〈체인지〉 중에서.

일본 드라마 〈체인지〉에 예기치 못한 상황에서 갑자기 국회의원이 되고 총리가 된 초등학교 교사의 이야기가 전개된다. 처음에는 정치도 모르는 사람이 뭘 하겠느냐고 무시당하지만, 타협과 술수와 거짓이 통하지 않는 그의 진실한 모습은 주변 사람들과 국민을 설득하고, 심지어 정적까지 감동시킨다.

"우리 사회에서는 사과를 하면 안 된다, 잘못했어도 버텨야 한다, 그렇게 말하는 사람도 있는데, 저는 그렇게 생각하지 않습니다."

/ 박근혜 대통령 대담 중에서.

이렇게 시작한 대통령의 대담을 한 시간 가까이 들은 많은 사람들은 그가 참으로 정치인'스럽지' 않은 사람이라는 것을, 그래서 오히려 우리가 그토록 바라고 바라던 정치인이라는 것을 새삼 확인했을 것이다. 열 명, 백 명, 천 명의 야합하는 다른 정치인과 그를 바꾸지 않으리라는 것을, 대한민국의 현재와 미래를 위해 저 사람을 우리가 지켜야 한다는 것을 또한 다짐했을 것이다. 또한 그와 같은 시대를 살며 그의 진실과 가치를 알아보는 우리가 자랑스럽다는 것도! 만약 그의 말에서조차 진심을 느끼지 못한다면, 그는 지나친 편견과 왜곡된 이념에 사로잡혀 애써 진실을 보지 않으려 귀 막고 눈 감은 사람이 아닐까. 포털에 뜬 엉터리 뉴스 헤드라인과 그 아래 달린 헐벗은 일부 댓글들을 보면서 생각했다. 진심조차 통하지 않는 마음이란 얼마나 단단하게 문이 닫혀 있는 것인지. 그런 어둡고 추운 거짓의 방에 갇힌 사람의 영혼이라면 얼마나 가여운 것인지.

2017년 1월 25일 수요일

위기인가 기회인가
: 헤로도투스 〈역사〉

역사는 스스로 거대한 물결을 일으키며 굵직굵직한 사건들로 점철되는 듯 보이지만, 흐름을 바꾸고 파도를 일으키는 힘의 원천은 보이지도 않는, 한없이 여린 것만 같은, 사람의 마음이다. 헤로도투스의 〈역사〉에는 의외의 사소한 사건으로 왕위와 목숨을 잃은 칸타울레스 왕의 이야기가 나온다. 그는 자신이 사랑하는 왕비가 얼마나 아름다운지 자랑하고 싶어 몸살이 날 지경이었다. 하루는 총애하는 신하 기게스에게 자신의 침실에 몰래 숨어 있다가 알몸이 된 왕비를 감상하라고 명했다. 올곧은 기게스는 거절했으나 왕의 명령을 끝내 거부할 수 없었다. 과연 왕비의 몸은 어둠 속에서도 눈부시게 아름다웠다. 그런데 그 사실을 알게 된 왕비는 수치심에 분노했고, 기게스를 따로 불러 다음과 같이 말했다.

> 너에겐 두 가지 길이 있다. 왕을 죽여 왕국과 나를 갖든지. 지금 이 자리에서 죽어라. / 헤로도투스 〈역사〉 중에서.

한 번 왕이면 영원히 왕인 줄 착각한 칸타울레스는 무소불위의 권력을 무기로 왕비를 능욕해도 된다고 생각했을 것이다. 그러나 인간이란 자존심의 뿌리를 다치게 되는 순간, 자신도 모르게 불끈 고개를 쳐들게 된다. 권력이나 죽음의 위협이 아무리 겁난다 해도 더 이상 참아내지 못하는 한계점에 부딪치고 나면 분연히 일어나 주먹을 쥐고 대적하게 된다. 어린아이 같은 천진하고도 어리석은 왕의 자부심이었다고 해도, 자신이 당한 치욕의 장면을 용서할 수 없었던 왕비는 기게스에게 선택권을 주었고, 기게스는 기회를 놓치지 않고 칸타울레스를 죽이고 리디아의 주인이 된다.

'정의'를 팔아 자신들의 세상을 만들어보려는 이들은 모든 사람들이 자신들보다 어리석어서 마음껏 속이고 짓밟아도 된다고 생각하는 것 같다. 그러나 사람의 마음은 어느 임계점에 다다르면 폭발하고 만다. 다수의 국회의원들과 검찰이, 경찰과 언론이, 그리고 그 뒤에 보이지 않는 검은 손들이 역사의 흐름을 자신들이 원하는 대로 바꾸어보려고 발버둥치지만 그들의 뜻대로 되지 않으리라 예견하는 이유이다. 물론 그 증거가 나날이 거세지고 있는 태극기 물결인 건 두 말 할 필요도 없다.

2017년 1월 25일 수요일

그때그때 달라요

스님 대신 수녀님의 옷이 발가벗겨졌다면 어떤 일이 벌어졌을까. 우리 대통령이 아닌 저들의 대통령을 희화화했을 때 어떤 일이 벌어졌던가. “아무리 나쁜 결과로 끝난 일이라 해도 애초에 그 일을 시작한 동기는 선의였다.”는 카이사르의 말처럼, 저들 또한 민주와 평등을 처음으로 외쳤을 때는 순수했을지도 모르겠다. 하지만 붉은 이념이 스며들고, 돈과 권력의 단맛을 알게 되고, 서로의 약점과 치부를 손에 쥐게 되면서부터 모든 걸 무너뜨리더라도 자신들이 살아남는 것만이 ‘정의’가 되어버린 순간, 그들의 선의는 죽었다. “인간이라 해도 누구에게나 모든 것이 다 보이는 게 아니다. 많은 사람은 자기가 보고 싶어 하는 것밖에는 보지 않는다.”는 카이사르의 또 다른 말이 새삼 아프다.

2017년 1월 24일 화요일

더러운 사람들

표 모 국회의원 주최로 열린 ‘곧, BYE!展’에 〈더러운 잠〉이 걸렸다고 한다. 마네의 〈올렘피아〉, 타치아노의 〈우르비노의 비너스〉, 조르조네의 〈잠자는 비너스〉를 조각보 퀼트처럼 짜깁기한 추잡하고 유치한 표절이다. 어린애 장난도 아니고, 국회에서 언론에서 여성 대통령의 모습을 누드로 조롱하는 것이나 재벌 부회장과 여성 장관의 항문 검사에 관심을 두는 상식 밖의 뉴스들, 대체 언제까지 참아야 하는 것인지 모르겠다.

2017년 1월 21일 토요일

역사의 심판

- 우리 스스로 판정을 내리는 일은 회피할 수도 없으며 회피해서도 안 된다. 우리가 판정을 내릴 수 없다면 역사도 또한 판정을 내릴 수 없을 것이다. 역사에 의미를 부여하는 것은 인간이다. 인간이 수동적으로 끌려가야 할 역사의 의미나 법칙은 없다. 우리가 역사의 창조자가 되어야 한다. 역사가 우리를 심판하도록 놔둘 것이 아니라 우리가 역사를 심판해야 한다.

/ 칼 포퍼 〈열린사회와 그 적들2〉 중에서.

위법과 혼란이 대한민국을 전복시키려 하고 있지만, 태극기 물결은 대한민국의 위대한 역사를 결코 포기하지 않을 것이다.

2017년 1월 20일 금요일

증거가 없어도 유죄인 이유

- 당신을 재판하기 위해 회의에 모인 사람들과 국왕 모두 내심으로는 당신의 유죄를 확신하고 있으므로, 법의 엄격한 규정에서 요구되는 공식적인 증거가 없더라도, 당신에게 사형을 내릴 만한

충분한 이유가 된다고 했습니다.

/ 조너선 스위프트 〈걸리버 여행기〉 중에서.

특검 독재시대다. 언제까지 저들의 헛발질에 온 국민이 노심초사 애태워야 하는 것일까.

- 의원의 자격을 갖추는 데는 무지와 태만, 부도덕이 적절한 요소이며, 온통 법을 악용하고 왜곡하며 회피하는 일에 많은 관심과 노력을 기울이는 자들도 있다. 그리고 어떤 지위에 가장 합당한 이가 그 지위에 오르는 것 같지도 않고, 재판관이 정직하다고 출세하거나, 국가를 사랑한다고 국회의원에 선출되는 것도 아닌 것 같습니다.

약이 오르다가도, 소인국이든 거인국이든, 영국이든 한국이든, 과거든 미래든, 지금 일어나는 일들이 하나도 새로울 게 없다는 사실을 생각해 보면 재미있기도 하다

2017년 1월 16일 월요일

선덕여왕은 남편 복이 없던 여자?

박근혜 대통령이 여성이어서 겪는 수모가 크다는 말을 주변에서 듣곤 한다. 그러니 조윤선 문체부장관은 물론 최서원, 정유라에 대해

서는 말할 필요도 없다. 그런데 페미니스트를 자처하는 분들은 왜 이 사안에 대해 말하지 않는가. 여자의 적은 여자라고 했던가. 섹스도 한 번 안 해 본 숫처녀들처럼, 보톡스 한번 맞아본 적 없는 아줌마들처럼, 참 조용하다. 지위고하를 막론하고, 남녀를 불문하고, 여성에 대한 편견을 내보이는 사람들과 언론플레이의 수준은 천 년 전보다 열등하다. 소위 지식인이라 자처하는 이들도 더하면 더했지 모자라지 않는다.

예를 들어 선덕여왕에 대해 검색할 때 제일 상단에 뜨는 N캐스트를 보면 입이 다물어지지 않는다. 제목부터 보면 '신라 최초의 여왕'이란다. 틀린 말은 아니지만 심각하게 축소하여 전달하는 역사의 단면이다. 선덕여왕은 신라 최초의 여왕이 아니라 '한반도 최초의 여왕'이며, 고대 역사에서도 손가락을 꼽을 정도로 유래가 드문 여왕 리스트에 드는 인물이다. 기원 전 1,500년 경 이집트를 지배했던 하투셉수트 왕이 세계 최초의 여왕이었다. 기원 전 70년경에는 클레오파트라가 있었다. 그리고 서기 690년 즉위하여 중국을 다스린 측천무후도 있다. 하지만 그보다 더 일찍, 한반도에서는 신라의 선덕여왕이 나라를 통치했다(632~647년). 여왕의 나라로 인식되는 영국에서조차 최초의 여왕 제인 그레이가 즉위한 것은 1553년이었다.

선덕여왕 관련 N캐스트를 보며 또 하나 경악했던 건, 맨 처음 소제목이 '남편 복은 없었던 여자'라는 것이었다. 선덕여왕, 그는 사생활을 들추어야 할 개인이 아니라 삼국통일의 기반이 된, 우리 한반도에 커다란 영향을 미친 한 나라의 왕이자 역사적으로도 가치를 두어야 할 인물이다. 아무리 후계 문제가 중요시 되었다고 해도 선덕여왕이라고 하면 가장 먼저 그를 남편 복 없고 아이 못 낳은 '여자'로 기억해야 하는 것일까. 간절히 원하면 우주가 돕는다는 말도 미신이니 무당이니

욕을 해대면서, '복' 없던 여자라니. 언제부터 저런 자료가 올라왔는지는 알 수 없으나, 천 년 전 여왕을 발판삼아 당대의 싱글 여성 대통령을 비하하는 발판이 되어주는 것만은 분명해 보인다.

역사 교육이란 우리나라, 우리 선조, 우리가 이룬 성취에 대한 자긍심을 키우도록 설계되어야 한다. 버릴 것보다 배워야 할 게 우선 배치되어야 하는 이유, 무엇을 앞에 두고 무엇을 뒤에 알릴 것인가를 중요하게 고려해야 하는 이유다. 누군가의 왜곡된 역사관이나 의도와 편견, 혹은 무지와 무관심에 의해 잘못 인식하게 되어버린 역사가 얼마나 많을까. 우리가 잘못 배우고 그릇되게 가르치고 있는 비뚤어진 역사는 또 얼마나 많을까. 우리가 지금 이 시대를 두 눈 부릅뜨고 지켜내야 하는 또 하나의 이유다. 저들이 오늘의 역사를 어떻게 쓸지, 너무나 자명하니까.

2017년 1월 11일 수요일

새똥 같은 이야기

"혼자 살면 외롭지 않느냐고 사람들이 물어요. 당연히 외롭지요. 하지만 나는 출산의 고통도 겪지 않았고 양육의 힘겨움이나 자식을 교육시켜야 하는 그 어떤 수고도 하지 않았습니다. 뿌리지 않았는데 거두기를 바랄 수는 없지요. 그래도 이렇게 나를 아껴주는 제자들이 있어서 나는 행복한 사람입니다."

칠순을 축하하기 위해 제자들이 마련한 자리에서 은사는 첫 인사말을 그렇게 시작했다. 스승은 여전히 맑고 고왔다. 그분의 몸짓과 음성은 오랜 세월이 흘렀지만 조금의 흐트러짐도 없었다. 선천적인 것인지 사고 때문인지는 모르지만 그분의 왼쪽 손은 의수다. 그분의 단아함과 범접할 수 없는 품위는 항상 정갈하게 고정되어 있는 의수와 밀접한 관련이 있다고 나는 생각했다. 오래 전 절망에 빠져 어깨를 축 늘어뜨리고 있는 제자들에게 그분이 말했다.

"난 주먹 하나로도 이렇게 사는데, 너희들은 주먹이 두 개잖아. 그런데 무엇이 두렵니?"

교수님은 몇 년 전 오른쪽 어깨에 이상이 있어서 수술을 했다. 왼손은 의수이고 오른쪽 팔엔 깁스를 했으니 양손을 다 쓸 수 없는 상황이었다. 한동안 간병인의 도움을 받아야 했는데 퇴원 후가 더 큰 문제였다. 출퇴근 하는 간병인이 집에 늦게 오거나 돌아가고 나면 물 한 모금도 마실 수 없었다. 옷을 추스를 손이 없으니 화장실에 갈 수도 없었다.

"그땐 눈물이 나더구나. 하느님이 왜 이렇게 나에게 벌을 주시나 원망하는 마음도 들었어. 그런데 누가 그러더라. 발을 다치면 아예 움직일 수가 없으니 팔을 다친 게 얼마나 다행이냐고. 그러고 보니 다리가 아팠으면 어쩔 뻔했나 싶은 거야. 팔을 다치게 해주셔서 감사합니다, 하고 기도했어. 그러다 며칠 후 택시를 탔는데 기사가 말하는 거야. 더운 여름이면 더 고생했을 건데 아직 선선할 때 깁스해서 다행이네요. 그 말을 듣고 보니 또 얼마나 감사했는지 몰라."

그렇게 말씀하시는 그분의 얼굴은 정말 행복해 보였다.

행복도 불행도 원인은 나, 개인일 뿐, 그러나 불행 중에도 원망이 아닌 감사를 발견할 줄 아는 삶의 겸손함, 이것이 우리가 살아가면서 깨우쳐야 할 지혜가 아닐까. 요즘 온통 남 탓, 사회 탓, 세상 탓하는 사람들을 보며 문득 내가 썼던 에세이 한 조각이 생각났다.

2017년 1월 11일 수요일

무인도에서 27년, 어떤 강심장이 낭만을 노래할 수 있는가
: 다니엘 디포 〈로빈슨 크루소〉

- 본선에 아직도 스물일곱 명이 남아 있는데, 그들은 모두 극악무도한 음모에 가담하면서 목숨이 법에 몰수되어 상실한 것이나 마찬가지 상태로 이제 자포자기 철면피한 인간들로 바뀌었으며, 만약 진압이 되어 영국이나 다른 영국령 식민지로 끌려가게 되면 즉시 교수형을 받게 된다는 사실을 알고 지금과 같은 반란 상태를 계속 유지해 나갈 것이라는 것이었다.

/ 다니엘 디포 〈로빈슨 크루소〉 중에서.

로빈슨 크루소를 28년 만에 고향으로 데려가게 될 배에서 선상반란을 일으킨 선원들처럼, 파렴치하고 극악무도한 짓을 저지르는 언론, 국회, 검찰은 그렇다 치더라도, 여기에 부화뇌동, 촛불에 마비된 사람들을 보면 어디서부터 어디까지 잘못된 것일까, 어쩌다 내가 이런 세상에 살게 된 건가 눈앞이 캄캄해진다.

전교조의 비뚤어진 교육과 외모지상주의, 스마트 폰이 정보와 지식의 대부분을 차지한 결과 철학의 부재, 역사관 부재, 스스로 생각할 능력의 부재. 그러니 인생이 무엇인지, 세상 이치가 무엇인지, 진실이 뭔지 알 리가 없다. 철학은 분노하라는 사람에 의해, 역사는 제대로 볼 줄도 모르면서 거꾸로 읽어야 한다는 자에 의해, 문학은 공산주의 이념에 경도된 자들이 주도하는 문단에 의해, 도덕은 하버드 좌파 학자의 이름으로 정의라는 명분을 팔아서, 민주주의는 술자리가 처음도 아닌 매 잔을 '처음처럼' 마시라고 종용하는 어느 수감자를 앞세워서 얼마나 오랫동안 엉터리 인문학에 매몰되어 왔던가.

글도 말도 안 되는 번역과 그에 대한 해설들, 평론들이 쏟아져 나오는 출판물들 사이에서 세계적인 명작으로 손꼽히는 〈로빈슨 크루소〉와 같은 작품을 번역한 역자의 해석을 읽어 보면 지금 우리 사회가 왜 이리 되었는지 그 단면을 이해할 수 있을지도 모른다.

- 그(로빈슨 크루소)에게는 오직 이윤과 이익만이 중요할 뿐이다. 이성에 대한 관심이나 성적인 관심 같은 것도 그의 안중에는 없다. 사랑이라는 요소가 별다른 역할을 하지 못한다. 인간적인 교감 같은 것은 존재하지 않는다. 여가 생활을 즐길 줄도 모르는 인물이다. 그는 끊임없이 물건을 제작하고 식량을 장만하고 재물을 축적하는 일에만 전념한다. 무인도의 아름다운 자연풍광이나 풍요로운 초목과 과실들, 풍성한 바닷가 자원들이 그에게는 그저 개발하고 축적하고 이용할 대상물로 보일 뿐이다. 전혀 찬탄과 동경의 대상이 아니다. / 〈로빈슨 크루소〉 해설 중에서.

로빈슨 크루소는 무인도에서 27년 넘게 혼자(후반에는 프라이데이와 함께) 살았다. 외로움과 어둠과 기아, 맹수의 공격에 대한 공포를 이기고 언젠가는 세상으로 다시 돌아갈 수 있다는 희망으로 그 긴 세월을 견뎠다. 아무리 그 생활에 익숙해졌다 해도, 어떻게 하면 오늘 죽을지도 모른다는 공포를 떨쳐내고 성적인 욕망과 아름다운 풍광과 여가생활이 그의 안중에 들어올 수 있는 것일까. 도대체 어떻게 하면 무인도에서 생존을 위해 물건을 제작하고 식량을 장만하는 것이 재물을 축적하는 것으로 이해될 수 있는 것일까.

지금 평양을 추종하고 있는 줄도 모르는 촛불족들, 왼쪽 무뇌인들이 생겨난 건 우리가 너무 오랫동안 이런 사람들의 말과 글이 당연한 줄 알고 읽고, 듣고, 보고, 고개 끄덕이며, 수용한 탓이다. 비정상의 정상화라는 가지치기 정도로는 끝나지 않는다. 상생이 가능하리라 생각했지만 요즘 보면 공존이 불가능할 것 같다. 뿌리째 뽑지 않으면 결코 끝나지 않으리라는 공포감마저 든다.

2017년 1월 10일 화요일

우리, 그동안 어디에 있었던 거지?

- 우리는 우리가 처한 상황의 진정한 본질을 전혀 모르고 있다가 그것이 그 반대 상황들에 의해 입증되고 나서야 비로소 깨닫는 것이다. 우리가 향유하고 있는 것이 얼마나 가치 있는 것인지 모르고 있다가 그것이 결핍되고 난 후에야 비로소 깨닫는 것이다. '사랑하는 내 섬'에서 밀려나 망망대해로 표류해 가면서, 다시는 섬에 돌아갈 수 없다는 극도의 절망감으로 내가 얼마나 끔찍한

충격에 빠졌었는지 상상조차 불가능하다.

/ 다니엘 디포 〈로빈슨 크루소〉 중에서.

저 잘 난 맛에 권력을 잡겠다고, 제 수치를 감추기 위해 나라와 국민을 온통 불행에 빠뜨린, 진실에 대한 존중 없는 파렴치한 인간들의 면면에 지치다가도 저들이 없었다면, 이 위기가 없었다면, 어찌 알았을까, 외로워서 떠나고만 싶었으나 주변 바다를 탐색하러 나왔다가 죽을 고비를 넘기며 표류하는 동안 '사랑하는 내 섬'인 것을 깨달은 로빈슨 크루소처럼, 당연한 줄 알았던 내 나라, 내 자유, 모자란 것도 부족한 것도 있었으나 하루하루 성실히 살았던 일상의 소중함을.

- 가엾은 로빈슨 크루소. 너 어디 있었니? 너 그동안 어디 있었어? 이곳엔 왜 온 거지?

저들은 결코 모를 것이다. 지금도, 어쩌면 영원히, 모를 것이다. 가까스로 섬으로 돌아간 로빈슨 크루소를 반겼던 앵무새의 질문처럼, 우리는 지금 어디에 있는 거지? 우리 그동안 어디에 있었던 거지? 우리 지금 왜 이곳에 있는 거지? 하고 그들이 우리를 끝없이 자문하게 만들었다는 것을, 그 힘이 태극기 물결의 원천이 되었다는 것을, 자신들의 구역질나는 탐욕이 쓰러져가는 대한민국을 일으켜 세우고 말겠다는 국민적 결의를 다지게 했다는 것을.

2017년 1월 8일 일요일

당신 덕분이었다

어떻게 독립운동을 했는지, 어떻게 전쟁 속에서 나라를 지켰는지, 어떻게 폐허더미 위에서 빠른 시간에 경제발전을 이루어냈는지 분명히 알겠다. 당신 덕분이다. 대한민국의 힘, 대한민국의 위대함, 태극기를 가슴에 품은 당신들 덕분이다.

2017년 1월 4일 수요일

군중은 생각이 없어
: 영화 〈시네마천국〉

- 군중은 생각이 없어. 뭘 하는지도 모르지.

/ 영화 〈시네마천국〉 중에서.

낭만적인 영화인 것처럼 곧잘 오해되는 영화 〈시네마 천국〉은 시네마로 인한 '천국'이 아닌 '지옥'을 이야기하고 있는 것인지도 모른다. 무엇보다 군중과 대중에 대해 매우 비판적이다. 영화가 상영되는 동안 관객들은 담배연기를 매캐하게 내뿜거나 아래층 사람들에게 침을 뱉거나 상스럽게 휘파람을 불고 키득거리며 마스터베이션을 즐기기도 한다. 혼자만 로맨틱한 영상을 즐기고 키스 신을 모두 잘라내던 가톨릭 신부의 모순과 독단도 보여준다. 나중에 영화감독이 된 토토는 자신의 직업에 대해 이렇게 말한다. "겉으론 화려해 보이지만 알고 보면 속은 텅 비었지." 그렇게 보면, 마지막에 이어지는 키스 신 역시 말랑말랑한 낭만적 감동과는 전혀 다르게 보인다. 개봉 당시 상당 부분 잘린 상태여서 영화 전체가 말하려는 의도를 파악하지 못한 채 다만 토토의 이루지 못한 사랑에만 포커스를 두었기 때문이다.

당연히 의심해봐야 하고, 당연히 틀린 걸 알아야 하고, 당연히 특정 권력에 이용당하고 있는 걸 알아야 하는데, 이렇게 계속 생각 없이 살다가는 대한민국 국민이 아니라 김정은의 인민으로 살아야 한다는 걸 모르는 사람들. 흔들리는 촛불에 최면이라도 걸린 듯 자기 생각이 없는 군중들…. 영화 제작자들이 좋아하는 수준이 '초등학교 5~6학년에서 중학생 눈높이'라고 하는데, 관객들이 그 수준 이상을 이해하지 못하기 때문인지 우매한 관객을 원하기 때문인지는 모르지만, 요즘 충무로를 점령하고 있는 국산 영화들이 백만, 천만 관객을 동원하는 것은 어려워 보이지 않는다. 우리 사회에 만연한 시네마 '지옥'이 많은 영향을 끼쳤다는 걸 부정할 수 없을 것 같다.

2017년 1월 4일 수요일

그녀의 인권도 보호받아야 한다

최서원은 현재 구치소에 수감되어 있는 미결수이다. 지난 해 두 편의 소설을 쓰면서 미결수에 대해 자료를 조사해 볼 기회가 있었다. 그래서 법에 대해 아무것도 모르는 나조차 구치소와 교도소, 미결수(未決囚)와 기결수(旣決囚)의 차이 정도는 안다. 유죄판결을 받고 형이 확정되어 교도소에 갇힌 죄인, 이들이 기결수다. 이들과 달리 미결수란 유죄인지 무죄인지 법적 판결과 형이 결정되지 않은, 다만 구금상태로 재판을 받고 있는 사람들이다. 즉, 무죄추정 원칙의 적용을 받을 권리가 있다는 의미이다.

'그래도 구치소에 수감될 정도라면 죄가 있지 않을까' 의심이 드는 사람들이라고 하자. 그렇다면 피해자가 있어야 하고 사기, 절도, 폭행, 강간, 살인, 살인미수, 교통 인사사고 등의 혐의가 있어야 한다. 최서원은 어디에 해당되는가? 국민이 피해자라고? 누가 고소했는가? 국정농단의 죄? 그런 죄목은 법전에 존재하지 않는다. 무엇보다 지금 그가 당하고 있는 인권유린은 끔찍할 정도다. 오마이뉴스에 실렸던 2012년 1월 2일 국가인권위원회의 결정을 인용해 보겠다.

- 이때 미결 수용자와 관련된 의미 있는 권고 결정이 있었다. 국가인권위원회에서는 미결수용자의 운동화 착용을 불허하고 고무신을 신게 한 구치소장의 행위는 무죄추정의 원칙에 반하고, 헌법 제10조에서 정한 인격권 및 행복추구권을 침해한 것으로 판단한

것이다.

운동화 대신 고무신을 신게 한 것도 미결수의 인권을 침해한 거라는 판결이다. 온갖 루머로 마녀를 만든 것도 모자라 딸을 인터폴에 수배하고, 이 나라 이 땅에서 겨우 등 붙이고 잠잘 수 있는 유일한 공간, 수감실까지 압수수색 한다고 한다. 미친한 소설적 상상력을 가진 이 사람에게는 지금 최서원에게 행해지는 온갖 '정신적 고문'이 인간의 영혼과 정신이 압박과 스트레스의 고통을 어느 한계까지 견디며 생존할 수 있는지 인체 실험하는 유대인 포로수용소나 일본의 731부대를 떠올리게 한다.

좋다. 다 좋다. 당신들이 말하는 그 모든 혐의가 그녀에게 있다고 치자. 그렇다 해도, 그녀는 아직 미결수이다. 연쇄살인을 해서 유죄 판결을 받은 살인마조차 '나에게도 인권이 있다.'고 주장했다는데, 예순이 넘은 한 여성의 최소한의 인격과 인권조차 지켜주지 못할 이유가 무엇인지, 검찰인지 특검인지, 법을 칼처럼 휘두르는 높은 분들께 묻고 싶다.

2017년 1월 3일 화요일

국민이 원하는 재판

존경하옵는 이진성 헌법재판관께서 "국민들이 원하는 재판을 하기 위해 최선을 다하고 있다."고 말씀하셨다고 한다. 죄송하지만 미천한

이 귀에는 그게 말인지 말똥인지 구분이 가지 않는다. 말씀하신 국민이 어느 국민인지는 모르겠으나, 그건 중요하지 않다. 재판관은 국민의 뜻이 아닌 오직 법대로 판결해 주시는 분임을 배워서 알고 있을 뿐이다.

법대로 하지 않고 누군가 원하는 대로 재판을 하려면 여론조사 하고, 광장에서 단두대 들고 인민재판을 하면 그뿐, 뭐 하러 법에 맡기겠는가. 그리고 재판관께서는 뭐 하러 그 어려운 법 공부를 하셨는가. 법의 공정함을 상징하는 정의의 여신 디케는 칼과 저울을 들고 있을 뿐, 두 눈을 가리고 있다. 그런데 우리나라 법원에 세워진 여신은 칼 대신 법전을 들고 두 눈을 말짱하게 뜨고 있다. 설마 어느 쪽 줄이 더 길까, 잘 살펴보고 헤아린 후 머리수 많은 쪽의 손을 들어주라는 뜻은 아니었을 것이다. 많은 분들이 재판관님의 그 말씀을 불안해 한다. 국민이 원하는 것은 '법에 쓰인 대로 엄정하게 판결'하는 것임을 잘 알고 있으며 그를 위해 최선을 다하고 있다는 의미였으리라, 굳게 믿고 싶다.

2017년 1월 3일 화요일

양의 탈을 쓴 늑대는 늑대일 뿐

얼마 전 모 정치평론가와 언론계 종사자들의 저녁식사 모임에 아주 우연히 합석한 적 있다. 그들이 나누는 이야기를 듣고 나는 사실 기겁했는데 대충 이런 말들이 오갔다. "박근혜 일당. 거지같은 지도자. 촛불집회 참여자가 종북추종자뿐이겠는가. 헌재가 탄핵을 가결시킬 가능성이 높다는 말이 들린다. 시진핑과 아베한테 무시받는 역대 최악의 정부. 무서워서 청와대에 숨어 아무것도 못한 소통불능. 오만한 박근혜 시대는 끝났다. 무덤으로 보내야 한다. 탄핵이 가결되든 말든 그는 4월에 퇴진해야 하고 대선을 치러야 한다……."

물론 이에 대해 반박하는 목소리도 없는 건 아니었다. 그러나 내 귀로 분명히 들은 건, 그들 속에서 "우리 MB"라는 말이 공공연히 나왔고 "김영란법을 박근혜가 왜 그렇게 서둘러 밀어붙였는지 모르겠다."는 불만의 목소리도 컸다는 것이다. 그들의 주장은 결국 "무너진 보수의 가치를 세워 '무슨 수'를 써서라도 좌파정권 창출만은 막아야 한다."로 모아졌다. 나는 어색하지 않게 그 자리를 일찍 빠져나왔다. 좌파 모임이었다면 물론 가지도 않았겠지만, 그렇게 놀라지도 않았을 것이다. 그때 내가 받은 충격은 말로 다할 수 없었다. 그 후 개인적인 자리의 일을 발설하는 게 옳지 않은 것 같아서 "대통령이 잘못은 했지만, 이라고 단서를 달고 말하는 사람을 나는 믿지 않는다."라고 쓰는 것으로 일단 충격을 접었다. 하지만 얼마 전 그가 어느 방송에 나와서 스스로 조기 퇴진설을 주장한 이상, 내가 더 이상 입 다물어야 할 이유가 사라졌다. 그리고 이 의견이 단지 우려만은 아니라는 걸 알려야 할 것 같아 밝힌다. 양의 탈을 쓴 늑대는 늑대의 본성을 추구한다. 그런데 이들은 무너진 '보수의 가치를 세워야 한다.'고 주장하며 자유통일 대한민국을 지켜내려는 애국시민들의 지지를 등에 업으려 하고 있다. 그리고 그들 말대로 '좌파 정권 창출'을 저지한다는 미명 하에 '무슨 짓'을 할지 모르겠다. 자유통일 대한민국의 가치를 지켜내려는 애국시민, 정신 똑바로 차려야 할 때다.

2017년 1월 2일 월요일

장편소설 두 편, 원고지 4천매 분량을 쓴 한 해를 돌아보며

2016년은 생계를 내려놓고 소설에만 매달린 결과 등단하고 10년 만에 두 편의 장편소설을 쓴 뜻 깊은 한 해였다. 원고지 약 4,000매 분량이다. 벌어둔 돈이 있는 것도 아니고, 책으로 낼 기회가 있다는 보장이 있는 것도 아닌데 내내 발목을 붙들고 있던 걱정, 어떻게 살지? 뭐 먹고 살지? 관리비를 어떻게 내지? 이런 현실적인 걱정을 다 외면하고 살았다. 이렇게 나를 몽땅 던져보지 않는다면 죽어도 내 자신에게 부끄러울 것 같았기 때문이다. 다 내던지고 나니 두려움이 사라졌다. 죽어도 이 소설을 다 쓰고 죽는다는 생각을 몇 번이나 했었으니까. 그렇게 지난 해 3월에 〈트러스트미〉를, 그리고 지난 1월 1일 새벽에 〈체리 레몬 칵테일(가제)〉을 끝냈다. 2010년 단편집 〈칼〉은 생의 결핍에 대해 썼던 것인데, 그 빈자리를 사랑으로 채우려 하지만 오히려 더 큰 상처를 끌어안고 살아가는 사람들의 이야기였다. 그때 한 신문사 인터뷰에서 이렇게 말했던 게 기억난다.

"살아가면서 늘 결핍을 느껴요. 모자라는 게 있으면 아쉬워서 어떻게든 채우려 했지요. 하지만 요즘 들어 그 결핍이 처음부터 그대로 두었어야 할 삶의 여백이었는지도 모른다는 생각을 하고 있어요. 무리하게 채우려 들다가는 상처만 커질 수 있으니까요."

그런데 작가로, 사람으로, 나이를 더하면서 생각이 좀 달라진 것 같다. 자랐다고 해야 할까. 지난 해 쓴 두 편의 장편에서는 그 빈자리를 진실로 채워가고 있다. 이러한 소설적 변화는 지금의 대한민국을 살면서 느끼는 엄청난 물결, 진실을 갈망하는 거센 흐름과 무관치 않다. 새해에는 두 편의 장편을 마저 퇴고하고, 한 권 분량이 될 수 있도록 단편소설도 4~5편을 더 쓰려고 한다. 오라는 데는 없어도 갈 곳이 많다는 사람들처럼, 나 혼자 꽉 찬 스케줄에 뿌듯하다. 무엇보다 장편을 쓰기 전에는 늘 겸손한 척, 그러나 자신 없게 "저는 그냥 소설 쓰는 사람이에요." 하고 기어가는 목소리로 말하거나 그조차 말하지 못했는데, 나는 이제 누가 뭐라고 해도 내가 작가인 것을, 내가 소설가인 것을 안다. 모르겠다, 정말 어떻게 살아가야 할지. 소설 쓰고 싶은 마음 말고는 현실적으로 다른 능력은 완전 무능하니까. 그러나 작가로서도, 사람으로서도, 이제야 내 자신에게 부끄럽지 않다. 그리고 살아 있는 한 막다른 골목이란 없다고, 사방이 막혔다면 하늘로라도 솟아날 구멍이 있다고 믿는다.

이제야 마침내 소설이라는 우주선을 타고 내가 꿈꾸던 별나라에 도착한 것 같다. 나 말고는 아무도 없지만, 저 혼자 감자 심고 노래하고 춤추며 구조될 것을 믿는 영화 〈마션〉 속 주인공처럼 나 혼자 이 시절, 소설 쓰며 견디고 있다. 그러다 보면 또 영화 속 주인공처럼, 나와 뜻을 같이 하는 동료들을 만나게 될지도, 어찌어찌 지구에 돌아가 의젓한 작가로 내 소설을 사랑해주는 독자들을 만나는 날도 오지 않을까.

대한민국의 시계는 거꾸로 간다

2016. 12. 31. ~ 12. 1.

'무죄추정의 원칙'은 피고인이 재판을 모두 끝내고 법원에서 유죄로 판결이 확정될 때까지는 죄가 없는 것으로 간주한다는 법의 약속이다. 그런데 우리나라는 법치민주주의 국가가 맞는가?

미국영화 보면 유죄판결 받을 때까지는 재판 받을 때도 양복 입고 나오던데, 우리 현실은 혐의만으로도 긴급체포하고, 수의(囚衣)를 입히고, 포승줄 두르고, 수갑까지 채운다. 연쇄살인범만큼의 대접도 받지 못하는 지독한 인권유린, 인권폭력의 시대다.

– 2016년 12월 30일 금요일

2016년 12월 31일 토요일

블랙리스트에 대한 합리적 의심

'블랙리스트 문화인에 정부 지원 펑펑?' 文을 지지한다고 발언이든 서명이든 한 적도 없는데 내 이름이 블랙리스트에 들어갔다는 거 알았을 때 그 정황을 의심했다. 다른 예술 쪽은 모르지만 예를 들어 2012년 정권교체를 바라며 文지지 선언을 했던 젊은 시인, 소설가 등 137명의 명단이 있다. 이들 중 한 작가는 그들을 대표해서 벌금 100만 원 판결까지 받았다. 하지만 '2012년 12월 文후보 지지선언 문화예술인 4,110명'에 그의 이름은 없다. 세월호 시국선언 쪽으로 명단이 올라간 경우도 있지만, 나머지 137명의 작가들 이름도 상당수는 빠져 있다. 지난 10월 국정감사 때 '블랙리스트'의 존재를 알린 것도 한때 시인으로 이름을 날려 국회의원이 된 D다. 그들은 다만 꼬투리 잡아 촛불을 들 명분, "우리가 블랙리스트다!"라는 그럴듯한 구호가 필요했을 뿐 아닐까, 그런 합리적 의심을 거두기 힘들다.

2016년 12월 30일 금요일

나는 되지만 너는 안 된다

'무죄추정의 원칙'은 피고인이 재판을 모두 끝내고 법원에서 유죄로 판결이 확정될 때까지는 죄가 없는 것으로 간주한다는 법의 약속이다. 그런데 우리나라는 법치민주주의 국가가 맞는가? 국회독재 전체주의가 완벽히 실현된 나라라고밖에는 생각되지 않는다.

세월호가 물에 빠진 날, 나는 한정식 먹어도 되고 너는 라면도 먹으면 안 되고, 나는 북한 결재 받아도 되고 너는 언니한테 의견 물어보는 것도 안 되고, 나는 세상 어디로도 갈 수 있지만 너는 출국금지 받아도 싸고, 내 마누라는 성형해도 되지만 너는 보톡스도 맞으면 안 되고, 나는 일곱 시간 별별 짓 다 해도 상관없지만 너는 20분 머리손질 해도 안 되고, 나는 무식해도 되지만 너는 내 말도 못 알아듣는 기본도 안 된 여자일 뿐이고, 나는 횃불, 각목 휘둘러도 합법이지만 너네는 태극기만 들어도 불법이고, 나는 돈 받고 촛불 들지만 너네는 네 돈 내고 나와도 안 되고, 내 아들은 어디 있는지 알아도 모르지만, 니네 딸은 인터폴 수사협조해서 데려와야 하고…….

미국영화 보면 유죄판결 받을 때까지는 재판 받을 때도 양복 입고 나오던데, 우리 현실은 혐의만으로도 긴급체포하고, 수의(囚衣)를 입히고, 포승줄 두르고, 수갑까지 채운다. 연쇄살인범만큼의 대접도 받지 못하는 지독한 인권유린, 인권폭력의 시대다.

2016년 12월 30일 금요일

그런 사람을 믿지 못한다면, 누굴 믿어야 하는 것일까?

이번 최서원 사태에 대해 "박 대통령이 잘못은 했지만"이라고 단서를 다는 소위 '보수'라는 사람을 나는 믿지 않는다고 얼마 전에 글을 올린 적 있다. 정치적 계산이나 개인의 편견이 들어가지 않고서는 사태의 핵심을 정확히 파악하지 못할 리 없다고 생각했기 때문이다. 나는 박사모가 아니다. 다만 법과 진실이 존중받는 자유통일 대한민국을 위해 그를 지지할 뿐이다. 그러나 그에 대해 언론이 핍박하며 드러나는 정황들로 인해 박근혜 대통령만이 지금의 대한민국을 지킬 수 있다고 믿는 것도 사실이다. 그의 인격과 내공, 진심을 믿기 때문인데, 인격적으로 그를 신뢰하게 된 계기가 있었다.

세월호 당시, 말 그대로 당장이라도 달려들어 '찢어죽일' 것 같은 분위기 속에서도 팽목항의 유족들 앞에서 보여준 그의 침착함과 설득력을 보고나서였다. 연기로 될 수 있는 것도 아니고 가식으로 보일 수 있는 것도 아니었다. 그건 진심이었다. 대체 어떤 내공과 정신력을 갖게 되면 저 자리에서 저렇게 할 수 있을까, 그때부터 반신반의하던 그에 대한 신뢰가 확고해졌다.

그리고 두 번째는 바로 최서원이다. 피가 섞이지 않은 타인과의 관계는 10년의 세월을 이기기 힘들다. 오죽하면 10년이면 강산도 변한다고 했을까. 하물며 변덕스럽고 여리고 이기적인 인간의 마음이다. 사람과 사람의 관계는 그래서 어느 한 쪽만 잘한다고 이어질 수는 없는 것이다. 그런데 수십 년간 언니동생 하며 지낼 수 있었다면, 더구나 아무것도 바랄 수 없는 어려운 시절, 속옷까지 챙겨줄 사이라면, 대통령도 최서원도 보통 사람은 아니구나, 유추할 수 있었다. 내가 이번 사태를 처음부터 냉정하게 볼 수 있었던 이유였다.

대통령은 음해가 시작되자마자 아주 사소한 일이었음에도 사과했고, 최서원은 억울했을 텐데도 바로 들어와 조사에 임했다는 것 또한 그들의 관계와 성정을 증명하는 것이었다. 게다가 털어도 털어도 나오는 게 없다. 그런 사람을 믿지 못한다면 누굴 믿어야 하는 것일까? 그것이 청렴이고 진실이라는 걸 알지 못한다면 대체 무엇을 기준으로 사람을 판단해야 하는 것일까?

2016년 12월 27일 화요일

아이들을 정치 앵벌이 시키는 어른들

- 청소년들이 앞장서서 헬 조선을 갈아엎자!

우리 아이들을 어찌 할까. 부끄러운 거였을까. 광화문 촛불집회에 참여하며 플래카드를 들고 서 있는 아이들에게 카메라를 들이대니 아닌 척, 이쁜 척, 모두가 고개를 옆으로 돌렸다. '즉각 퇴진' 카드를 들고 서 있던 아이 앞을 지나며 "뭘 알아서……."라고 혼잣말처럼 했는데 이쁘게도 생긴 아이가 귀도 밝아 대꾸했다. "알아요!"

그래, 알겠지. 저들이 가르쳐준 거짓을 알겠지. 그 거짓이 진실인 줄 알겠지. 아이들 시켜 앵벌이 시키는 어른은 나쁘다. 아이들 앞장 세워 정치적 도구로 쓰는 어른들, 참 나쁘다. 아이들 머리에 독을 넣어 역사를 왜곡하려는 사람들, 그에 동참하는 윗분들, 참 나쁘고 나쁘다.

2016년 12월 26일 월요일

지금은 힘이 약하고 지는 것 같아도

한 쪽은 못한다, 밉다, 내려가라, 물러가라, 단두대로! 를 외친다. 한 쪽은 잘한다, 고맙다, 사랑한다, 지키자 내 나라!를 외친다. 촛불이 꺼져가는 이유다. 태극물결이 살아나는 이유다. 그들조차 몇 번 외치고 나니 지치고 싫증나고 고통스럽기 때문이다. 모든 생명은 밝고, 따뜻하고, 환한 마음을 원하기 때문이다. 처음엔 이기는 것 같아도 미움은 이내 싫증내지만, 처음엔 지는 것 같아도 사랑은 점점 더 크고 깊고 따뜻하기 때문이다.

2016년 12월 24일 토요일

오늘의 수모를 잊지 말고 큰 재목이 되시라

얼마나 털 게 없으면 여성 대통령의 사생활을, 미용을, 시시콜콜 파헤치는지 모르겠으나, 얼마나 인생이 재미없으면 환갑 넘은 싱글 여성 대통령의 심심한 사생활에 시민들이 분노하는지 모르겠으나, 얼마나 핀트를 못 맞추면 어린 학생들의 죽음을 일국의 대통령에게 책임 지우려 하는지 모르겠으나, 그에게 죄를 씌우기 위해 많은 사람들을 불러낸 청문회. 그런데 J대위, 군에서, 청와대에서 간호장교의 위치란 참으로 미미하다던데, 아직 어리고 여린 것만 같은데 침착하고 당당하다. 지금 그대로, 오늘의 모욕과 어려움을 잊지 마시고 심지 굳게 당당하게, 부디 나라의 큰 재목이 되시길 바란다.

2016년 12월 24일 토요일

주장과 다른 속내

'박근혜가 잘못을 했지만'이라는 단서를 달고 이야기하는 소위 '보수'라는 언론인, 정치평론가들 중 일부는 김영란법에 앙심이 큰 것 같다.(종북이나 더 검은 그림자에 추한 꼬리가 잡혀 꼭두각시 노릇을 하는 게 아니라면) 무너진 보수를 다시 세워야 한다고, 좌파에게 정권이 넘어가게 해서는 안 된다고 주장하지만, 그들 무리가 원하는 건 다만 자신의 이권을 지키는 것, 되찾는 것, 빼앗기지 않는 것이 아닐까 의심스러워진다. 내 돈 주고 내 밥 먹는 거, 없으면 없는 대로 사는 거, 그게 참 힘든 일인가 보다.

2016년 12월 23일 금요일

진화의 길목을 아우성치며

사람들이 진실과 행복보다 거짓과 불행에 더 열광하는 것은 악하기 때문이 아니다. 약하기 때문이다. 발톱도 이빨도 무기가 될 수 없던 나약한 생명체, 털도 비늘도 없이 더위와 추위를 견디고 뭍과 물에서 살아남아야 했던 원시시절, 언제 포식자에게 잡혀 먹을지 알 수 없는 상황에서 그들은 아무 때나 죽으면 어때 하는 긍정 마인드와 포식자 앞에 있는 그대로의 모습을 드러내는 진실, 그리고 골리앗 앞에 선 다윗처럼 겁 없이 뛰어나가 맞서는 용기, 이 세 가지 '만용'이 죽음을 훨씬 쉽게 불러 온다는 것을 경험했을 것이다.

반면에 우연히 얻어 쓴 맹수의 가죽털이 적을 겁먹게 한 적이 있을 것이다. 납작 엎드려 죽은 척 연기해서 위기를 모면한 적도 있을 것이다. 이러한 경험의 축적은 거짓과 위장이 생존의 지혜라고 믿게 했을 것이다. 그렇게 영악해진 종족만이 살아남았을 것이다. 그렇게 그들이 다수가 되었을 것이다.

그 결과 진실과 용기와 긍정은 생존에 취약하다는 경험을, 거짓이 생존에 유리하다는 정보를 유전자는 지금껏 기억하고 있을 것이다. 그래서 문명화된 우리의 몸과 마음은 밝은 아침을, 따뜻한 태양을, 안전한 세상을 바라지만 우리의 뇌는 여전히 행복과 안정을 낯설어하고 불안과 거짓에 익숙한 것이다. 진실을 말하고 용기 있게 앞장서고 위기 속에서도 행복한 듯 보이는 사람을 보면 이질감과 적대감을 느끼는 것이다. 진실하다고 깝죽거리는 너, 그러다 죽고 싶어? 너는 나와 뭐가 다른데? 왜 어둠을 무서워하지도 않고 설쳐대는데? 불안을 느끼는 것이, 거짓으로 위장하는 것만이, 너를 생존시킬 수 있어. 그러니 까불지 말고 거짓의 무리 속으로 뛰어 들어와!

어쩌면 우리는 이제야말로 우리 안에 남아 있는 원시문명의 잔재를 털고 진실의 가치를 존중하는 차원 높은 인간으로 발돋움하고 있는 것이 아닐까. 지금 한반도에서, 대한민국에서, 바로 그 진화의 길목을 아우성치며 뜨겁게 휘몰아가고 있는 것이다.

2016년 12월 22일 목요일

수치심을 모르는 청문회

내가 그래도 남자인데, 내가 그래도 명문대를 나왔는데, 내가 그만큼 굽실거렸는데 당신 왜 나한테 한 자리 안 주는 거야? 내가 더 똑똑하고 이쁘게 생겼는데 당신 고작 최서원 같은 여자랑 놀았던 거야? '나'를 앞세우는 마음이 서운함을, 괘씸함을, 분노와 탐욕을 일으킨 게 아닐까. 진실을, 법을, 의리를, 상식을 버리게 한 게 아닐까. 나라를 신나게 어지럽히시는 의원님들의 최근 작태를 보면서, 그들이 무식과 무례를 수치심도 없이 드러내는 청문회 소식을 보면서, 대통령이 왜 혼자 식사를 하셨는지 이해가 된다. 타협할 줄 모르는 성정이 '정치적' 약점은 되었을지언정 사람을 정확히 보는 분이구나, 싶은 건 나뿐인가? 사장이든 수장이든, 자신이 그 아래에서 충성했다면 한 입으로 두 말 하는 거 아니다.

2016년 12월 21일 수요일

대통령이 꿈인 어른들

대통령이 되면 평양에 제일 먼저 뛰어가겠다는 분, 국정원을 없애겠다는 분, 작살부터 낸다는 분, 총리는 무조건 전라도 사람 시켜주겠다는 분, 국가 위해 한 몸 불사르겠다는 분. 초등학교 저학년 학급회의 시간에 가서 물어보고 기사를 내는 게 더 훌륭하겠다. "우리 어린이는 꿈이 뭐예요?" "네, 저는 이 다음에 커서 훌륭한 대통령이 되겠습니다!" 이런 기사라면 흐뭇하게 엄마 미소라도 지으련만.

2016년 12월 20일 화요일

기자 정신은 어디에

"자기 발로 뛰지는 않고 하이에나처럼 남의 특종을 그대로 베끼는 후배 기자들이 요즘 많더군요. 기자라면 절대 해서는 안 되는 짓을 하기도 하고. 3류 소설가처럼 이야기를 지어내거나 예언가처럼 추측하고 예견하는 거 말이에요. 영화평론가처럼 자기 의견이나 감상을 늘어놓는 기사도 드물지 않고요. 도대체 기자가 뭐라고 생각하는 것인지."

"우리 시대에는 기자 정신에 대한 자긍심이 대단했어요. 사실과 진실을 추구하는 것이 제일 목표였지요. 하지만 아무리 발바닥에 굳은살 박히도록 뛰어다니며 취재한 기사라 해도 공인이 아닌, 한 개인의 인생이 심각하게 훼손당할지도 모른다는 판단이 서면 폐기하는 것도 기자의 덕목인 걸 인정할 줄 알았지요. 오해하지 말았으면 해요. 최근에 비일비재한 기사 조작이나 사건 은폐하고는 달라요. 요즘 후배 기자들은 국민의 알 권리라는 미명하에 독자가 알 필요가 없는 건 알지 않아도 될 권리가 있다는 걸 잊고 있는 것 같아요."

/ 김규나 미발표 장편소설 중에서.

요즘 보도되는 언론과 기사를 접하며 드는 이런저런 생각들이 지금 쓰고 있는 장편소설 속으로 밀물처럼 흘러들어오고 있다. 이래서 작가가 어느 시대를 살았으며, 그 시절을 어떤 시선으로 바라보고 있는가는 작품을 해석하는 데 있어 매우 중요하다.

2016년 12월 18일 일요일

그건 민심이 아니야

헌법재판소 앞에는 젊은 친구들이 많았던 모양이지만 광화문에는 50대 이상 중장년층이 대부분이었다. 반대로 탄핵을 조급하게 서두르는 저들은 '청소년이 앞장서서 헬 조선을 갈아엎자'는 플래카드를 들고서도 부끄러운 줄 모르는 고등학생과 대학생들, 청장년들이 주류를 이루고 있었다. 그들은 땅 밑에 보물이라도 감춰둔 듯, 엉덩이가 시리지도 않은지 광장을 빼앗기지 않기 위해 바닥마다 터 잡고 주저앉아 있었다.(저러다 치질 걸리거나 여자아이들 냉해질 텐데.) 내 땅이라고 영역 표시하며 오줌 갈기는 개도 아니면서 바닥마다 흉한 스티커를 덕지덕지 붙이고, 산더미처럼 쌓아놓은 '즉각 퇴진' 표어를 오가는 사람마다 나누어주었다. 출판 일을 해봐서 안다. 저렇게 두꺼운 종이에 칼라인쇄를 하려면 돈이 얼마나 많이 드는지. 크레인에 매달아 놓은 성능 좋은 스피커는 애국시민 진영의 말이 들리지 않을 정도로 쩌렁쩌렁 울렸는데 "저는 음악을 하는 사람이지만, 참 슬픈 세상에 살고 있네요."라고 말하던 이름 모를 여자 가수는 장송곡처럼 노래를 불렀다. 무료출연일까, 의심이 드는 건 나뿐이겠지?

처음엔 나라를 빼앗긴 기분이 이런 거구나 하고 참담했는데, 촛불 민심의 실체를 알 것 같았다. 그것은 민심이 아니었다. 민심이란 제 스스로 발화하는 불길이다. 언론에서 숫자를 뻥튀기 하고, 엄청난 물량을 들여 스티커를 제작하고, 가수를 데려와 감성을 자극하고, 어린 애들을 앞세워 선동한다고 불이 붙는 게 아니다. 전쟁과 가난으로부터 조국을 지켜낸 분들이 이 나라가 이래서는 안 되겠구나, 노구를 이끌고 나올 수밖에 없는 위기감, 법과 언론이 이래서는 안 된다며 헌재 앞으로 몰려나왔다는 젊고 예쁜 청년들의 자각, 나처럼 술에 술탄 듯 물에 물탄 듯 살다가 나라 걱정 잊고 소설만 좀 쓰게 해주면 좋으련만 도대체 세상이 어떻게 돌아가는 거야, 하고 너무 궁금하고 답답해서 태극기 챙겨들고 나가게 한 절박함, 이게 민심이다. 민심이 무엇인지 모르고 민심을 운운하는 저들은 민심이 얼마나 무서운지 모른다. 민심이 천심이 되는 이치를 모르고 촛불민심이라고 한다.

2016년 12월 17일 토요일

하나의 나라, 두 개의 국민

광화문에 다녀왔다. 애국시민의 모임에 비해 돈 많고 조직화된 저쪽 사람들의 작태를 눈으로 직접 보니 기도 안 차고 할 말도 많지만, 그들에 대해 사진 올리고 이야기하는 건 광고해 주는 꼴이니 그만두겠다. 도저히 융화될 수 없는 두 민족이 사는구나, 처음엔 막막했지만 이럴 때일수록 냉정해야 한다. 저들이 무슨 짓을 하건, 돈을 얼마나 들이붓건, 손에 손에 태극기를 든 애국시민의 뜨거운 나라사랑이 대한민국을 바로 세울 수 있으리라는 확신이 생겼다. 추상같은 법치가 또한 지켜주길 소망했다. 전쟁과 가난으로부터 이 나라를 지켜주신 어르신들께 특별히 감사드리고 싶다. 힘내라 대한민국! 대한민국 만세!

2016년 12월 16일 금요일

부끄럽지 않기 위해 태극기를 들겠다

2013년 12월 31일. 새누리당사 앞에서 얻어온 소형 태극기가 하나 있다. 내 나라와 자유의 소중함을 모르고 살다가 채동욱을 시작으로 NLL 사태, 국정원 해체까지 너무 많은 거짓이 이 나라를 뒤덮고 있다는 걸 깨닫고 어느 날 갑자기 눈이 휘둥그레졌다. 모든 게 변함없는 것 같은데, 다만 반대를 위한 반대를 하는 국회의원이 아니라, 나라를 지켜야 한다고 목소리를 높이는 일반 시민들은 대체 무엇을 위해 저리 싸우는 것일까, 궁금함을 더 이상 참지 못하고 지하철을 타고 혼자 찾아가 봤다. 태극기는 받아들었지만 흔들지도 못하고, 30분쯤 멀찌감치 서 있다가 돌아왔었다. 올해 말까지 써야겠다고 다짐한 소설이 있어서 내내 꼼짝하지 않았지만 내일은 살짝 광화문에 다녀올 예정이다. 아무 힘없는 무명 소설가지만, 또 뻘쭘하게 잠깐 서 있다가 돌아오겠지만, 그래도 법치 대한민국 수호를 위해, 후배 세대가 누려야 할 평화를 위해, 자유통일 대한민국의 미래를 위해, 나 그들 속에 있었다고 역사 앞에, 내 자신에게, 내 소설에게, 부끄럽지 않기 위해.

2016년 12월 16일 금요일

내가 누린 자유의 값을 치러야 할 때가 왔다

선배세대의 희생으로 누린 자유 대한민국이 당연한 것인 줄 알았다. 영원할 줄 알았다. 그러나 후배세대에게 물려주어야 할 자유통일 대한민국을 위해 거짓세력과 치열하게 싸우는 분들을 보며, 평화와 자유는 결코 공짜로 얻어지는 게 아님을 깨닫는다.

2016년 12월 15일 목요일

신이 악인을 창조한 이유

저들의 조작과 배신과 뻔뻔함을 목격하면서 새삼 신의 창조력에 감탄하게 된다. 신이 정말 있다면, 신이 위대한 건 소수의 악인을 창조하고 더 많은 사람들에게는 그와 맞서 싸울 수 있는 지혜와 용기와 인내를 주었다는 것이다. 그들이 없었다면 인간이 저리 사악한 줄 어찌 알았을 것이며, 우리 안에 선한 재능이 내재되어 있는 줄 어찌 알았을까. 자유 대한민국이 소중한 줄도, 우리 대통령이 청렴한 줄도 몰랐을 것이다. 무엇보다 우리가 만들어 가야 할 세상이 어떠해야 하는지도 몰랐을 것이다. 신은, 우주는, 결코 선함만으로 세상을 바꾸지 않는다. 신이 악인을 함께 창조한 이유이다.

2016년 12월 13일 화요일

잃어버릴 것이 있었다면 나도 촛불을 들었을까

만약 내가 일제시대에 살았다면 대한독립만세를 외칠 수 있었을까? 그러지 못했을 것이다. 끌려가 고문 받고 투옥되고 결국 비참하게 죽을 게 뻔하니까. 그래서 절개를 지킨 분들이 고맙고 감사한 것이다. 하지만 얼마 전 '민족문학과 민중문학의 올곧은 정신을 지키기 위해 노력해'온 한국작가회의가 '친일문인기념 문학상' 반대토론회를 개최한다는 소식을 듣고 가슴이 답답했다. 왜 우리나라 문학이 '민족'과 '민중'에 갇혀 있어야 하는지도 동의할 수 없지만, 서정주와 김동인, 최남선과 이광수를 친일 프레임 안에 가둬 매도해야 하는지도 이해할 수 없다. 요즘 저쪽에 '종사'하시는 작가, 예술인들을 보며 어쩌면 고문보다 죽음보다 더 무서운 건 돈과 명예와 권력을 잃는 게 아닐까, 궁금해진다. 작가라면 민족과 민중만이 아니라 인간을, 삶을, 생명을 그리고 무엇보다 진실을 통찰해야 하는 사람들인데 말이다. 바보 같은 소리다. 그들은 자기들이야말로 인간을, 삶을, 생명을 그리고 진실을 누구보다 올곧게 보고 있다고 믿고 있을지 모른다. 최근에 '광화문 촛불 시위를 후원하는 투쟁기금'을 모금한다는 작가회의 메일을 받고 보니 도대체 어디서부터 무엇이 잘못된 것인지 나로서는 더더욱 모르겠다. 나에게도 잃어버릴 명예와 절대 놓고 싶지 않은 권력이 있었다면 촛불을 들었을까. 지금의 이런 생각을 나눌 동료 작가가 단 한 명도 없어 외롭고 힘없는 '오른쪽' 작가는 고작 이렇게나마 푸념을 늘어놓고 있다.

2016년 12월 12일 월요일

좁은 길로는 다다를 수 없는 대의
: 드라마 〈선덕여왕〉

- 대의를 위한 길이 빠른 길로 가면 된다 했느냐? 이 한심한 놈아, 빠른 길로 갈 수 없어서 대의라고 하는 것이다.

/ 드라마 〈선덕여왕〉 중에서.

절대 하지 말아야 할 응원, 헌재를 응원한다는 명목으로 탄핵여론을 조작해서 압박하려 했던 한 사이트의 변덕과 부정과 파렴치를 직접 목격하고 나니, 그들이 왜 이길 수 없는지 확신하게 됐다. 저쪽 사람들, 온갖 샛길로 대업을 이룰 수 있다고 믿는 것 같다. 그들은 이 나라의 주인이 아니니까, 주인 의식이 없으니까, 오직 자신들의 사리사욕만 챙기니까 크게 보지 못하고 멀리 보지 못하는 것이다.

- 주인이 아닌 사람이 어찌 나라를 위한 꿈을, 백성을 위한 꿈을 꾸겠습니까? 헌데 어쩌죠? 꿈이 없는 자는 절대 영웅이 되지 못합니다. 꿈이 없는 자의 시대는 한 발짝도 전진하지 못합니다.

탄핵 가결 이후 그들은 승리하고 모든 걸 다 가진 것처럼 느껴지겠지만, 그들의 재상승은 없다. 가파른 추락에 따른 비명과 처절한 몸부림이 당분간은 춤추는 것처럼 보일지라도. 반대로 우리에겐 시간과 인내가 필요할 것이나 애국국민이, 대통령이, 진실이 자유통일 대한민국의 대업을 반드시 이룰 것이다.

2016년 12월 10일 토요일

클라이맥스를 넘어

지금의 사태를 보는 시각 세 번째, 앞을 내다보는 정치. 전체를 계산하며 돌을 놓는 바둑은 모르지만 소설을 쓸 때 이야기 결미는 알고 시작한다. 그러나 한 치의 오차도 없이 계획대로 되는 것은 아니다. 한 번도 생각한 적 없는데 뜻밖의 인물이 등장하기도 하고, 예기치 않았던 장소로 뛰어가기도 하고, 엉뚱한 대사를 쏟아내기도 한다. 사소한 줄 알았던 한 줄의 문장이 중요한 단서가 되어 엄청난 사건을 터뜨릴 때도 있다. 그러나 작품을 통해 보여주려고 했던 스토리 맵을 완전히 벗어나지는 않는다.

우주는(또는 신은) 우리의 소망을 우리의 방식대로 이루어주지 않는다. 우주는 언제나 우주의 방식대로 일을 한다. 우주의 창조 능력은 언제나 인간의 상상 그 너머에 있기 때문이다. 그러나 결미에 이르면, 아! 이렇게 되려고 그렇게 되었던 거구나! 깨닫게 된다. 재미있는 소설이 독자를 이리 저리 끌고 다니며 웃게 하고 놀라게 하고 마음 졸이게 하다가 끝내는 깊은 감동을 주듯이 말이다.

박정희 대통령이 국민의 배고픔을 해결하기 위해 산업화에 힘쓰는 동안, 6·25전쟁 후 반드시 청산해야 할 이념전쟁을 끝내지 못했다. 박근혜 대통령이 아버지 시대에 하지 못했던 이념전쟁을 치루고 있는 것은 우연일까. 역사의 과제는 한 세대에서 끝낼 수 있는 게 아니다. 바통을 주고받는 릴레이 달리기처럼, 할아버지 대에서 아버지대로, 기성세대에서 자식의 세대로, 또 그 후손에서 후손으로 끝없이 이어진다. 한 사람의 인생은 100년도 되지 않는 짧은 시간이지만 생명의 역사가 수십만 년 유구하게 이어져 오는 것은 그 때문이다.

현재 우리가 쓰고 있는 역사의 스토리 맵, 그것은 세계 위에 우뚝 설 자유통일 대한민국이라는 크고 막중한 대업이다. 어제 탄핵 가결이 결정된 후, 마음이 편안해졌다. 소설을 쓸 때도 작가는 시작과 과정과 끝을 계산하고 쓴다. 독자는 몰라도 지금 쓰고 있는 지문과 대사가 후에 어떤 사건을 가져오리라는 계산을 작가는 하고 있는 것이다. 한 나라의 대통령이다. 돌발적 상황도 있었고 당황해서 잠시 머뭇거린 순간도 있었겠지만, 나는 그가 최소한 이 만큼의 스토리 맵을 갖고 있었으리라는 확신이 든다. 가능하다면 피하고 싶었을 테지만 결코 뛰어넘을 수는 없는 기나긴 가시밭길을, 자신이 십자가를 지고 걸어갈 수밖에 없다는 각오와 다짐을 했으리라 믿는다.

소설의 초반에서부터 느리게 그러나 치열하고 가파르게 클라이맥스를 향해 치솟던 사건과 갈등은 어제 탄핵 가결로 드디어 장렬히 폭발했다. 그들은 샴페인을 터뜨린 모양이지만, 능선을 오를 때 수없이 치루는 전투의 승리가 전쟁의 승리를 의미하지는 않는다. 재미있는 드라마는 최소 5분에 한 번씩 갈등을 터뜨려 줘야 하고, 그때마다 주인공은 점점 더 헤어날 수 없는 위기로 빠져든다. 그렇게 하지 않으면 리모컨을 쥔 시청자의 채널이 돌아간다. 그러나 마음 졸이며 정점을 향해 치닫던 갈등곡선은 이제 급격히 하강곡선을 그릴 것이다. 그만큼 더 급박하고 격렬할지도 모르지만, 그러나 재상승은 없다. 그리고 자유통일 대한민국이라는 대 결미의 감동을 우리는 끝내 마주하게 될 것이다.

우리가 할 일은, 부정하지 않는 것이다. 혹시 실망하고 있다면 지금의 사태를 되돌려서 긍정하는 것이다. 믿고 응원하는 수많은 우리의 마음이 하나가 되면 무한한 에너지가 된다. 법치를 믿고, 대통령을 믿는 것, 무엇보다 우리가 그리고 있는 역사적 스토리 맵을 확신하는 것이다. 우리 자신이 이 거대하고 막중한 역사적 흐름 한가운데 있다는 인식을 분명히 하는 것이다.

2016년 12월 9일 금요일

우리 모두는 역사 앞에서 장기판의 말일 뿐
: 드라마 〈선덕여왕〉

황후 자리만을 바라보다가 뒤늦게 왕을 꿈꾸게 된 미실이 야비한 수를 써서 일으킨 반란. 가까스로 궁궐에서 살아나올 수 있었던 덕만은 자신이 직접 나서지 않으면 사태를 해결할 수 없다는 걸 깨닫고 미실과 대적하기 위해 궁으로 다시 돌아간다. 목숨을 건 위태로운 결정이었다. 그때 만류하는 유신에게 이렇게 말한다.

- 미실의 무리수를 유도해야 하고, 귀족들은 선택하도록 해야 합니

다. 우리 모두는 역사 앞에선 장기판의 말일 뿐입니다.

/ 드라마 〈선덕여왕〉 중에서.

역사적 사실이든 다만 픽션이든, 드라마 속 미실이 일으킨 난은 지금과 참 많이 비슷하다. 공개추국(합법적 탄핵)을 한다고 해놓고 어떻게든 죽이려고 했으니까. 그러나 작전 실패. 결국 미실은 패배를 인정하면서도 덕만의 가슴을 향해 최후의 화살을 쏜다. 그러나 하늘이 돕는 자를 인간이 이길 수는 없다.

오늘 탄핵 가결을 보며 며칠 전 3차 담화를 하던 대통령의 모습에서 모든 걸 내려놓은 자의 평온과 강인함을 느꼈던 기억이 새롭다. 그는 알았을 것이다. 이 싸움이 결코 어중간하게 끝나지 않으리라는 것을. 그 자신이 자유 대한민국의 다음 단계로 넘어가는 징검다리가 되어야 한다는 사실을.

"저들은 할 수 없고 우리는 할 수 있는 것, 저들은 서로 하겠다며 분열되겠지만, 나는 아버지 박정희 대통령의 딸, 과거와 미래를 잇는 가교 역할을 해야 하는 사람입니다. 내가 저들의 촛불을 모두 태워야 합니다. 그 사이 더 많은 국민들은 부디 진실에 눈을 뜨십시오."

그는 온몸으로 말하고 있었던 게 아닐까. 미실이 덕만의 심장에 직접 활을 겨누었던 것처럼, 탄핵이 가결되든 부결되든 저들의 패악은 점점 극을 향해 치달을 것이다. 그러나 덕만의 소엽도(小葉刀)가 활을 막아낸 그 황당무계한 장면처럼, 가끔은 그런 기적이 현실에서도 일어난다. 진실한 사람, 그래서 조상이, 하늘이, 우주가 돕는 이는 사람의 힘으로는 이기지 못한다. 진실을 알아주는 민심, 그것이 천심이기에,

진실을 찾는 우리 국민 한 분 한 분이 덕만의 심장으로 날아온 화살을 부러뜨린 소엽도이다. 아니 조금은 슬프지만 대통령과 우리들이 바로, 시간 속에서는 흔적 없이 사라져 갈지라도, 진실과 법과 자유 대한민국을 지켜내야 할 역사 속 장기판의 말이다.

2016년 12월 9일 금요일

누가 그들에게 대한민국의 운명을 결정할 권리를 주었는가

국기에 대한 맹세를 왜곡 수정하고, 국민교육헌장을 지우고, 애국가 대신 '임을 위한 행진곡'을 부르고, 태극기는 걸지도 들지도 못하게 하고, 우리나라 대통령 대신 북한 국방위원장을 흠모하고, 대한민국을 언제 건국했는지도 모르고, 초대 대통령이 누군지도 모르고, 산업화시킨 대통령은 독재자로 둔갑시키고. 너 몇 살이니? 엄마 닮았니 아빠 닮았니? 촛불집회 나간 사람 손 들어봐, 그렇게 하면 너는 천당 못 간다고 청문회에서 질타하는 국회의원이라는 사람들. 의리도 진실도 모르는 그런 자들이 대한민국과 대통령과 국민의 운명을 결정한단다. 참을 수 없는 한숨.

2016년 12월 8일 목요일

'국기에 대한 맹세'부터 되돌려 놓아야

얼마 전에 올린 이승만 대통령 사진을 보고 누구냐고 묻는 분들이 많아서 조금, 아니 많이 놀랐다. 그분 때문이 아니라 우리나라 역사 교육이 이렇게 형편없구나, 새삼 실감해서다. 얼마 전에는 어느 모임에서 국민의례를 하면서 오랜만에 가슴에 손을 얹고 '국기에 대한 맹세'를 들을 기회가 있었다. 그런데 내가 외우고 있는 문장 '나는 자랑스러운 태극기 앞에 조국과 민족의 무궁한 영광을 위하여 몸과 마음을 바쳐 충성을 다할 것을 굳게 다짐합니다.'와 다르다는 것을 처음 알았다. '자유롭고 정의로운 대한민국의 무궁한 영광을 위해'였다. 모르고 있었다. 2007년부터 바뀌었다고 한다. '정의로운'이라니. 정의구현사제단이 앞장 서서 하는 일들이 제일 먼저 떠올랐다. 지금 우리나라는 정의란 허명으로 얼마나 무지막지한 비상식적 일들이 벌어지고 있는가. 정의라는 말에 가슴이 두방망이질을 했다. 찾아보니 미국 국기에 대한 맹세에 대한 표절 같기도 하다.

- I pledge allegiance to the flag of the United States of America and to the republic for which it stands; one nation under God, indivisible, with liberty and justice for all.
  나는 미국 국기와 그 국기가 상징하는, 하나님의 보호 아래 나누어질 수 없으며 모든 사람들에게 자유와 정의를 베푸는, 공화국에 충성을 맹세합니다.

그들이 그토록 증오하는 미국을 따라한 것인지는 알 수 없지만, 신의 보호도 없이, 공화국의 가치를 빼고 남은 앙상한 정의란 위험할 수밖에 없다. 이제야 이 나라가 왜 이렇게 혼란스러워졌는지 알 것 같다. 1948년 8월 15일 건국과 이승만 초대 대통령에 대해 긍정하면 몰상식한 친일파로 몰리고, 민족의 가난을 구제하고 선진국 대열에 올라설 수 있는 발판을 만들어준 박정희 대통령은 독재자로 몰아세우며, 비정상의 정상화를 위해 법과 원칙을 바로 세우려 애쓰는, 유래가 없이 청렴한 최초의 여성 대통령은 아무런 근거 없이 끌어내려 단두대에 세우려 하는 그들, 저들은 지금 그들만의 정의로운 대한민국의 무궁한 발전을 위해 몸과 마음을 바쳐 충성을 다하고 있는 것이 아닐까.

이승만 대통령, 박정희 대통령, 지금의 박근혜 대통령을 역사적으로 바로 평가하는 날이 올 때 대한민국은 다시 설 수 있을 것이다. 그러려면 좁은 소견이지만 '국기에 대한 맹세'부터 원래대로 되돌려 놓아야 한다. 제대로 된 시각으로 수정된 맹세문이 아니라면, 완전한 뜻을 담은 문장은 아닐지언정 기존의 것을 쓰는 게 맞다. 그렇게 하고 계신지 모르겠지만 적어도 애국 모임에서만이라도 본래의 문장대로 되돌려주시길 당부드린다.

2016년 12월 7일 수요일

기자라는 이름이 부끄럽지 않은가

한 나라의 대통령 직에 있는 사람이 세수도 하지 말고, 화장실도 가지 말고, 머리 손질도 하지 말고, (그들이 존경해마지않는 국방위원장이란 자처럼) 옷도 매일 똑같은 거 입고, 눈곱 달고 꾀죄죄, 부스스 헝클어진 채 24시간 국정에 임해야 하나? 자기들은 할 짓 다 하면서 왜 대통령에게 저리 불만이 많을까. 혹시 저들은 그가 흠결 하나 없는 인간이라고, 순결한 처녀 공주라고, 침몰한 배도 척척 건지는 천하무적 울트라 수퍼 원더우먼이라고, 전지전능한 여신이라고 믿었던 게 아닐까. 그런데 알고 보니 자신들과 비슷한 인간이어서, 어떤 면에서는 자신보다 좀 모자란 것도 같은 그냥 사람이어서, 실망에 절망에 분노에 치를 떨다가 완전히 패닉 상태에 빠진 것 아닐까. 감자 냄새를 맡는다고? 쇼핑카트를 한 손가락으로 민다고? 화장 안 해도 이쁜 줄 알았는데, 미용실 안 가도 우아한 줄 알았는데 머리 마는 데 20분이나 걸린다고? 어머나 세상에! 첫날 밤 화장 지운 신부의 맨 얼굴 보고 기절할 듯 놀란 새신랑처럼 두고두고 용서가 안 되는 거 아닐까. 그렇다면 저들의 촛불도, 횃불도, 단두대도 이해가 된다.

그러나 머리가 있고 뇌가 있는 국민들이라면 요즘 허섭스레기 같은 기사를 접할 때마다 깨달을 수밖에 없다. 털어도 털어도 먼지 안 나는 대통령이구나. 오죽 깔 게 없으면 기자들이 저럴까. 당신들도 참 힘들겠다. 그런데 저런 글 쓰고도 밥이 넘어가나, 밤에 잠이 오나, 그러고도 그런 기사로 상을 받나, 그러고도 인간으로서 부끄럽지 않은가.

2016년 12월 6일 화요일

감자 냄새 맡고 손가락 하나로 카트 밀면 안 되나?

영화 〈세상의 중심에서 사랑을 외치다〉에는 연미복을 입은 소년과 웨딩드레스를 입은 소녀가 결혼식 사진을 찍는 장면이 나온다. 그들의 사진은 낡은 사진관에 진열되어 있다. 그들 부부는 아들딸 낳고 잘 살았을까. 그 답은 잠시 뒤로 미루기로 한다.

마트에 들른 대통령이 쇼핑 카트를 손가락 하나로 밀고 있다고, 감자를 사는데 코에 대고 냄새를 맡는다고, 한마디로 네가 뭘 알겠니? 하고 조롱하고 비아냥거리는 내용의 기사를 봤다. 남이야 카트를 손가락 하나로 밀거나 두 개로 밀거나 뭐가 문제일까? 감자를 살 때 냄새를 맡든 씹어 맛을 보든 그것이 국정운영 능력을 평가하는 데 기준이 되는 것인가. 검찰 조사 받는 동안 점심으로 먹은 설렁탕을 싹싹 비웠네 어쩌네 하기 전부터 우리나라 언론의 평균 수준이 개그콘서트보다 더 저질이라는 건 알았지만, 최서원 PC가 어디에서 나왔는지는 찾아내지도 않으면서 쓸데없는 마트 사진 찾아내서 선동하는 걸 보며, 우리나라 일부 기자들과 일부 국민들의 지적, 정신적 수준이 매우 유치하다는 걸 확신하지 않을 수 없다.

박 대통령은 어쩔 수 없이 평생을 대통령의 딸로 살았던 사람이다. 그게 그의 운명이고 팔자다. 그래서 아무리 서민처럼 보이고 싶어도 흉내낼 수 없다. 그 결과 그를 보는 국민은 둘로 나뉜다. 대통령의 딸이니 지가 공주인 줄 아는가 봐, 흥! 하고 배알이 꼴리는 부류는 그가 감자 고르는 법도 모르고, 햄버거를 칼로 썰어 먹어야 하고, 비 오면 제 손으로 우비 모자 하나 쓸 줄 모른다고 씹어댄다. 지금이 무슨 왕조 시대냐고 비아냥거린다. 그런데 재미있는 건, 그들 스스로 그를 엄친 딸이나 공주마마나 대통령의 딸로 인정하고 있다는 것이다. 누가 그렇게 생각한대? 공주라니 말도 안 돼, 하며 부정하겠지만, 그러한 신분 차이에 대한 단정이 머릿속에 없다면 카트를 한 손가락으로 밀던 감자 냄새를 맡든 관심사가 될 이유가 전혀 없다.

다른 한 쪽의 사람들은 그가 대통령 딸이었기 때문에 겪어야 했던 고통을 안쓰러워 한다. 아버지 어머니를 모두 총탄에 잃어야 했던 슬픔을 아파하고, 어떤 이유에서든 결혼도 하지 않고 평생 혼자이면서도 동생과 조카들마저 만나지 못하는 처지를 가여워 한다. 그래도 그런 인간적 아픔 다 이기고 아버지의 큰 뜻을 이어 이 나라를 일으켜 주길 바란다. 여기서 재미있는 것은, 모자란 사람이든 바보 공주든 그를 못마땅해 하는 사람들이 그를 인간적으로 안쓰러워 하는 사람들에게 지금이 왕조냐, 그가 공주냐, 너희들이 신하냐 하고 손가락질하는 모순된 상황을 만들고 있다는 것이다.

나는? 나는 솔직히 어느 쪽도 아니다. 내가 내 운명을 묵묵히 살 듯 그도 그에게 주어진 운명을 살고 있는 것일 뿐, 나는 그가 공주여도 배 안 아프고, 그가 총탄에 부모를 다 잃었어도 사람은 저마다 아픔이 있는 거니까, 내 아픔은 아니니까 할 뿐이다. 그래서 사실 대통령이 되기 전에는 나는 그에게 관심 없었다. 오히려 그런 정신적 고통을 겪은 사람이, 더구나 여성인데, 여자를 우습게 보는 사회에서, 제대로 이 나라를 지켜낼 수 있을까 의심했었다. 내가 그를 지지하기 시작한 건, 아이러니하게도, 사람들이 그를 본격적으로 흔들기 시작하면서부터였다.

왜 그다지 잘못도 없는데 저 사람을 못 잡아먹어 안달이지? 그 사람보다 저기 저 사람이 더 잘못한 거 아닌가? 의심하게 되면서부터였다. 그러면서 깨달았다. 지금의 현직 대통령을 지키지 못하면 이 나라 법치가 흔들리겠구나! 이 나라 자유민주주의가 무너지겠구나! 그런데 이 양반, 내가 생각했던 것보다 잘 버틴다. 내가 기대했던 것 이상으로, 내가 견딜 수 있는 극한의 경계, 그 이상에 서 있는 사람이다. 내공이 무척 단단한 사람이라는 생각이 든다. 무엇보다 확고한 국가 안보의식과 통일에 대한 대담한 비전이 마음에 들었다.

앞에서 말한 사진, 영화를 본 사람은 알겠지만, 두 사람은 결혼하지 않았다. 죽음을 앞둔 소녀가 영원히 기억되고 싶다고 해서 사진관 아저씨가 웨딩드레스와 양복을 빌려주고 공짜로 찍어준 것이다. 사진은 가끔 진실이다. 그러나 대부분의 사진은 조명발, 화장발, 각도발이 아니더라도 순간의 착각이자 기억의 조작일 확률이 더 크다. 하지만 언론에 실린 사진이 진실인듯, 평생 대통령의 딸로 살았던 그는 아마도 카트 밀어본 적 없고 감자 한번 사본 적 없을 것이다. 속옷도 최서원이 사다 줄 정도로 바깥 외출을 마음대로 할 수 없었는데 무슨 카트를 밀고 감자를 샀을까. 그러니 어쩌라고?

누구나 다 같은 운명을 살지 않는다. 그는 행인지 불행인지 우리처럼 평범한 범부의 딸이 아니어서 우리가 다 해본 것들 못해본 게 천지일 거다. 그러나 글 쓰는 사람이라고 해서 시 잘 쓰고 드라마 잘 쓰고 소설까지 잘 쓰는 건 아니다. 일류 프랑스 요리사라고 해서 일본인처럼 생선회를 능숙하게 뜨거나 된장찌개를 구수하게 끓일 수 있는 것은 아닐 것이다. 여자라고 해서, 나이 그만큼 먹었다고 해서, 마트 가서 능숙하게 장 보고 감자 잘 골라야 하는 것도 아니다. 대한민국 여자는 다 밥 잘하고 김치 잘 담글 것 같지만, 범부의 딸로 태어나 별 볼일 없이 사는 나도 어찌 된 팔자인지 이 나이 되도록 김치 한 번 담가본 적 없다.

다른 정치인들은 다를까. 국회 드나드는 그분들, 마트 가서 카트 잘 밀고 감자 잘 골라서 간에 붙었다 쓸개 붙었다, 의리도 모르고 뒤통수 때리며 이 나라를 다 말아 드시고 계시는 것인가. 만약 좋아하는 남성이 마트 가서 카트 한 손으로 밀었다면 힘세다고 하지 않았을까. 감자 냄새 맡았다면 귀엽다고 깔깔 웃지 않았을까? 그래도 대통령은 그러면 안 되는 것인가? 오렌지처럼 감자 향기 맡고 원더우먼처럼 한 손가락으로 카트 잘 밀어서 대통령 물러나라는 것인가?

앞으로 나도 마트에 가서 감자 고를 때는 킁킁 냄새를 맡아야겠다. 흙냄새가 얼마나 신선하게 묻어 있나, 농약은 치지 않았나, 방부제 냄새는 나지 않나, 코로 살펴야지. 그리고 쇼핑 카트도 한 손가락으로 밀어야겠다. 아무것도 안 든 상태에서 잠시 머물러 서 있을 때, 카트가 무슨 낙하산 안전바라도 된다고, 두 손으로 꽉 쥐고 매달려 있을 필요가 있냐고 도대체.

2016년 12월 5일 월요일

악마란 거대하게 부풀어 오른 국민의 변덕
: 드라마 〈리갈하이〉

- 진짜 악마는 거대하게 부풀어 올랐을 때의 민의(民意)야. 자신을 선한 사람이라고 믿어 의심치 않고, 추레한 똥개가 하수구에 빠

지면 일제히 모여서 뭇매를 때리는 그런 선량한 시민들이다.

/ 드라마 〈리갈하이〉 중에서.

배우 사카이 마사토가 변호사로 분한 일본 법정드라마 〈리갈하이〉를 처음 보면 뭐 이런 괴상한 캐릭터가 다 있나 싶지만, 이 드라마가 담고 있는 '법'의 가치와 실현은 현재 우리나라에는 상상도 하지 못할, 그야말로 하이(high)하다. 조작된 증거와 조작된 증언을 바탕으로 증거 불충분한 피의자에게 사형을 내려야 한다는 검찰 측 주장에 대해 주인공은 민의란 무엇인가?를 질문하며 변론을 펼친다. 그러나 드라마 속 변호사와 변론을 그대로 우리 법정에 가져온다 해도 요즘 판사님들 하는 걸로 봐서는 이길 승산은 없을 것 같다.

2016년 12월 5일 월요일

청렴한 대통령에게 퇴진을 촉구하는 스님들이라면

지금의 사태가 있기 한참 전, 가까이 지내던 어느 스님이 영화 〈변호인〉을 보았느냐고 내게 물었다. "그 영화는 진실이 아니어서 보지 않았습니다."라고 내가 답했다. 그때는 더 이상 말을 하지 않았는데 나중에 다른 자리에서 그 스님이 이렇게 말했다. "나는 우리나라 국민이 더 행복해져야 한다고 믿습니다. 그러나 영화 이야기를 했을 때, 선생님과는 우리나라 정치 현안에 대해서는 이야기를 나누지 말아야겠다고 생각했습니다." 그분도 나를 보며 답답했겠지만 중생의 어리석음을 깨우쳐야 할 자리에 있는 그분을 바라보는 내 마음만큼 암담하진 않았을 것이다.

조계종 승려 2천 684명이 대통령 즉각 퇴진을 촉구하는 시국선언을 했다고 한다. 그것이 수행의 결과라면 나는 다시는 스님들께 두 손 모아 합장하지 않겠다. 그것이 그분들이 말하는 정법(正法)이라면, 나는 그 위법(違法)을 따르지 않겠다.

2016년 12월 4일 일요일

환멸의 바닥

보수를 불태우라는 말이 떨어지기 무섭게 서문시장 불나고, 박정희 대통령 생가 불타고, 법원은 청와대 100미터 앞까지 시위대의 접근을 허락했다. 그들은 이제 마스크 쓰고 횃불 들고 청와대로 뛰어가고, 마트에서는 대통령 물러가라 배지 달고 장사하며, 휴게소에서는 박사모 유니폼 입은 사람한테는 커피도 안 판다고 한다. 언론은 민심 100배 뻥튀기 장사에 혈안이 되어 있다. 모두가 이 말도 안 되는 무법천지, 국가 위기를 축제인 양 즐기고 있는 것처럼 보인다. 이게 무슨 컴퓨터 게임인 줄 아는 걸까.

국민이 법 없이도 살 수 있으려면 법과 법의 실천이 추상같을 때뿐이다. 그러나 지금의 법은 국민의 안전과 국민의 건강한 정신을 지켜주지 못하고 있다. 무정부 상태인가. 이 나라는 내 나라가 아니고 저들의 나라인가. 둘 중 하나다. 그들이 죽든 우리가 죽든. 하지만 나는 저들의 축제가 얼마 남지 않았다고 확신한다. 나처럼 정치도 이념도 모르던 사람이 내전상황이라는 것을 의식할 정도라면, 우리나라 현실이 한반도 상황에만 국한되어 있는 게 아니라는 것을 나조차 분명히 인식할 정도라면, 나처럼 온건한 사람조차 '죽어도 마땅한 사람들이 있다.'는 일부 주장에 동조할 수밖에 없다면, 그들의 패악이 거의 환멸의 바닥까지 왔다는 증거이기 때문이다.

2016년 12월 3일 토요일

낙타에게 텐트를 빼앗긴 주인

H마트 직원들이 대통령 퇴진 배지를 달고 판매중이란다. 자율적으로 원하는 직원만 다는 것이라고 했다는데, 이왕이면 단두대로 잘려 피 뚝뚝 흘린 머리 모형을 달았으면 더 화끈했을 것을. '눈에는 눈, 이에는 이'를 좋아하지 않는다. 복수를 복수로 갚는 것은 원한을 잠재우지도 못하고 오히려 악연을 반복하게 한다고 믿기 때문이다. 어떤 이유에서건 '죽여야 한다.'는 취지의 댓글에는 섣불리 '좋아요'를 누르는 것조차 조심스러운 이유다.

사막의 밤, 춥다고 텐트 안으로 머리를 들이민 낙타에게 "여긴 네 자리가 아니야. 나가!" 처음부터 딱 잘라 선을 긋지 않은 주인은 처음엔 머리, 그 다음엔 다리, 그 다음엔 엉덩이까지 들이밀고 들어온 낙타에게 텐트를 빼앗기고 사막 모래벌판에서 덜덜 떨며 새우잠을 자야 하는 신세가 되는 법이다. 이렇듯 작은 욕망과 사소한 것 같은 악(惡)은 보통 사람들의 이러한 부드러움과 너그러움, 혹은 망설임 덕에 기생한다. '그래. 너도 먹고 살아야지.' 슬쩍 눈감아 주면 숙주를 통째로 파먹는 기생충처럼, 악은 천천히 사회를 병들게 한다.

광화문 광장으로 촛불 들고 나가는 거야 개인의 자유라고 할 수 있지만, 서비스 업종에서 일하는 사람들이 저마다 의견이 다를 수 있는 숱한 사람들 앞에서 자신의 무법한 소견을 가슴에 떡 하니 드러내고 내가 먹을 쌀과 부식과 과자를 판매한다니, 도무지 있을 수도 없고 있어서도 안 되는, 도저히 상상할 수도 없던 일들이 아무렇지 않게 벌어지고 있다.

2016년 12월 3일 토요일

좌파의 근간이 된 모순이론

어느 모임에서 모 대학 국문과 교수가 초빙되어 30여분 기초 인문 강의를 했다. 그는 대학 신입생 오리엔테이션에서 매해 같은 질문을 한다고 했다. 커피를 다 마시고 난 뒤 빈 컵을 보여주며 이 안에 커피가 있는가 없는가? 묻는 것이다. 다양한 답이 나온다고 했다. 없다, 있다, 있기도 하고 없기도 하다, 있는 것도 아니고 없는 것도 아니다 등등. 교수는 애매모호한 답을 한 학생들일수록 매우 똑똑하다고 칭찬했다.

교수의 논리는 정말 맞는 것일까. 커피를 다 마시고 나면 마실 수 있는 커피는 없다. 있다면 커피 찌꺼기가 남아 있을 테고, 향기가 남아 있을 것이다. 커피가 있었다는 과거 시제로 묘사될 수 있으며, 커피를 마셨던 기억이 있을 뿐이다. 그러나 내가 마실 수 있는 커피는 분명 없다. 그것이 사실이고 진실이다. 하지만 빈 컵을 보며 있기도 하고 없기도 하고, 있지도 않고 없지도 않다는 말을 처음 듣는 순간 말랑말랑한 머리들은 충격을 받고 새로운 세상이 열린다고 믿을 게 분명하다. 아, 이런 게 인문학이구나! 이런 애매모호하고 합리적인 모순이 가능하구나!

데리다나 들뢰즈라는 이국적인 작가의 이름과 진실에 대한 관점의 분산과 해체, 그런 이론을 들으며 눈을 빛낼 것이다. 이것도 저것도 선택할 수 없는 모순에 빠지는 것을 지적 성취라고 느끼게 만드는 학문적 접근이 좌파문화를 점령한 포스트모더니즘의 근간이 되어왔을 것이다.

진실에 진실을 더하면 진실이다. 거짓에 거짓을 더하면 거짓이다. 누구나 여기에 반대할 사람은 없다. 그러나 아홉 개의 거짓에 진실 하나를 더하면? 거짓 하나에 진실 아홉 개를 더하면? 여기서부터 사람들은 헷갈리기 시작한다. 아무리 많은 진실을 가지고 있다고 해도 거짓 한 방울이 섞이면 거짓이다. 눈속임 하기 위한 가장 좋은 방법이다. 거짓은 색 물감이고 진실은 맹물과 같기 때문이다. 노랗고 빨갛고 파란 물감 한 방울을 맹물에 타면 퍼지는 모양새하며 색깔하며 황홀하게 아름답다. 그래서 매혹된다. 거짓이면 어때? 예쁘면 되지! 불법이면 어때? 유토피아만 만들면 되지! 나라를 좀 팔아먹었으면 어때? 전쟁보다는 나쁜 평화가 좋은 걸! 있기도 하고 없기도 하고, 있는 것도 아니고 없는 것도 아닌데 폭력이면 어때? 단두대면 어때? 누가 하면 어때? 그러니까 내려와. 내가 할 테닷!

2016년 12월 2일 금요일

대 선배 소설가 선생님께

감히 소설가 V 선생의 칼럼을 좀 반박하겠다. 보수란 말부터 못마땅하지만, 그래도 보수의 목소리라며 모 일간지에 실린 소설가의 글이니 관심을 갖고 읽어보았다. 작가의 의도인지 신문사 편집실의 의도인지는 모르겠으나, 차마 끝까지 읽어내기가 민망하고 거북했다. 폭도에 의해 전복된 한 나라의 여왕에 대한 외국의 희곡 내용을 먼저 소개하는데, 여왕은 비겁하게 도망가고, 그래서 폭도는 대신 그녀를 닮은 창녀를 잡아 죽이게 된다. 그런데 의외로 이 창녀가 '의연히 죽음과 맞서고 그 순간 창녀는 세상의 그 어떤 여왕보다 더 품위 있고 고귀한 여왕이 되어 죽는다.' 그런데 이 모자란 소설가의 눈에는 그의 글이 하야하란 말보다 더 무섭게 읽힌다.

두 번째, 수학적 물리학적으로 10만을 오락가락하는 광화문 촛불을 100만으로 인정하고 글을 전개한다. 지난 대선 때 文의 지지율과 그 비례에 맞춘 국민 숫자, 지금 현 대통령 지지율 4프로를 뺀 반 지지세력 숫자까지 친절하게 써주고 있다.

그의 이름과 게재한 신문의 이름 때문인지 역시 보수 작가의 명문이라며 댓글은 칭찬 일색이지만, 어쩐 일인지 내 눈에는 창녀만큼도 못하게 청와대 앉아 있지 말고 내려와 칼을 받으라는 글로 읽힌다. 대통령을 지지하지 않는 숫자가 이렇게 많으니 국민들이여, 저 대통령 끌어내리라는 말로밖에는 읽히지 않는다. 내 마음이 비뚤어진 것일 게다. 나는 이름 없는 작가이고 그는 감히 넘볼 수 없는 대 작가이니 분명 오독(誤讀)이라고, 그러니 나의 모자람에 대해 미리 용서를 구한다.

하지만 이렇게 어리석은 사람 오해하게끔 써야 일간지 칼럼에 실릴 수 있는 것인지, 좀 더 명백하게 뜻을 밝힐 생각은 없으신지 묻고 싶다. 지독히도 어지러운 나라의 위기에서 이렇게 아리송한 글 쓰시려면 펜을 들지 마시길. 정말 있는지는 모르겠으나 독자들이 기대하는 '보수의 가치'를 살리고 싶다면, 광장 촛불이 국민의 민심이 아니라고 주장하려는 게 진의라면, 일간지 편집장 눈치 보지 않을 수 있는 지면, 차라리 블로그나 페이스북이라도 열어서 명료하게 써 주시길, 그 글로 이 어두운 시대를 견디며 희망을 찾는 국민을 눈 밝게 이끌어 주시길 진심으로 간청 드린다.

2016년 12월 2일 금요일

내 목이 잘리는 건 촛불을 들지 않은 네 탓이야!

학생이 말썽을 일으켰을 때 학부모와 마주 앉아 상담을 해보면 꼭 하는 말이 있었다. "우리 애는 절대 그럴 애가 아니다. 친구를 잘못 사귄 탓이다. 내가 그렇게 그놈이랑 놀면 안 된다고 했는데……." 하지만 그 못된 친구와 죽고 못 살게 붙어 다니는 건 그의 아들이고, 그 아들이 필사적으로 못된 친구바라기가 된 건, 그 부모가 돈 버느라, 일하느라, 부부 싸움하느라, 아이를 제대로 먹이고 입히고 놀아주고 가르치지 않은 탓이라는 결론에 이른다. 그러나 그건 나만 아는 일이고 교사들만 아는 일일 뿐, 부모는 죽었다 깨어나도 그 사실을 인정하지 못한다. 지금 '이 나라를 이 지경'으로 만든 게 그들 자신이라는 걸 그들은 죽었다 깨어나도 모를 것이다. 적화된 뒤 광화문 광장에서 단두대에 목이 잘리는 순간에도 그들은 외칠 것이다. "이렇게 될 줄 알고 나는 광화문에 촛불 들고, 쇠파이프 들고 나갔었어. 그러니 내가 죽는 건 모두 너 때문이야!"

2016년 12월 1일 목요일

저 대통령이 내 대통령이다!고 왜 말을 못해?

'보수를 불태우라'는 말에 서문시장 화재, 박정희대통령 생가 화재. 서문시장 방문 후 차에 올라 박 대통령이 자책하듯 눈물지었다는 뉴스가 있었다. 아버님 생가가 불탔다는 소식에도 마음 아프다 말도 못하는 '홍길동 시대'다. 아버지의 위대함을 위대하다 말 못하고, 빨간 사람들을 빨갛다고도 말 못하고, 내가 지지하는 대통령이 누구다 말하면 몰매 맞고 마녀사냥 당한다. 문득 떠오르는 드라마 대사. "너 바보야? 왜 말을 못해? 누가 너더러 참으래? 참을 이유가 뭐야? 저 대통령이 내가 뽑은 대한민국의 대통령이다, 저 대통령을 내가 지지한다고 왜 말을 못하냐고?"

대한민국의 시계는 거꾸로 간다

2016. 11. 28. ~ 11. 3.

가장 답답하고 안타까운 건 마누라, 남편, 자식들은 외국으로 다 빼돌려 놓고 평양 지시 받는 빨간 정치인들에게 동조하면서 자신들이 누구를 돕고 있는지도 모르는 일부 국민들, 앞으로 이 땅에서 살아가야 할 자식들의 미래를 어떻게 망쳐가고 있는지도 모르는 보통 사람들, 아니 깨시민이라고 자처하는 사람들이다. 성질 같아서는 그에 동조하는 사람들, 그래, 나라 망하고 뜨거운 맛 좀 봐야지 싶지만, 그런 일은 없길 진심으로 바란다.

– 2016년 11월 15일 화요일

2016년 11월 28일 월요일

인간으로서 인간이 부끄러워질 때
: 세라 워터스 〈핑거스미스〉

- 그 창문은 전망이 아주 좋았다. 모든 사람이 이구동성으로 런던 남쪽에서 가장 전망이 좋은 곳이라고 말했다. 교수형이 있는 날이면 사람들은 그 창문가에 자리를 잡기 위해 후하게 값을 치렀다.

/ 세라 워터스 〈핑거스미스〉 중에서.

타인의 불행과 고통과 죽음은 대중에게 가장 흥미로운 볼거리다. 나만 아니면 된다. 그러나 여기까지 이해한다고 해도, 아무리 모형이라지만, 아무리 그들은 인정하지 않는 대통령이라지만, 어떤 트라우마가 있기에, 어떤 인성을 갖고 있기에, 사람 목을 잘라 피 뚝뚝 흘리는 머리모형을 쳐들고 웃을 수 있을까. 어떻게 그런 시위에 동조할 수 있을까. 어떻게 내 아이가 사람의 잘린 머리 모양을 공처럼 차고 놀도록 할 수 있고, 박수치며 잘했다고 머리 쓰다듬어 줄 수 있을까.

사람은 누구나 잘못된 판단을 하고 잘못된 행동을 할 수 있다. 중요한 건, 지금 여기서 그때를 부끄러워하고 사과하고 앞으로 나아가는 것이다. 그러나 타인의 고통을 즐거워하는 이들에게 실망스러운 건 그들도, 그들의 추종자들도, 자신들의 과오를 인정하거나 사과하기는커녕 착오를 감추고, 상대의 공을 가로채고, 헐뜯고 비난한다는 것이다. 그들이 그 사실을 모른 체 외면한다는 것이다. 욕을 하려면 그때 이룬 번영 덕에 얻은 온갖 부귀영화나 누리지 말든지, 그때 깔아놓은 고속도로를 타고 트랙터를 운전해 올라오지나 말든지. 고속도로 건설 때 드러누

웠던 대통령들이 그랬던 것처럼 그들도 단두대로 자른 대통령 머리 모형 들고 시위한 사진 보여주며 자손 대대 민주화 투쟁했다고 자랑하려나? 남의 허물 가리키려면 먼저 내 주변, 내 과오부터 살피는 게 보통 사람의 양심이다. 같은 인간으로서 인간이 가장 부끄러워지는 순간은 부끄러운 줄 모르고 남의 티끌을 손가락질 하는 사람을 볼 때다.

2016년 11월 24일 목요일

두 부류의 작가

- 작가는 두 부류로 나뉜다. 골방에서 홀로 고독을 견디는 작가와 외로움을 이기지 못해 세상 속으로 뛰쳐나가는 작가. 조용히, 겸허히, 수줍게 생을 사랑하는 소수의 작가는 눈을 반짝이며 침묵 속에서 세상을 관찰하고 인간을 고민하며 생명의 고독을 탐구한다. 홀로 지구를 받치고 선 듯 무게를 견디면서도 끙, 소리 한번 내지 않고 눈을 부릅뜬 채, 아픔이 존재하는 이유와 고통이 남긴 의미를 한 자 한 자 원고지에 담는다. 뼈와 살과 피를 발라 쓰느라 세상에서 자신이 조금씩 희미해지고 있다는 것조차 알지 못하지만, 그의 글은 사랑이고 용서이며 포용이고 지혜이다. 그들은 대부분 이름 없이 스러지거나 자취 없이 사라져가기도 하지만 그들이 쓴 글은 오래도록 남아서 나침반이 되고, 등대가 되고, 횃불이 된다. 조문객조차 없는 죽음이라 할지라도 그들의 영혼은 환하고 자유롭다.

깃털처럼 가벼운 생의 무게마저 이기지 못하고 귀를 찢을 뜻 비명을 질러대는 대다수의 작가들은 100일을 참지 못하고 동굴을 뛰쳐나온 호랑이처럼 거리로 나와 어슬렁거린다. 잿빛의 어두컴컴한 얼굴을 가진, 비슷비슷하게 텅 빈 영혼들을 만나, 으슥한 주점에 둘러 앉아 니코틴과 알코올과 염세주의로 그 빈자리를 채운다. 어둠이 내리면 아무런 수치심도 없이 타인의 살을 욕망하고 체온을 더듬지만, 아침이 되면 눈부신 태양을 향해 삿대질을 하고 욕설을 내뱉는 것으로 홀로 견딜 수 없던 외로움을 변명한다. 그것이 또 부끄러워 잠깐 책상 앞에 앉아 분노와 자학의 글 한 줄을 겨우 내갈기고는 작가라는 이름을 붙들고 자위하는 것이다. 그리고 다시 어둠이 내리면 방을 뛰쳐나와 영혼 없는 육체를 만나기 위해 거리를 배회한다.

/ 김규나 미발표 장편소설 중에서.

오늘을 살아가고 있는 작가로서, 내가 본 작가들에 대한 시선을 담게 된다. 더 많은 작가가 지금의 현실을 바로 보게 되길 희망하며.

2016년 11월 21일 월요일

내 자식은 아니지만 대한민국의 아이들이므로

나에겐 자식이 없다. 그래서 사람들이 보편적으로 갖고 있는 정서, 무슨 짓을 해서라도 내 새끼는 내가 지킨다는 의지를 온전히 이해한다고 할 수 없다. 하지만 인류는 자손을 낳아 그 유전자를 지키려는 본능적인 의지와 소망이 한데 어우러져 흘러가는 거대한 생명의 강이다. 그런 세상에서 나처럼 유전자를 남기지 못한 생명체는 어떤 의미를 지닐 수 있는 것일까. 또 눈에 넣어도 아프지 않을 내 아이들이 살아갈 땅도 아닌데 나는 왜 굳이 거짓 선동에 열 받고 공정하지 않은 사태를 보며 부들부들 떨고, 무리 속에서 툭 튀어나와 그들과 다르다고 선언해버린 것일까. 누가 신경이나 쓴다고. 더구나 나 죽고 나면 남의 새끼들, 남의 유전자가 살아갈 이 땅, 대한민국일 뿐인데.

내 유전자의 보존만이 세상에서 가치 있는 것이라면, 유전자를 남기지 못한 개인은 무의미해진다. 그러나 인간이란 삶의 가치를 끝없이 찾아 헤매는 존재이므로, 고정관념을 탈피하여 생각을 확장, 전환하면 상식적으로 일반화된 편견보다 더 깊은 의미를 건져 올릴 수 있다. 가령 당신과 나는 피가 섞이지 않은 남남 같지만 한국인이다. 황인종이고, 아시아인이고, 지구인이며, 유전자의 98~99퍼센트가 똑같은 침팬지와 구별되는, 단 1~2퍼센트 차이로 인간이 된, 인류의 일원이다. 그 작은 차이 속에서 당신과 나를 구분하는 유전자는 얼마큼일까. 반드시 내 유전자를 남겨야 한다는 불멸의 욕망을 한 꺼풀 벗겨내고 나면 생명이 이어진다는 것이 중요할 뿐, 우주는 그것이 누구의 것인지는 상관하지 않는다. 그렇다면 나 또한 애써 내 핏줄, 네 유전자를 구분해야 할 이유는 없다.

내 DNA를 물려받지 않았지만, 적어도 침팬지보다는 훨씬 더 많은 유전자를 나와 공유한 이 땅의 후손들이 오늘날 대한민국에서 벌어지고 있는 사태의 진실이 무엇인지 알게 되길 바란다. 내가 낳은 자식은 아닐지라도 나와 이 시대를 함께 살고 있는 당신의 아이들이 거짓 선동에 속아 광화문으로 촛불 들고 뛰쳐나가지 않길 바란다. 자유발언 한답시고 자신이 더 열심히 공부할 생각은 안 하고, 누구는 말 한 마리 사서 대학 가는데,라며 비아냥거리지 않길 바란다. 자유롭고 치열하게 인생과 자신의 가치를 발견하는 데 힘쓰길 바란다. 그것이 내가 아무도 알아주지 않아도 무엇이 진실이며 거짓인지 더듬더듬 찾아가며 소설을 쓰는 이유다. 100프로 내 유전자는 아니더라도 내가 사는 이 나라, 이 시대를 함께 살고 있는 고마운 당신들의 아이들이니까. 대한민국이 낳은 아이들이니까.

2016년 11월 17일 목요일

무엇을 위해 내 삶을 바칠까

얻는 게 있으면 잃는 게 있다. 잃는 게 있으면 얻는 게 있다. 크게 얻으면 크게 잃고, 크게 잃으면 크게 얻는다. 배신을 일삼고 의리를 모르는 사내를 본다. 원하는 놈에겐 그게 누구든, 무엇이든, 있는 대로 다 주겠다는 여인을 본다. 내 커다란 잘못은 아몰랑, 너의 티끌은 단두대!를 외치는 거짓 떼들도 본다. 적진에서 홀로 용맹하게 싸우는 용사가 있고, 호들갑 떠는 여인네를 추상같은 시선으로 지켜보는 대장부도 있고, 쏟아지는 포탄 속에서도 꿈쩍도 하지 않고 역할과 소신을 지키는 장수들도 있다. 눈앞에 놓인 밥그릇 하나를 놓고 물고 뜯고 싸우는 다수의 소인(小人)들이 있지만, 이치와 사리를 깨달아 전체를 헤아리며 다음 수를 예측하고 제시하는 소수의 대인(大人)들도 있다. 그리고 온갖 음해와 위협에도 굴하지 않고 헌법이 부여한 책임을 목숨 내놓고라도 지키겠다는 '거인(巨人)'을 본다.

닐 타이슨의 다큐멘터리 〈코스모스〉 1편을 보면 다중우주론(多重宇宙論)이 나온다. 그 이론이 사실이든 단지 상상일 뿐이든, 우리 은하와 수많은 이웃 은하들, 멀고 먼 또 많은 은하들, 은하들, 그 은하가 하나의 물방울인 또 하나의 우주, 그런 은하를 수없이 안고 있는 또 수많은 세계. 그리고 그 물방울들이 폭포를 이루는 장면, 점점 멀어지는 시야, 지구도 태양계도 우리 은하도 보이지 않는다. 그 안에서 티끌보다도, 하루살이보다도 미미한 나와 당신은 아주 우연히 생겨난 생명이다. 그러니 로또로 얻은 이 한 생, 흥청망청 즐겁게 막 살아도 되는 게 아닐까 생각한 날도 있었다. 그러나 그렇게 우연히, 어쩌다 얻은 생명이기에 딱 한 번밖에 없는 기회이니까, 그만큼 가치 있게 써야 한다, 가치 있게 살아야 한다.

세상을 보며 절망했다. 사람들을 보며 혐오했다. 그러나 세 사람만 있어도 그 중에는 나의 스승이 있다는 말의 의미를 깨닫는다. 악다구니 쓰고, 억지 부리고, 거짓덩어리들인 그들 덕에 진짜 사람을 만난다. 참 사람을 본다. 참 인간을 본다. 아름답고 소중한 인간의 도리와 가치를 얻는다. '헌법이 부여한 책임을 목숨 내놓고라도 지킬 것'이라는 대한민국의 대통령. 무엇을 위해 내 목숨을 바칠까. 내 인생에서 이 목숨을 바칠 만큼 소중히 지켜야 할 것이 무엇인가. 그를 보며 어제 오늘 생각이 깊다.

2016년 11월 15일 화요일

너희도 살고 싶은 거겠지만

그래, 살아야지, 살려고 발버둥쳐야지. 내가 죽지 않으려면 남을 죽여야 한다고, 내 새끼 굶겨 죽이지 않으려면 남의 새끼 밟아 죽여도 된다고 정당성을 부르짖으며 발악해야지. 그런데 어쩌지. 거짓에 거짓을 더한다고 진실이 되진 않아. 생명은 연약한 듯 느리고 답답하고 속 터지지만, 결국 진실만이 살아남거든. 모든 생명은 (자기 자신에게는) 소중하지만 우주 전체에 다 소중하고 필요한 건 아니야. 그래. 너희도 사실은 믿고 싶은 거지. 우주는 간절히 바라는 걸 이루어준다는 말. 그런데 이 말 가운데 딱 한 마디가 빠졌어. 우주는 간절히 바라(고 진실되게 노력하)면 이루어 준다!야. 그래서 살아남는 생명은 자신의 자리에서 진실하게 살아내는 것들이야. 도덕을 말하는 건 아니야. 그렇게 하지 않으면 안 될 절박함 속에서는 사기를 쳐도 진실하게, 도둑질을 해도 성심을 다해서, 살인을 해도 진심으로. 그렇게 운명을 묵묵히 참고 견디며 조용히 흘러가는 것들에 대해 말하는 거지. 가볍게 속이고, 가볍게 사기치고, 가볍게 죽여서 남의 것을 빼앗는 너희는 열 번 죽었다 깨어나도 이해하지 못하겠지만. 그래서 너희는 겉으로는 이기는 것 같지만 끝내 이길 수 없다는 거야. 우리는 말하지 않아도 그걸 아는데 너희 거짓 무리들은 죽었다 깨어나도 그걸 모르지.

2016년 11월 15일 화요일

이름없는 작가의 믿음

사람들은 다른 사람들도 다 자기 같은 줄 안다. 누구나 자신이 옳다고 믿는다. 아무리 척박한 환경에서도 어떻게라도 살아남기 위해 애를 쓰는 것이 모든 생명의 본능이라지만, 그 중에서도 인간이 가장 치열하고 악랄하게 발버둥친다는 것을, 살아 있는 사람의 관을 지고 100만 촛불이라 우기며 마녀사냥으로 한 나라의 대통령을 끌어내리려는 무법한 자들을 보며, 실감한다. 결국 현직 대통령이 검찰조사를 받는 상황, 120일간 마음대로 뜯어먹으라고 자신들의 수장을 고깃덩이인 양 적진에 내던진 여당을 목격하는 상황에 이르렀다. 모르겠다. 그 안에 어떤 기막힌 수가 있는지. 다만, 내가 믿는 것은 대통령이다. 나는 개인적으로 그를 모른다. 내가 그를 지지하든 말든 그도 나를 알지 못할 것이다. 하지만 내가 그의 청렴을 믿는 단 하나의 이유가 있다. 나와의 공통점이다. 감히. 읽는 분들은 뭐야? 하고 웃겠지만.

나는 혼자다. 그도 혼자다. 이게 뭐? 그래. 당신들은 모른다. 세상에 아무도 없이 혼자라는 것이 무엇을 뜻하는지, 혼자가 되면 어떤 마음이 되는지. 외로움 그런 감상적인 이야길 하는 게 아니다. 남편이 있고 자식이 있는 사람들은 결코 알 수 없다. 혼자라는 것은 어쩔 수 없이 본능적으로 모든 욕심과 탐욕을 내려놓게 한다. 인격이 고상해서가 아니다. 내가 죽으면 저것이 어떻게 살까, 가슴 미어질 새끼가 없기 때문이다. 나 없이 이 인간이 밥이나 제대로 끓여먹을까, 걱정할 서방이 없기 때문이다. 게다가 남겨지고 책임질 노부모도 없다. 심지어 나 죽어 가슴 아플 혈육이 없으므로 생에 대한 집착 또한 보통 사람들보다 크지 않다. 내 나이 올해 쉰이다. 30대 40대 때는 어떻게 사나, 아둥바둥거렸다. 그러나 딱 50을 넘으면서 그 맘도 내려놓아졌다. 하물며 대통령, 올해 만 64세다. 더구나 그는 이 나라에서 오를 수 있는 최고 권력까지 이미 올랐다. 무엇을 더 바랄까? 돈? 남겨서 뭐할 건데? 사랑? 과거에 했다한들 이제 와서 뭐? 명예? 나 죽은 다음 뭐가 남는데? 솔직히 까놓고 말하자. 나 죽으면 이 나라가 공산화가 되든 단두대를 세워놓고 모가지를 댕강댕강 자르는 인민재판을 하든 상관없다. 왜? 내 새끼가 살아갈 땅이 아니니까? 그냥 나 살아 있는 동안만 그 꼴 안 보면 그만이다. 그래서 개인적 욕심으로는 나 죽을 때까지 조금만 더 버텨주었으면 했다. 혹시나 윤회 뭐 그런 게 있어서 다시 이 나라로 돌아온다면 끔찍하겠지만, 그거야 있는지 없는지 알 바 아니니까. 대통령도 그렇지 않을까? 그래서 욕심이 없고, 그래서 아쉬움도 없고, 그래서 아등바등거리지 않는다. 그래서 이 나라를 정상으로 돌려놓는 것만이 소명이라고 믿고 있을 것이다. 지금 내가 아무 것도 없이 오직 소설을 쓰며 살고 있는 것처럼.

저들이 하자는 대로 다 해주는 대통령, 바보 같다. 답답하다. 그러나 생즉사 사즉생(生則死, 死則生). 아무것도 없는 사람만이 자신을 죽일 수 있다. 그 죽음이 생을 불러올 거라고 나는 믿는다. 휴전 이후 70년간 두 개의 이념으로 나뉘어 팥죽 끓듯 혼란스럽던 나라다. 사회 곳곳에 포진한 평양 장학생들의 엄청난 활약으로 어린애들까지 옳은 것을 틀렸다고 세뇌당한 채 거리로 쏟아져 나오는 세상이 되어버렸다. 자, 이 세상을 어떻게 바로 세울까. 비정상의 정상? 눈에 보이는 데만 살살 빗자루질 하면 될까. 아니다. 다 뒤집혀야 한다. 지금은 해일의 시대다. 지금 이 나라는 그렇게 밑바닥에서부터 뒤집어지고 있는 중이다. 다 뒤집어지고 아래 가라앉았던 쓰레기들 모두 떠올라 치워버려야 한다. 그 짐을 혈혈단신 대통령 혼자, 십자가처럼 지고 대한민국이라는 골고다 언덕으로 올라가고 있는 것이다. 수많은 사람들이 던지는 돌을 맞고, 조롱을 견디며. 그를 살리는 건, 그를 응원하고 그의 짐을 나눠지고 그의 목마름을 채워주는 건, 소수의 깨어있는 애국 시민들이다. 그렇게 끝까지 올라야, 저 밑바닥까지 닿아야, 대한민국이 살아날 수 있다.

가장 답답하고 안타까운 건 마누라, 남편, 자식들은 외국으로 다 빼돌려 놓고 평양 지시 받는 빨간 정치인들에게 동조하면서 자신들이 누구를 돕고 있는지도 모르는 일부 국민들, 앞으로 이 땅에서 살아가야 할 자식들의 미래를 어떻게 망쳐가고 있는지도 모르는 보통 사람들, 아니 깨시민이라고 자처하는 사람들이다. 성질 같아서는 그에 동조하는 사람들, 그래, 나라 망하고 뜨거운 맛 좀 봐야지 싶지만, 그런 일은 없길 진심으로 바란다. 이 나라를 구하려는 그들보다 훨씬 적은 수의 사람들 덕분에, 그들이 그렇게나 죽이려고 드는 약하게만 보이는 대한민국이 망가지지 않으리라 믿으니까. 지금처럼 잘 먹고 잘 살기를, 오래오래 자신들이 무슨 짓을 했는지 모른 채 고귀한 자유와 평화와 풍요를 세세생생 누리게 되기를 바란다. 지금 하는 짓들을 보면 무척 약 오르지만, 철없는 아이라고 생각하고 웃어넘겨야지. 그것이 그들의 뜻이 이루어져서 대한민국이 무너지고 그들도 우리도 나 자신도 고통 받는 세상이 되는 것보다는 나으니까. 그렇게 고개 저으며 반드시 우리 대한민국이 바로 서리라는 희망으로 견디는 2016년 11월, 이름 없는 작가의 믿음.

2016년 11월 8일 화요일

2천 년 전이나 지금이나
: 칼 세이건 〈코스모스〉

- 370년 알렉산드리아에서 태어난 히파티아, 그녀는 철학자인 동시에 수학자, 천문학자, 물리학자였다. 당시는 여자가 하나의 소유물로 간주되던 시대였다. 그런 남성지배 사회에서 그녀는 남을 전혀 의식하지 않고 거침없이 활동했다. 그녀는 뭇 남성의 구혼을 모두 거절했다. 알렉산드리아는 오랫동안 로마의 통치를 받고 있었다. 이미 멸망의 그림자가 알렉산드리아에 짙게 드리워져 있었다. 히파티아는 막강한 이 세력들의 진앙에서 완강하게 버티고 서 있었다. 당연히 알렉산드리아의 대주교인 키릴루스가 그녀를 혐오할 만했다. 그녀가 로마 총독과 가까운 사이라는 것이 혐오의 첫 번째 이유였다. 두 번째 이유는 히파티아가 바로 이교도 과학과 학문의 상징적인 인물이었다는 것이었다. 초기 기독교에서는 과학과 학문을 이교도의 사상이라고 폄훼했으니 키릴루스의 혐오감에는 충분한 이유가 있었던 셈이다. 그러나 히파티아는 자신에게 밀어닥치는 개인적 위험을 무릅쓰고 계속해서 자기의 주장을 가르치고 글로 발표했다. 그녀는 자신의 일터로 가다가 키릴루스 교구 소속의 광신 폭도들이 놓은 덫에 걸려들고 말았다. 폭도들은 그녀를 마차에서 끌어내려 옷을 벗기고 전복 껍데기로 만든 무기로 그녀의 살을 뼈에서 발라낸 다음, 남은 시신과 그녀의 저술을 모조리 불태워버렸다. / 칼 세이건 〈코스모스〉 요약 발췌.

천문학자 칼 세이건은 그의 저서 〈코스모스〉 말미에 알렉산드리아에서 활동하던 여성 철학자 히파티아에 관해 이야기한다. 이 사건은 영화 〈아고라〉에 잘 그려져 있다. 대한민국의 내전 상황이라고 해야 할까. 거의 2천 년 전의 극악한 혼란과 지금의 상황이 내 눈에는 크게 달라 보이지 않는다.

인간의 본성은 변하지 않는다. 그래서 역사는 끝없이 반복된다는 말이 있는지도 모르겠다. 권력과 지성을 가진 자들의 비뚤어진 신념과 그들에게 선동당한 군중의 광기가 얼마나 끔찍한 결과를 가져올 수 있는지 생각하며 본다면, 오래 전 군중의 행태와 최근 우리나라에서 벌어진, 또는 벌어지고 있는 마녀사냥이 쌍둥이처럼 똑같다는 생각에, 아니 더 지독하고 악독하고 추악하다는 사실에, 소름이 끼칠 것이다.

2016년 11월 7일 월요일

프랑스혁명의 허상
: 귀스타브 르 봉 〈혁명의 심리학〉

- 자신들의 자유에 대해 대단한 긍지를 느끼는 국민이야말로 자신들이 선동 정치가라고 부른 소수의 음모자들의 노예라고 결론을 내려야 한다. 이 소수의 음모자들이 국민을 자신의 의지대로 이쪽 방향으로 돌렸다가 저쪽 방향으로 돌리곤 했다. 그러면 국민은 바다의 물결이 바람에 따라 일렁이듯이 이 음모자들의 의지대로 움직인다. / 귀스타브 르 봉 〈혁명의 심리학〉 중에서.

철학자들은 민주주의에 따르는 심각한 문제인 폭력과 파괴를 간과하지 않았으며, 아리스토텔레스 시대에는 민주주의 국가를 '몇몇 선동적인 연사들의 지배를 받으며 압제자처럼 행세하는 군중이 모든 것을, 심지어 법까지도 좌우하는 국가'로 정의했다. 광화문에 설치했던 단두대, 살아 있는 사람의 초상을 앞세운 장례행렬을 보면 저들이 말하는 민주주의란 무엇인가, 질문하지 않을 수 없다. 혹시 프랑스혁명의 재현을 꿈꾸고 있는 게 아닐까, 의심스럽기도 하다.

프랑스혁명이라고 하면 어린 시절 봤던 만화영화 〈베르사유의 장미〉와 빅토르 위고의 〈레미제라블〉이 제일 먼저 생각난다. 그러나 사실 둘 사이의 시간적 거리는 꽤 멀다. 프랑스혁명은 1789년 7월14일부터 1794년 7월27일 로베스피에르가 단두대에서 처형되기까지의 기간을 포함하여 1830년 7월 혁명과 1848년 2월 혁명까지의 시대 모두를 의미한다. 〈레미제라블〉은 나폴레옹이 몰락하고 다시 부르봉 왕조의 샤를10세가 집권하던 시절, 하층민을 대변했던 자유주의 정치인 라마르크의 장례식을 기점으로 1832년 6월에 일어난 봉기를 배경으로 한다. 라마라크가 외쳤던 "자유가 아니면 죽음을 달라."는 구호가 프랑스혁명의 대명사가 되기도 했다. 그러나 프랑스혁명, 하면 로베스피에르와 마라, 무엇보다 마리 앙트와네트를 빼놓을 수 없다.

자크 루이 다비드가 그린 〈마라의 죽음〉은 마치 성모 마리아의 품에 안긴 예수의 모습을 형상화한 조각 〈피에타〉처럼 순결해 보인다. 하지만 그림 속 주인공 마라는 공포정치를 이끈 로베스피에르와 함께 혁명을 피로 물들인 장본인이며, 죽음과 폭동을 선동한 언론 〈인민의 벗〉의 창간인이었다. 그는 끝없이 음모론을 펴고 죽음을 선동하고 민심을 자극했다. 그 결과 군중이 베르사유로 진군하게 했고 단두대에서는 수없이 많은 사람들의 목이 잘렸다. 그의 논조는 언제나 한결같았다고 한다.

- 목을 잘라라. 그러면 해결될 것이다. 그래도 안 되면 더 많은 목을 잘라라.

마라를 살해한 것은 20대 여성 샤를로트 코르데였다. 그녀는 마라를 살해한 뒤 도망가지 않았고 그 자리에서 바로 체포되었는데, 처형되는 순간까지 당당했다. 코르데의 모습을 사형집행관은 이렇게 묘사했다. "그녀는 아름다웠다. 그 아름다움 때문이 아니라 마지막까지 어떻게 저토록 사랑스럽게 우아할 수 있는지 믿을 수 없었다."

〈마라의 죽음〉을 그린 자크 루이 다비드는 혁명 이전에는 이름을 알리지 못한 화가였다. 그러나 혁명을 지지하며 그림을 통한 선동의 역할을 담당했고 피의 사도였던 마라를 순결한 영웅이자 순교자로 왜곡하며 혁명의 한 가운데 선다. 그런 그가 혁명이 끝난 뒤 황제가 된 나폴레옹을 위해 많은 그림을 그렸다는 것은 아이러니하다. 앞발을 들어 올린 백마 위의 나폴레옹의 모습이 담긴 〈알프스산맥을 넘는 나폴레옹〉이나 〈나폴레옹 1세의 봉헌과 황후의 대관식〉도 그의 작품들이다.

이제 저들이 그토록 박 대통령과 이미지를 오버랩시키고 싶어 하는 마리 앙투아네트에 대해 이야기해 보자. 그녀는 정말 사치스럽고 음탕하고 건방졌을까. 우선 빵이 없으면 과자를 먹으라고 했다는 말은 그녀의 말이 아니다. 이전부터 있던 말이라는 얘기도 있고 다른 사람이 한 이야기라는 설도 있다. 오히려 굶주린 백성을 위해 고심하며 궁

안에서 감자를 직접 재배하고 경작을 장려했다고 한다. 목걸이 사건 또한 그녀를 이용한 사기사건이었지 사치를 증명할 수 있는 사건은 아니었다. 하지만 혁명의 정당성을 얻기 위해서 국왕의 무능을 선전하고, 이국인 황후를 폄훼해야 하는 것은 필연적이었고, 그녀에 대한 온갖 추문들은 배고픈 민중을 자극하고 성나게 하기에 부족함이 없었다. 그녀를 모욕하는 외설스런 그림과 음탕한 소문들을 앞장서서 퍼뜨린 건 물론 마라의 〈인민의 벗〉이었다.

마리 앙투아네트는 루이16세가 처형당한 지 9개월 뒤 단두대에 오른다. 반역이나 혁명과는 전혀 상관없는 무척 치사하고 졸렬한 죄명이었는데, 시누이와 함께 아들 샤를과 근친상간을 저질렀다는 혐의였다.

- 피고는 부도덕하고 변태적이며 어머니로서의 위치도 잊고 자연의 법을 거슬렀다. 거리낌 없이 아들과 외설을 저지른 것은 소름 끼치는 행위다.

근친상간의 증거는 감옥에서 온갖 구타와 협박을 받았던, 당시 8살이던 아들 루이17세의 증언뿐이었다. 어린 샤를은 혼자 독방에 갇혀 죽을 때까지 밥 대신 독한 술로 고픈 배를 채워야 했다. 그의 죽음 원인 중 하나는 간경화였다. 샤를이 죽은 건, 불과 열 살 때였다. 마리 앙투아네트는 사형이 언도된 새벽에 죽음을 앞두고 시누이에게 편지를 쓴다.

- 조금 전 사형선고를 받았습니다. 하지만 부끄럽진 않아요. 부끄러운 건 그 죄인들이죠. 양심에 거리낄 게 없는 저는 평온합니다. 제 아이 때문에 고통스러우셨을 줄 압니다. 제 아들을 용서

해 주세요. 그 아이는 어리고 그맘때 아이들은 쉽게 남이 시키는 말을 하지요. 이해하지도 못하는 얘기를 입 밖으로 내는 것입니다.

같은 날 정오, 처형장으로 가는 동안 루이16세가 그랬던 것처럼 그녀는 조금의 두려움도 보이지 않았다. 그녀의 마지막 모습을 자크 루이 다비드가 스케치했는데 그의 다른 작품에 비해 참으로 초라한 초상이지만 그래도 화가적 양심이랄까, 다비드는 〈마리 앙투아네트의 최후의 초상〉에서 죽음 앞에서도 겁먹지 않은 그녀의 위엄까지 감추지는 못했다. 물론 언론은 이 그림을 실으며 '상습 범죄자의 교만'이라고 설명을 달았다. 그러나 과연 교만이었을까. 단두대 앞으로 걸어가던 도중 마리 앙투아네트는 사형집행관(코르테의 목을 잘랐던 바로 그 집행관이었던 것으로 기억한다.)의 발을 밟고는 당황해서 조용히, 겸손하게, 사과한다.

- 죄송합니다. 일부러 그런 게 아니었어요.

공포정치가 극에 이를 때 단두대에서 목이 잘린 사람의 수는 한 달에 800명이 넘었다고 한다. 한때 사형제도 폐지를 원했던 혁명의 수장 로베스피에르는 혁명 후 단두대의 열혈 지지자가 되었는데, 고통 없이, 평등하고 효율적인, 매우 인간적인 사형법이라는 게 그 이유였다. 물론 로베스피에르는 죽음의 평등을 실현하듯 단두대에서 자신의 목이 잘리는 것으로 1차 혁명의 마침표가 된다. 이후 나폴레옹 시대가 열린다.

프랑스혁명에 대한 시작과 끝, 본질과 의미, 또는 진실과 오해에 대해 아무런 편견 없이 이해하려면, 해외에서 제작된 여러 가지 책과 다큐, 자료를 종합해 봐야 하며 정치사는 물론 역사와 심리, 철학적 관점에서 함께 이해되어야 한다. 이 글 또한 〈혁명의 심리학〉뿐 아니라 그동안 내가 찾아본 것들을 골고루 참고했다. 이런 관점에서 따로 이야기할 기회가 있을지 모르지만, 로베스피에르와 마라, 자크 루이 다비드 등 그들의 개인사를 살펴보는 일은 피에 취한 듯한, 이해할 수 없는 그들의 행위와 인간의 이면을 이해하는 데 몹시 흥미로운 화두를 제공한다. 또한 민주주의를 쟁취한 위대한 시민혁명으로 과장되게 평가되는 우리나라 지식인이라는 사람들의 평가와는 달리, 서구의 시선은 냉정하다는 것도 알게 된다. 로베스피에르가 주도한 프랑스혁명 그 어디에도 자유, 평등, 박애는 없었다. 부르주아 세력이 권력을 갖기 위해 시민을 선동하여 일으킨 피의 반란일 뿐이었다.

지금의 사태를 냉정하게 보지 못하고 선동에 동조하는 이들은 혹시 '위대한 프랑스혁명'을 꿈꾸고 있는 게 아닌가 싶다. 그러나 프랑스혁명 이후 민중이 바라던 세상은 오지 않았다. 오히려 혁명 이전보다 더 참혹한 현실을 맞이해야 했다는 것을 그들은 알지 못하는 것 같다.

2016년 11월 5일 토요일

이 시대를 바로 본 소설가가 있었음을 기억해 주시길!

어제 한국작가회의는 '박근혜 대통령의 퇴진'을 요구하는 시국선언문을 발표했다. 文을 지지해온 그들의 행보는 사실 놀랄 일이 아니다. 오히려 우파를 대표한다고 알려진, 그래서 세상을 바로 보는 줄 알았던 한 소설가가 대통령의 하야를 요구하는 칼럼을 쓴 것은 충격적이었다. 두 눈을 뜬 작가는 아무도 없는 것일까, 절망스럽다. 있다면 부디 손들고 나와 주시길, 세상이 무서운 거라면 조용히 메시지라도 보내주시길.

오직 나 하나뿐인 것인가. 아무런 힘이 없는 나 하나만 지금 이 사태가 잘못됐다고 말하고 있는 것인가. 참담하다. 혹시 내가 틀린 것일까. 정말 내가 잘못 판단하고 있는 것일까. 모두가 외눈박이인 세상에서 두 눈 달린 괴물이 된 기분으로 이 시대를 산다. 훗날 그래도 한 사람, 이 시대를 제대로 본 '작가'가 있었다고 기억되길 바란다. 내 이름이 아니라 단 한 명의 '작가', 단 한 명의 '소설가'가 이 시절을 바로 보고 외롭게 견뎠음을 기억해 주길 바란다. 그런 바람으로 오늘 나는 시국선언 릴레이에 적극 동참한다.

"나, 소설가 김규나는 대한민국의 현 대통령, 박근혜 대통령을 적극 지지합니다!"

2016년 11월 3일 목요일

그들이 맞고 내가 틀린 것인가

– 최근 박근혜 · 최서원 게이트가 터졌습니다. 이들의 국정농단은 실로 파국 지경으로 치닫고 있는 실정입니다. 성추문 사태로 어

수선합니다만 결코 좌시할 수만은 없는 일입니다. 이에 "박근혜 대통령은 국정 파탄의 책임을 통감하고 거취를 결단하라"는 제하의 시국선언문을 발표할 예정입니다. 주체는 단체명이 아니라 회원 여러분 한 분, 한 분 이름으로 할 예정입니다. 선언문을 읽어보시고 동참하실 분들께서는 11월 3일 자정까지 메일, 또는 전화, 문자(사무처장, 간사)로 회신해 주시길 바랍니다. 연명은 작가회의 시국선언문과 '우리 모두가 블랙리스트 예술가다. 예술인 행동위원회' 시국선언문에 함께 올라갑니다. 본회 선언문은 11월 5일 발표합니다. 많은 참여 부탁드립니다.

어제 한국작가회의에서 보내온 메일의 일부이다. 시국선언문 전문도 첨부되어 있다. 내용이 기도 안 차서 여기에 올리고 싶지만 5일 발표한다니 내가 먼저 발표하는 건 '예의'가 아닌 것 같아 그만둔다. 이 글을 올리는 이유는 文지지 예술인 4천 명 명단에 이름이 올랐던 것과 같은 일이 생기지 않도록, 미리 예방하고 싶기 때문이다. 이 시대를 제대로 성찰할 작가는 정말 없는 것일까. 외롭고 답답하고 속상하고 부끄럽다. 아니면, 그들이 모두 맞고 나 혼자 틀린 것일까.

대한민국의 시계는 거꾸로 간다

2016. 10. 31. ~ 10. 14.

오늘날 문단에서, 출판계에서, 주목 받는 작품과 작가는 5·18을 이야기하고 4·3사건을 쓰고 박정희 대통령 시절을 독재로 매도하고, 그 딸이 대통령이 됐다고 인신공격하고, 그를 지지하는 국민의 절반을 미개한 적으로 대적하는 것, 이 나라 역사와 이 사회가 잘못되었다고 고발하는 것, 자신의 무능조차 사회구조 탓인 양 불평불만에 찌들어서 현재에 대한 불안과 공포를 조장 확산하는 작품들뿐입니다. 내가 동료 선후배 작가의 작품을 읽지 않는 이유입니다.

– 2016년 10월 14일 금요일

2016년 10월 31일 월요일

마음에 대한 과학자들의 명언

- 간절히 원하면 우주가 이루어준다.

/ 파울로 코엘료 〈연금술사〉 중에서.

멋진 말이다. 많은 과학자들도 같은 말을 했다. 마음의 힘을 서술하고 있는 〈왓칭〉(김상운 저)이란 책에 실린 문장들 중에서. 같은 맥락의 문장들을 발췌해 보았다.

- 생각의 힘은 거리에 상관없이 대상을 변화시킨다 : 런던대학 해스티드 교수
- 내가 바라볼 때마다 만물이 변화하는 건 신이 부리는 요술이다 : 양자물리학자 울프 박사
- 인간은 우주와 분리된 개체가 아니라 우주의 일부이다 : 아인슈타인
- 우리는 모두 보이지 않는 연주자가 멀리서 보내주는 신비한 선율에 맞추어 춤을 춘다 : 아인슈타인
- 과학을 진지하게 추구하는 사람이라면 누구나 우주의 법칙 속에 마음이 살아 있다는 사실을 확신하게 된다. 이 마음은 사람의 마음보다 어마어마하게 월등하다 : 아인슈타인
- 우리는 이 놀라운 힘의 이면에 의식적이고 지능적인 존재가 있음을 가정하지 않을 수 없다. 마음이 모든 물질의 모태이다 : 막스 플랑크

- 크게 보면 우주는 하나의 마음이다 : 물리학자 데이비드 봄
- 우리는 자기 자신을 바라보는 우주의 작은 마음조각들이다 : 물리학자 존 휠러
- 우주는 자신을 알기 위해 우리를 만들어냈다 : 칼 세이건

2016년 10월 28일 금요일

내가 대통령을 지지하는 이유

정치적 견해는 가급적 꺼내지 않고 살았다. 그런데 내가 文을 지지한 예술인 4천 명 중 한 명이었다는 명단을 보고 말 그대로 머리가 휙 돌았다. 이대로 있으면 안 되겠구나, 그들 마음대로 머릿수 채워주는데 나를 써먹는구나. 그래서 며칠 전, 누구도 신경 쓰지 않겠지만 페이스북을 열고 "나 그런 사람 아니에요!" 하고 용감 무식하게 선언했다.

요즘 사태를 보면서 저쪽 양반들에 대한 이야긴 하고 싶지도 않지만, 그보다 더 실망스러웠던 건 소위 애국보수라 자처하던 이들이 홀랑 뒤집어져서 등에 칼 꽂고 돌 던지는 모습이었다.

나는 박근혜 대통령을 지지한다. 안보 때문이다. 북한을 머리에 이고 있는 상황에서 대한민국의 가치를 지키려면 안보가 필요하고, 식견이 낮은 내가 보기에 그쪽에 관심 있는 분은 오직 이 분뿐이기 때문이다.

2016년 10월 27일 목요일

자유

요즘처럼 태극기가 이쁘고 소중하고 안쓰러울 때가 없다. 지금 가장 중요하게 해야 할 일은 자유 대한민국의 가치를 지키는 것이다. 지금 내가 누리고 있는 이 자유를 앞으로도 계속 누리고 싶기 때문이다.

2016년 10월 17일 월요일

동료작가들에 대한 뒤늦은 이해

의문의 퍼즐은 때로는 지능만으로는 해결되지 않는다. 전체 그림이 나타나기까지 시간이 필요할 때도 있다. 몇 해 전 페이스북을 처음 할 때였는데 북한인권법 통과를 위한 서명사이트가 개설된 적 있었다. 그때 나는 서명을 하고 내 페이스북에 사이트를 공유했다. 물론 그때는 지금보다 더 소심해서, 페친이 많은 것도 아니었지만, 작가들과 꽤 여럿 가까이 지내고 있었고 그들이 동참해주면 좋겠다고 생각했다.

그런데 이상한 일이었다. 아주 극소수의 지인 몇 명을 제외하고 작가들은 철저히 외면했다. 개인적으로도 북한인권에 대해 안타까워하는 작가를 나는 보지 못했다. 생활고를 비관해 죽은 지하방 세 모녀 사건이나 가난한 작가의 죽음에 대해서는 그토록 뜨겁게 애도하던 작가들이, 정부의 기초연금 정책을 가리켜 빈곤층을 소외시키고 인간성을 말살하는 자본우위 정책이라며 비난일색으로 성토했던 그들이, 참혹한 북한 실상에 대해서만은 침묵했다.

소주를 마시다가도 자본주의 사각지대에서 인권을 유린당한 채 죽었다며 그들을 위해 시를 바치고 술잔을 올렸다는 글도 심심치 않게 볼 수 있었지만, 내가 좋아하고 신뢰하던 작가들 중 어느 누구도 북한 주민의 인권, 탈북자 인권에 대해서는, 기아로 수백만 주민들이 북한에서 굶어죽는다는 기사가 쏟아져도 말하는 사람이 없었다. 그땐 왜 그랬을까. 정말 이해되지 않았는데 이제야 내가 참 그들과 먼 곳에 있었구나, 하는 깨달음으로 새삼 끄덕이게 된다.

2016년 10월 14일 금요일

그래도, 나는 소설가입니다

오늘부터는 하고 싶은 말 하고 살겠습니다. 뭐 무서워서 이 나이가 되어서 좋은 거 좋다고 말 못하고 싫은 거 싫다고 말 못하고 살았던 것일까요. 목소리 크다고 옳은 것은 아니지요. 작은 목소리라도 좋다, 나쁘다 내 생각과 감정은 말하고 살아야겠어요.

블랙리스트에 올라서 지원을 안 해준다고요? 무슨 말입니까. 어차피 지난 수십 년 출판, 문단, 예술, 문화 권력을 쥐고 있는 분들은, 모든 지원의 심사를 맡고 있는 실제 당사자들도, 대부분 저쪽을 지지하는 분들인 걸로 알고 있는데요. 어쩌면 아주 잠깐 가느다란 지연 덕에 수년 전 문예진흥기금을 받을 수 있었는지도 모릅니다만, 그래요, 한때 나는 내가 어느 쪽에 서 있는지, 어디에 서 있어야 하는지 몰랐습니다. 하지만 이제는 분명히 압니다.

나는 헬 조선에 동의하지 않습니다. 나는 대한민국의 법과 가치를 믿고 개인의 자유와 권리를 신뢰합니다. 오늘의 대한민국을 있게 해준 아버지 세대에 감사합니다. 나에겐 이런 생각을 나눌 동료작가가 없습니다. 한 명이라도 있다면 이렇게 문단 밖에서 외롭지 않았을지도 모릅니다. 블로그에 소설을 연재한다고 혼자 외롭게 내 자신과 싸우지 않아도 됐을지 모릅니다.

그런데 내가 그들 4천 명, 9천 명과 뜻을 같이 한다고요? 어느 집단이든 이념의 이익을 위해 내 이름이 이용당하는 것은 무엇보다 싫습니다. 탈북인들과의 몇몇 경험을 해본 저로서는 북한체제와의 어우렁더우렁, 믿지 않습니다. 그것을 지향하는 정치인도 결코 지지하지 않습니다. 그런 분들과 학연, 지연, 동지애로 엮여 있지 않습니다. SNS에서조차 그들에게 동조하지 않았습니다. 그게 싫어서 페이스북도 끊었었네요. 그 덕에 나는 친구도 없고 문단에서 동료도 없고, 아무 위치도 없습니다.

오늘날 문단에서, 출판계에서, 주목 받는 작품과 작가는 5·18을 이야기하고 4·3사건을 쓰고 박정희 대통령 시절을 독재로 매도하고, 그 딸이 대통령이 됐다고 인신공격하고, 그를 지지하는 국민의 절반을 미개한 적으로 대적하는 것, 이 나라 역사와 이 사회가 잘못되었다고 고발하는 것, 자신의 무능조차 사회구조 탓인 양 불평불만에 찌들어서 현재에 대한 불안과 공포를 조장 확산하는 작품들뿐입니다. 내가 동료 선후배 작가의 작품을 읽지 않는 이유입니다.

많은 작가들은 법을 무시하고서라도 세월호 희생자들에게 엄청난 보상을 해주어야 한다고 합니다. 김일성이 통일을 했어도 좋았겠다고 하는 작가도 있습니다. 또 누군가는 이년, 저년, 여성 대통령에 대해 입에 담을 수도 없는 욕설을 합니다. 나는 그들처럼 마르크스니 스탈린이니 사회주의에 대해서도 동경하지 않습니다.

자신들만 세상의 대의를 손에 쥔 듯, 자신들이 지지하지 않는 쪽에 서 있으면 미개한 원시인을 보듯 혐오하는 일부 작가들. 작가가 어떻게 어느 한 쪽을 그토록 사랑할 수 있는 것일까요. 작가가 어떻게 어느 한 쪽을 그토록 독을 품고 증오할 수 있는 것일까요.

나도 많은 실수를 저질렀습니다. 나는 누구보다 부족하고 어리석고 모자란 사람입니다. 그 덕에 반복되는 실수와 모순을 매 순간 깨우치며 무엇이 진실인지 더욱 겸손하게 찾아가는 사람이 작가가 아닐까, 생각하게 되었습니다.

작가란 선동하는 사람이 아닙니다. 어느 한쪽만 보는 외눈이 되어서도 안 됩니다. 진실과 거짓은 두 눈 부릅뜨고 봐야겠지요. 하지만 두 눈이 아닌 한 눈만 부릅떠 봐야 세상은 제대로 보이지 않습니다.

나는 지금의 대한민국에 감사합니다. 이 나라의 법과 자유를 지키는 분들이 소중합니다. 그래서 어느 시위자의 죽음보다 불법시위자들의 쇠파이프에 맞아 식물인간으로 살다가 17년 만에 끝내 저세상으로 떠난 젊은 의경의 죽음에 더 가슴 아픕니다. 세월호로 죽은 학생들과 그 부모도 마음은 아프지만, 나라를 지키다 산화한 국군장병들과 그분들의 가족의 아픔에 더 공감합니다. 5·18관련자보다 6·25참전용사들에 대한 보상이 몇 배 더 커야 한다고 믿습니다. 자신들의 표현의 자유는 그토록 소중하면서 의견이 다른 사람들의 표현의 자유는 억압하고 협박하는 그들만의 민주주의도 혐오스럽습니다.

진실에 눈감고 자신들의 주장만 옳다고 광장을 점거하고 외치는 그들만의 자유도 지지할 수 없습니다. 나는 세월호가 침몰할 때 대통령이 일곱 시간 동안 무엇을 했는지 궁금하지 않습니다. 그 사건은 대통령의 탓이 아니니까요. 시위자들이 도로를 점거하고 경찰버스를 밧줄에 묶어 쓰러뜨리고 어린 의경들을 공격하는 일에도 동의할 수 없습니다. 세월호 희생자들이 네 자식이라고, 네 가족이라고, 네 부모라고 생각해 보라고 한다면, 나는 경찰이, 군인이, 대통령이 당신 자식이고 당신 가족이라고 생각해 보라고 말하고 싶습니다.

소설가로 조금 더 자리를 잡고 나서 말해야지, 늘 그렇게 생각했습니다. 하지만 그래요. 나는 이만큼의 소설가일 뿐입니다. 그래도 쓰겠습니다. 그래도 말하겠습니다. 작가는 결국 자신이 하고 싶은 이야기를 작품으로 말하는 사람이지요.

지난봄에 쓴 장편소설 〈트러스트미〉는 개인의 진실, 생명에 대한 이야기였고, 지금 쓰고 있는 또 한 편의 장편소설도 진실에 대한 이야기를 하고 싶어서 시작했습니다. 출판할 기회가 있을른지는 모르겠습니다. 그래서 외롭고 힘들고 무섭기도 합니다. 그래도 쓰겠습니다. 그것만이 내가 살아 있음을 증명하니까요. 남 탓, 대통령 탓, 사회 탓, 국가 탓, 세상 탓 하는 문학이 아닌 대한민국의 법치와 가치를 소중히 하면서 인간, 개인의 삶을 돌아보는 소설을 쓰는 작가로 살겠습니다.

이런 생각에 동의할 수 없다면 할 수 없어요. 모든 사람들이 다 나를 좋아할 수는 없는 거고 나 역시 모든 분들의 의견과 같을 수는 없으니까요. 어제 발표된 블랙리스트 명단을 보고 어중간한 박쥐로 사느니 나와 같은 생각을 가진 사람들과 이야기 나누며 살고 싶어졌습니다. 이렇게 내 생각을 밝혀놓지 않으면 그들 마음대로 머릿수 채워주는 허수아비로 살아야 한다는 걸 깨달았으니까요. 어쩌면 나처럼 그 4천 명, 9천 명 속에 자신의 이름이 마음대로 도용된 줄도 모르는, 그런 사람들이 더 많을지도 모르겠습니다. 그러길 바랍니다.

고작 4천 명 이름들 중의 하나일 뿐이라고, 아무도 신경 쓰지 않는다고 하겠지만, 내 이름입니다. 설사 그 이름이 내가 아닌 동명이인(同名異人)이라고 해도 마찬가지입니다. 내가 내 삶을 살면서 무엇을 하고 무엇을 하지 않았느냐에 관한 일입니다. 이 자리에서 분명히 밝히겠습니다. 나는 文을 지지한 적 없습니다. 나는 결코 그 일을 하지 않았습니다.

너무 작은 일에 발끈하는 것일까요? 나는 선동과 거짓, 왜곡을 혐오합니다. 내가 원하는 건 진실입니다. 그러한 정신이 내가 지켜가야 할 작가정신이라고 믿습니다. 그렇습니다. 나는 작가입니다. 나는 소설가입니다. 나는 소설가 김규나입니다.

영화 및 소설 등 작품 목록

〈1984〉(조지 오웰)
〈2001스페이스 오디세이〉(아서 C. 클라크)
〈7인의 사무라이〉(영화)

〈가타카〉(영화)
〈거짓된 진실〉(데릭 젠슨)
〈고도를 기다리며〉(사무엘 베케트)
〈골짜기〉(안톤 체호프)
〈구경꾼의 탄생〉(바네사 슈와르츠)
〈국가와 혁명과 나〉(박정희 대통령)
〈국제시장〉(영화)
〈군주론〉(마키아벨리)
〈그래비티〉(영화)
〈그렇게 아버지가 된다〉(영화)
〈그리스 신화〉
〈금연주식회사〉(스티븐 킹)

〈나를 찾아줘〉(영화)
〈나의 미카엘〉(아모스 오즈)
〈남아 있는 나날〉(가즈오 이시구로)
〈내 사랑〉(영화)

〈네트워크〉(영화)
〈농담〉(밀란 쿤데라)
〈눈 먼 자들의 도시〉(주제 사라마구)

〈당신이 잠든 사이에〉(영화)
〈대망〉(야마오카 소하치)
〈대부〉(영화)
〈더 디너〉(영화)
〈더 퀸〉(영화)
〈더 프로미스〉(영화)
〈덩케르크〉(영화)
〈도그빌〉(영화)
〈도련님〉(나쓰메 소세키)
〈독일어시간〉(지그프리트 렌츠)
〈동물농장〉(조지 오웰)
〈들장미소녀 캔디〉(영화)
〈디 익셉션〉(영화)

〈라쇼몽〉(아쿠다가와 류노스케)
〈러브 액츄얼리〉(영화)
〈러빙〉(영화)
〈레미제라블〉(빅토르 위고)
〈로마〉(드라마)
〈로마인 이야기〉(시오노 나나미)
〈로맨틱 홀리데이〉(영화)
〈로빈슨 크루소〉(다니엘 디포)

〈롤리타〉(블라디미르 나보코프)
〈리갈하이〉(드라마)

〈마션〉(영화)
〈마이너리티 리포트〉(영화)
〈만약에 if〉(러디어드 키플링)
〈매트릭스〉(영화)
〈맥베스〉(셰익스피어)
〈모래의 여자〉(아베 코보)
〈모스트 원티드 맨〉(영화)
〈목사의 기쁨〉(로알드 달)
〈미녀와 야수〉(애니메이션)
〈미생〉(드라마)
〈미스 사이공〉(뮤지컬)
〈미스 슬로운〉(영화)

〈박정희를 말하다〉(김성진)
〈배트맨〉(영화)
〈백설공주〉(동화)
〈베니스에서의 죽음〉(토마스 만)
〈베로니카, 죽기로 결심하다〉(파울로 코엘료)
〈브레이브 하트〉(영화)
〈블레이드러너 2049〉(영화)
〈비〉(서머셋 몸)
〈비곗덩어리〉(모파상)
〈뻬드로 빠라모〉(후안 룰포)

〈사랑의 유형지〉(영화)

〈삶의 한가운데〉(루이제 린저)

〈삼국지〉(나관중)

〈새벽의 7인〉(영화)

〈선덕여왕〉(드라마)

〈설리 : 허드슨강의 기적〉(영화)

〈세상에서 가장 힘센 쥐〉(이솝우화)

〈소망 없는 불행〉(페터 한트케)

〈소설가의 각오〉(마루야먀 겐지)

〈소송〉(프란츠 카프카)

〈쇼생크탈출〉(영화)

〈숲속의 죽음〉(셔우드 앤더슨)

〈스타워즈3〉(영화)

〈스파르타쿠스〉(영화)

〈스파이 브릿지〉(영화)

〈스페이드의 여왕〉(푸시킨)

〈스페이스 비트윈 어스〉(영화)

〈시네마천국〉(영화)

〈시크릿〉(론다 번)

〈아Q정전〉(루쉰)

〈아워 소울즈 앳 나이트〉(영화)

〈아일랜드에는 뱀이 없다〉(프레드릭 포사이드)

〈아직도 가야 할 길〉(M. 스캇 펙)

〈아프리칸 캣츠〉(영화)

〈야망의 함정〉(영화)

〈양철북〉(귄터 그라스)
〈어느 인질에게 보내는 편지〉(생텍쥐페리)
〈어린왕자〉(생텍쥐페리)
〈어톤먼트〉(이언 메큐언)
〈언어본능〉(스티븐 핑커)
〈에밀리를 위한 장미〉(윌리엄 포크너)
〈역사〉(헤로도투스)
〈연평해전〉(영화)
〈열린사회와 그 적들2〉(칼 포퍼)
〈오기 렌의 크리스마스 이야기〉(폴 오스터)
〈오셀로〉(셰익스피어)
〈오즈의 마법사〉(프랭크 바움)
〈완벽한 거짓말〉(영화)
〈왕을 원한 개구리〉(이솝우화)
〈왕좌의 게임〉(드라마)
〈외투〉(고골리)
〈우상숭배자〉(가브리엘 단눈치오)
〈윈터슬립〉(영화)
〈이렇게 왔다가 이렇게 갈 수는 없다〉(아지즈 네신)
〈이반 데니소비치, 수용소의 하루〉(솔제니친)
〈이방인〉(카뮈)
〈이야기 파라독스〉(마틴 가드너)
〈인간과 상징〉(카를 융)
〈인간실격〉(다자이 오사무)
〈인간의 증명〉(드라마)
〈인생의 베일〉(서머셋 몸)

〈인천상륙작전〉(영화)

〈자유로부터의 도피〉(에리히 프롬)
〈전쟁과 평화〉(톨스토이)
〈존재의 기술〉(에리히 프롬)
〈죄와 벌〉(도스토예프스키)

〈참을 수 없는 존재의 가벼움〉(밀란 쿤데라)
〈채소마누라〉(팻 머피)
〈챈스 일병의 귀환〉(영화)
〈천일의 앤〉(영화)
〈천지인〉(드라마)
〈철도원〉(아사다지로)

〈코스모스〉(칼 세이건)
〈크리스마스에 걸려온 전화〉(알베르토 베빌라콰)
〈클라우즈 오브 실스마리아〉(영화)
〈키다리 아저씨〉(영화)

〈타인의 삶〉(영화)
〈태풍이 지나가고〉(영화)
〈톰 소여의 모험〉(마크 트웨인)
〈트러스트미〉(김규나)

〈파우스트〉(괴테)
〈파이니스트 아워〉(영화)

〈페스트〉 (알베르 카뮈)
〈플라이트〉 (영화)
〈플루타르코스 영웅전〉 (플루타르코스)
〈핑거스미스〉 (세라 워터스)

〈하우스 오브 카드〉 (드라마)
〈학교2013〉 (드라마)
〈햄릿〉 (셰익스피어)
〈혁명의 심리학〉 (귀스타브 르 봉)
〈현대물리학과 동양사상〉 (프리초프 카프라)
〈혹성탈출 : 종의 전쟁〉 (영화)
〈황금가지〉 (프레이저)
〈황무지〉 (T.S. 엘리엇)
〈히든 피겨스〉 (영화)
〈히어로〉 (드라마)

〈HHhH〉 (영화)